佛家怀抱俱味禅悦

佛禅与王安石诗歌研究

宫波 著

中国社会科学出版社

图书在版编目(CIP)数据

佛家怀抱　俱味禅悦：佛禅与王安石诗歌研究/宫波著. —北京：中国社会科学出版社，2015.12
ISBN 978-7-5161-7047-2

Ⅰ.①佛… Ⅱ.①宫… Ⅲ.①王安石(1021~1086)—宋诗—关系—禅宗—研究 Ⅳ.①I207.22

中国版本图书馆 CIP 数据核字(2015)第 268492 号

出 版 人	赵剑英
责任编辑	郭晓鸿
特约编辑	席建海
责任校对	石春梅
责任印制	戴　宽

出　　版	中国社会科学出版社
社　　址	北京鼓楼西大街甲 158 号
邮　　编	100720
网　　址	http://www.csspw.cn
发 行 部	010-84083685
门 市 部	010-84029450
经　　销	新华书店及其他书店
印　　刷	北京君升印刷有限公司
装　　订	廊坊市广阳区广增装订厂
版　　次	2015 年 12 月第 1 版
印　　次	2015 年 12 月第 1 次印刷
开　　本	710×1000　1/16
印　　张	19.25
插　　页	2
字　　数	306 千字
定　　价	69.00 元

凡购买中国社会科学出版社图书，如有质量问题请与本社营销中心联系调换
电话：010-84083683
版权所有　侵权必究

目　录

无限好山都上心（代序） …………………………………………（1）
第一章　王安石的佛禅修习和林下交游 …………………………（1）
　第一节　王安石的佛禅修习 ……………………………………（2）
　　一　家乡的佛教氛围及早期的学术思想 ………………………（2）
　　二　执政变法期对佛禅的吸纳 …………………………………（9）
　　三　退隐后对佛禅的精研 ………………………………………（17）
　第二节　王安石的林下交游 ……………………………………（28）
　　一　寺院之游历 …………………………………………………（28）
　　二　与禅僧之交游 ………………………………………………（49）
　　三　与居士之交游 ………………………………………………（70）

第二章　王安石创作中彰显的佛禅精神 …………………………（84）
　第一节　万法皆空，人生如梦 …………………………………（86）
　　一　万法皆空 ……………………………………………………（86）
　　二　人生如梦 ……………………………………………………（95）
　第二节　即心即佛，无心是道 …………………………………（101）
　　一　即心即佛 ……………………………………………………（103）
　　二　无心是道 ……………………………………………………（111）
　第三节　自性清净、随缘任运 …………………………………（119）
　　一　自性清净 ……………………………………………………（119）

二　随缘任运 …………………………………………………… (127)

第三章　王安石的诗歌构思与佛禅思维 …………………………… (135)
　第一节　王安石诗歌构思与佛禅之"静观、冥想" …………… (136)
　第二节　王安石诗歌构思与佛禅之"直觉顿悟" ……………… (143)
　　一　"直觉顿悟"之无念为宗 ………………………………… (145)
　　二　"直觉顿悟"之即事而真 ………………………………… (148)
　　三　"直觉顿悟"之触类是道 ………………………………… (152)
　第三节　王安石诗歌构思与佛禅之"二道相因" ……………… (156)

第四章　王安石诗歌形式技巧和佛禅启示 ………………………… (165)
　第一节　禅宗"翻案法"的诗法启示 …………………………… (166)
　　一　翻案法与翻案诗 ………………………………………… (166)
　　二　王安石的翻案诗 ………………………………………… (172)
　第二节　禅宗"颂古"的诗式妙用 ……………………………… (179)
　　一　禅宗颂古 ………………………………………………… (179)
　　二　"颂古"式诗作 …………………………………………… (181)
　第三节　佛禅"偈颂"对王安石诗歌技巧的影响 ……………… (184)
　　一　质朴清新 ………………………………………………… (187)
　　二　生动活泼 ………………………………………………… (191)
　　三　透彻洒脱 ………………………………………………… (194)
　第四节　王安石诗歌融入佛禅的诸种形式 …………………… (198)
　　一　化用佛事 ………………………………………………… (198)
　　二　妙用佛语 ………………………………………………… (204)
　　三　阐释禅理 ………………………………………………… (206)

第五章　禅风流被与王安石诗风 …………………………………… (211)
　第一节　"禅道烂熟"期的社会风习 …………………………… (213)
　　一　帝王支持，文士归禅 …………………………………… (213)

二　不立文字与不离文字 …………………………………… (220)
　　三　僧人的儒释融合论 ……………………………………… (225)
　　四　理禅融通,诗禅汇融 …………………………………… (229)
　第二节　禅风吹拂下的荆公诗风 ………………………………… (235)
　　一　佛禅浸染的早期诗风 …………………………………… (236)
　　二　会通佛禅的中期诗风 …………………………………… (240)
　　三　精研佛禅的晚期诗风 …………………………………… (255)

附录　佛禅与王安石诗歌一览表 ………………………………… (264)
参考文献 ……………………………………………………………… (276)
后记 …………………………………………………………………… (295)

无限好山都上心（代序）

王树海

宫波博士论文答辩倏忽已过三年，在其行将出版面世之际，笔者与作者的心情是一样的，期待着那个时刻，又对那个时刻的临近心怀忐忑，似乎还想等等，等什么呢？难以言传！"精神到处文章老，学问深时意气平。"应该是盼望着意气的平和，期待着文章的老到。

宫波博士毕业后，陆续又有数位师弟师妹跟踵卒章结业，看着他沉潜数年、精心结撰的博士论文又经润色整饬，面目益觉动人。粗粗算来，其优长处有如下五端。

一、指出诗人王安石寻索精神理想的依托，追求具说服力的理性智慧，佛家出现在他最终的视域里。诗人领悟了"行世间法"与"出世间法"的无上智慧而衷心向学亦终生受用。王安石之于佛理禅旨的精妙把握与非凡领悟，使其对于时代、人生的体察、况味，尤显洞彻。如何措置、排遣现时现世的忧患，无论在尘世社会抑或于内心世界都发挥到了极致，"行世间法"，他付出了尽其所能的努力，建设内心秩序，做到了尽其可能的完美。他以"三不足"精神，变法图强，为国利民，又以"出世间法"营构自己的精神家园，而这种两手准备均始于那种深刻的忧患意识，均来自宽大包容的佛家怀抱。据载"荆公拜相之日，题诗壁间云：'霜松雪竹钟山寺，投老归欤寄此生'"，如此之清醒，如此之眼光，如此之胸次，难怪释子惠洪亦惊叹："此老人通身是眼，瞒渠一点也不得"。贺裳尝谓："读临川诗常令人寻绎于语言之外，当其绝诣，实自可兴可叹，不惟于古人无愧而已"，实"特推为宋诗中第一"。此论亦属的论。

二、论者指出王安石诗歌一大亮点是其"翻案诗"。诗人长于"翻案","翻案"意在翻新,翻新又能出奇,王安石能做到,除其博学多闻、经历非凡、意志坚挺、情感丰沛而外,主要是其对于佛禅精义的深度把握。著名的翻案诗《明妃曲二首》闪烁着智慧的灵光。此诗既出,广为传诵,名家高手纷纷唱和,却无一能及。王诗情深意新,议中生妙,王昭君那"泪湿春风""低徊顾影"的意态,连画手都描不出、"画不成",毛延寿实属"枉杀",此乃翻新其一;在交代了昭君"一去"心知"难归",汉衣着尽,家园消息只能赖雁传递后,着一"出奇"之论:"人生失意无南北",并证之以"君不见咫尺长门闭阿娇",实在出人意表,出"其"不意。连同第二首之"汉恩自浅胡自深,人生乐在相知心",亦极富人情,亦翻新出奇,这是一种佛家包容宇宙的智慧。连诗人兼学者的朱自清到后来才悟到:"半山本学韩公,今当参以摩诘。此旨世人不解"。意谓倘不从王维的角度研究"半山",则难得"半山"之旨。

三、在王安石的思想、理想的境地里,推崇的本土诸子百家只孔孟二人,在推崇践行的同时也看到了其不足之处,尤其深察到孔孟之道未行退而授徒的大儒悲剧。王安石诗中对孔孟圣贤有赞有誉,但非全盘领授,照单全收:"虽传古未有孔子,蠛蠓何足知天高""颜回已自不可测,至死钻仰忘身劳"(《孔子》),"何妨举世嫌迂阔,故有斯人慰寂寥"(《孟子》)夸赞似有节别,见识却高出寻常多多:"糟粕所传非粹美,丹青难写是精神。区区岂尽高贤意,独守千秋纸上尘"(《读史》)。诗中说到韩愈:"纷纷易尽百年身,举世何人识道真?力去陈言夸未俗,可怜无补费精神。"颇负盛名的韩愈与其声名远播的"惟陈言之务去"说,王安石却认为这并未从根本上提出问题,亦不免是一种"可怜无补费精神"之举。试想王安石倘未深谙内典,何以能洞悉语言文字的苍白与局促。

四、点明王安石诗歌里甚或有对自然环境、生存资源进行回护的呼唤。长诗《秃山》计有14韵28行,诗人所设喻的海上"秃山",原本是草木茂盛之地,只因来了一"鸣"之、一"从"之的雄雌二狙,狙之家族就繁衍开来,"子众""孙稠",所需"根""实"在山上始易求得,加上它的技巧高超,极"高"极"幽"处,俱能搜求,众狙"丰肥","拥争"

一饱,"山乃尽侵"。如今已成"秃山",大小"苦""愁",山上草木稍稍"受咋啮",继而"一毛不得留"。这"坐吃山空"的警钟,今天读来,仍觉余音缭绕,惊心动魄。诗人对待自然的态度和之于自然理会的大智慧,都在其诗作中,略示数首,以见其风神:"南浦东岗二月时,物华撩我有新诗。含风鸭绿粼粼起,弄日鹅黄袅袅垂"(《移桃花示俞秀老》)。诗借色彩以加强感受的强度,诗中所着"鸭绿""鹅黄"之色,并不直接铺敷于具体景物上,亦即着色之事物并未直接在诗中出现,从所给定的副词即可想见所咏之物,从"粼粼起",可推想"鸭绿"乃状春水,从"袅袅垂"可知"鹅黄"是绘杨柳,清新惬意,摇动人心。常为人称道提及者是《书湖阴先生壁二首》其一:"茅檐长扫净无苔,花木成畦手自栽。一水护田将绿绕,两山排闼送青来"。在唐人的从容上又增加了气势,令人怡情快意,叹赏不已。诗人曾为朋友手书一联:"有时俗事不称意,无限好山都上心",形象准确地传达了诗人的生存状态和写作情态。

　　五、著述注意到诗人的胸襟广大能容源于他的佛学造诣及其佛行的通脱彻底。纵观诗人的诗学生涯,不计在朝在野、仕进仕退,他不曾有一个敌人,更无一个私敌、死敌。因"乌台诗案"获罪的苏轼,时为新法的反对者,在议处对其的发落时,王安石讲:"岂有圣世而杀才士乎?"最后"以公一言而决"。这不仅是一种姿态、风度,更是佛家情怀和佛家悲智双适的一贯性体现。诗人为自己的妹妹送行有诗句:"草草杯盘供笑语,昏昏灯火话平生";诗人劝导想念自己的女儿诗书并复,次韵、再次,直以佛典示教:"秋灯一点映笼纱,好读楞严莫念家。能了诸缘如梦事,世间唯有妙莲花"(《再次前韵》)。据称王安石一家的女子亦均富才情,其姑母、其妹及其长女、次女、侄女乃至其妻吴国夫人等,俱能诗文,难怪近代学者梁启超叹赏:"实可为家庭之模范者也。"

　　王安石诗事创新,曾在形式上做过多种尝试,"集句"一式也是诗人首倡;六言诗因其平仄粘对、声律要求等颇难协调,少有诗人问津涉足,偶或试笔,成功亦少,王维是此中佼佼者。也许是因为"难为之"的刺激,王安石尝试了,且颇见成效,诗人有《题西太一宫壁二首》(其一)传世:"柳叶鸣蜩绿暗,荷花落日红酣。三十六陂春水,白头想见江南。"

该诗被认为是王安石压卷作,"六言绝句,如王摩诘'桃红复含宿雨'及王荆公'杨柳鸣蜩绿暗',二诗最为精绝,后难继者。"(《玉林诗话》)其他如诗人钟爱的联语:"春风自绿江南岸"的修辞胜例,"宛若风皱水纹,月翻花影"等,均是王安石寄情山水,流连自然,俱味禅悦大收成,凡此种种亦都进入了研究者宫波满心欢喜的领地,相信读到该书的读者,定会联系自己的佛禅习得,读写经历,看出自己喜欢的王安石。

约在七八年前,掌一高校的宫波萌生攻读博士学位的心思,既生是想,即付践行,他是那种目标既定,就全身心投入的人。考取翌日便成为全日制在校博士生。在校他一住就是四年。学校图书馆,文学院资料室、阅览室,是他的研读场,其中的工作职员都成了他的朋友,新一轮"三点一线"的读书生涯他惜分惜秒,查阅文献,网购资料,知性寻索的触角甚至伸向了大洋彼岸。思忖宫波求学业绩所达到的高度、深度,因缘多多,宿因昭昭,尘寰世界普遍感受到的有限性和无力感并未成为他时或来袭的威慑、压迫,佛禅之于生命的胜解,一直在支持着他,鼓舞着他,使他成为一个颖悟者。"读书真是福,饮酒亦须才。"师生交游交谊的数年里,可歌可泣可诉诸文字的雅俗事,桩桩件件,今借著作付梓际,絮叨序之,不得是书精义。忆念旧谊,情怀所系,养心生趣,是所欣焉。

2015年3月8日(乙未灯节后三日)
识于吉林大学世纪三栋"有风自南斋"

第一章　王安石的佛禅修习和林下交游

"南朝四百八十寺，多少楼台烟雨中"，这是唐代大诗人杜牧对江南佛教盛行的形象描写。在这种浓厚的佛教氛围中成长的人们，很难绕开这种地域文化和风俗，在耳濡目染中感受着这种文化。王安石也不例外，"他的出生地周边有寺庙近六十所，而且派别纷呈，争奇斗艳。家乡西南的青原山是禅宗重要的道场，禅宗六祖慧能的大弟子青原行思在此弘法。家乡西北有马祖道一开辟的禅宗道场——南昌祐民寺，静靖县宝丰寺。可谓寺庙星罗棋布，僧尼行走如织、佛法播扬悠久。"[①] 后来王安石随父王益迁住禅宗最重要的祖庭，六祖慧能传道之地——韶州，直到归宿香火鼎盛之地——金陵，可以说王安石一生都没有离开过佛教。但就王安石从接触佛教到修习佛教而言，经历了一个漫长的思想抉择过程。这与他的人生境遇有着直接的关系。对人生困惑的探求和内心的需求是王安石修习佛教的主要原因。王安石人生的每一个阶段，对佛教的认知态度都有所不同，前期主要出于博采众长的学术观点，他认为任何学术知识只要是合理的，就是可以利用和吸收的。于是他提出了"尽经有取舍"的大儒学术观，意欲将佛教中的合理因素吸纳过来，发展儒家思想，从而光大儒学，超越佛教，使儒学重新获得统治地位。后期随着际遇的不达，佛教成了王安石主要的精神支柱。其对佛教的修习不仅仅局限于吸取，更确切地说应该是精研，并付诸身体践行。为此，他林下交游，造访高僧名士，以寺为家，注读佛经，终老于禅院。目前学术界对王安石佛教修习

---

① 韩溥：《江西佛教史》，光明日报出版社1995年版，第66—70页。

和林下交游的诗歌研究还有些笼统化、概括化，深入细致地辨析还略显不足，笔者将根据王安石的人生践履和诗歌中表现的心路历程，分析他的佛禅修习和林下交游。

第一节 王安石的佛禅修习

一 家乡的佛教氛围及早期的学术思想

王安石，字介甫，宋真宗天禧五年（1021）生于江西抚州临川县。① 江西是佛教非常活跃的地区，自唐代就有"求官去长安，求佛去江西"② 的说法。王安石的家乡更是禅风鼎盛之地，他从小就生活在这种浓郁的佛教氛围中。唐至五代百余年间，六祖慧能创建的中国佛——禅宗，一花五叶，在江西大地上开花结果。有宋一代，曹洞宗、云门宗、法眼宗各有传承，但当朝最兴盛的还属临济和云门二宗。临济宗在发展过程中又分化成杨岐、黄龙二派。杨岐派以袁州杨岐山为道场（今江西萍乡），创始人为方会禅师。黄龙派以隆兴府黄龙山为道场（今江西南昌），创始人为慧南禅师。王安石之于佛禅多与云门宗，临济宗杨岐、黄龙二派僧人交往。但这里要强调的是，王安石并非自小就信奉佛教，他出身于儒学传承的士大夫家庭，早期的学术思想还是以儒学为主的。

（一）家乡的佛教氛围

王安石家乡西南的青原山是禅宗重要道场之一，"禅宗六祖慧能的大弟子青原行思在此弘法，开青原一系。"③ 这一系中的曹洞宗尤为盛行，曹洞宗因所处江西曹山与高安洞山而得名。创始人为洞山良价和曹山本寂。曹洞宗继承并发扬了青原、石头系比较注重从心与物、理与事的关系中去强调

---

① 梁启超：《王安石传》附录王荆公年谱："天禧五年（1021）1岁，父王益，字损之，时判临江军，生王安石"；东方出版社2009年版，第295页。王安石撰，李璧注：《王荆文公诗李璧注》卷二十《忆昨诗示诸外弟》："公生天禧五年辛酉"，上海古籍出版社1993年版。（清）蔡上翔：《王荆公年谱考略》，上海人民出版社1959年版，第39页。
② 田勇、刘明光：《江西佛教旅游资源评价与开发》，《江西社会科学》1999年第4期。
③ 韩溥：《江西佛教史》第八章青原行思系，光明日报出版社1995年版，第222—240页。亦有传见《五灯会元》卷五；《景德传灯录》卷五；《宋高僧传》卷九；《祖堂集》卷三。

人的地位，其宗风历来有"家风细密，言行相应，随机利物，就语接人"之称。师徒传法并不行临济、德山之棒喝，也不多言多说，玩弄禅机，而是应机接人，方便开示，以事显理，敲唱为用，以理事圆融来指导践行，劝学者行解相扶，自在解脱。系下著名高僧有云居道膺、芙蓉道楷、丹霞子淳、净因法成、洪州宝峰惟照、石门元易、净因自觉、圆通得止。①

王安石家乡西北有马祖道一开辟的禅宗道场——南昌祐民寺、静靖县宝丰寺。马祖道一是六祖慧能弟子怀让的高徒，怀让禅师因马祖道一而闻名。唐天宝初年，马祖道一到临川（今江西临川县）西山弘法，后于大历四年将活动中心迁到洪州（今江西南昌）的祐民寺。马祖道一广收门徒，仅入室弟子就有139人，开创了影响深远的"洪州禅"。胡适称马祖道一为"中国最伟大的禅师"，宋代最活跃的临济宗即源于"洪州禅"。马祖道一强调即心即佛，佛语心为宗，无门为法门，心外无佛，佛外无心。无善无恶，不思善也不思恶就是净秽双遣，真俗不二。欲界、色界、无色界本不实存，全由心生，心是万物的根本。森森万象，品物流杂，都是一法所派出。马祖道一法系的高僧有怀海、灵祐、慧寂（沩仰宗的开创者）、希运、义玄（临济宗的开创者）、楚圆（自楚圆开始临济宗的活动开始南移）、慧南（临济宗黄龙派的开创者）。②

"王安石10岁随父王益迁住韶州"，③韶州是禅宗的祖庭，六祖慧能弘法传道之地，是这里使中国禅宗进入了一个新的历史阶段，世人皆知"曹溪一滴水，润泽天下人"，后世凡言禅者，皆本曹溪。④可见，韶州对禅宗

---

① 韩溥《江西佛教史》第十二章曹洞宗，光明日报出版社1995年版，第279—296页。杨曾文：《唐五代禅宗史》，中国社会科学出版社1999年版，第491—527页。

② 韩溥《江西佛教史》第九章南岳怀让系，光明日报出版社1995年版，第241—257页。"马祖道一"亦有传见《五灯会元》卷三；《祖堂集》卷十四；《宋高僧传》卷十；《景德传灯录》卷六；《四家语录》卷一。

③ 梁启超：《王安石传》附录王荆公年谱："天圣八年（1031）10岁，王益以殿中丞知韶州。三年以忧去"；东方出版社2009年版，第296页。李德身：《王安石诗文系年》："天圣八年（1031）10岁，是年父益以殿中丞知韶州，安石随行。"陕西人民教育出版社1997年版，第19页。（清）蔡上翔：《王荆公年谱考略》，上海人民出版社1959年版，第41页。

④ 《五灯会元》卷一，六祖慧能大鉴禅师。亦见《坛经》行由品第一："时，大师至宝林，韶州韦刺史与官僚入山，请师出。"行由品第一，主要记叙了慧能大师在曹溪宝林寺时，应韶州刺史韦璩之邀于大梵寺为众生讲述自己的平生及得法因缘。印顺《中国禅宗史》："慧能在韶州行化四十多年，予禅宗以极深远影响。"上海书店出版社1992年版，第319页。

发展的重要性。韶州的云门山是云门宗的发祥地，云门宗为青原法系化出的又一个宗派。创始人为石头门下天皇道悟三世法孙雪峰义存的高徒文偃，后人又称云门文偃。① 云门宗上承石头希迁的宗风，在禅学思想上强调无心任自然，一切现成，在接机方式上则注重截断学人情思，促其无心自悟。云门宗的宗风常被形容为"孤危耸峻，人难凑泊"，其不仅以棒喝接引学人，而且还常常以片言只语来应答，非上根基者往往摸不着头脑。云门宗法系下高僧有怀琏、居讷、晓聪、契嵩、晓舜、守亿、佛印了元。韶州三年是王安石的重要成长阶段，他在《与祖择之书》中称"某生十二年而学"②，这表明王安石自十二岁已经开始系统地学习儒家经、史、子、集，是否涉猎佛学知识，不得而知，但可以肯定佛教文化的博大精深对他的成长起到了潜移默化的影响。

景祐三年（1036）王安石随父王益来到香火极盛的金陵（今江苏南京），金陵为六朝古都，早在东晋南朝时期金陵的佛教和寺院就得到了发展。③ 自东吴以后，迅速发展成为南方的佛教中心。五代时，文益禅师在金陵大弘佛法，创立了法眼宗。到南唐时期，由于南唐帝王的崇佛，使这里名刹大寺极多，高僧辈出。在这种浓厚的佛教文化氛围中，王安石开始第一次真正的接触佛教。他在《记扬州龙兴寺十方讲院记》中说，"予少时，客游金陵，浮屠慧礼者，从予游"④。但这并不能说明王安石就此信佛，只能说这是对佛教的一种友善。为此，笔者认为王安石早期的佛教接触只能是感性的，是对寺院风景的一种赏识和游历。其间，王安石对佛教的友善亦有着家庭的原因，他在《城陂院兴造记》中是这样写的："灵谷者，吾州之名山，卫尉府君之所葬也。山水之东出而北折，以合于城陂。陂上有屋曰'城陂院'者，僧法冲居之，而王氏诸父子之来视墓者，退辄休于此。当庆历之甲申，法冲始传其毁而有之。至嘉祐之戊戌，而自门至

---

① 洪修平《中国禅学思想史》："云门宗为青原法系化出的又一个宗派，形成于五代，创始人为石头门下天皇道悟三世法孙雪峰义存的高徒文偃，因其住韶州云门山而得名"；中国人民大学出版社2007年版，第261页。

② 王安石撰，李之亮笺注：《王荆公文集笺注》，巴蜀书社2005年版，第1367页。

③ （清）蔡上翔：《王荆公年谱考略》："忆昨诗"，上海人民出版社1959年版，第41页。

④ 王安石撰，李之亮笺注：《王荆公文集笺注》，巴蜀书社2005年版，第1595页。

于寝,浮屠之所宜有者,新作至皆具。乃聚其徒而谋之曰:'自吾与尔有此屋,取材于山,取食于田,而又推其余以致所无,然犹不足以完也,而又取货力于邑人以助,盖为之以八年而后吾志就,其勤如此,不可无记。惟王氏世与吾接,而卫尉府君之葬于此也,试往请焉,宜肯。'于是徒相与砻石于庭,而使来以请。"① 从此文可以看出,王安石的祖父葬于"城陂院"附近,而王安石的父亲王益生前经常带领王安石兄弟来此扫墓,每次必住"城陂院",并与僧人法冲交善。由此看来,王安石与佛教的友善跟家庭的影响是分不开的,以致在他的生命中埋下了宽护与寄托佛教的种子。

(二)早期的学术思想倾向

虽然王安石生活在佛教氛围浓厚的南方,但他并非自小喜欢佛教,只能说早年佛教的思想在他心目中的印象是隐形的、潜在的。笔者认为,一个人的成长离不开以下两点因素,首先是内部因素,也就是家庭因素;其次是外部因素,也就是社会因素。纵观文献资料,王安石早期的学术思想主要是以儒学为主。其影响主要来自三方面:一是中国传统的教育模式和父亲对他的影响;二是来自求学过程中所接触儒生的影响,其中包括曾巩、李通叔;② 三是初仕时进取心的自我感悟。

中国的传统教育模式是儒学,王安石虽然生活在一个儒门淡薄的年代,但统治阶级还是以儒家的道德规范来理政。王安石父亲王益于祥符八年(1015)中进士,后历任建安主簿、临江军判官,出领新淦县,知庐陵县、新繁县,知韶州,通判江宁府,官至尚书都官员外郎,宝元二年(1039)年卒,享年四十六,庆历八年(1048)葬江宁府江宁县牛首山。③ 王安石在《先大夫述》中云:"公讳某,始字损之,年十七,以文干张公咏,张公奇之,改字公舜良。"④ 王益自幼勤奋好学,具有令人惊赞的文学

---

① 王安石撰,李之亮笺注:《王荆公文集笺注》,巴蜀书社2005年版,第1589页。
② (清)蔡上翔:《王荆公年谱考略》,朋友考:"当考荆公生平,其交游最厚者,自曾子固而外,则有孙正之、王逢原、孙莘老、王深父、刘原父、贡父、丁原珍、常夷甫、崔伯易诸人。此皆文学行宜见推于世,大贤者也。"上海人民出版社1959年版,第432页。
③ 梁启超:《王安石传》附录王荆公年谱;东方出版社2009年版,第296页。
④ 王安石撰,李之亮笺注:《王荆公文集笺注》,巴蜀书社2005年版,第1152页。

天赋,并得到当时政治家张咏的欣赏。这一点王安石与他的父亲有着惊人的相似之处,《宋史·王安石传》亦云:"安石少好读书,一过目终身不忘。其属文动笔如飞,初若不经意,既成,见者皆服其精妙。"① 王安石不但遗传了父亲的聪颖,在与父亲的宦游过程中还学会了如何做好一个地方官和如何做人的道理。他在《先大夫述》中不但全面地评价了父亲的政绩,还对父亲的品德加以赞扬。亦云:

  公于忠义孝友,非勉也,宦游常奉亲行,独西川以远,又法不听,在新繁,未尝剧饮酒,岁时思慕,哭殊悲。其自奉如甚啬者,异时所有以贷于人。治酒食,须以娱其亲,无秋毫爱也,人乃或以奢。居未尝怒笞子弟,每置酒,从容为陈孝悌仁义之本,古今存亡治乱之所以然,甚适。其自任以世之重也,虽人望则亦然,卒之官不充其材以夭,呜呼!其命也。呜呼!其命也!②

  王益为人正直,不惧权贵,刚正不屈,忠于职守,为民造福,深得百姓的爱戴和称颂。家庭生活方面,他孝敬父母,善待子女,显示出高尚的品德。在这一点上,欧阳修赞誉王安石"刚而不屈"性情与其父、祖可谓一脉相承。王安石后来曾回忆其父说:"先人之存,安石尚少,不得备闻为政之迹。然尝侍左右,尚能记诵教诲之余。盖先君所存,尝欲大润泽于天下,一物枯槁,以为身羞。"③ 诚然,王益是一个标准的儒家门徒,他是王安石早期学术思想的启蒙人。王益对王安石的影响使得王安石在后来的宦海生涯中,恪守儒道,忠于使命,不苟于钱财,进退自有操守。

  在王安石早期学术思想形成的过程中,曾巩可以说起到了关键性的作用。一个偶然的机会使二人在京城相识,曾巩是来京应试,王安石是随父进京。有关二人的结识,曾巩在《寄王介卿》一诗中是这样描写的:"忆

---

① (元)脱脱等:《宋史》卷三百二十七,中华书局1977年版,第2690页。
② 王安石撰,李之亮笺注:《王荆公文集笺注》,巴蜀书社2005年版,第1153页。
③ (宋)王安石著,唐武标校:《王文公文集》卷三十三,上海人民出版社1974年版,第98页。

昨走京尘，衡门始相识。疏帘挂秋日，客庖留共食。纷纷说古今，洞不置藩域"①。二人于秋天在京城相识，他们一起吃饭，一起畅谈古今，大有相见恨晚的感觉，彼此由于情趣相投而成为朋友。至此，相互书信来往，切磋学问，诗文往来频繁，友情与日弥笃。王安石寄曾巩的诗文有：《同学一首别子固》、《赠曾子固》（庆历三年）、《寄曾子固一首》（庆历七年）、《得子固书因寄》（皇祐二年）、《答曾子固书》（作年不详）。曾巩致王安石的诗有：《酬介甫还自舅家书有感》（庆历二年），《怀友一首寄介卿》、《寄王介甫》（庆历三年），《之南丰道上寄介卿》（庆历五年），《发松门寄介甫》、《江上怀介甫》、《与王介甫第一书》（庆历七年），《与王介甫第二书》（嘉祐二年），《与王介甫第三书》（治平二年），《过介甫》、《过介甫偶成》、《秋日感受事示介甫》（熙宁元年），《寄王荆公介甫》。元丰五年与曾巩的相识，使王安石对儒学产生了浓厚的兴趣，并开始潜心钻研。此外，在金陵求学期间，王安石还经常与好友李通叔共同探讨儒教学问。王安石在《李通叔哀词并序》中记载了二人的交往：

> 初，予既孤，寄金陵家焉。从二兄入学为诸生，常感古人汲汲于友，以相镌切，以入于道德。予材性生古人下，学又不能力，又不得友以相镌切以入于道德，予其或者归为涂之人而已邪？为此忧惧。既而遇通叔于诸生间，望其容，而色睟然类君子，即而与之言，皆君子之言也。其容色在目，其言在耳，则予放心不求而归，邪气不伐而自遁去。求其所为文，则一本于古，华虚荡肆之学，盖未尝接于其心，诚有以开予者。予得而友之，忧惧释然，作《太阿》诗贻之，道气类之而同合也。通叔亦作《双松》诗，道气类之，同而期之久也，以为报。自予之得通叔，然后知圣人户庭可策而入也。是不唯喻于其言而已，盖观其行而得焉为多。其再斥于太学而归也，予待礼部试，留京师……其道之不及民也，又悲天之不予相也，作哀辞。②

---

① （宋）曾巩：《曾巩集》，陈杏珍、晁继周点校，中华书局1984年版，第18页。
② 王安石撰，李之亮笺注：《王荆公文集笺注》，巴蜀书社2005年版，第1168页。

8　佛家怀抱　俱味禅悦

　　王安石早期的道德观是纯朴和自然的。他认为入道首先要靠自身的天赋与后天的努力；其次要靠朋友们在学术上的切磋砥砺。李通叔，相貌堂堂，言行如一，君子也，他所追求的道德观与自己相同，因此，能开启自己的浑蒙，与他一起入于道德，共同探讨圣人之学，对自己的身心修为是有帮助的。王安石还称李通叔崇尚古文，绝华虚荡肆之学，其文道观是一贯的，不务骈丽。认为这样一个才华出众的人，不长寿太可惜了。

　　王安石在父亲和朋友的影响下，刻苦钻研儒学，于庆历二年（1042）高中进士，时年二十二岁。不久就任"签书淮南节度判官厅公事"，任上，王安石结识了诤友孙正之，王安石在《送孙正之序》中云：

　　　　时然而然，众人也；己然而然，君子也。己然而然，非私己也，圣人之道在焉尔。夫君子有穷苦颠跌，不肯一失诎己以从时者，不以时胜道也。故其得志于君，则变时而之道，若反手然，彼其术素修而志素定也。时乎杨、墨，己不然者，孟轲氏而已；时乎释、老，己不然者，韩愈氏而已。如孟、韩者，可谓术素修而志素定也，不以时胜道也，惜也不得志于君，使真儒之效不白于当世，然其于众人也卓矣。呜呼！予观今之世，圆冠峨如，大裙襜如，坐而尧言，起而舜趋，不以孟、韩之心为心者，果异众人乎？予官于扬，得友曰孙正之，正之行古之道，又善为古文，予知其能以孟、韩之心为心而不已者也。[①]

　　此文是王安石现存最早阐明自己儒学观点的文章。文章通过自己对君子和众人的比较分析，来阐明如何遵循圣人之道。他认为，圣人之道就是以"孟子之道为道，以韩愈之心为心"。两人终身学术，盖未之有易。他主张不随流俗，坚持己见，不损害先王之道，不改变儒家的气节。他不仅希望有孟、韩的学识精神，还希望比他们更幸运。他相信，圣人之学者一旦得到君主的信任，便会轻而易举地用自己所学改变天下的风气。文章在表达王安石儒学思想的同时，还展现了王安石远大的政治抱负。

───────

① 王安石撰，李之亮笺注：《王荆公文集笺注》，巴蜀书社2005年版，第1633—1634页。

王安石、孙正之、曾巩、李通叔倡导古文之道，是欧阳修古文运动的继续和发展，是对不合理浮华文风的一种抗争。他们力图借此推行古道来改变不合理的现实，使之真正符合纯正儒家的政治理想，从而实现他们以儒治国安邦的宏伟志向。

二 执政变法期对佛禅的吸纳

济世期间是仁宗庆历二年（1042）三月，中进士，签淮南判官始，至熙宁九年（1076）止。在此期间，他先后经历了任地方官、担任京官、丁母忧居丧讲学、到执政变法的仕途人生。[①] 从中他感受了人生的千姿百态，体会了成功和失败。于是，习惯博览群书的他，不断地从广博的知识中汲取营养，以为经世致用。在此，笔者主要探讨和分析王安石在不同时期对佛禅思想的吸纳和借鉴。

（一）任地方官时期

自宋仁宗庆历二年（1042）到嘉祐五年（1060），是王安石任地方官时期，除庆历六年（1056）短暂地任大理评事外，均在地方任职。其间，他历任签书淮南节度厅判官公事、鄞县知县、舒州通判、常州知州、江东提点刑狱等职务，[②] 在此期间，王安石深受欧阳修等人"庆历新政"改革思潮的影响，他勤于学习，敏于政事。不仅以儒家思想方式理政，还频繁地接触佛教。

鄞县佛教氛围浓厚，境内古刹众多，高僧云集，台禅诸宗，毕会于此。王安石初到鄞县，勤政爱民，造福一方。据邵伯温《邵氏闻见录》卷十一记载，王安石在鄞县"读书为文章，二日一治县事。起堤堰，决陂塘，为水陆之利；贷谷于民，立息以偿，俾新陈相易；兴学校，严保伍，邑人便之"。[③] 兴修水利期间他走遍了鄞县的十四个乡村，白天督促人民挖沟修渠，晚上借住寺庙，闲暇时间与僧交谈。在此，不但了解了当地

[①] 梁启超：《王安石传》附录王荆公年谱，东方出版社2009年版，第297—303页。（清）蔡上翔：《王荆公年谱考略》，上海人民出版社1959年版，第43页。
[②] 梁启超：《王安石传》附录王荆公年谱，东方出版社2009年版，第297—300页。
[③] （宋）邵伯温：《邵氏闻见录》卷十一，中华书局1983年版，第118页。

的风土人情，更进一步密切了和佛教的关系。他在《鄞县经游记》中有这样的记载：

> 庆历七年十一月丁丑，余自县出，属民使浚渠川，至万灵乡之左界，宿慈福院。戊寅，升鸡山，观碶工凿石，遂入育王山，宿广利寺，雨不克东。辛巳，下灵岩，浮石湫之壑以望海，而谋作斗门于海滨，宿灵岩之旌教院。癸未，至芦江，临决渠之口，转以入于瑞岩之开善院，遂宿。甲申，游天童山，宿景德寺。质明，与其长老瑞新上石望玲珑岩，须猿吟者，久之而还，食寺之西堂，遂行，至东吴，具舟以西。质明，泊舟堰下，食大梅山之保福寺庄，过五峰，行十里许，复具舟以西，至小溪以夜中。质明，观新渠及洪水湾，还食普宁院。日下昃，如林村。夜未中，至资寿院。质明，戒桃源、清道二乡之民以其事。凡东、西十有四乡，乡之民毕已受事，而余遂归云。①

文中慈福院、灵岩山旌教院、保福寺、普宁院、资寿院均为佛家深修之地。其育王山即阿育王山。《宝庆四名志》卷十三云："阿育王山，在贸山之东，高数百仞。阿育王见灵，建寺其下，因以名山。寺有径路可上。山腰有佛，左足迹入石二寸余。峰顶有亭，望海中山，如丘垤然。"② 阿育王山广利寺环链禅师居之，法席鼎盛，名闻天下。皇祐二年，环链迁净因禅院。天童山景德寺是瑞新禅师道场。文中我们可以看出，王安石在十二天的督办兴修水利中，不断地与佛教中人交往，对佛教的认识也逐渐加深。可谓，熏习宗风、沐浴法雨，收获颇丰。最难能可贵的是，他与天童山景德寺高僧瑞新的交往被传为一段佳话，本章第二节将专门论述。

王安石在闲暇时还曾游历过天台山和新昌大佛寺。幽谷奇峰，古木老僧，每令时人心折；名山圣迹，神工人文，触目皆见。除此之外，王安石在知鄞县经余姚时，写下了《龙泉寺石井二首》。知鄞县经杭州时，亦作有《杭州修广师法喜堂》《法喜寺》等与佛禅有关的诗文。鄞县三年不但

---

① 王安石撰，李之亮笺注：《王荆公文集笺注》，巴蜀书社2005年版，第1584页。
② 同上书，第1585页。

第一章　王安石的佛禅修习和林下交游　11

给王安石留下了十分美好的印象，而且与佛教的密切接触，使他汲取了丰富的佛教知识，从而彻底改变了他前期对佛教的粗浅认识。

皇祐三年到至和元年（1054），王安石任舒州通判。① 舒州是禅宗的圣地之一，也是禅宗三祖僧璨大师行化之处。释道原《景德传灯录》卷三云："第三十祖僧璨大师者，不知何许人。初以白衣谒二祖，即受度传法，隐于舒州之皖公山，属后周武帝破灭佛法，祖往来太湖县司空山，居无常处……唐玄宗谥鉴智禅师觉寂之塔，师信心铭。契嵩传法宗正纪：璨尊者以风疾出家，及居山谷，疾虽愈而其元无复发，故舒人号为赤头璨。"② 舒州的名胜大多与三祖有关，三祖不重文字，唯有《信心铭》传世。王安石亦有《璨公信心铭》："洹彼有流，载浮载沉。为可以济，一壶千金。法譬则水，穷之弥深。璨公所传，等观初心。"③ 文章字里行间表达了对三祖的崇敬和对佛法的通悟。该文虽作于元丰中居金陵时，但就王安石对三祖的情结应起因于舒州。王安石在游山谷寺石牛洞时作有《题舒州山谷寺石牛洞泉穴》一诗："水泠泠而北出，山靡靡以旁围。欲穷源而不得，竟怅望以空归。"李壁注曰："一作《留题三祖山谷寺石壁》，公自注云：'皇祐三年九月十六日，自州之太湖过怀宁县山谷乾元寺宿，与道人文锐、弟安国拥火游石牛洞，见李翱习之书，听泉久之。明日复游，乃刻习之后。'"④ 沈氏注曰："《一统志》：'山谷寺在潜山县西北二十里，寺东北隅，有三祖璨大师塔。梁大同二年，以山谷为名。石牛洞在县西北十五里。'《江南通志》：'灊（音潜）山支山，曰三祖山，有璨师塔，一名山谷，宋黄庭坚寓此，取以自号。寺旧名乾元寺。梁僧宝志卓锡之地。宋太宗时，有舒民柯萼，遇老僧住万岁山。指古松下，掘得石篆。乃志公记圣祚绵远之文。进之朝，名瑞石。遣使致谢，谥曰宝公，赐号道林真觉禅师。按乾元寺额，盖即太宗所赐也。'"⑤ 在舒州期间王安石还作有《寄题修广明碧轩》《书

---

① 梁启超：《王安石传》附录王荆公年谱："是年通判舒州，召试馆职不就。"东方出版社2009年版，第298页。（清）蔡上翔：《王荆公年谱考略》，上海人民出版社1959年版，第68页。
② （宋）释道原：《景德传灯录》卷三，《大正藏》卷五十一，第196页。
③ 王安石撰，李之亮笺注：《王荆公文集笺注》，巴蜀书社2005年版，第15页。
④ 王安石撰，李壁注：《王荆文公诗李壁注》卷十八，上海古籍出版社1993年版。
⑤ （清）沈钦韩：《王荆公诗文沈氏注》卷十八，中华书局1959年版，第39页。

瑞新道人壁》《昆山慧聚寺次孟郊韵》《昆山慧聚寺次张祜韵》《自白土村入北寺二首》等与佛禅有关的诗歌，其著名诗作《杜甫画像》亦完成于此时。舒州三年可以看出，王安石不但进一步加深了对佛教的了解，而且对佛教产生了浓厚的兴趣。

任地方官时期是王安石诗歌的发轫期，有据可考的诗歌近百首，其诗内容丰富，题材广泛，诗歌注重对现实生活的观察和思考，有强烈的针对性。著名的代表作品如《收盐》《省兵》《发廪》《感事》《兼并》等。涉及佛禅的诗歌有《登飞来峰》《修广师法喜堂》《游杭州圣果寺》《发粟至石陂寺》《答瑞新十远》《天通山溪上》。① 柯昌颐《王安石评传》第十八章谓："安石方为鄞令时，有授以古之诗世所不传者二百余篇，安石观之，知为杜甫之遗诗，《洗兵马》一篇在焉。"② 杜甫之遗诗的偶得，对王安石的诗歌创作影响很大。

这一时期的诗歌，体裁上多为古体诗，侧重议论和白描，已经具有了以文为诗的倾向。除任常州知州和江东提点刑狱期间与佛教交往较少外，王安石任地方官时期与佛禅交往由初涉到频繁，由认识到喜爱，不但汲取了丰富的佛教知识，而且还丰富了他早期诗歌的创作内容，为他晚年寄予佛教、以寺为家埋下了禅因佛种。

（二）担任京官时期

自至和二年（1055）入京为群牧判官起，到嘉祐八年（1063）母丧离京前，是王安石担任京官时期。除嘉祐二年出知常州、三年调为江东提刑外，王安石一直在京为官，先后担任群牧司判官、三司度支判官、修起居注、知制诰等职务。③ 在这一时期，王安石目睹了北宋王朝的危机四伏，对上层官员们因循守旧、苟且偷安有着深刻的感悟，对每况愈下的政治形势深感担忧，促使他改革的信念更加成熟。出于对现状的厌烦，王安石多

---

① 李德身：《王安石诗文系年》，陕西人民教育出版社1987年版，第29—74页。（清）蔡上翔：《王荆公年谱考略》，上海人民出版社1959年版，第74页。
② 李德身：《王安石诗文系年》，陕西人民教育出版社1987年版，第45页。
③ 梁启超：《王安石传》附录王荆公年谱，东方出版社2009年版，第299—300页；亦见李德身《王安石诗文系年》，陕西人民教育出版社1987年版，第87—156页。（清）蔡上翔：《王荆公年谱考略》，上海人民出版社1959年版，第82—143页。

次申请外任。《邵氏闻见录》卷十一引司马光语："至和中，召试馆职，固辞不就。乃除群牧判官，又辞，不许，乃就职。"①

嘉祐三年（1058）二月，他被任命为江南东路刑狱，尚未施展抱负，嘉祐四年（1059）秋，又入朝为三司度支判官。王安石任地方官时难得见到皇上，借述职之便利，他呈上近万字的《上仁宗皇帝言事书》。明确阐明了自己"变更天下之弊法，以趋先王之意"的改革主张。该文被梁启超称为"秦汉以来第一大文"②，可惜在当时未能引起仁宗的重视和回应。但值得一提的是，在朝任职期间他与欧阳修建立了深厚的友谊。本章第二节将专门论述。

嘉祐五年（1060）任三支判官、直集贤院、辽使，在使辽途中他创作了四十多首描写边塞经历的诗歌。嘉祐六年六月（1061）任知制诰，③专门负责撰写皇帝起居录，可谓天子近臣，于此期间王安石撰写了《上时政疏》进一步阐明自己的变法主张。后又锲而不舍地相继写有《上龚舍人书》《再上龚舍人书》，均未果。几次上书的失败对王安石的身心打击沉重，使他真正看到了出世的艰难和不易，从而更进一步提升了他与佛交往的愿望。

这一时期王安石的诗歌作品很多，可考的有 270 余首，诗歌题材广泛，内容丰富，涉猎面广。体裁上古体诗和近体诗并驾齐驱，风格上趋于精细，已经表现出工于对偶、精于用典的特色。王安石创作进步的原因，与嘉祐五年（1060）他编辑的《唐百家诗选》有直接的关系。其间王安石诗歌创作与佛禅有关的诗歌有《奉使道中寄育王山长老常坦》《过景德僧院》《登景德塔》。④可以看出，王安石这一时期与佛的交往仍停留在与高僧交游和寺庙游历阶段，至于对佛禅思想的吸纳，在任知制诰期间避免不了要涉及，因为宋代帝王崇佛已经是不争的事实。

---

① （宋）邵伯温：《邵氏闻见录》卷十一，中华书局 1983 年版，第 116 页。

② 梁启超：《王安石传》，东方出版社 2009 年版，第 78 页。（清）蔡上翔：《王荆公年谱考略》，上海人民出版社 1959 年版，第 97 页。

③ 梁启超：《王安石传》附录王荆公年谱，东方出版社 2009 年版，第 300 页；亦见李德身《王安石诗文系年》，陕西人民教育出版社 1987 年版。（清）蔡上翔：《王荆公年谱考略》，上海人民出版社 1959 年版，第 128—140 页。

④ 李德身：《王安石诗文系年》，陕西人民教育出版社 1987 年版，第 34—138 页。

（三）居丧讲学时期

自嘉祐八年（1063）秋母丧回江宁丁忧起，至治平四年（1067）秋被召为翰林学士入京前，是王安石居丧讲学时期。① 在这将近四年的时间里，他潜心于著述，完成了《淮南杂说》《洪范传》等重要的著作。后又因病未能应召赴阙，继续在江宁讲学。此间，除面授经术外，还不断作书回答学生与学者提问。他不断地宣传改革思想，为而后王氏新学的传播奠定了基础。其间，他勤于学习、博采众长，大量地阅读儒家、道家和佛家经典，走访高僧名士。据《续藏经》载：

> 安石，字介甫。丁母难，读书定林。往来蒋山，从赞元禅师游。一日，问元祖师意旨。元不答，公益扣之。元曰："公于般若有障者三，其近道之质一。更须一两生来恐纯熟。"公曰："愿闻其说。"元曰："公受气刚大，世缘深。以刚大气遭深世缘，必以身任天下之重，怀经济之志。用舍不能，则心未平。以未平之心，持经世之志。何时能一念万年哉？人多怒，而学问尚理于道，为所知愚。此其三也。特视名利如脱发，甘澹泊如头陀。此为近道。且当以教乘滋茂之，可也。"公再拜。后于首《楞严》深得其旨。又尝问真净克文禅师曰："诸经皆首标时处，独《圆觉》不然。何也？"文曰："顿乘所演，直示众生。日用见前，不属古今。老僧即今与相公同入大光明藏，游戏三昧，互为主宾，非关时处。"又曰："一切众生皆证圆觉，而圭峰易证为具，谓译人之讹。其义是否？"文曰："圆觉可易。则维摩亦可易也。维摩曰："亦不灭受而取证。证与证义有何异哉？盖众生现行无明三昧，即是如来根本大智。"圭峰之说，但知其具耳。公即领解。②

从此可以看出，王安石此时已经开始认真地研读佛经。有关王安石与

---

① 梁启超：《王安石传》附录王荆公年谱，东方出版社 2009 年版，第 300—301 页。亦见李德身：《王安石诗文系年》，陕西人民教育出版社 1987 年版，第 159—176 页。（清）蔡上翔：《王荆公年谱考略》，上海人民出版社 1959 年版，第 143—189 页。

② 《续藏经》第 719 册，《嘉泰普灯录》卷二十三，"荆公王安石居士"条，第 428 页。

赞元的交往，本章第二节将专门论述。

据笔者统计，王安石居丧讲学时期的诗歌创作并不多，可考的诗歌作品近50首，多是咏怀和唱酬诗，体裁上既有古体，也有近体，其诗歌艺术特点趋于成熟。其间，王安石还尝试词的创作。咏史词《桂枝香·金陵怀古》就创作于此时。这一时期与佛禅有关的诗有《华藏院此君亭》《华藏会故人》《饭祈泽寺》《祈泽寺见许坚题诗》等诗歌。从涉佛禅诗歌内容上看，王安石此时虽开始研究佛经，可诗歌中涉及佛经的内容却甚少。而更多的是将佛学有益于儒学的传承精神化解为王氏新学。如"见与师齐，减师半德，见过于师，方堪传授"，"依法不依语，依法不依人"，平等观等。有关这方面，在理学家批评的言论中也能得以证实。理学家斥王安石新学为异端邪说："'于学不正'，'杂糅佛道'或'学本出于刑名度数。'"[1] 苏轼曾在《六一居士集叙》中说："欧阳子没十有余年，士始为新学，以佛老之似，乱周孔之真，识者忧之。"[2] 明确指出新学之中掺杂了佛学的成分。程门弟子杨时说："然以其（王安石）博极群书，某故谓其力学；溺于异端，以从夷狄（指佛教），某故谓其不知道。"[3] 胡宏则认为，"王安石专用己意，训释经典，倚威为化，以利为罗。化以革天下之英才，罗以收天下之中流，故五十年间，经术颓靡，日入于暗昧、支离，而六经置于空虚无用之地"。[4] 理学家的批判不是无中生有的，宋代是三教融合的年代，王安石博采众长当然要吸纳佛教有益的知识，特别是在新学形成的早期，更要借鉴各家之长来形成自己的学术观点。而居丧讲学时期刚好是他新学思想形成的初期，其对佛学思想的吸纳是可想而知的。

（四）执政变法时期

治平四年（1067）正月，20岁的宋神宗继位。鉴于国力衰退，财力不

---

[1] 李华瑞、水潞：《南宋理学家对王安石新学的批判》，《河北大学学报》（哲学社会科学版）2002年第3期。

[2] 苏轼著、孔凡礼点校：《苏轼文集》卷十，中华书局1986年版，第316页。

[3] （宋）杨时：《龟山文集》，台湾影印文渊阁四库全书，（台湾）商务印书馆股份有限公司1986年版。

[4] （宋）胡宏：《五峰集》，台湾影印文渊阁四库全书，（台湾）商务印书馆股份有限公司1986年版。

足，人民贫苦，外患频仍。锐意改革的宋神宗内无良材，适逢曾公亮荐，三月，起用王安石知江宁府。九月，入京，除翰林学士。熙宁元年（1068）四月，以翰林学士越次入对。熙宁二年（1069）二月，以安石为参知政事，从此揭开了熙宁变法的帷幕。[①] 入朝不久，王安石便向神宗呈上《本朝百年无事札子》，奏折写道："然本朝累世因循末俗之弊，而无亲友群臣之议。……一切因任自然之理势，而精神之运，有所不加，名实之间，有所不察。君子非不见贵，然小人亦得厕其间；正论非不见容，然邪说亦有时而用。以诗赋记诵求天下之士，而无学校养成之法；以科名资历叙朝廷之位，而无官司课试之。监司无检察之人，守将非选择之吏；转徙之亟，既难于考绩，而游谈之众，因得以乱真。交私养望者多得显官，独立营职者或见排沮。故上下偷惰取容而已，虽有能者在职，亦无以异于庸人。农民坏于徭役，而未尝特见救恤，又不为之设官，以修其水土之利。兵士杂于疲老，而未尝申敕训练，又不为之择将，而久其疆场之权……宗室则无教训选举之实，而未有以合先王亲疏隆杀之宜。其于理财，大抵无法，故虽俭约而民不富，虽忧勤而国不强。赖非夷狄昌炽之时，又无尧、汤水旱之变，故天下无事，过于百年。"[②] 文章深刻地揭露了"民不富、国不强"，国家危机四伏的可怕现实，阐明了变法和改革的必要性和紧迫性。在神宗的支持下，王安石就经济、政治、军事和教育科举制度等方面开始了全面的革新。

随着对儒学体认的加深和对佛禅的深入了解，王安石真正认识到了儒门衰败的原因。他虽为纯儒，但却不封闭。变法过程中，他集思广益，对异学不是排挤，而是吸纳和包容。对佛教亦如此，他曾与宋神宗有这样一段对话："安石曰：'……臣观佛书，乃与经合，盖理如此，则虽相去远，其合犹符节也。'上曰：'佛，西域人，言语即异，道理何缘异？'安石曰：'臣愚以为苟合于理，虽鬼神易趣，要无以异。'上曰：'诚如此。'"[③] 这

[①] 梁启超：《王安石传》附录王荆公年谱，东方出版社2009年版，第301页；亦见李德身《王安石诗文系年》，陕西人民教育出版社1987年版，177—194页。（清）蔡上翔：《王荆公年谱考略》，上海人民出版社1959年4月版，第201页。

[②] 王安石撰，李之亮笺注：《王荆公文集笺注》，巴蜀书社2005年版，第135页。

[③] （宋）李焘：《续资治通鉴长编》，卷二百三十三，中华书局1979年版，第5660页。

段君臣对话很是通透，表明君臣对佛教都很宽容。文中，王安石将佛教的佛经与儒家的经典放于同等地位，认为佛经和六经都是圣人之经，本无两样。因为真理本无二。为此，王安石在变法中大量地吸收佛学思想，借鉴佛教思想提出了"祖宗不足法"的教育观。同样认为只有徒弟胜过师傅，这样的传法才能一代胜于一代。而这对于儒家传统礼教来说简直是叛教，儒家绝对不允许弟子胜过师傅的，这样做就是欺师灭祖。除此之外，他还认为佛不为害，佛自有其道理。他说："浮屠之法与世殊，洗涤万事求空虚。师心以此不挂物，一堂收身自有余。堂阴置石双嵘嵘，石脚立竹青扶疏。一来已觉心胆豁，况乃宴坐穷朝晡，忆初救时勇自许，壮大看俗尤崎岖。丰车肥马载豪杰，少得志愿多忧虞。始知进退各有理，造次未可分贤愚。会将筑室返耕钓，相与此处吟山湖。"① 王安石认为佛教与世俗的分别是：佛教不理万物，以空寂为所求；以心为师，万法皆变幻。信奉佛法的人进退各有道理，如果有朝一日返田筑室，享受垂钓之乐，与修广师共处以吟唱于山水之间，那是多么让人心醉之事啊！此时的他表现出对佛教之神往。

王安石执政变法时期的诗歌并不多，可考的有 70 多首（详见李德身《王安石诗文系年》），诗歌内容完全以变法为中心，至于与佛教有关的诗歌有《赠宝觉》《和僧惠岑游醴泉寺》《送惠思上人》《送僧惠思归钱塘》《惠崇画像》等作品。②

三 退隐后对佛禅的精研

入世与出世，兼济与独善是古代士大夫人生哲学中不可避免的根本矛盾。当政治理想和专制制度发生冲突时，隐逸的处世方式是他们最理想的选择。因此，美丽的田园风光、清寂的寺庙山水为士大夫们所神往，在这里他们能得到精神的慰藉和身心的寄托。孔子曰："用之则行，舍之则藏。"王安石深得儒教真传，其退隐山林之思早在回江宁为父扫墓时就已道破。其诗《任辰寒食》《池雁》《两马齿俱壮》《次韵酬朱昌叔五首》均表达了对政治生涯的疲倦和对退隐生活的向往。加上政治上的不得志、爱

---

① 王安石撰，李壁注：《王荆文公诗李壁注》卷二十，上海古籍出版社 1993 年版。
② 李德身：《王安石诗文系年》，陕西人民教育出版社 1987 年版，第 177—194 页。

子早逝、疾病缠身，使他的身心极度痛苦。熙宁八年（1075）二月二次为相时，让他清楚地认识到国家发展前景的渺茫，极度困惑中，他于熙宁九年（1076）再次辞去宰相之位，退居江宁。

（一）寄身佛禅

王安石退隐江宁后，于元丰二年（1079）在城郊修建住所，起名"半山园"。① 他曾在《示元度》中云："今年钟山南，随分作园囿。"李之亮在《王荆公诗注补笺》中曰："随分，犹云随便也，含有随处、随意各意"的意思。王安石在建房选址的过程中没有多加考虑，随意找个地方就建起了宅子，与所有隐士一样，过起了闲云野鹤的生活。起初他还挂有"判江宁府"的头衔，后来索性全部辞去，真正体会到了无官一身轻的闲适。此时的他，再也无须顾忌儒门士大夫的批判和攻击，全身心地寄寓佛教当中。但笔者在此强调的是，王安石对佛教的寄寓只是出于精神上的寄托和佛学思想的研究，并未真正地皈依佛教。因为他至死都在坚持自己独特的儒学体系。他在《题永庆壁元泽遗墨数行》一诗中写道："永庆招提墨数行，岁时风露每凄伤。残骸岂久人间世？故有情钟未可望。"② 睹物思人，看着儿子的遗墨不禁泪如雨下，伤感无限，显示出归隐的无奈。可又有什么办法呢，而此时只有佛家的生死轮回能了却他对儿子的情感，没有了儿子，自己所拥有的一切又有什么用呢。但他深深地知道，"普天之下，莫非王土；率土之滨，莫非王臣"的道理。于是，他在熙宁九年（1076）撰写了《乞将荒熟田割入蒋山常住札子》。文中云：

> 臣父子遭值圣恩，所谓千载一时。臣荣禄既不及于养亲，雱又不幸嗣息未立，奄先朝露。臣相次用所得禄赐及蒙恩赐雱银，置到江宁府上元县荒熟田，元契共纳苗三百四十二石七斗七升八合，席一万七千七百七十二领，小麦三十二石五斗二升，柴三百三十束，钱五十四贯一百六十二文，省见托蒋山太平兴国寺收岁课，为臣父母及雱营办

---

① 李德身：《王安石诗文系年》，陕西人民教育出版社1987年版，第225页。（清）蔡上翔：《王荆公年谱考略》，上海人民出版社1959年版，第303页。
② 王安石撰，李壁注：《王荆文公诗李壁注》卷四十三，上海古籍出版社1993年版。

功德。欲望圣慈特许施行充本寺常住,令永远追荐。昧冒天威,无任祈恩屏营之至。取进止。①

看来,王安石还是相信佛家的业力轮回说的。佛教认为业的活动就是我们生死轮回的相续,业力轮回中只有善因才有善果。王安石希望通过营办功德,为亲人修冥福。

叶梦得《石林燕语》载:"王荆公在金陵,神宗尝遣内侍凌文炳传宣抚问,因赐金两百。荆公望阙拜跪受已,语文炳曰:'安石闲居无所用。'即庭下发封,顾使臣曰:'蒋山常住置田,祝延圣寿。'"②元丰七年(1084)春,王安石生病,自知不久于人世,六月请以江宁府上元县园屋为寺,他在《乞以所居园屋为僧寺乞赐额札子》中道:"顾迫衰残,糜捐何补,不胜蝼蚁微愿,以臣今所居江宁府上元县园屋为僧寺一所,永远祝延圣寿。"③魏泰记载:"元丰末,荆公被疾,奏舍此宅为寺,有旨赐名报宁。既而荆公疾愈,税城中屋以居,竟不复造宅。"④报宁禅院,皇帝的赐名,宰相的故居使原本并不出众的宅舍成了佛家著名的寺院,王安石还聘请著名僧人真克净文来做住持,更进一步提高了寺院的威望。至此,王安石没再修建宅邸,病愈后租居江南小宅。

王安石退隐生活的十年中,以佛家为依托,倾心佛教,将自己的钱财悉数赠予寺庙,知心感受佛禅妙灵为自己带来的抚慰,一切是是非非均在佛经义理中得以化解。他在《再答吕吉甫书》中写道:

> 示及法界观文字,辄留玩读,研究义味也。观身与世,如泡梦幻,若不以此洗心而沉于诸妄,不亦悲乎!相见无期,惟刮摩世习,共进此道,则虽隔阔,常若交臂,虽衰苶薾眊,敢不勉此?⑤

---

① 王安石撰,李之亮笺注:《王荆公文集笺注》,巴蜀书社2005年版,第200页。
② (宋)叶梦得:《石林燕语》卷十,中华书局1984年版,第145页。
③ 王安石撰,李之亮笺注:《王荆公文集笺注》,巴蜀书社2005年版,第198页。
④ (宋)魏泰:《东轩笔录》卷十二,中华书局1983年版,第139页。
⑤ 王安石撰,李之亮笺注:《王荆公文集笺注》,巴蜀书社2005年版,第2220页。

吕惠卿早年曾背叛王安石，晚年主动和好，并以"碾足之辞"来形容二者的关系。①"碾足之辞"出自禅宗公案，据《五灯会元》载："师（按，即五台隐峰禅师）一日推车次，马祖展脚在路上坐。师曰：'请师收足。'祖曰：'已展不缩。'师曰：'已进不退。'乃推车碾损祖脚。祖归法堂，执斧子曰：'适来碾损老僧脚底出来！'师便出于祖前，引颈，祖乃置斧。"② 能看出，王安石此言不但完全不计前嫌，而且传授修研佛法的妙理，此时，俨然马祖道一再现。除此之外，王安石晚年退隐时期还与僧人交往密切，本章第二节将详述。

（二）注解佛经

笔者研读《王荆公文集笺注》发现，王安石曾经担任过"译经润文官"，③他曾在《除平章事昭文馆大学士谢表》中曰：

> 臣某言，伏奉制命，特授臣尚书左仆射兼门下侍郎、同中书门下平章事、昭文馆大学士兼译经润文使，加食邑一千户，食实封四百户，仍改赐推忠协谋同德佐理功臣，寻具表陈免，蒙降批答不允……④

在《除左仆射谢表》又曰：

> 臣某言：伏奉制命，特授臣尚书左仆射兼门下侍郎、同中书门下平章事、昭文馆大学士兼译经润文使，加食邑一千户，食实封四百户。臣累具辞免，伏蒙圣慈特降批答不允……⑤

根据这两篇谢表，可证明王安石曾做过译经润文使，可见，他对佛经

---

① 邵伯温：《邵氏闻见录》卷九："惠卿即得位，遂判荆公。"又《全宋文》卷一七二一载元丰三年吕惠卿写给王安石的一封信："关弓之泣非疏，碾足之辞亦已。"
② （宋）释普济：《五灯会元》卷三，中华书局1981年版，第170页。
③ 《长编》卷一〇三："（天圣三年十月）庚午，宰臣王钦若为译经使。唐译经使以宰臣明佛学者兼领之。国朝翻译经论，初令朝官润文。及丁谓相，始置使。"
④ 王安石撰，李之亮笺注：《王荆公文集笺注》，巴蜀书社2005年版，第773页。
⑤ 同上书，第777页。

并不陌生。根据史料记载,晚年退隐期间他对佛教理论进行了系统的研究,先后注解《金刚经》,在尤袤《遂初堂书目》中有著录。《维摩诘经注》卷三,在《宋史·艺文志》中有著录。《楞严经集注》,在《续藏经》第十七套第一辑第1—4册有著录。《华严经解》,据苏轼《跋王氏〈华严经解〉》,该书只注解了卷八十《华严经》中的一卷。在注经中他发表了自己独特的佛学见解,他在进献皇上的《进二经札子》中云:

> 臣蒙恩免于事累,因得以疾病之余日,覃思内典。切观《金刚般若》《维摩诘所说经》,谢灵运、僧肇等注多失其旨,又疑世所传天亲菩萨、鸠摩罗什、慧能等所解,特妄人窃借其名。辄以己见,为之训释。不图上彻天听,许以投进。伏惟皇帝陛下宿植圣行,生知妙法,方册所载,象译所传,如天昭广,靡不帱察,岂臣愚浅所敢冒闻。然方大圣以神道设教,觉悟群生之时,羽毛皮骼之物,尚能助发实相,况臣区区,尝备顾问,又承制旨,安敢蔽匿?谨缮录上进。干渎天威,臣无任惶愧之至。①

文中王安石认为谢灵运的《金刚般若经注》、僧肇的《维摩诘所说经注》多失其旨,同时又怀疑世传的世亲、罗什、慧能的《金刚经》注解是伪作,通过对皇帝的恭维,阐明了自己对两部经注解的自信。

公元前994年(约当中国周穆王时期),《金刚经》成书于古印度,是佛教重要经典。自东晋至唐共有六个译本,尤以鸠摩罗什所译《金刚般若波罗蜜经》最为流行。唐玄奘译本,《能断金刚般若波罗蜜经》为鸠摩罗什译本的一个重要补充,其他译本则流传不广。该经通篇讨论的是空的智慧。一般认为前半部说众生空,后半部说法空。禅宗六祖慧能因闻《金刚经》而悟道,因此,《金刚经》也是禅宗的根本经典。随着宋代禅宗的兴盛,《金刚经》的社会影响也就越来越大,王安石为《金刚经》作注解,完全是出于《金刚经》智慧的吸引。

---

① 王安石撰,李之亮笺注:《王荆公文集笺注》,巴蜀书社2005年版,第2184页。

王安石的《金刚经》注解已经失传，目前只有在他的《书〈金刚经义〉赠吴珪》一文中可以看到他对《金刚经》的理解，文曰："惟佛世尊，具正等觉。于十方刹，见无边身，于一寻身，说无量义。然旁行之所载，累译之所通，理穷于不可得，性尽于无所住。《金刚般若波罗蜜》为最上乘者，如斯而已矣。"① 以佛于世独尊。如来之实智为正觉，一切法之真正觉智也。无论在何处，都能感受到佛的存在，由一身而讲说无所不入的佛法，故以八尺为一寻，此言佛祖一人之身，无边广大，经过多次转译才能到达那极远的地方。诸法性空，不可把捉，诸相非相，如何可得。如心非住，若心住色，则为非住。穷理而尽性，无所得故无所住。在这里，王安石就用两句话概括了经意，可见佛学造诣之深。

"维摩诘经全称《维摩诘所说经》，一称《不可思议解脱经》，又称《维摩诘经》。后秦鸠摩罗什译，卷三，十四品。叙述毗耶离（吠舍离）城居士维摩诘，十分富有，深通大乘佛法。通过他与文殊师利等人共论佛法，阐扬大乘般若性空的思想。其义旨为'弹偏斥小'、'叹大褒圆'，批判一般佛弟子等所行和悟境的片面性，斥责歪曲佛道的绝对境界。认为'菩萨行于非道，是为通达佛道'，虽'示有资生，而恒观无常，实无所贪；示有妻妾采女，而常远离五欲污泥'，此即'通达佛道'的真正'菩萨行'。又把'无言无说''无有文字语言'，排除一切是非善恶等差别境界，作为不二法门的极致。僧肇在《维摩诘所说经注序》中称：'此经所明，统万行则以权智为主，树德本则以六度为根，济蒙惑则以慈悲为首，语宗极则以不二为门。'认为此即'不思议之本'。"② 王安石个人认为，对《维摩经》的理解超过了僧肇，他有《读〈维摩经〉有感》（后文专有分析，在此不加论述），还有《维摩像赞》一文，文章虽然很短，但其精到之处可以说无人能比。文曰："是身是像，无有二相。三世诸佛，亦如是像。若取真实，还成虚妄。应持香华，如是供养。"③ 意谓维摩诘的真身与画像无二分别，极言其像栩栩如生也。三世诸佛是指过去、现在和未来三世，过去为迦叶诸佛，现

---

① 王安石撰，李之亮笺注：《王荆公文集笺注》，巴蜀书社 2005 年版，第 1198 页。
② 赖永海主编：《维摩诘经》，中华书局 2010 年版，前言第 1—12 页。
③ 王安石撰，李之亮笺注：《王荆公文集笺注》，巴蜀书社 2005 年版，第 19 页。

在为释迦牟尼佛,未来为弥勒佛。《敦煌变文集·维摩经押座文》有:"亲见无边三世佛,故号维摩长者身。"文中认为真实和虚妄没有什么分别,离开虚妄就没有真实,舍妄求真,就会离真趋妄。香花是指香与华,香与华是供养佛祖的两种贡品。《法华经·序品》曰:"香华伎乐,常以供养。"

"《楞严经》,大乘佛教经典,全名《大佛顶如来密因修证了义诸菩萨万行首楞严经》,又名《中印度那烂陀大道场经,于灌顶部录出别行》,简称《楞严经》《首楞严经》《大佛顶经》《大佛顶首楞严经》。唐般剌密谛传至中国,怀迪证义,房融笔受。印顺法师认为它与《圆觉经》《大乘起信论》属于晚期如来藏真常唯心系的作品。由于《楞严经》内容助人智解宇宙真相,古人曾有'自从一读楞严后,不看人间糟粕书!'的诗句。"① 王安石亦为《楞严经》注解,他有《楞严经解》十卷,现已失佚。释惠洪《林间录》卷下云:"王文公罢相,归老钟山,见衲子必探其道学,尤通《首楞严》,尝自疏其义,其文简而肆,略诸师之详,而详诸师之略。非识妙者,莫能窥也。每曰:'今凡看此经者,见其所示性觉妙明,本觉明妙,知根身器界,生起不出我心。窃自疑今钟山,山川一都会耳,而游于其中无虑千人。岂有人内心共一外境耶?借如千人之中,一人忽死,则此山川,何尝随灭?人去境留,则经言山河大地生起之理不然。何以会通,称佛本意耶?"② 可以看出王安石对《楞严经》理解之高深。明钱谦益《楞严经疏解蒙钞》卷首之一《古今疏解品目》云:"王文公介甫能楞严经解:文公罢相归老钟山之定林,著《首楞严疏义》,洪觉范称之。以谓其文简而肆,略诸师之详,而详诸师之略,非识妙者莫能窥也。有宋宰执大臣,深契佛学,疏解《首楞》者,文公与张观文无尽也。文公之《疏解》,与无尽之《海眼》,平心观之,手眼俱在。具只眼者,自能了别。蒙不敢以宗门之轩轾,辄分左右袒也。"③ 王安石不仅注《楞严经解》,还作有《楞严经要旨》,他在《题自书〈楞严经要旨〉后》中说:"余归钟山,假道原本手自校正,刻书寺中。时元丰八年四月十一日,临

---

① 赖永海主编:《楞严经》,中华书局 2010 年版,前言第 1—11 页。
② 中国古籍全录,http://guji.artx.cn/。
③ (明)钱谦益:《楞严经疏解蒙钞》,《卍续藏》第 21 册。

川王安石稽首敬书。"① 可见王安石对《楞严经》的喜爱和重视。

除此之外,王安石还注有《华严经解》,苏轼有《跋王氏华严经解》:"予过济南龙山镇,监税宋宝国出其所集王荆公《华严经解》相示,曰:'公之于道,可谓至矣。'予问宝国:'《华严》有八十卷,今独解其一,何也?'宝国曰:'公谓我此佛语深妙,其余皆菩萨语尔。'予曰:'予于藏经取佛语数句置菩萨语中,复取菩萨语置佛语中,子能识其是非乎?'曰:'不能也。''非独子不能,荆公亦不能。予昔在岐下,闻汧阳猪肉至美,遣人置之。使者醉,猪夜逸,置他猪以偿,吾不知也。而与客皆大诧,以为非他产所及。已而事败,客皆大惭。今荆公之猪未败尔。屠者买肉,娼者唱歌,或因以悟。若一念清净,墙壁瓦砾皆说无上法,而云佛语深妙,菩萨不及,岂非梦中语乎?'宝国曰:'唯唯。'"② 王安石的《华严经解》虽然没能流传下来,但从苏轼的文章中我们可以了解大概。从文中我们可以了解到,王安石没有给整部《华严经》注解,只解释了其中的一卷,而他这样做的缘由是,他只认为他注解的这部分出自佛口,其余都不是佛的语言。可见王安石如此自信。对于他的看法,苏轼提出了质疑,他认为王安石的主观推断没有根据,讽刺王安石的理解别有用心。苏轼认为,只要自己"一念清净",一切事物都含有"无上法",因此他认为王安石没有参透佛理。因《华严经解》已亡佚,在此我们无法判断王、苏二人谁对谁错。起码我们可以看出,王安石曾经为多种佛经注解,现今虽然均不存在,如果我们想了解他佛学领域的文才大略、佛学思想,可以从佛教史料和他的诗文中见其一斑。

(三) 佛禅思想

王安石与宋代其他儒者一样,精研佛经,造诣颇深。他所注解的四部佛经今均已亡佚,我们无法系统地梳理他的佛教观,但我们可从他所留下的诗词、书信、题跋等文字和宋代史料中来了解他的佛禅思想。目前能见到的关于他表述佛禅思想最长的一篇文章是《答蒋颖叔书》,文中对佛教理论进行了比较全面的发挥,文曰:

---

① 王安石撰,李之亮笺注:《王荆公文集笺注》,巴蜀书社2005年版,第2179页。
② (宋)苏轼:《苏轼文集》卷六十六,中华书局1980年版,第2060页。

阻阔未久，岂胜思渴！承手笔访以所疑，因得闻动止，良以为慰。如某所闻，非神不能变，而变以赴感，特神足耳。所谓性者，若四大是也。所谓无性者，若如来藏是也。虽无性而非断绝，故曰一性所谓无性。曰一性所谓无性，则其实非有非无，此可以意通，难以言了也。惟无性，故能变；若有性，则火不可以为水，水不可以为地，地不可以为风矣。长来短对，动来静对，此但令人勿著尔。若了其语意，则虽不著二边而著中边，此亦是著。故经曰："不此岸，不彼岸，不中流。"长爪梵志一切法不变，而佛告之以受与不受亦不受，皆争论也。若知应生无所住心，则但有所著，皆在所诃，虽不涉二边，亦未出三句。若无此过，即在所可，三十六对无所施也。《妙法莲华经》说实相法，然其所说，亦行而已。故导师曰"安立行净行，无边行上行"也。其所以名芬陀利华，取义甚多，非但如今法师所释也。佛说有性，无非第一义谛。若第一义谛，有即是无，无即是有，以无有像计度言语起而佛不二法。离一切计度言说，谓之不二法，亦是方便说耳。此可冥会，难以言了也。①

蒋颖叔，名之奇，字颖叔，常州宜兴人。举进士，又举贤良方正科，除监察御史（《宋史》卷三百四十三有传）。元丰四年或五年为江淮发运使，与荆公交好，故与公议论佛法之有无。《答蒋颖叔书》是一篇很难理解的信函，就连王安石自己都说"此可意通，难以言了也"。文中王安石对佛法提出了独到的见解，短短一封书信所涉及的佛经就有五种之多，分别是《维摩诘经》《坛经》《杂阿含经》《金刚经》《法华经》。同时，他还根据自己的认识对佛教经义进行了发挥和延展。并从以下几方面谈到了自己对佛学思想理论的认识。

首先，他在文中对神变作了解释，吉藏《法华义疏》卷二解释说："阴阳不测为神，改常之事为变"。② 神足通是佛教六神通之一，凭借法力，可以到达任何一个地方，无有阻挡。王安石认为神变是神的能力所致，如

---

① 王安石撰，李之亮笺注：《王荆公文集笺注》，巴蜀书社 2005 年版，第 1418 页。
② （隋）吉藏撰：《法华义疏》卷二，《大正藏》卷三十四，第 451 页。

果神失去了神力,就无从变化。随感而至的变化,只有神足通能做到。

其次,他分析了佛教"有性"和"无性"的关系。佛教以地、水、火、风为四大,四大包含了坚、湿、暖、动四种性能,认为人的身体即由四大组成,故人体又称四大。可以说佛教的四大包含了万物,因万物各有其性状的性质,因此成为"有性"。佛教谓佛性有五种藏,一如来藏,自性藏之义,以一切诸法不出如来之自性故。王安石认为佛家的四大属于"有性",如来藏属于"无性"。如来藏虽属无性,却非断绝,其实是"非有非无"的。从文中可以看出,诸法性空,才是王安石对"性"的理解,万物只有"无性"才会变化,万物如果有性,其"四大"是不能等同的。正因"性空"才能长对短,动对静,但他接着又说,不能执着于空。为此,他还引用了《维摩诘经·见阿閦佛品》第十二:"不此岸,不彼岸,不中流"。① 佛教认为此岸者,生死也,彼岸者,涅槃也。就"执着"他还列举了《杂阿含经》中佛化长爪凡志的故事。长爪凡志是古印度高僧,舍利佛之舅。佛住王舍城迦兰陀竹园时,有游者长爪来访,"语佛曰:'瞿昙,我一切不受。'佛问长爪:'汝言一切法不受,是见不受?彼知言此见我受,则自语相违。'便答曰:'一切法不受,见此亦不受。'佛言:'汝不受一切法,是见亦不受,则无所受,与众人无异。何用自高而傲慢如是!'长爪不能答。"② 佛还告诉长爪,受有乐受、苦受、不乐不苦受三种,所有"受"都是因缘和合而生,无常变化,不可久住,不论受与不受,还是亦受亦不受都会发生争执。就此,王安石还结合《金刚经》"应有所住而生其心"加以发挥和强调,认为破除一切执着,即使不涉两边,也不能跳出佛家"三句"。假如破除了执见,就不存在分别,《坛经》中的三十六对相对的概念也就用不着了。从有性和无性论来看,这显然是王安石会通空有两宗的一种尝试。

再次,王安石还谈论了《法华经》,尤其强调与修行和实践的结合。他认为《法华经》所说的"实相法"不仅仅是说说,而是包含了实践的行

---

① (后秦)鸠摩罗什译:《维摩诘所说经·见阿閦佛品》第十二,《大正藏》卷十四,第537页。
② (后秦)鸠摩罗什译:《大智度论》初序品中缘起义释论第一,《大正藏》卷二十五,第1509页。

为。据《妙法莲花经·从地涌出品第十五》云:"是菩萨众中,有四导师,一名上行,二名无边行,三名净行,四名安立行。是四菩萨,于其众中,最为上首,倡导之师。"① 王安石认为佛家用"行"字来命名四导师,主要是强调"行为"的第一重要性。在谈论《法华经》中,还对关于芬陀利华的传统解释提出自己的看法,他认为《法华经》包含的意义广,法师们解释得太狭义了。有关《法华经》名字的由来,后秦僧叡在《妙法莲花经后序》中是这样说的:"诸华之中,莲花最胜。华尚未敷,名屈摩罗。敷而将落,名迦摩罗。处中盛世,名芬陀利。"② 有关《法华经》含义如何广,王安石并没有深入的解释。

最后王安石还讨论了佛家的"第一义谛。""第一义谛"是"世俗谛"之对称。又称胜义谛、真谛、第一义。指具有卓越意义的真理、最高的真理、完全的真理。亦指圆满究竟之悟(智慧)的境地。王安石认为"第一义谛"佛家的"有即是无,无即是有"。有即是无是佛教对色界的看法,佛学否认色界的存在,所以现世所谓世界原本是无,不过是目之幻象,故可将三千大千世界收于心中。无是本质,有是幻象,故曰有即无,无即是有。以此,王安石认为佛家所说的不二法门本身就是一种"方便说"不可执着。而这样的妙理,只可冥会,是不能用语言表达的。

除前面所阐述的佛学思想外,王安石对般若空观也有较深的认识。《心经》,即是《大般若经》的精华。《心经》五蕴皆空、色空相即、诸法空相、了无所得。般若是超越相对,否定一切差别观,直透万法皆空的智慧。般若真空与涅妙有,构成了禅宗思想的两大源头。禅宗是王安石晚年主要的精神寄托,对般若空观当然有其独特的看法。他在《庐山文殊像现瑞记》中曰:"番阳刘定尝登庐山,临文殊金像所没之谷,睹光明云瑞图示临川王某,求记其事。某曰:'有有以观空,空亦幻;空空以观有,幻亦实。幻、实果有辨乎?然则如子所睹,可以记,可以无记。记、无记果有辨乎?虽然,子既图之矣,余不可以无记也。'"③ 王安石认为从"有"

---

① (后秦)鸠摩罗什译:《妙法莲花经·从地涌出品第十五》,《大正藏》卷九,第1页。
② (后秦)鸠摩罗什译:《妙法莲花经》后序,《大正藏》卷九,第62页。
③ 王安石撰,李之亮笺注:《王荆公文集笺注》,巴蜀书社2005年版,第1607页。

的方面来看"空",空亦幻;从"空"的方面来看"有",幻亦实。然而,"幻"和"实"没有什么分别,万法全部都是"幻",所以"记"与"无记"也就没有什么分辨之意义了。文中可见,王安石对空观即有精确的把握。有关"空观"在王安石诗词方面的运用更为广泛,下文笔者将深入探讨。王安石注解《楞严经》中所表现的佛学思想,李成贵先生已经在他的专著《儒士视域中的佛教》中有专门论述,本文侧重诗歌研究,笔者在此不做赘述。

　　王安石佛禅修习与他的人生经历密切相关,家乡的佛教氛围使他对佛教并不陌生,但并非自小就信奉佛教。出身于儒教家庭的他,早期学术思想是以儒学为主的。为官一方后才开始真正接触佛教,并逐渐改变了他早期对佛教的认识。同时,在寺庙游历和与高僧交往中,他与佛教建立了深厚的感情,使之不断地吸纳佛禅精髓,并能巧妙地结合到经世致用中来。政治失意,妻离子别对王安石的沉重打击,使晚年的他寄心于佛禅,精研佛经,佛学成就显著。同时其佛学思想直接影响了他的诗文创作,丰富了他晚年的生活。

第二节　王安石的林下交游

　　王安石自少年起,就对山水风光具有浓厚的兴趣,自述"乘闲弄笔戏春色,脱落不省旁人讥"(《忆昨诗示诸外弟》)。随父宦游时更是到过很多名山古刹,养成了每遇寺庙山水,必游之的习惯。自二十二岁任地方官到终老金陵,一生中游历了很多寺庙,留下了诸多寺院游历诗、居士交游诗,禅僧交往诗。逐步与佛教建立了深厚的感情,成就了自己独特的禅缘诗境。本节将依据王安石的寺院游历诗、居士交游诗,禅僧交往诗等诗歌作品,系统论述王安石的林下交游。

一　寺院之游历

　　王安石的寺庙游历诗很多,就与佛的关系,从其诗歌内容上看可以分为两个创作时期,前期从宋仁宗庆历二年(1042)任地方官起到熙宁九年

(1076）退居江宁止。此间的诗歌作品多以寺院游记为主，记述寺院风光和表达自己的心情，排解执政中的苦闷和压抑，展现渴望恬退林泉的心迹。后期即王安石晚年退隐钟山时期。退隐钟山的十年里，他获得了期待已久的宁静散淡的生活，一切的不如意均被佛禅玄妙的义理所化解。此间的寺庙游历诗更富有禅意、禅理和禅趣。

（一）前期的寺庙游历

自古名山多僧占，山林寺庙在兴建选址时首先考虑的是山水意境之美，使其与之契合，因此，大多数寺庙都坐落在自然景色绝佳之处。从著名山水诗人谢灵运到唐代诗人都特别重视以兴赋诗，而兴则往往源于物。寺庙浓郁的文化氛围，清幽的自然环境最能迎合诗人那敏锐而又善感的内心，使之诗思泉涌。于是观景时的体认，沉思时的灵感，失意时的感触，抑郁时的宣泄，疲惫时的放松，触景抒怀均赋予浪漫色彩，演绎出一首首动人心弦的诗文。

源于浓郁的佛教氛围，王安石亦对寺庙山水表现出浓厚的兴趣。最早描写寺庙的诗是《金山寺五首》，作于庆历三年（1043）。王安石时任于淮南，三月至五月自扬州还临川省亲的途中而创作，该诗因亡佚未收录到《王荆公诗李壁注》本，《临川集》也未见收录。从《鄞县经游记》看，王安石真正开始接触佛教是从鄞县开始的，知鄞过杭州时作《游杭州圣果寺》，诗云：

<blockquote>
登高见山水，身在水中央。
下视楼台处，空多树木苍。
浮云连海气，落日动湖光。
偶坐吹横笛，残声入富阳。①
</blockquote>

［沈注］《名声志》曰："万松岭在凤山门外，折而西南，有圣果寺，

----

① 王安石撰，李壁注，李之亮补笺：《王荆公诗注补笺》，巴蜀书社2002年版，第441页（本书王安石诗歌均引自此书，下文不再注解）。

唐乾宁间，无著禅师建。"第一联："登高见山水，身在水中央。"① 意思是登到高处去欣赏山水风光，才发现自己处于山水环抱当中。《诗经·蒹葭》有："溯游从之，宛在水中央"（《诗经·国风·秦风》）。第二联："下视楼台处，空多树木苍。"意思是俯视下面的庙宇楼台，处于茂密的苍松翠柏当中，此处的"空"亦指寺庙。第三联："浮云连海气，落日动湖光。"意思是浮云和水气连成一色，夕阳在波动的湖水映衬下形成美丽的湖光。杜甫有："浮云连海岱，平野入青徐"（杜甫《登兖州城楼》），亦有："悠悠日动江"（杜甫《客堂》）。第四联："偶坐吹横笛，残声入富阳。"意思是当我坐下来吹横笛，悠扬的笛声仿佛回荡到了富阳。富阳，杭州属县。刘得仁有诗："坐久东楼望，钟声振夕阳"（刘得仁《慈恩寺塔下避暑》）。这首诗为纯粹的写景诗，表达了诗人对寺庙自然景观的真正喜爱，诗中蕴化"宛在水中央"一句传达了一种只可意会不可言传的美景，同时又用极具色彩的浮云、光影等意象勾画出超然清幽的寺庙风光。从中还彰显诗人对杜甫诗的学习。鄞县期间亦作有《发粟至石陂寺》，诗云：

蓦水穿山近更赊，三更燃火饭僧家。
乘田有秩难逃责，从事虽勤敢叹嗟。

这首诗描写的是在鄞县放粮救济灾民时的经历，此间，为了百姓和民生，诗人为官一方不敢怠慢，翻山涉水，昼夜忙碌，寄住僧家。直接表现了诗人勤于理政的政治胸襟，其文风质朴。与《登飞来峰》《临吴亭》《松间》等诗一样，直接反映社会，表达政见。第一二句"蓦水穿山近更赊，三更燃火饭僧家"应为点化句，李涉有诗"望水寻山二里余，竹林斜到地仙居"（李涉《秋日过员太祝林园》）。第三四句"乘田有秩难逃责，从事虽勤敢叹嗟"中的"乘田"应为借用"乘田事"，《孟子》有："孔子尝为乘田矣，曰：'牛羊茁壮，长而已矣。'"又："今有受人之牛羊而为之牧之者，则必为之求牧与刍矣。"（《〈孟子〉理读》）王安石在知鄞县经余姚时

---

① （清）沈钦韩：《王荆公诗文沈氏注》卷二，中华书局1959年版，第57页。

作有《龙泉寺石井二首》，此诗可谓是家喻户晓。这首诗是历代文人评价王安石早期诗风的主要依据。其诗云：

一

山腰石有千年润，海眼泉无一日干。
天下苍生待霖雨，不知龙向此中蟠。

二

人传此井未尝枯，满底苍苔乱发粗。
四海旱多霖雨少，此中端有卧龙无。

李壁注曰："'建康志无龙泉寺，而临汝志长安乡有龙泉院，岂即此寺耶？或在南康也。'又曰：'信州亦有龙泉院，在玉山县。'"[1] 诗人托物言志，以卧龙自许，有志于布霖雨于苍生，表现出一种强烈的直面现实的精神，忧国忧民，以苍生社稷为念，展示出一个宽厚、广博的自我。叶梦得《石林诗话》曰："王荆公少以意气自许，故诗语惟其所向，不复更为涵蓄。如'天下苍生待霖雨，不知龙向此中蟠'，又'浓绿万枝红一点，动人春色不须多'，'平治险秽非无力，润泽焦枯是有材'之类，皆直道其胸中事。后为群牧判官，从宋次道尽假唐人诗集，博观而约取，晚年始尽深婉不迫之趣。乃知文字虽工拙有定限，然亦必视初壮，虽此公，方其未至时，亦不能力强而遽至也。"[2] 第一首第一联"山腰石有千年润，海眼泉无一日干"的意思是山腰的石头已经被水浸泡了近千年，这里才有一年四季旱涝不干的泉水。"海眼"亦指"泉眼"，杜甫有"古来相传是海眼，苔藓蚀尽波涛痕"（杜甫《石笋行》）。第二联"天下苍生待霖雨，不知龙向此中蟠"，这里的"苍生"指"百姓"，"霖雨"比喻恩泽甘霖，"蟠"意谓盘伏。诗人感慨天下的百姓都在等待恩泽甘霖，却不知道龙原来就在这里盘伏。李白有诗："深沉百丈通海底，那知不有蛟龙蟠"（李白《鲁郡尧祠

---

[1] 王安石撰，李壁注：《王荆文公诗李壁注》卷四十七，上海古籍出版社1993年版。
[2] （宋）叶梦得：《石林诗话》卷中，何文焕《历代诗话》（上），中华书局1981年版，第419页。

送窦明府薄华还西京》)。

第二首第一联"人传此井未尝枯,满底苍苔乱发粗"的意思是人们传说此井从来没有干枯过,井底的苍苔凌乱得像头发,很粗很粗。唐罗隐有诗:"水梳苔发直,风引蕙心斜"(罗隐《绝境》)。第二联"四海旱多霖雨少,此中端有卧龙无"与第一联形成鲜明的对比,自我感叹普天之下都在大旱,没见到几滴雨,这里难道还有主持正义的卧龙吗?"四海"指普天下。韩愈有诗:"居然鳞介不能容,石眼环环水一钟。闻说旱时求得雨,只疑科斗是蛟龙"(韩愈《寒泉》)。皇祐二年王安石知鄞满秩,五月至临川,途经余杭游法喜寺,于是,见景生情,诗兴大发,作《法喜寺》。诗云:

> 门前白道自萦回,门下青莎间绿苔。
> 杂树绕花莺引去,坏檐无幕雁归来。
> 寂寥谁共樽前酒,牢落空留案上杯。
> 我忆故乡诚不浅,可怜鹁鸠重相催。

李之亮[补笺]曰:"《嘉庆重修一统志》卷七十九《苏州府》:'法喜寺在吴东县东九里,后唐长兴元年建,始名崇福,大中祥符元年赐今额。'"[①]诗中首联"门前白道自萦回,门下青莎间绿苔"是指庙门前的石径曲折环绕,门下绿色的莎草和青苔错落相间。李义山有诗"白道萦回入暮霞,斑骓嘶断七香车"(李义山《无题》,一作《阳城》)。颔联"杂树绕花莺引去,坏檐无幕雁归来"可谓情景交融,清新明丽,点缀映媚,似落花依草。杂树上繁花盛开,却不见到处乱飞的小鸟,损坏的屋檐像没有遮挡的帷幕,能看到燕子归来新作的鸟巢。《左氏》:"夫子之在此也,犹燕之巢于幕上。"(左丘明《左传·襄公二十五年》)自出成语"燕巢幕上"始,历代诗人都有以此形容处境危险的诗文。南朝梁丘迟有"暮春三月,江南草长,杂花生树,群莺乱飞"(丘迟《与陈伯之书》)。李瑞诗

---

① 王安石撰,李壁注,李之亮补笺:《王荆公诗注补笺》,巴蜀书社 2002 年版,第 645 页。

"歇歇云初散，檐空燕尚存"（李瑞《过侯王故第》）。刘长卿诗："隔岭卷犹在，无人燕亦来"（刘长卿《题真禅师草堂》）。颈联"寂寥谁共樽前酒，牢落空留案上杯"，此联彰显出诗人的寂寞和惆怅。面对眼前寂静空旷的场景诗人展开议论，当年又是谁在这里共同饮酒，如今零落荒芜中只能见到桌子上的空杯。白居易诗"放杯书案上，枕臂火炉前"（白居易《偶眠》）。尾联"我忆故乡诚不浅，可怜鹧鸪重相催"，此联一语道破诗人对故乡的思念，然而，身不由己的仕宦生活，只能让他四处漂荡。即使杜鹃反复的相催，也无法改变自己的前途和命运。李壁注："鹧鸪，一名子规，故用催归事。"① 子规，又叫杜鹃，布谷鸟的别称。古代传说它的前身是蜀国国王，名杜宇，号望帝，后来失国身死，魂魄化为杜鹃，悲啼不已。全诗虽有议论，但与写景和叙事结合稳切，且融入神话典故，有曲折深婉之致，读来别具情韵。而且"寂寥谁共樽前酒，牢落空留案上杯"还富有超出政治寓意的普遍哲理，具有一种丰富的含蕴，故能寓景于理，意在言外，体味超凡脱俗。

　　景德寺，位于浙江省云和县云和镇后山村东侧。始建于唐大中初年，元至大二年（1309）重修，清代重建。庙门"景德寺"题刻系宋时所留。据李之亮补笺曰："《汴京遗迹志》卷十：'景德寺在丽景门外迤东，周世宗显德五年，以相国寺僧多居隘，诏就寺之蔬圃，别建下院分处之，俗呼东相国寺。显德六年，赐额天寿寺。宋真宗景德二年，改名景德'。"② 王安石任群牧判官时先后多次游景德寺。并创作以景德寺风光为题材的诗歌《题景德寺试院壁》《过景德寺》《登景德塔》。其中至和三年创作的《题景德寺试院壁》，诗云：

　　　　屋东瓜蔓已扶疏，小石蓝花破萼初。
　　　　从此到寒能几日，风沙还见一年除。

　　早春时节，生机盎然，大地的复苏带给诗人无限的快感，怀有一种寻

---

① 王安石撰，李壁注：《王荆文公诗李壁注》卷三十五，上海古籍出版社1993年版。
② 王安石撰，李壁注，李之亮补笺：《王荆公诗注补笺》，巴蜀书社2002年版，第899页。

春之意游历郊外,即兴题诗于景德寺考试院壁。此诗不作精细描写,而是从整体上给出一种春意正浓、蓄势待发的美好景象。前两句"屋东瓜蔓已扶疏,小石蓝花破萼初"描写生机,后两句"从此到寒能几日,风沙还见一年除"在展望未来的同时又伤感流年似水。诗中的"石蓝"又名山蓝,蓝草之一种。《楚辞》有:"白玉兮为镇,疏石蓝兮为芳"(屈原《楚辞·九歌·湘夫人》)。李壁注曰:"小杜诗:'春半年已除,其余强为有。即此醉残花,便同尝酾酒。'公诗略似此意。又曰:'沈文通《景德寺试院壁和介甫韵》:石蓝开尽红著地,瓜蔓半枯黄倒睡。坐看一夜芳意歇,风霜既是早寒时'。"[1] 同类的写景诗还有《天童山溪上》《出郊》《乌塘》等,均体现了诗人寻幽探胜的兴致,其意境清幽,语不着力,但更见风韵。刘晨翁对王安石的写景诗有过极高的点评,曾评曰:"妙出自然不入思索。"嘉祐三年王安石游灵山寺和山门寺,先后作有《灵山寺》《次韵游山门寺望文脊山》。《灵山寺》诗云:

灵山名谁自,波涛截孤峰。
何年佛子住,四面凭危空。
折椽与裂瓦,委弃填西东。
库廊行抑首,居者莽谁容。
吾舟维其侧,落日生秋风。
瞰崖聊寄目,万物极纤秾。
震荡江海思,洗涤堙郁中。
胡为嬉游人,过此无留踪。
景岂龙游殊,盛衰浩无穷。
吾闻世所好,楼殿浮青红。
那知山水乐,岂在豪华宫。
世好万变尔,感激难为工。

---

[1] 王安石撰,李壁注:《王荆文公诗李壁注》卷四十六,上海古籍出版社1993年版。

李壁注曰:"张芸叟《南征录》:'灵山在太平州繁昌县东二十里。寺踞山顶,殿阁重复,俗云灵山寺。'又杜牧之有《题灵山寺行坚师院》诗。"①从诗歌内容上看,这是一首描写寺庙风景的优秀诗篇。诗人寄住灵山寺,被灵山寺秀丽的山水风光所吸引,情不自禁地将灵山寺这幅静谧淡雅,又带有清寂气息的山水画卷展现在人们面前。诗的开头两联"灵山名谁自,波涛截孤峰。何年佛子住,四面凭危空"巧妙地抓住山水景物的特征,用传神的写照展现出江中孤峰、庙宇悬空的壮美景观。其中山不以雄奇险峻取胜,庙不以宏大而闻名,在波澜壮阔中一切都显得那样的自然。第三四联"折椽"与"裂瓦",委弃填西东。"庳廊行抑首,居者莽谁容"写灵山寺楼阁的建造与山体的有机融合。此处的"折椽与裂瓦"非真正的"折椽与裂瓦",而是突出因建筑需要椽、瓦融入于山体的独特艺术造型。处于这样亭台楼阁的屋檐下,居住者又怎么能看到寺庙的全貌呢。第五六联"吾舟维其侧,落日生秋风。瞰崖聊寄目,万物极纤秾"写日暮所见的景象,先是自己的船、落日和秋风。而后是从悬崖边向下俯视,万物极纤,花木繁盛。第七八联"震荡江海思,洗涤堙郁中。胡为嬉游人,过此无留踪"描写江面上的景色。诗人采用比拟的手法,认为波涛起伏是在思考着怎样消解游人抑郁的心情。反过来,诗人又发出感叹,认为这种消解只不过是一时之快,可为什么还要戏弄游人呢,过客是不会在这里留下痕迹的。此处"胡为"是何为,为什么。《诗经》:"微君之故,胡为乎中露"(《诗经·邶风·式微》)。《礼记》:"夫古之人,胡为而死其亲乎"(《礼记·檀弓上》)。第九联和第十联"景岂龙游殊,盛衰浩无穷。吾闻世所好,楼殿浮青红"采用了对比的方式,认为此处的景观一点也不比金山寺差,世人们的"楼殿浮青红"只不过是在追求一种浮华。李壁注曰"龙游"即金山寺名②。杜甫有:"翠深开断壁,红远结飞楼"(杜甫《晓望白帝城盐山》)。韩愈有:"粉墙丹柱动光彩,鬼物图画填青红"(韩愈《谒衡岳庙遂宿岳寺题门楼》)。最后两联"那知山水乐,岂在豪华宫。世好万变尔,感激难为工",诗人认为世上的人根本不懂得山水之乐,整天

---

① 王安石撰,李壁注:《王荆文公诗李壁注》卷二十一,上海古籍出版社1993年版。
② 同上。

追求名利，而再好的世态也会风云变化。李壁注曰："公诗意谓灵山之景不让金山，而彼特盛如此，且言世人但知楼观之胜，而不知山水之趣。"①纵观全诗咏物、写景、抒怀相结合，诗风清新、洒落、自然。并能寓情于景，寓理于情，情在景中构成了浑成和谐的意境，给人以优美的艺术享受。王安石治平三年游祈泽寺和长干寺，其《长干寺》诗云：

    梵馆清闲侧布金，小塘回曲翠文深。
    柳条不动千丝直，荷叶相依万盖阴。
    漠漠岑云相上下，翩翩沙鸟自浮沈。
    羁人乐此忘归志（一作思），忍向西风学越吟。

  李壁注曰："梁天监元年立长干寺，在秣陵县东长干里，内有阿育王舍利，见《建康实录》。《建康志》云'今为天禧禅寺'。"② 这首诗在王安石早期的寺庙游历诗中，是少见的引入禅语和禅典的诗歌作品，诗中并非单纯的写景和抒情，其遣词用句中均表现了佛家独特的意象，从而看出此时的王安石已经具备了一定的佛学底蕴。首联"梵馆清闲侧布金，小塘回曲翠文深"中"梵馆"指佛教僧舍，"侧布金"源于《中阿含经》。李壁注曰："'《中阿含经》云：给孤长者买祇陀太子园，布黄金，高五寸，遍地置之，为佛造寺。'有曰：龙树入龙宫，见《华严经》，侧布五百里。"③这句是描写诗人初到寺庙看见的景象，清寂闲适，小小的池塘弯弯曲曲泛着微微的绿波。颔联"柳条不动千丝直，荷叶相依万盖阴"表现出寺庙的清寂、空灵。柳条不动像千条丝一样的垂直，荷花的叶子相互依赖遮挡着阳光。"荷叶"是荷花的叶子，荷花又名莲花，是佛教中的圣花，也是佛教经典和佛教艺术中经常能见到的象征物，佛教传说佛祖释迦牟尼的母亲摩耶夫人的领口像莲花的叶子。卢纶有："垂杨不动雨纷纷，锦帐胡瓶争送君"（卢纶《送张郎中还蜀歌》）。颈联"漠漠岑云相上下，翩翩沙鸟自

---

① 王安石撰，李壁注：《王荆文公诗李壁注》卷二十一，上海古籍出版社1993年版。
② 王安石撰，李壁注：《王荆文公诗李壁注》卷三十五，上海古籍出版社1993年版。
③ 同上。

浮沈"主要描写寺庙周围的景象，天空静静的浮云飘于小山的周围，沙鸟一会在水中，一会在空中，自由地飞翔。"云、相"在佛教中亦指"空"的意象。"浮沈"亦作"浮沉"。尾联"羁人乐此忘归思，忍向西风学越吟"倾诉诗人政治失意的苦闷和压抑，此时的诗人正闲居江宁，空有一腔抱负，却无处施展才华，从而只能寄寓恬退林泉。诗人并在这一句中暗喻自己为羁旅之臣。羁旅之臣在此可以忘记归思，那种出世的无奈和心灵上的病痛可以忍向西风学越吟。这里"西风"比喻一种势力和倾向。"越吟"源于《史记·张仪列传》。战国时越人庄舄仕楚，爵至执珪，虽富贵，不忘故国，病中吟越歌以寄乡思。王粲有："钟仪幽而楚奏兮，庄舄显而越吟"（汉王粲《登楼赋》）。郎士元有："叶落觉乡梦，鸟啼惊越吟"（唐郎士元《宿杜判官江楼》）。

　　王安石自熙宁元年四月被召，至熙宁七年四月一直身居宰辅，并推行了举世闻名的王安石变法。可以说这一时期是王安石人生最辉煌的时期，也是其人生起伏波动最大的时期。此间不仅遭遇了政敌的攻击，还承受了亲信的叛离。使他备感精疲力竭，熙宁七年四月被迫辞去相位。这一时期王安石很少游历寺庙，唯一的寺庙游历诗是作于罢相返乡途中的集句诗《金山寺》。其诗云：

招提凭高冈，四面断行旅。
胜地犹在险，浮梁袅相拄。
大江当我前，飓滟翠绡舞。
通流与厨会，甘美胜牛乳。
扣栏出鼍鼍，幽姿可时睹。
夜深殿突兀，太微凝帝宇。
壁立两崖对，迢迢隔云雨。
天多剩得月，月落闻津鼓。
夜风一何喧，大舶夹双橹。
颠沉在须臾，我自槛迎汝。
始知像教力，但度无所苦。

佛家怀抱　俱味禅悦

忆昨狼狈初，只见石与土。
荣华一朝尽，土梗空俯偻。
人事随转烛，苍茫竟谁主。
咄嗟檀施开，绣楹盘万础。
高阁切星辰，新秋照牛女。
汤休起我病，转上青天去。
摄身凌苍霞，同凭朱栏语。
我歌尔其聆，幽愤得一吐。
谁言张处士，雄笔映千古。

李壁注曰："[庚寅增注]金山寺按《唐史》，韩滉尝出兵金山。滉在锜前已名金山矣。山谦之《南徐州记》言：'蒜山北江中有伏牛山。'《唐志》：'润州贡伏牛山铜器。'今金山正在蒜山北江中，而唐以前诗亦无言浮玉山者。《山海经》有：'浮玉山，苕水出其阴，北流于具区。'乃在今太湖之南，是可疑也。寺旧名泽心，今为龙游。"① 金山寺在历代诗人眼中可谓睹物情浓，妙笔生花，既有"万顷清江浸碧山，乾坤都向此中宽。楼台影落鱼龙骇，钟磬声来水石寒"（王令《金山寺》），又有"四面波涛匝，中楼日月邻"（许棠《题金山寺》）的壮美景观，也有"一宿金山寺，超然离世群。僧归夜船月，龙出晓堂云"（张祜《题润州金山寺》）的寺院写真。其中也不乏"试登绝顶望乡国，江南江北青山多。羁愁畏晚寻归楫，山僧苦留看落日"（苏轼《游金山寺》）的归隐之思。而王安石的《金山寺》与其他诗人相比特显与众不同，该诗是王安石寺庙游历诗中最著名的集句诗。所谓集句就是用其他诗人的诗句写诗。明梁桥云："集句者，集古人之句以成篇。"② 明徐师曾亦云："按集句诗者，杂集古句以成诗也。"③ 集句诗是一种游戏文体，古已有之，虽发源很早，但罕见流传。

---

① 王安石撰，李壁注：《王荆文公诗李壁注》卷二十四，上海古籍出版社1993年版。
② （明）梁桥：《冰川诗式》卷二，齐鲁书社2009年版。
③ （明）徐师曾：《文体明辨序说》，《文章辨体序说·文体明辨序说》，人民文学出版社1962年版，第111页。

王安石不仅创作集句诗，而且使其成为一种正式的诗歌体裁。沈括云："荆公始为集句诗，多者至百韵，皆集合前人之句，……后人稍稍有效而为之者。"①《金山寺》全诗共有40句。全部为集古人诗句而作，但读来如诗人原创，实属不易。胡仔《苕溪渔隐丛话》引陈正敏《遁斋闲览》曰："荆公集句诗，虽累数十韵，皆顷刻而就，词意相属，如出诸己，他人极力效之，终不及也。"② 叶大庆说："大庆观舒王诗集，其集句凡四十余首，如《题金山》（按：即《金山寺》）一韵乃四十句，信乎词意相属，如出一己。"③ 诗的上半部分是说金山寺依托在山脊之上，虽为名胜，却地势险要，四面完全可以截断来往的游客。寺庙的浮桥缭绕在云烟中。山下的江水碧波荡漾，好像在翩翩起舞。蒸腾的水气就像厨子烩炒过一样，芳香的气味胜过牛乳。江中的大鳖，优雅的姿态随时可见。夜深人静，大殿在漫天星光的照耀下更多了几分神秘的色彩。山边的悬崖似墙壁一样平分两边，远远地阻隔着天上的云雨。皎白的月光在远方渡口信鼓的陪伴下缓缓降落。晚风煦煦，江中的大船夹着双橹信游自得。这里只有我独自一人在恭候它。这时才发现自己好像一个佛教徒，但愿能超度所有的痛苦。首句的"招提凭高冈"中的"招提"是梵语。音译为"拓斗提奢"，省作"拓提"，后误为"招提"。其义为"四方"。四方之僧称招提僧，四方僧之住处称为招提僧坊。北魏太武帝造伽蓝，创招提之名，后遂为寺院的别称。谢灵运曾云："即时经始招提，在所住山南。"（谢灵运《答范光禄书》）。"高冈"指高的山脊。《诗经》："陟彼高冈，我马玄黄"（《诗经·周南·卷耳》）。韩愈诗："昔周有盛德，此鸟鸣高冈"（韩愈《岐山下》）。第二联"胜地犹在险"中的"胜地"，指名胜之地。南朝齐王巾："东望平皋，千里超忽，信楚都之胜地"（王巾《头陀寺碑文》）。"浮梁袅相挂"中的"浮梁"，指浮桥。韩愈诗："长沙千里平，胜地犹在险。"（韩愈《陪杜侍御游湘西两寺独宿有题一首，因献杨常》）杜甫有诗："滑石欹谁凿，浮梁

---

① （宋）沈括：《梦溪笔谈》卷十四，程毅中主编：《宋人诗话外编》，国际文化出版公司1996年版，第88页。

② （宋）胡仔：《苕溪渔隐丛话》前集卷三十五引《遁斋闲览》，吴文治主编：《宋诗话全编》肆，凤凰出版社（原江苏古籍出版社）1998年版，第3760页。

③ （宋）叶大庆：《考古质疑》，上海古籍出版社1985年版，第75页。

枭相拄"（杜甫《龙门阁》）。第三联"飑滟翠绡舞"中的"飑滟"，水波荡漾貌。杜牧诗："弄水亭前溪，飑滟翠绡舞"（杜牧《题池州弄水亭》）。第四联"通流与厨会"中的"通流"，指通行。《管子》："水者，地之血气，如筋脉之通流者也"（《管子·水地》）。《淮南子》："江淮通流，四海溟涬"（《淮南子·本经训》）。杜甫诗："触热藉子修，通流与厨会"（杜甫《信行远修水筒》）。第五联"扣栏出鼋鼍"中"鼋鼍"，指大鳖和猪婆龙。《国语》："鼋鼍鱼鳖，莫不能化"（《国语·晋语九》）。"幽姿可时睹"，杜甫诗："青白二小蛇，幽姿可时睹"（杜甫《太平寺泉眼》）。第六联："夜深殿突兀"中"突兀"，指突然变化。"太微"亦作"大微"。古代星官名，三垣之一。位于北斗之南，轸、翼之北，大角之西，轩辕之东。诸星以五帝座为中心，作屏藩状。"太微凝帝宇"，江淹诗："太微凝帝宇，瑶光正神县"（江淹《颜特进延之侍宴》）。第七联"壁立两崖对"中"壁立"，指像墙壁一样陡立。"迢迢隔云雨"，李端诗："巫峡通湘浦，迢迢隔云雨"（李端《杂曲歌辞·古别离二首》）。第八联"天多剩得月"，孙鲂诗："天多剩得月，地少不生尘"（唐孙鲂《题金山寺》）。"月落闻津鼓"，李端诗："天晴见海樯，月落闻津鼓"（李端《古别离》）。"津鼓"，古代渡口设置的信号鼓。第九联"大舶夹双橹"，李白诗："大舶夹双橹，中流鹅鹳鸣"（李白《淮阴书怀，寄王宗成》）。第十联"颠沉在须臾"，韩愈诗："颠沉在须臾，忠鲠谁复谅"（韩愈《岳阳楼别窦司直》）。"颠沉"，指颠簸沉没。第十一联"但度无所苦"，佛教曰："照见五蕴皆空，度一切苦厄。无苦集灭道，无智亦无所得。"

  诗的下半部表述了王安石政治生涯中多年的积郁和苦闷，满腹的忧愤无人可以诉说，意欲超越青天之外，与故去的亲人一起倾诉忧愤。夜深人静，思绪款款道来。回忆昨天狼狈的样子，自己简直像个玩偶卑躬屈膝，所谓的荣华富贵转眼即逝，跟面前的石头和泥土有什么分别呢？人间的事就像风里摇摆的烛光，谁也左右不了命运。慨叹即使有豪华的厅堂，锦绣包裹的楹柱也皆为空，如果楼阁真的能高过星辰，宁愿感受牛郎和织女的光芒。假如汤药真能治病，就搬到天上去。踩着青云，偎依着朱栏，唱歌给亲人听，和他们一起消吐忧愤。到那时，看谁说张处士的雄笔不能映照千古。诗中第十二联"忆昨狼狈初",杜甫诗:"忆昨狼狈初,事与古先别"(杜甫《北征》)。第十三联"土梗空俯偻",杜甫诗:"真龙竟寂寞,土梗空俯偻"(杜甫《雷》)。"土梗",指泥塑偶像。亦以喻轻贱无用。《庄子》:"吾所学者,直土梗耳"(《庄子·田子方》)。第十四联"人事随转烛",杜甫诗:"世情恶衰歇,万事随转烛"(杜甫《佳人》)。第十五联"咄嗟檀施开",杜甫诗:"公为顾宾徒,咄嗟檀施开"。第十六联"新秋照牛女",杜甫诗:"入夜殊赫然,新秋照牛女"(杜甫《火》)。第十七联"汤休起我病",杜甫诗:"汤休起我病,微笑索题诗"(杜甫《大云寺赞公房四首》)。第十八联"摄身凌苍霞",李白诗:"摄身凌青霄,松风拂我足"(李白《题舒州司空山瀑布》)。韩愈诗:"一旦不辞诀,摄身凌苍霞"(韩愈《读东方朔杂事》。第十九联:"我歌尔其聆",韩愈诗:"辱赠不知报,我歌尔其聆"(韩愈《答张彻》)。第二十联"谁言张处士,雄笔映千古",李白诗:"谁言张处士,雄笔映千古"(李白《丁都护歌》)。

  全诗共分为两部分,前部分写景,后部分抒情,淋漓尽致地倾诉了作者的忧愤和不达。诗中选用最具有特征的寺庙风景,写出了寺庙风光和月夜、江色泊舟的静谧境界,是作者精心的选材和巧妙的构思,其绝佳的诗句使人感觉到全是诗人的即目所创,化用前人不漏痕迹,另出新意,可见作者的才情。

  纵观王安石前期的寺庙游历诗,执政前,游佛寺较多,执政期间,游佛寺较少,其诗多为描写寺庙风光,其诗歌特点是以写景为主,借景抒怀,多为排解济世中的疲惫身心,放松心情,寻找真实自我,其涉及禅理和禅味的诗歌很少。但我们并不能否认他在与佛的交往中已经具备了深厚的佛学修为,其诗《灵山寺》中就涉及佛教经典多达两部。《金山寺》中也展露了"五蕴皆空,度一切苦厄"的佛教思想,这为后期寺庙游历诗大量的引用禅典、禅理和禅趣埋下了伏笔。

  (二)后期的寺庙游历

  熙宁九年王安石二次罢相,退隐钟山。远离权力斗争的他不再为"有补于世"而作诗,终日以山水为邻,以花鸟为伴,游赏山光水色,"随月出山去,寻云相伴归"(《山水》)。在万物的静观冥想中体味自然的奥妙,探寻人生真谛，从而追求内心世界的平衡和精神上的解脱。其间，诗人将不少的时间消磨在寺院当中，在钟山附近，古刹林立，其中有定林寺、齐安寺、八功德水庵、光宅寺、西庵、永庆院等声名远播的佛门圣地。王安石到寺庙游览、邀朋友观赏，谈诗论禅中创作了大量的寺庙游历诗。仅元丰八年就先后创作《光宅寺》《光宅寺二首》《定林寺》《定林院三首》《净相寺》《送黄吉父入京题清凉寺壁》《城东寺菊》《游草堂寺》《游章义寺》《题齐安寺》《题齐安壁》等十一首寺庙游历诗。此间寺庙游历诗体现了王安石高深的佛学修为，诗中禅意浓浓，巧妙地引用禅理和禅典，以诗说禅，诗意恬淡自然，辩理精深。其诗《光宅寺》云：

> 翛然光宅淮之阴，扶舆独来坐中林。
> 千秋钟梵已变响，十亩桑竹空成阴。
> 昔人倨堂有妙理，高座翳绕天花深。
> 红葵紫苋复满眼，往事无迹难追寻。

光宅寺又称慧光寺。系梁天监六年（507），武帝自舍旧宅所建，相传"光宅"之名系因当时观音像放光七日而得名。梁武帝曾敕令梁三大法师之一的法云为寺主，命其制定僧制。并于寺中安置律僧法悦所铸的金铜大佛。由于法云在此寺讲演《法华经》，致使寺名广闻于世。逮陈代，昙瑗来住，道誉颇高。陈至德元年（583），天台智亦居此讲《仁王经》与《法华经》。故在梁、陈二代，此寺为江南第一名刹。李壁注曰："按《建康志》，光宅寺本梁武帝故宅，天监六年（507），舍宅作寺。昔日云光法师讲《法华经》于光宅，每有华如飞雪，满空而下。讲讫，即升空而去。"① 首句"翛然光宅淮之阴"，"翛然"是无拘无束貌，超脱貌。《庄子》："翛然而往，翛然而来而已矣。"成玄英疏："翛然，无系貌也"（《庄子·大宗师》）。第二句"扶舆独来止中林"，"扶舆"亦作"扶於""扶与"。犹扶摇。盘旋升腾貌。汉王褒诗："登羊角兮扶舆，浮云漠兮自娱"（《九怀·昭

---

① 王安石撰，李壁注：《王荆文公诗李壁注》卷二，上海古籍出版社1993年版。

世》)。韩愈诗:"气之所穷,盛而不过,必蜿蟺扶舆,磅礴而郁积"(《送廖道士序》)。"中林"指林野。《诗经》:"肃肃兔罝,施于中林"(《诗经·周南·兔罝》)。《尔雅》:"牧外谓之野,野外谓之林。"中林犹云中野。这两句开门见山地道明了光宅寺所处位置和风貌。第三句"千秋钟梵已变响","钟梵"指寺庙里的钟。第四句"十亩桑竹空成阴","空",般若宗的核心思想,后人归纳为"缘起性空,真空妙有"。缘起性空是讲世间所有事物(包括色、受、想、行、识)都是因缘和合而生,没有其各自独立的体性;它们共同的体性为"空",即"空"性。唯识宗与般若宗其实是一脉相承的,由指出"空"性到最终揭示这个"空"性的本质。它们两宗实际上构成了一个体系,那就是"中观"。中观思想的形成对后来的很多宗派都有着借鉴的作用。例如,后来的华严宗所讲的"理事无碍",禅宗所讲的"心性不二",跟中观的"性空唯识"是别无二致的。这两句表现了佛禅的独特境界,钟梵变响,万物皆空。第五句"昔人倨堂有妙理","昔人"指古代高僧。"妙理"指高妙的佛理。第六句"高座翳绕天花深","天花"亦作"天华",佛教语,天界仙花。《观众生品》载:"时,维摩诘室,有一天女,见诸天人闻所说法,便现其身,即以天华,散诸菩萨、大弟子上。华至诸菩萨,既皆堕落;至大弟子,便著不堕。一切弟子神力去华,不能令去。尔时,天问舍利弗:'何为故去华',答曰:'此华不如法,是以去之。'天曰:'勿谓此华为不法'……尔时,维摩诘语舍利弗:'是天已曾供养九十二亿著佛,已能游戏菩萨神通,所愿具足,得无生忍,住不退转,以本愿故,随意能现,教化众生。'"① 李壁注曰:"须菩萨提尊者燕坐中,闻空中雨花赞叹。尊者问是何人,应云:'我是梵天,闻尊者善说《般若》,故来雨花赞叹。'尊者云:'我于《般若》未曾说一字。'梵天云:'尊者无说,我亦无闻。无说无闻,是真《般若》'"② 这两句引用佛教典故"天女散花",来形容高僧妙理的深奥。第七句"红葵紫苋复满眼","满眼"充满视野的意思。晋陶潜:"寻念平昔,触事未远,书疏犹存,遗孤满眼"(《祭程氏妹文》)。杜甫诗:"桂江流向北,满

---

① 赖永海:《维摩诘经·观众生品》,中华书局2010年版,第115—119页。
② 王安石撰,李壁注:《王荆文公诗李壁注》卷二,上海古籍出版社1993年版。

眼送波涛"(《千秋节有感》诗之二)。第八句"往事无迹难追寻","无迹"没有踪影。最后两句是诗人的感怀,眼前虽然繁花满眼,但往事却一点痕迹也没有,难以寻找。

该诗引禅典入诗,诗境悠然。借钟梵变响,桑竹空成,来阐述佛教变迁和其般若宗的核心思想,万物皆空。从中还引用《维摩诘经》"天华"的典故来突出《法华经》妙理的高深。进而反映出世间的一切没有固定"性"的把握,虽繁花满眼,却往事难寻。诗文看似洒脱,却暗中饱含了诗人有心治国,却无力回天的感慨,以至于无可奈何。

定林寺与王安石结缘颇深,在全部寺庙游历诗歌中仅定林寺就有十三首之多,如《自白门归望定林有寄》《定林院三首》《定林所居》《定林寺》《书定林院窗》《题定林壁怀李叔时》《定林院昭文斋》《定林所居》等,起初,他只把定林寺当作自己骑驴出游的歇脚之地,后来他索性在定林寺包用了一间禅房作为书斋,使自己拥有了读经、参禅、注经、养性之所。他在《定林院昭文斋》里是这样描述的:"定林斋后鸣禽散,只有提壶守屋檐。苦劝道人沽美酒,不应无意引陶潜。"可见其佳境美景也是陶渊明所追求的,虽短短四句,字里行间却彰显着清净之心的超越。沈钦韩注曰:"《建康志》:'定林寺有二:上定林寺,旧在蒋山应潮井后,宋元嘉十六年,禅僧竺法秀造,在下定林之西。乾道间,僧善鉴请其额,于方山重建。(方山,一名天印山,在城东南四十五里。)下定林寺,在蒋山宝公塔西北,宋元嘉年置,后废,今为定林庵,王安石旧读书处'。"[①] 其诗《书定林院窗》云:

> 道人今辍讲,卷袂寄松萝。
> 梦说波罗蜜,当如习气何。

李壁注曰:"公自注云:问远大师,师云:'夜来梦与说十波罗蜜。'"[②] 首句"道人"指禅师。"辍"为停止的意思。第二句"袂"指堂下阶前砖

[①] (清)沈钦韩:《王荆公诗文沈氏注》,中华书局1959年版,第51页。
[②] 王安石撰,李壁注:《王荆文公诗李壁注》卷四十三,上海古籍出版社1993年版。

砌的路。"松萝"借指山林。王维诗："依迟动车马,惆怅出松萝"(《别辋川别业》)。孟郊诗:"松萝虽可居,青紫终当拾"(《擢第后东归书怀》)。苏轼有文:"古人有三聘而起松萝者,迫实用也"(《杜处士传》)。第三句"波罗蜜"为佛教用语,沈钦韩注曰:《翻译名义集》:"波罗蜜,秦言度彼岸。《华严经》云:'菩萨摩诃萨,以般若波罗蜜为母。'般若,秦言智慧。"[1] 李壁注曰:"《净土经》'各以衣祴盛众妙花,供养他方千亿佛。又曰:舍利弗问须菩提:'梦中说六波罗蜜,与觉时是同是别?'须菩提云:'此义幽深,吾不能说,汝往问弥勒。'"[2] "波罗蜜"是梵文 Prajnaparamitar 音译,旧译为"般若波罗蜜"。"般若"(prajna)意为"智慧",又译"明"。"波罗蜜"(Paramita),意为"到彼岸""度""度彼岸"等,意为认识诸法实相的智慧,能度生死之此岸,达到涅槃解脱之彼岸,犹如船筏,可渡大河,故曰"波罗蜜"。"般若"和"波罗蜜"合在一起,通常译为"智度""明度""无极度"等,意为通过智慧达到涅槃解脱的彼岸世界。后秦的鸠摩罗什所译的《大智度论》,所专门讨论的就是如何通过修习,得到佛智,进入涅槃的境界。该诗意传达的就是"波罗蜜"这样的禅理。其游净相寺中所表述的禅理与上一首诗类似,《净相寺》诗云:

> 净相前朝寺,荒凉二十秋。
> 曾遭减劫坏,今遇胜缘修。

李壁注曰:"净相寺俗称后篱寺,在江宁县城西南六十里,唐天祐十八年建。国朝崇宁中改金额。钱起诗:'黄叶前朝寺,无僧前殿开。'"[3] 白乐天诗:"曾随减劫坏,今遇胜缘修"(《重修香山寺》)。诗中"减劫"源于佛教生死轮回说。汉语中常用的"浩劫""劫难""劫数"之"劫",源出佛典,为梵文劫波(Kalpa)音译之略,原意为极久远的时间单位。佛经中称世界众生有大变化的周期为劫,有小劫、中劫、大劫三级。一般说

---

[1] (清)沈钦韩:《王荆公诗文沈氏注》,中华书局1959年版,第51页。
[2] 王安石撰,李壁注:《王荆文公诗李壁注》卷四十,上海古籍出版社1993年版。
[3] 同上。

人寿每百年增一岁，从十岁增至八万四千岁后，复从八万四千岁渐减至十岁，如是一增一减名一小劫，合一千六百八十万年，如是增减十八反为一中劫，或言二十小劫为一中劫，合三亿三千六百万年。四中劫为一大劫，合十三亿四千四百万年。一大劫中，三千大千世界同时成坏，分为成、住、坏、空四中劫。成劫世界开始形成，住劫为形成后的相对稳定期，只有在此期间，三禅天以下的众生才渐次出现、生存。坏劫世界破坏，众生不存；空劫为从坏尽到再生成的间歇阶段。李壁注："《维摩诘经》：'若一劫，若减一劫，而供养之。'"①"胜缘"为佛教语，善缘。梁武帝诗："驾言追善友，迥舆寻胜缘"（《游钟山大爱敬寺》）。王维："时若不加兵而贼破，不扰物以人和，缁侣胜缘，苍生厚幸"（《为舜阇黎谢御题大通大照和尚塔额表》）。再如《重游草堂寺次韵三首》诗：

其一
垣屋荒葛藟，野殿冷檀沈。
鹤有思颙意，鹰无恋遁心。
禅房闭深竹，斋钵度遥岑。
寂寞黄尘里，金身倚一寻。

其二
僧残尚食少，佛古但泥多。
寒守三衣法，饥传一钵歌。
宽闲每进竹，危朽漫牵萝。
怊怅庭前柏，西来意若何。

其三
野寺真兰若，山僧老病多。
疏钟挟谷响，悲梵入樵歌。
水映茅篁竹，云埋茑女萝。

---

① 王安石撰，李壁注：《王荆文公诗李壁注》卷四十，上海古籍出版社 1993 年版。

拂尘书所见，因得拟阴何。

　　草堂寺建于东晋末年，不仅是佛教的著名古刹，也是三论宗祖庭，还是名闻关中的古迹胜境。因其以草苫为寺中一堂屋顶，故名。北周时毁，唐宋以后多次重建。今有大殿三间及鸠摩罗什舍利塔等。王安石曾多次游草堂寺，其《重游草堂寺次韵三首》看似平淡，但此情此景无处不呈现出佛禅的奥妙与精髓。佛家以恬淡自然、空灵智慧化居于世外，自然而然地在证悟着佛法的真谛。

　　第一首描写寺庙景物。屋子和墙上都爬满了葛蘲，虽然处在野外，大殿却有檀木搭建，显得十分肃穆。这种环境是闲云野鹤和支遁这样喜欢山林禅悦的高僧的居所没什么两样。禅房隐于竹林深处，斋钵度遥岑。寂寞的尘世又怎能比得上这种修行的乐趣。诗中化用了"周颙鹤事"和支遁养鹰马的典故。"周颙鹤事"，南齐周颙隐居钟山，善佛学，后被朝廷招录。仙鹤嘲笑他背叛北山，不是真正的隐者。罗隐诗："鱼惭张翰辞东府，鹤怨周颙负北山"（《寄右省王谏议》）。"支遁养鹰马"，李壁注："支遁好养鹰马而不乘放，人或讥之，遁曰：'贫道爱其神骏耳。'"① 支遁喜欢探幽寻胜，其山水诗和僧人诗处处渗透着佛教止观法门的存在意识。本诗借"支遁"透露山林寺庙和僧人对时间、生命存在忧患的全然不同的超越方式。

　　第二首描写寺庙生活。僧侣尚能遵守每日少食的戒律，庙中的佛性虽古远但多是泥土做的。贫寒中他们依言守着三法衣，饥饿时传送着佛经，宽闲时归属于高高的竹林。屋子漏了就拿草来修补，惆怅时来到门前的柏树下，探讨佛祖西来之意。诗中"僧残"，梵语的意译，音译僧伽婆尸沙，佛教戒律中罪科名，其名目有十三，故又称为十三僧残。"食少"，佛教规定每日少一食。"三衣法"，李壁注："《四分律》中有三衣，谓九条衣、七条衣、五条衣。《一钵歌》，杯度作，见《传灯录》卷三十。"② "西来意"，李壁注："僧问赵州祖师西来意，州云：'庭前柏树。'"③ 佛不说破，

---

① 王安石撰，李壁注：《王荆文公诗李壁注》卷四十三，上海古籍出版社1993年版。
② 同上。
③ 同上。

重在启发，使修者自悟，此为话头。此诗描绘僧残少食，佛古泥多，寒守三衣法，饥传一钵歌。宽闲、高竹，漏房补草，庭前柏等构成的境界灵动超凡，不着一字便使清净的心灵不经意地张开，在明朗的山水间感受了佛法的大意。

第三首写寺庙的超然之境。自己建造的寺叫兰若，山里的僧人年老多病，稀疏的钟声回荡在山谷，寺庙故事被砍柴人唱成了山歌。茅屋和翠竹倒映在水中，云彩飘浮于茑女萝之间。后两句的意思是，就像拂去了世间的尘埃，仿佛是一幅书画，因此我也学阴铿、何逊创作了这样的山水诗。诗中"兰若"指寺庙。李壁注："《缃素杂记》尝论招提，以谓'官赐额者为寺，私造者为招提、若兰'。"① "阴何"，指阴铿、何逊，是南北朝梁陈时代两位有名的诗人。他们都善于写新体诗，在斟字酌句用韵方面下过苦功，诗风也较相近。杜甫曾有"孰知二谢将能事，颇学阴何苦用心"（《解闷》）的诗句，对他们锤炼诗句的精神表示钦佩。他们诗作的内容多描写山水景物，诗风清新婉丽。诗中幽闭清净的生活状态是佛家所崇尚的一种"寂静"之境。佛教认为，离烦恼曰寂，绝苦患云静。由此会意定无居处之选择，只要身心寂静，举足之下，皆为道场。

三首诗亦表现了诗人洒脱心境的外现方式，脱离了尘俗的羁绊，好不清幽自在，此游已经使他超越妄心，获得了心灵的圆满和自由，故而远离红尘并非真正的觅得大道，只是身心内外混成净土，身心与山河大地融为一体，方成正果。所谓"通玄峰顶，不是人间。心外无法，满目青山"。②

王安石的寺庙游历诗，前期既有"天下苍生待霖雨，不知龙向此中蟠"的豪情壮志，也有"谁知风云知进退，才生霖雨便归山"的恬退之情。因政务工作而寄住寺庙，与禅僧的长期交往中，使他逐步地对佛教产生了浓厚的兴趣。猛然间认识到佛教这种博大精深的外来文化和精湛玄妙的禅理，不但对他的济世之心有所帮助，还可以排解他内心的烦恼和疲惫，使之放松自我回归自然。佛禅真正是他人生旅途中绝好的驿站，难得的歇脚之处，为此，每逢遇高山名寺必游之，访之，进而留下了美丽的诗

---

① 王安石撰，李壁注：《王荆文公诗李壁注》卷二十二，上海古籍出版社1993年版。
② （宋）释普济：《五灯会元》卷十，中华书局1984年版，第569页。

篇。王安石前期的寺庙游历诗，主要是描写寺庙风光，借以排解为官之压力和早期政治生活的不遇不达。虽然执政期间对佛教有了真正的领悟，但其间很少游历寺庙。退隐前的诗歌多少具有了禅意。后期寺庙游历诗与前期迥然不同，不但有丰富的禅理，而且还引禅典和禅趣入诗。在禅境诗描写上对禅家不着一字，可见其"定林自有主，我为林下客。客主有自心，还能共岑寂"（《题定林壁》）中自我心灵与方外人士的精神默契。

二 与禅僧之交游

王安石在北宋儒释道融合的社会环境里表现出了卓尔不群的人格，受到时人与后人的推崇。他的一生胸怀坦荡、宽厚待人、爱人以德、廉洁奉公、性格刚正、直道行事。他特殊的政治地位和广博的儒学修为，得到了禅僧的接纳和认同。王安石一生中与许多禅僧有过交往，并建立了深厚的友谊。以《王安石全集》和佛教典籍诗文为依据，按时间顺序排列，王安石结交的禅僧依次为慧礼、修广、惠岑、惠思、道原、妙应、释普济、正觉、白云然、无著上人、荣上人、报恩大师、胜上人、云渺、道升、德殊、无惑、逊师等僧人，其交往密切的有蒋山赞元、金山瑞新、育王常坦、净因、法云宝觉、大觉怀琏、行详、真静克文、蒋山道安、蒋山道光等僧人，并与他们互有诗文来往。可以说宋代兴盛的佛禅宗派中除曹洞宗和沩仰宗外，王安石均有一定的往来。今择其要者，以宗门法系归属为顺序，加以列述。

（一）王安石与云门宗僧人

上文已经介绍过，王安石人生第一个交往的僧人是浮屠慧礼，有关慧礼的宗门关系，考证不详。也未见与其交往的诗歌，其介绍交往经历只有《扬州龙兴寺十方讲院记》文一篇。而此时的王安石尚属少年，对佛教的认识还不够深刻，其真正与佛教交往当属在鄞县为官期间与云门宗僧人的交往。

云门宗以云门文偃（864—949）为宗祖，属青原法系。文偃住韶州云门山光泰禅院，后唐长兴元年（930）以后，大振禅风，因取其山名为宗。云门文偃的得法弟子中，法系较为兴盛的是德山缘密、双泉师宽、香林澄远、洞山守初等。云门弟子中最上首者为香林澄远，接引学人完全继承了云门风格。香林澄远下有智门光祚，光祚门下得法者甚众，有雪窦重显等。雪窦重显大振宗风，中兴云门，使云门宗在北宋盛极一时。①云门宗僧人金山瑞新、育王常坦、大觉环琏、金山宝觉等均与王安石游。王安石《涟水军淳化院经藏记》称："通之瑞新，闽之怀琏，皆今之为佛而超然，吾所谓贤而与之游者也。此二人者，既以其所学自脱于世之淫浊，而又皆有聪明辩智之才，故吾乐以其所得者间语焉，与之游，忘日月之多也。"②

金山瑞新禅师，原为天通山新禅师。皇祐元年（1049）到金山寺，重修寺宇，任住持四年。皇祐五年（1053），圆寂。《五灯会元》卷十、十五均有传。王安石认为瑞新有不染尘世的聪明才智，其《答瑞新道人十远》诗：

> 远水悠悠碧，远山天际苍。
> 中有山水人，寄我十远章。
> 我时在高楼，徙倚观八荒。
> 亦复有远意，千载不相忘。

瑞新有《十远》寄王安石，原诗不存，王安石以此诗答之。诗中描写了远方碧水悠悠，远山的天边郁郁苍苍，这里有游山玩水的人，我委托他把我对你思念的书信带去。我这时站在高楼上，向你住的方向张望，思念之情如泉涌，久久舍不得离去。此时我的心情和你一样，我们的友谊是千载也不能相忘的。

此诗虽是回信，却表达了王安石与瑞新感情的真挚。虽然相隔一方，但彼此的牵挂是息息相通的。皇祐五年（1053），王安石在舒州通判任上，公出途中到金山寺看望瑞新，不料僧人已经圆寂。王安石万分悲痛，睹物思人，急笔写下了《书瑞新道人壁》一文：

"始瑞新道人治其众于天童之景德，予知鄞县，爱其才能，数与之游。后新主此山之四年，予自淮南来苏州之积水，卒事，访焉，则新既死于某

---

① 洪修平：《中国禅学思想史》，中国人民大学出版社2007年版，第297—309页。
② 王安石撰，李之亮补笺：《王荆公文集笺注》，巴蜀书社2005年版，第1602页。

月某日矣。人知与不知,莫不怆焉,而予与之又久以深,宜其悲也。夫新之材信奇矣,然自放于世外,而人悼惜之如此。彼公卿大夫操治民之势,而能以利泽加焉,则其生也荣,其死也误哀,不亦宜乎!皇祐五年六月十五日,临川王某题。"①

文章描述了他与瑞新的交往经历,并阐述了彼此的深厚友谊,对瑞新的人格和才学给予了高度的评价,悲痛之余也为瑞新的才能不为世用而感到深深的惋惜。

育王怀琏大觉,泐潭澄禅师法嗣。"明州育王山怀琏大觉禅师,漳州龙溪陈氏子。诞生之夕,梦僧伽降室,因小字泗州,既有异兆,金知祥应,龆龀出家。卯角圆顶。笃志道学,……师事之十余年。去游庐山,掌记于圆通讷禅师所。皇祐中仁庙有诏,住净因禅院。召对化城殿,问佛法大意,奏对称旨。赐号大觉禅师。"② 宋惠洪《冷斋夜话》卷六记载:"大觉琏禅师学外工诗。舒王少与游,尝以其诗示欧公,欧公曰:'此道人作肝脏馒头也。'舒王不悟其戏,问其意。欧公曰:'是中无一点菜气。'琏蒙仁庙赏识,留住东京净因禅院甚久。尝作偈进呈,乞还山林,曰:'千簇雪山万壑流,闲身归老此峰头。殷勤愿祝如天寿,一炷清香满石楼。'又曰:'尧仁况是如天阔,乞与孤云自在飞。'"③ 文中可以看出怀琏对山林之境的留恋,渴望重返山林。对此王安石赋《寄育王大觉禅师二首》,诗曰:

其一

山木悲鸣水怒流,百虫专夜思高秋。

道人方丈应无梦,想复长吟拟慧休。

其二

单已安那示入禅,草堂难望故依然。

山今岁暮终岑寂,人更天寒最静便。

---

① 王安石撰,李之亮补笺:《王荆公文集笺注》,巴蜀书社 2005 年版,第 1181 页。
② (宋) 释普济:《五灯会元》卷十五,中华书局 1984 年版,第 1005 页。
③ (宋) 释惠洪:《冷斋夜话》卷六,吴文治主编:《宋诗话全编》叁,凤凰出版社(原江苏古籍出版社)1998 年版,第 2449—2450 页。

隐迹亦知甘自足,凭心岂吝慰相怜。
所闻不到荆门耳,人老禾新又一年。

这是两首劝慰和挽留诗,第一首单刀直入,开门便说,山林里有什么好,树木发出鬼叫一样的声响,水愤怒地奔流,百虫在秋天的夜里叫个不停。僧人你啊就不应该有归去听禅,学慧休的梦想。李壁注:"退之诗:'夜深静卧百虫绝',此言'百虫专夜'皆佳。"① 第二首是诗人继续劝留的诗句,但和前一首比较略显委婉和平和。诗人首先表示对僧人思念山林的心情可以理解,可现在是一年的最后几天,山里天寒地冻,根本看不到人迹,就连隐居的人都知道冷暖,你又回去干什么呢。我是你的好友,我对你的劝慰可是发自内心的,听说回去的路途很远,你还没到荆门,新的一年就又开始了。你不能不承认岁月催人老啊。

以上两首诗可谓情真意切,作为一个朋友,听说好友有荣华富贵不享受,偏要回到食不果腹的山林生活,感到很不理解,于是就苦口婆心,一再规劝和挽留,意在希望友人能生活幸福,安度晚年。

育王常坦,云门宗福昌善禅师法嗣,鄞县东四十里育王山僧人。王安石鄞县任上,兴修水利时与其相识,并建立了深厚的友谊。《五灯会元》卷十五有传。王安石在使北途中有诗《奉使道中寄育王山长老常坦》,诗云:

道人少贾海上游,海舶破散身波浮。
抱金满箧人所寄,吹籁偶得还中州。
赢身归来不受报,只取斗酒相献酬。
欢娱慈母终一世,脱去妻子藏岩幽。
苍烟寥寥池水漫,白玉菡萏吹高秋。
夜燃柏子煮山药,忆此东望无时休。
塞垣春枯积雪留,沙砾盛怒黄云愁。

---

① 王安石撰,李壁注:《王荆文公诗李壁注》卷四十八,上海古籍出版社1993年版。

五更匹马随雁起，想见郯郭花今稠。

百年夸夺终一丘，世上满眼真悠悠。

寄声万里心绸缪，莫道异趣无相求。

全诗共分为两部分，上半部分写常坦的出身和超脱凡俗的出家过程，下半部分描写自己在北归途中对常坦的思念。诗人孤寂一人，在夜晚用木头柈子煮着山药，想起和友人在一起的情景，久久地望着东方。此时，塞北的春天万物还没有复苏，田埂里残留的积雪还没完全化尽，黄风卷着沙粒簸扬。五更便骑马跟随着北归的大雁起程，想起这时南方城外的花还在开放。诗人感触颇深，百年的跨越如一丘之隔，想想世上到处都是美丽的景色。可寄身万里的我心情惆怅，你我虽然儒、释相异，可我们的友情还是深厚的，彼此可不要相互忘记啊！

金山宝觉，名务周，大觉怀琏法嗣。其人在禅史上的影响并不大，因其与王安石、苏轼等宋代知名文人交游而留名。王安石与之关系密切，在现存的僧人交游诗中与宝觉相关的诗最多。但我们不可把诗中的宝觉混为一人，从《王荆文公诗李壁注》中我们可以看出王安石先后和两个宝觉交往，还有一位叫法云宝觉，其晚年在钟山期间与王安石交游。由此我们可以看出徐文明的《王安石与佛禅》认为宝觉就一人的看法有误。王安石与金山宝觉的关系可以从他的诗文中看出。他在集句诗《赠宝觉并序》中曰："予始与宝觉相识于京师，因与俱东。后以翰林学士召，会宿金山一昔，今复见之。闻化城甚壮丽，可登眺，思往游焉，故赋是诗。"诗云：

大师京国旧，志趣江湖迥。

往与惠询辈，一宿金山顶。

怀哉苦留恋，王事有朝请。

别来能几时，浮念极含梗。

今朝忽相见，眸子清炯炯。

夜阑接软语，令人发深省。

化城出天半，远色有诸岭。

佛家怀抱　俱味禅悦

　　　　　白首对沧洲，犹思理烟艇。

　　诗人描述了早年与宝觉相识于京师，丁母忧回江宁时，宝觉同行。后被招翰林学士，曾与宝觉、惠询一同住过金山，即使留恋江宁的隐居生活，可皇命难违，只好回朝。时至今天又见到宝觉，心情无比激动，盛情好客的他听说化成风景秀丽，便陪同我一起到那里游玩。真是有朋自远方来，不亦乐乎！此种深厚的友谊亦在《与宝觉宿龙华院三绝句》中有所表现。

　　　　　其一
　　　　　老于陈迹倦追攀，但见幽人数往还。
　　　　　忆我小诗成怅望，钟山只隔数重山。
　　　　　其二
　　　　　世间投老断攀缘，忽忆东游已十年。
　　　　　但有当时京口月，与公随我故依然。
　　　　　其三
　　　　　与公京口水云闲，问月何时照我还。
　　　　　邂逅我还还问月，何时照我宿金山。

　　这三首诗作于熙宁九年二次拜相前，他再一次登金山，老友见面，回忆当年的诗作，感慨万千，今天只落得"投老断攀缘"。诗人感慨，时光如梭，物是人非，变化真是太大了；只有宝觉大师和月亮依然陪伴着我，以后恐怕没有机会再登金山了。诗中深刻地反映了人生的无奈，可无奈中仍有宝觉相伴，从而，真挚地体现了二人终老相交的深厚友谊。
　　法云宝觉，"又称无外"（李壁注卷二十二《宿定林示宝觉》）。王安石晚年在钟山时与其交往频繁，有诗《示无外》《病起过宝觉》《示宝觉三首》《与宝觉宿僧舍》。他在《宿定林示宝觉》诗中曰：

　　　　　天女穿林至，嫦娥度陇来。

欲归今晼晚,相值且徘徊。

谁谓我忘老,如闻虫造哀。

邻衾亦不寐,共尽白云杯。

深秋时节,天气转凉,满林的白露。月亮已经早早地升起,出外云游已到傍晚,是否回家犹豫不决。谁说我忘记自己已经老了,目前的自己就像秋天里的昆虫发出哀鸣。晚上,宝觉看我没有盖被睡觉,就过来和我一起喝茶。诗中"晼"为黄昏的意思。"衾"指被子。"白云"指茶。李壁注:"李义山诗:'陛下好生千万寿,玉楼长御白云杯。'然此诗'白云'谓茶也。"诗中描写诗人出游天晚,寄住定林寺,悲老夜不能寐。宝觉发现后和他一起饮茶聊天,表现出朋友的无微关怀。又有《示宝觉》诗:

宿雨转歊烦,朝云拥清迥。

萧萧碧柳软,脉脉红蕖靓。

默卧如有怀,荒乘岂无兴?

幽人适过我,共取墙阴径。

释惠洪《冷斋夜话》云:"荆公尝与俞秀老至报宁。公方假寐,秀老私跨驴入法云谒宝觉禅师。公知之,有顷,秀老至,公伴睡起,遣秀老下阶,曰:'为僧子乃敢盗跨吾驴!'秀老叩头,愿有以自赎其罪,寺僧亦为解劝。公徐曰:罚《松声》诗一首。秀老立就。"[1] 诗中描写,一夜小雨洗去了世间的烦嚣,早晨的白云送来了清迥。含羞的柳树弯下了腰,红色的荷花露出娇好的面容。如此良辰美景,在家里默默地躺着有什么意思呢,何不乘兴出游,而在此时,宝觉就来了,二人一同直趋墙阴,出观风景。足以看出二人情趣相同,心境相通。再有《示宝觉二首》诗:

---

[1] (宋)释惠洪:《冷斋夜话》卷六,吴文治主编:《宋诗话全编》叁,凤凰出版社(原江苏古籍出版社)1998年版,第2445页。

其一
火暖窗明粥一盂，晨兴相对寂无鱼。
翛然迥出山林外，别有禅天好净居。
其二
重将坏色染衣裙，共卧钟山一坞云。
客舍黄粱今始熟，鸟残红柿昔曾分。

  这两首诗是王安石晚年悟道之言，寺院火暖窗明，虽然只有粥一碗，没有鱼可吃，但如此超然之境，别有禅门净居的情趣，这种清苦的生活对其他达官贵人来说也许是无法忍受的，但对王安石来说却是极好的享受。用草色染衣，把云絮当作被，红柿就是日常的水果，黄粱作饮，好一幅山寺野居图。寄身云中，非图以黄粱一梦，只是为了远离红尘。诗中"寂无鱼"李壁注："言既然无鱼鼓声，非冯谖弹铗事。"① "好净居"佛书四禅有净居天。"鸟残红柿"有一个典故，据《祖堂集》沩山和尚机缘："师与仰山游山，一处坐，老鸦衔红柿子来，放师面前，师以手拈来，分破一片与仰山，仰山不受，云：'此是和尚感得底物。'师云：'虽然如此，理通同规。'仰山危手接得了，便礼谢吃。"② 以上两首诗寓虚幻于现实，将天地人间、梦境与现实、典故与今朝巧妙地结合在一起，体现诗人禅诗结合如至化境的高超艺术境界。还有《与宝觉宿僧舍》诗：

扰扰复翩翩，秋床烛屡昏。
真为说万物，岂止挟三言。
问义曹溪室，捐书阙里门。
若知同二妄，目击道逾存。

  诗人与僧人经常共宿寺庙，每遇必深夜畅谈，有道不尽的共同语言。自六祖以来，禅家谈禅必言曹溪，故此宝觉问曹溪意理所当然。诗中"捐

---

① 王安石撰，李壁注：《王荆文公诗李壁注》卷四十八，上海古籍出版社 1993 年版。
② （南唐）静筠二禅师：《祖堂集》卷十六，中华书局 2007 年版，第 726 页。

书"化于《晋书·范宁传》，泛指读书过多，以致目疾。劝慰其爱惜身体。宝觉问义曹溪，王安石捐书阙里，一为儒，一为释，儒释若各执一见，则皆是妄相，离此两边，超越儒释之间的分别，则顿悟大道，目击道存。"目击道存"化于《庄子》，触目见道。

从以上诗文中可以看出，宝觉是王安石的方外密友，晚年在钟山时经常朝夕相伴，出游山川，共宿僧院。其无话不谈，儒释之观点，皆在两边之超然中悟得大道。可见二人友情之醇厚。

(二) 王安石与临济宗僧人

临济宗，创始人为临济的义玄，祖庭黄檗禅寺。从曹溪的六祖慧能，历南岳、马祖、百丈、黄檗，一直到临济的义玄，于临济禅院举扬一家，后世称为临济宗。义玄是慧能的六世法孙。又临济六世孙为石霜楚圆禅师。圆禅师以后分杨岐派、黄龙派。临济义玄主张"以心印心，心心不异"，后世有"心心相印"一说。临济义玄以其机锋凌厉、棒喝峻烈的禅风闻名于世。宋代临济宗迅速兴起并盛行，义玄有嗣法弟子22人，著名并且有录传世的16人。现存《临济录》和《祖堂集》卷十九、《景德传灯录》卷十二等记载了他们的生平事迹和禅法。由于临济宗修行简便，禅理通透，深得宋代士大夫的喜爱，成为当时居士修佛的主要途径。宋代很多文人均与临济有关。[①] 与王安石交往的临济僧人有，蒋山赞元、真净克文、保宁仁勇、蒋山道安、蒋山道光、行详等。

蒋山赞元，义乌人，字万宗，号觉海，俗姓傅，石霜楚圆法嗣。赞元三岁出家，七岁受具足戒成为大僧。王安石早年丁家难阅内典于蒋山，与赞元禅师从如昆弟，并多次向赞元请教佛理。有关这个事迹《续藏经》《五灯会元》等多有记载，前文已述。《五灯会元》卷十二有传。王安石晚年居钟山与赞元来往甚密，他还曾为赞元奏请章服和禅师号。[②] 胡仔《苕溪渔隐丛话》前集云："元为人闲靖寡言，客来无贵贱，寒温外无别语。公后罢相，居定林，稍觉烦动，即造元，相向默坐，终日而去。"[③] 有诗

[①] 韩溥：《江西佛教史》第十一章临济宗，光明日报出版社1995年版，第268—278页。

[②] （宋）释普济：《五灯会元》卷十二，中华书局2006年版，第730页。

[③] （宋）胡仔：《苕溪渔隐丛话》前集卷五十七，吴文治主编：《宋诗话全编》肆，凤凰出版社（原江苏古籍出版社）1998年版，第3912页。

《题觉海方丈》赠之云：

> 往来城府住山林，诸法翛然但一音。
> 不与物违真道广，每随缘起自禅深。
> 舌根已净谁能坏，足迹如空我得寻。
> 岁晚北窗聊寄傲，蒲萄零落半床阴。

诗中既有对赞元无为随缘、六根清净的赞赏，也有自己退隐山林后与赞元林下交游的恬适心情。他还写有《白鹤吟示觉海元公》诗云：

> 白鹤声可怜，红鹤声可恶。白鹤静无匹，红鹤喧无数。
> 白鹤招不来，红鹤挥不去。长松受秽死，乃以红鹤故。
> 北山道人曰，美者自美，吾何为而喜？
> 恶者自恶，吾何为而怒？去自去耳，吾何阙而追？
> 来自来耳，吾何妨而拒？吾岂厌喧而求静，吾岂好丹而非素？
> 汝谓松死吾无依邪，吾方舍阴而坐露。

这是一首为好友赞元鸣不平的诗。李壁注云："白鹤吟，留钟山觉海之诗也。先是讲僧行详与公交旧，公延居山中。详有经论，每以善辩为名，毁訾禅宗。先师普觉奄化西庵，而觉海孤立，详益骄傲。师弗与争，屡求退庵席。公固留，不可，瘵详谲妄，遂逐详而留师，作是诗焉。白鹤，譬觉海也；红鹤，行详也；长松，普觉也。览是诗者，即知公与二师方外之契，不为不厚矣。景齐久藏其本，今命工刻石，兼书以所以云。"[1]

元丰三年，赞元圆寂。王安石于九月三日设馔祭祀，其文《祭北山元长老文》："元丰三年九月四日，祭于北山长老觉海大师之灵。自我壮强，与公周旋。今皆老矣，公弃而先。逝孰云远，十方现前。馔陈告违，世礼则然。尚飨！"[2] 还有《蒋山觉海元公真赞》，诗云：

---

[1] 王安石撰，李壁注：《王荆文公诗李壁注》卷三，上海古籍出版社1993年版。
[2] 王安石撰，李之亮笺注：《王荆公文集笺注》，巴蜀书社2005年版，第1681页。

第一章　王安石的佛禅修习和林下交游

> 贤哉人也！行厉而容寂，知言而能默。
> 誉荣弗喜，辱毁弗戚。弗矜弗克，人自称德。
> 有缁有白，自南自北。弗句弗逆，弗抗弗抑。
> 弗观汝华，惟食已寔。孰其嗣之，我有遗则。①

　　诗中寥寥数言，把一位和蔼而庄严，寡语而智慧，为人宽厚以德，讲究实际的禅师形象绘于纸上。祭文中再次表达了对赞元入灭的痛惜和伤感，体现了对老友的思念。除此之外，王安石还写有《北山道人栽松》《与北山道人》等诗。

　　行详，临济宗黄龙派黄龙慧南法嗣。王安石在京为官时与其相识，元丰三年前与其交游，该僧每以善辩为名，毁訾禅宗。后因"因欲自力，设薄主人"，被王安石逐出寺院。其前有诗《宿北山示行详上人》：

> 都城羁旅日，独许上人贤。
> 谁为孤峰下，还来宴坐边。
> 是身犹梦幻，何物可攀缘。
> 坐对青灯落，松风咽夜泉。

　　李之亮［补注］："详在京师，公为朝士，与之熟。晚居北山，详亦在焉，故云'还来宴坐边'也。"②第三联"是身犹梦幻，何物可攀缘"，李壁注："《维摩经》：'是身如幻，从颠倒起；是身如梦，为虚妄见。'又《华严经》：'了知诸法无依止，本生寂灭同虚空。'即诗意也。"③这是一首劝慰诗，诗中描写儒释二人本是故交，后来又在钟山相遇，并对他的德行予以了一番赞扬，认为他这样懂高深佛理的人不能独霸寺庙，劝其把寺庙让给赞元，并借以佛理来阐述虚妄如梦的空观，意欲好言相劝，表现了

---

① 王安石撰，李之亮笺注：《王荆公文集笺注》，巴蜀书社2005年版，第17页。
② 王安石撰，李壁注，李之亮补笺：《王荆公诗注补笺》，巴蜀书社2002年版，第379页。
③ 王安石撰，李壁注：《王荆文公诗李壁注》卷二十二，上海古籍出版社1993年版。

王安石为人的仗义和友善。又有《寄西庵详师》：

> 意衰难自力，持路便思还。
> 强逐萧骚水，遥看惨淡山。
> 行寻香草遍，归漾晚云间。
> 西崦分明见，幽人不可攀。

这首诗是上首诗的延续，王安石对行详的规劝无用。只好采取了强硬的手段，将行详逐出寺庙，同时将赞元请回。从中我们可以看出，王安石是一个伸张正义的人，无论朋友交往先后，崇尚道理乃是他的本性。

蒋山道安，定林寺僧人，王安石晚年与其交游，有诗《示安大师有栗》，诗云：

> 道人深北山为家，宴坐白露眠苍霞。
> 手扶桄杖虽老矣，走险尚可追麋䴥。
> 踞堂俯视何所有，窈窕樛木垂楔櫨。
> 深寻石路仍有栗，持以馈我因烹茶。

玄觉禅师语录有："是以先须识道，后乃居山。若未识道而先居山者，但见其山，必忘其道。若未居山而先识道者，必忘其山。忘山则道性怡神，忘道则山形眩目。是以见道忘山者，人间寂也；见山忘道者，山中乃喧也"①。诗中写的僧人正是"未居山而先识道"的高僧。背山而居，宴坐白露，睡在苍霞。虽然手扶桄杖显得老了，但矫健的步伐仍能攀岩走险追逐野鹿。有一天坐在屋里向外看，没发现什么东西，院子里只有一棵窈窕樛木，于是，沿着石路寻找，发现还有栗子，就拿来馈赠给我煮茶。诗文写出了老僧生活的闲适和旷达，从中也反映出了对王安石的体贴和关怀，在什么也没有的情况下，也会到山里找来栗子为诗人煮茶。可见友谊之深

---

① （唐）玄觉撰：《禅宗永嘉集》，《大正藏》卷四十八，第387页。

厚。又有诗《赠安大师》，诗曰：

独龙冈北第三峰，逋客归来老更慵。
败屋数椽青缭绕，冷云深处不闻钟。

依然是首苦僧山居诗，诗中描写僧人的一种超脱之境，其居住和行为让人难以理解。而这种败落的实相正是僧人追求的境界。处于有我和无我之境的僧人，万法皆空，心无一点杂念，宁愿享受青烟缭绕，冷云飘浮。而这种境界正是法昌倚遇禅师所说的"若更踏步向前，不如策杖归山去，长啸一声烟雾深的感觉"。① 王安石表达同类意境的诗还有《寄道光大师》："秋雨漫漫夜朝复，可嗟蔀屋望重霄。遥知宴坐无余念，万事都从劫火烧。"②

蒋山道光，曾任灵岩寺等多个寺庙住持，从《王安石全集》的诗文内容看，王安石在晚年与他交游较多，与其诗文丰富。有诗《寄碧岩道光法师》，诗云：

去马来车扰扰尘，自难长寄水云身。
碧岩后主今为客，何况开山说法人。

诗歌给予了道光法师极高的赞誉。由于僧人佛学修为高深，使他很难寄身于山林，前来拜访的人络绎不绝。回到碧云寺作住持，本来是主人，反倒像客人一样让人尊重。这样的排场开山祖师在九泉之下也感到羡慕啊。李壁注："'言车马尘中，非高人所可久寓。''璧山后主两句谓道光法师今已如寺中客，应接不暇，何况开山祖师，泉下亦不安宁'。"③ 又有《和平甫招道光法师》，诗云：

练师投老演真乘，像劫空王爪与肱。

---

① （宋）释普济：《五灯会元》卷十六，中华书局1984年版，第1023页。
② 王安石撰，李壁注：《王荆文公诗李壁注》卷四十八，上海古籍出版社1993年版。
③ 王安石撰，李壁注：《王荆文公诗李壁注》卷四十五，上海古籍出版社1993年版。

> 于总持门通一路，以光明藏续千灯。
> 从容发口酬摩诘，邂逅持心契慧能。
> 新句得公还有赖，古人诗字耻无僧。

法师的修为已经达到了很高深的境界，临老还在演绎佛家真实的教义。佛经理论可以说完全掌控了，并能提出自己的佛教观点，以光明藏续千灯。特别是对《维摩诘经》脱口便出。这种修为和六祖慧能是心心相通的。一些新的禅语还有赖于他啊，其化境和诗歌的境界是一样的，要不古人的诗歌怎么能离不开佛教哪！"练师"指得道高僧。"真乘"指佛教义理。"光明藏"为佛教语，指佛性佛法之所在。宋岳珂解释说："仁，人之安宅；义，人之正路。行之诚且久，是名光明藏"（《桯史·解禅偈》）。诗中对道光推崇备至。诗中第二句，傲兀不群，打破平常结构，开宋诗之新径。最后一句指出士大夫的方外之交，不但陶冶性情，且为诗思之助。

道光曾经担任过多个寺庙的住持，王安石有《送道光法师住持灵岩》一诗：

> 灵岩开辟自何年，草木神奇鸟兽仙。
> 一路紫苔通窅窱，千崖青霭落潺湲。
> 山祇啸聚荒禅室，象众低摧想法筵。
> 雪足莫辞重跰往，东人香火有因缘。

诗中描写的寺庙风光，禅风悠久，古寺庄严，其灵性让草木神奇，鸟兽成仙。悬崖峭壁，流水潺潺，曲径幽深，孤寂的禅室突现，像芸芸众生低摧法筵，佛度心诚和有缘之人。

越州灵岩寺有悠久的传统，号称天下四绝之一，天台智顗曾经主持建寺。王安石以此诗，鼓励道光大师向东方人传续香火，对大师弘法充满了殷切的期望，体现王安石对佛法的崇敬，显示了与僧人深厚的友谊。

净因臻禅师，浮山法远禅师法嗣。名道臻，字伯祥，生福州古田戴氏。十四岁出家上生院，又六年为大僧，寿八十岁，惠洪《禅林僧宝传》

有传。王安石早年在京为官时与净因相识,嘉祐五年,王安石使北归来,有《送契丹使还次韵答净因长老》诗:

> 老欲求吾志,时方撼我华。
> 强将愁出塞,空得病还家。
> 日转山河暖,风含草木葩。
> 胜游思一往,不敢问三车。

这是一首唱和诗,诗中表达了诗人向往方外生活,但又身不由己的复杂心情。此年王安石四十岁,方为三司度支判官,上仁宗皇帝万言书,未果,满腔报国之志,苦于无处施展才华。目睹日益衰败的国家,心情焦虑。其不遇不达,只得"强将愁出塞,空得病还家"。而山河转暖,春满人间的时节正好交游,这也是寻找心灵宁静的又一种归属。《佛祖统纪》卷四十五:"自周朝毁寺,建隆兴复,京师两街,唯南山律部、贤首慈恩义学而已。士夫聪明超轶者,皆厌闻名相之谈,而天台止观、达摩禅宗未之能行。淳化以来,四明天竺行道,东南观心宗眼,照映天下。杨亿、晁迥有以发之,真宗嘉奖赐以法智慈云之号。虽一时朝野为之景慕,而终未能行其说于京邑。至是(皇祐元年),内侍李允宁奏,以汴京第宅创兴禅席,因赐额为'十方净因'。上方留意空宗,诏求有道者居之。欧阳修等请以圆通居讷应命,讷以疾辞。因举怀琏以为代。"① 又有《和净因有作》:

> 朝红一片堕窗尘,禅客翛然感此辰。
> 更觉城中芳意少,不如山野早知春。

此诗亦是对净因诗作的唱和,净因的原诗已无考。但从王安石的和诗中我们可以看出,净因是对野外的春光和闲适的生活进行了绝色的描写。对此,王安石倍加羡慕,于是感叹,晨风吹落翩翩红色的花瓣,一片一片

---

① (宋)释志磐撰:《佛祖统纪》卷四十五,《大正藏》卷四十九,第129页。

地坠落在寺庙的窗棂上。禅客悠然自得，感受如此良辰美景。于是羡慕山里真好啊，城里还没有感觉到春意，野外已经春意浓浓了。"朝红一片堕窗尘"，李壁注："《参同契》论外丹体形：'为灰土状，若明窗尘。'后山诗：'僧龛手住空留迹，佛几堆红佛委花。'《莲华经》'香风时来吹去委花，更雨新者'。"① 再有《欲往净因寄泾州韩持国》诗：

紫荆山下物华新，只与都城共一春。
令节想君携绿酒，故情怜我踏黄尘。
沺鱼已悔他年事，搏虎方收末路身。
欲寄微言书不尽，试寻僧阁望西人。

此诗是一首寄情诗，感物思人，万物繁华，春满人间，想与好友同游畅饮，一吐凡尘的不快，怎奈"欲寄微言书不尽"，只好向僧人住的地方张望了。李壁注："'沺鱼已悔他年事，搏虎方收末路身'，谓其行新法后，晚悟其非而有此语也。然持国以议陈执中谥不合意，自太常礼院通判泾州，乃嘉祐五年二月，是时介父为从官，安得有悔新法事耶。"② "沺鱼"，《荀子》："曾子食鱼有余，曰：'沺之。'门人曰：'沺之伤人，不若奥之。'曾子泣涕曰：'有异心乎哉？'伤其闻之晚也。"（《荀子·大略》）"搏虎"，打虎，亦以喻有勇力或气势磅礴。《孟子》："晋人有冯妇者，善搏虎，卒为善士"（《孟子·尽心下》）。《淮南子》："中行缪伯，手搏虎"（《淮南子·缪称训》）。

以上诗文可以看出，王安石与净因上人诗交甚契，直至晚年二人仍有诗文唱和。同时，京师净因寺也是士大夫们公务之余常爱流连之场所。

真净克文（1025—1102），临济宗黄龙派黄龙慧南法嗣。陕府（陕州，今河南陕县）阌乡人，俗姓郑。真净是经王安石奏请神宗所赐的号。慧南禅师因长期在隆兴（今江西南昌）黄龙山弘禅，故被称为黄龙派。黄龙派与禅宗五家及杨岐派在禅宗史上合称为"五家七宗"，而克文正是慧南禅

---

① 王安石撰，李壁注：《王荆文公诗李壁注》卷四十八，上海古籍出版社1993年版。
② 王安石撰，李壁注：《王荆文公诗李壁注》卷三十四，上海古籍出版社1993年版。

师的得意弟子，亦即黄龙派的代表人物。原在复州北塔寺从归秀法师门下学佛，二十五岁剃发为僧，翌年受具足戒。先后主持筠州大愚寺、圣寿寺、洞山普和禅院。元丰八年真净克文于钟山定林庵拜谒王安石，应请住持王安石在江宁府上元县自宅刚改建成的报宁寺。经王安石奏请，神宗赐他以紫袈裟及"真净大师"之号。报宁寺因宰相故邸，高僧住持，皇帝赐名而闻名天下。克文不善诗文，却留下不少诗偈。王安石有诗《示报宁长老》，诗云：

　　白下亭东鸣一牛，山林陂港净高秋。
　　新营枣棫我檀越，曾悟布毛谁比丘？

此诗描写报宁禅寺的地理位置，首联"鸣一牛"，指距离，古印度泛指"鸣一牛"大概在一里半至二里左右。也就是说报宁禅寺西距白下亭一里半。暗指克文，此"牛"一鸣天下震动，形容佛法高深。尾联描写秋高气爽的日子，王安石在报宁禅寺的山坡上新植了枣树、棫树，"檀越"乃自喻。"比丘"指克文。"悟布毛"化于典故"鸟窠禅师"，据《祖堂集》《景德传灯录》有载。王安石以此典故，称赞克文是一个得道的高僧，天性颖悟，一点就透。又有《北山道人栽松》诗：

　　阳坡风暖雪初晴，绕谷遥看积翠重。
　　磊砢拂天吾所爱，他生来此听楼钟。

李壁注："超然一至于此。"① 杜甫："瘦地翻宜粟，阳坡可种瓜"（《秦州杂诗·十三》）。李商隐有"若信贝多真实语，三生同听一楼钟"（《题僧壁》）。此诗表达了王安石愿结佛缘于来生的内心。克文在报宁寺做住持时间并不长，其间，王安石经常与其探讨佛法之妙理。儒释二人曾有这样一段对话，王安石问："《圆觉经》曰'一切众生，皆证圆觉'，而圭

---

① 王安石撰，李壁注：《王荆文公诗李壁注》卷四十二，上海古籍出版社 1993 年版。

峰以'证'为'具',谓译者之讹,如何?"克文对曰:"圆觉如可改,维摩亦可改也。维摩岂不曰,亦不灭受而取证。夫不灭受蕴而取证者,与皆证圆觉之意同。盖众生现行无名,即是如来根本大智,圭峰之言非是。"①。克文认为《圆觉经》《维摩诘经》两段经文意思一致,皆主张众生不灭无名烦恼而成佛,而不必如宗密理解的应是众生本具佛性,改"证"为"具"。王安石对他的回答十分满意。

王安石还曾经与其弟、担任尚书左丞的王安礼亲写请疏,称赞克文"独受正传,力排戏论"。②可见,王安石对真净克文的崇敬和无上的评价。以致后来《嘉泰普灯录》将王安石也作为了真净克文的弟子。

保宁仁勇,杨岐方会传人。方会禅师(992—1046年,卒年一说1049),是临济下八世,袁州宜春人,二十岁时,到筠州(今江西省高安县)九峰山投师落发为僧。每阅经闻法心融神会,又能痛自折节依参老宿。参慈明楚圆(石霜楚圆),辅佐院务,得到启发而大悟,辞归九峰。后来道俗迎居杨岐,举唱宗乘,名闻诸方。世称"杨岐方会",为临济宗杨岐派的开山祖师。庆历六年(1046)移住潭州云盖山海会寺。关于他的言行,有《杨岐方会和尚语录》《杨岐方会和尚后录》各一卷。嗣法的弟子有十二人,以白云守端、保宁仁勇为上首。方会的根本思想,是临济的正宗。他曾说:"雾锁长空,风生大野,百草树木作大狮子吼,演说摩诃大般若,三世诸佛在尔诸人脚跟下转大法轮,若也会得,功不浪施。"这与云门的"涵盖乾坤"一切现成的主张颇有声气相通之处。③《五灯会元》卷十九有传。

《续传灯录》卷十三云:"金陵保宁仁勇禅师,四明竺氏子。容止渊秀,韶为大僧,通天台教。更衣谒雪窦明觉禅师。觉意其可任大法,诮之曰:'央庠座主。'师愤悱下山,望雪窦拜曰:'我此生行脚参禅,道不过雪窦,誓不归乡。'即往泐潭,踰纪,疑情未泮。闻杨岐移云盖,能铃键

---

① (宋)释惠洪:《云庵真静和尚行状》,见《石门文字禅》卷三十,四部丛刊本。
② 《嘉兴藏》印影本,《云庵真净禅师语录》卷首,《〈中国佛教丛书〉禅宗编》四,江苏古籍出版社1993年版。
③ 韩溥:《江西佛教史》,光明日报出版社1995年版,第336—370页。

学者。直造其家，一语未及，顿明心印。岐没，从同参白云端禅师游，研极玄奥。后出世，两住保宁而终。"①保宁仁勇对修行的见解有偈颂："要眠时即眠，要起时即起。水洗面皮光，啜茶湿却嘴。大海红尘生，平地波涛起"（《句灯会要》卷十五《仁勇章》）。王安石有《题勇老退居院今铁索》诗：

> 道人投老寄山林，偶坐翛然洗我心。
> 梦境此身能且在，明年寒食更相寻。

从诗歌内容上看，王安石只是在寒食节来勇老退居院。此时的仁勇是否尚在难以考证，王安石与仁勇有无交往也无从谈起。但可以肯定此时的寺庙已经更名为铁索寺。看着寺庙幽静的环境，王安石发出感慨，是对高僧影响的赞誉，也是对悠然清净之地的一种欣赏。

（三）王安石与法眼宗僧人

法眼宗，五代文益禅师所创。源出南宗青原一脉。文益圆寂后，南唐中主李璟谥为"法眼大禅师"。后世因称此宗为'法眼宗'。宋初极盛，宋中叶后衰微。法眼宗是中国佛教禅宗"五家七宗"中最后产生的一个宗派。它历经文益、德韶、延寿等三祖，活跃于唐末宋初的五代时期。法眼宗的传承历史不长，但德韶法嗣弟子至少有52人，②著名的有永明延寿、五云志鹏、永安道原等人。

育王虚白云居齐禅师法嗣。《续传灯录》卷十一云："云居齐禅师法嗣……明州金鹅虚白禅师。僧问：'如何是直截一路？'师曰：'鸟道羊肠。'问：'如何是一体？'师曰：'驼驴猪狗。'僧云：'怎么则四生六道去也。'师曰：'哑。'"③据《五灯会元》卷十五："云居道齐嗣清凉泰钦，清凉泰钦嗣法眼文益。"④王安石有《戏赠育王虚白长老》诗：

---

① 《续传灯录》卷十三，《大正藏》卷五十一，第469页。
② 韩溥：《江西佛教史》，光明日报出版社1995年版，第310—318页。
③ 《嘉兴藏》印影本，《〈中国佛教丛书〉禅宗编》四，江苏古籍出版社1993年版。
④ （宋）释普济：《五灯会元》卷十五，中华书局1984年版，第1013页。

白云山顶病禅师，昔日公卿各赠诗。
行尽四方年八十，却归荒寺有谁知。

这首诗是王安石鄞县时作，诗中描写育王虚白禅师曾经声名显赫，昔日许多士大夫都为其赠诗。其人也曾四方游历弘扬佛法，如今年事已高，退隐山林，没有几个人知道他的来历。诗文简朴，通俗易懂，反映了王安石早期对佛教的基本看法。

（四）其他宗派不详的僧人

道原，法嗣不详。王安石晚年与之交往甚密，有诗《与道原步至景德寺》：

前时偶见花如梦，红紫纷披竞浅深。
今日重来如梦觉，静无余馥可追寻。

诗中将自己的存在等同于梦幻，用梦之虚幻不实来写春花凋零，了无迹象可以寻觅。皆是由人生如梦幻泡影，用空无的视角，来体察外界事物。其中又包含了自己独特的人生践行，使其诗歌具有一种怆然的韵味。《王直方诗话》中云："舒王诗云：'投老归来供奉班，尘埃无复见钟山。何须更待黄粱熟，始信人间是梦间。'又云：'黄粱欲熟日流连，漫道春归莫怅然。蝴蝶岂能知梦事，蘧蘧先堕晚花前。'又云：'客舍黄粱今始熟，鸟残红柿昔分甘。'盖三用黄粱而意义皆妙。"[①] 又有《送道原还仪真作诗要之》，诗曰：

岁暮青条已见梅，余花次第想争开。
淮南无此山林胜，作意春风更一来。

诗中体现了佛禅的自然境界，面对清新悦目的生机盎然，向往返朴归

---

① 王直方：《王直方诗话》，吴文治主编：《宋诗话全编》贰，凤凰出版社（原江苏古籍出版社）1998年版，第1154页。

真的人性复回,希望在自然中了却一切烦恼。因此宁愿"作意春风更一来"。同时也从"岁暮青条已见梅"中看到了希望。佛禅语录有《漏春消息早香梅》:"上堂云:隔墙见角,定知是牛;隔山见烟,定知是火。且道诸人定知有底作么生?还体悉得么?报晓音声栖鸟语,漏春消息早梅香"(《宏智禅师广录》)。还有《示道原》:"久不在城市,少留心怅然。幽芳可揽结,伫子饮云泉。"亦体现同等自然境界。另有《与道原过西庄遂游宝乘》,诗云:

其一

桑杨已零落,藻荇亦消沉。
园宅在人境,岁时伤我心。
强穿西埭路,共望北山岑。
欲与道人语,跨鞍聊一寻。

其二

亲朋会合少,时序感伤多。
胜践聊为乐,清谈可当歌。
微风淡水竹,静日暖烟萝。
兴极犹难尽,当如薄暮何。

落叶飘零,花草消沉,故园依在,岁月流转伤我心。穿过西面的土坝,望着北方的小山坡。想和道人说说话,于是就骑驴去找他。在这里,亲人和朋友相聚得都很少,每到这个季节都很伤感。只有出游聊天为乐,在微风、流水、竹林中享受阳光的温暖。意犹未尽,太阳就要落山了。诗中体现了诗人内心的孤独,感伤岁月流年,希望得到朋友的温暖。而这种温暖只有道原能给予他。可见二人已是暮年相随的挚友。

除此之外,与王安石交游的僧人还很多,张煜《王安石与佛禅》有考证,本文不再赘述。从王安石的禅僧交游可以看出,佛教在他的晚年生活中已经占有了绝对的位置。从交游的诗歌作品中我们可以看出,王安石与禅僧的交往开始很早,且贯穿一生。交往的禅僧宗派很广泛,除曹洞与沩仰外，几乎宋代盛行的所有禅宗宗派都与王安石有过接触。同时，他还与天台宗的僧人有所往来。可以肯定地说寺庙是王安石晚年的栖息地，僧人就是他的挚交和伴侣，佛禅精神是他心灵的旨归，而诗歌作品所体现出来的禅意是其身体践行和精神共鸣的美好化境。

三　与居士之交游

佛教信徒分为两种，相对僧人而言，数量众多的在家信徒都可称为居士。佛教中著名的维摩诘、庞居士在中国社会影响深远，使得"居士"这个名词很自然地与佛教产生了密切的关系。宋代社会的居士类型最齐全，有隐士型居士、文人居士、官僚居士，而这些居士均与佛教的关系密切。但王安石和黄庭坚的名号并不称居士，王安石自称"半山道人"，黄庭坚自称"山谷道人"，这里道人和居士的含义是相同的。苏轼则称自己为"东坡居士"，欧阳修晚年自称"六一居士"。但黄庭坚就称苏轼为"东坡道人"，其《武昌松风阁》谓"晓见寒溪有炊烟，东坡道人已沉泉"。[①] 宋人也有称黄庭坚居士的，如袁说友《题山谷居士书坡公帖》："当年二老叹云云，我喜坡翁返故乡。展卷如今但陈迹，丘原无复起苏黄。"[②] 王安石晚年在钟山结交的俞秀老、俞清老二人均为隐士型居士。

众所周知，欧阳修、王安石、苏轼、黄庭坚乃宋诗风格形成的典型代表，除欧阳修外，王、苏、黄三人都与佛教交往甚密，趣味相投使他们自然地相互接触和学习，而隐士俞秀老、俞清老是王安石晚年交游的伙伴。下面仅以他们为例探讨王安石的居士交游。

(一) 王安石与欧阳修

欧阳修（1007—1072），字永叔，号醉翁，晚号六一居士，宋代诗文改革运动领袖。他早年师崇韩愈，主张反佛，其贬官失意使他游历寺院，与僧交游，晚期的诗歌多富有禅意。

王安石与欧阳修初识于庆历四年，叶梦得《避暑录语》载："王荆公初未识欧文忠公，曾子固力荐之，公愿得游其门，而荆公终不肯自通。至

[①] （宋）黄庭坚：《山谷集》卷八，影印文渊阁四库全书本。
[②] （宋）袁说友：《东塘集》卷六，影印文渊阁四库全书本。

第一章　王安石的佛禅修习和林下交游　71

和初为群牧判官，文忠还朝，始见知，遂有'翰林风月三千首，吏部文章二百年'之句。"① 由此看来，王安石与欧阳修的相识是由曾巩引荐的。曾巩也有《上欧阳舍人书》："巩之友王安石，文甚古，行甚称文。虽已得科名，居今知安石者尚少也。彼诚自重，不愿知于人，尝与巩言：'非先生无足知我也。'"② 曾巩还曾将王安石的文章带给欧阳修看，欧阳修对王安石的才华非常欣赏，并提出了中肯的意见。至此王安石与欧阳修多有书信往来。嘉祐元年，王安石入朝为群牧判官时二人相见，欧阳修有《赠王介甫》诗：

> 翰林风月三千首，吏部文章二百年。
> 老去自怜心尚在，后来谁与子争先？
> 朱门歌舞争新态，绿绮尘埃试拂弦。
> 常恨闻名不相识，相逢樽酒盍留连。③

诗中给予了王安石极高的赞誉，并表达了"相见恨晚"的遗憾。王安石为此回赠《奉酬永叔见赠》：

> 欲传道义心犹在，强学文章力已穷。
> 他日若能窥孟子，终身何敢望韩公。
> 抠衣最出诸生后，倒屣尝倾广座中。
> 只恐虚名因此得，嘉篇为贶岂宜蒙。

蔡上翔认为："欧阳公诗好李白，文宗韩昌黎，故云'老去自怜心尚在'，三句作一气读，盖公所以自道也。'后来谁与子争先'则始及介甫。而介甫答诗云'欲传道义心虽壮，强学文章力已穷'，乃说壮心犹在道义，若文章至力穷之后，虽终身望韩公而不能，此正答'后来谁与子争先'，意不敢以韩公自

---

① （宋）叶梦得：《避暑录话》卷上，《叶梦得诗话》辑录二七，吴文治主编：《宋诗话全编》叁，凤凰出版社（原江苏古籍出版社）1998年版，第2719—2720页。
② （宋）曾巩：《曾巩集》卷十五，陈杏珍点校，中华书局1984年版，第325页。
③ （宋）欧阳修：《欧阳修诗文集校笺》，上海古籍出版社2009年版，第1475页。

任。"① 早在庆历三年，欧阳修就称赞王安石的诗歌"甚佳、和韵尤精"（《欧阳修书简》卷五）。嘉祐四年，王安石的大作《明妃曲》二首问世，诗曰：

其一

明妃初出汉宫时，泪湿春风鬓脚垂。低徊顾影无颜色，尚得君王不自持。归来却怪丹青手，入眼平生几曾有；意态由来画不成，当时枉杀毛延寿。一去心知更不归，可怜着尽汉宫衣；寄声欲问塞南事，只有年年鸿雁飞。家人万里传消息，好在毡城莫相忆；君不见咫尺长门闭阿娇，人生失意无南北。

其二

明妃初嫁与胡儿，毡车百辆皆胡姬。含情欲语独无处，传与琵琶心自知。黄金杆拨春风手，弹看飞鸿劝胡酒。汉宫侍女暗垂泪，沙上行人却回首。汉恩自浅胡自深，人生乐在相知心。可怜青冢已芜没，尚有哀弦留至今。

诗歌咏史抒怀传诵一时，欧阳修、刘敞、司马光、梅尧臣等都有和诗，尤以欧阳修的和诗最为著名，有诗《明妃曲和王介甫作》《再和明妃曲》。其诗《明妃曲和王介甫作》曰：

> 胡人以鞍马为家，射猎为俗。
> 泉甘草美无常处，鸟惊兽骇争驰逐。
> 谁将汉女嫁胡儿，风沙无情貌如玉。
> 身行不遇中国人，马上自作思归曲。
> 推手为琵却手琶，胡人共听亦咨嗟。
> 玉颜流落死天涯，琵琶却传来汉家。
> 汉宫争按新声谱，遗恨已深声更苦。
> 纤纤女手生洞房，学得琵琶不下堂。

---

① （清）蔡上翔：《王荆公年谱考略》，上海人民出版社1959年版。

不识黄云出塞路，岂知此声能断肠！

《再和明妃曲》曰：

> 汉宫有佳人，天子初未识。
> 一朝随汉使，远嫁单于国。
> 绝色天下无，一失难再得。
> 虽能杀画工，于事竟何益？
> 耳目所及尚如此，万里安能制夷狄？①
> 汉计诚已拙，女色难自夸。
> 明妃去时泪，洒向枝上花。
> 狂风日暮起，漂泊落谁家？
> 红颜胜人多薄命，莫怨春风当自嗟。

诗歌间叙事、抒情、议论杂出，转折跌宕，而自然流畅，形象鲜明，虽以文为诗而不失诗味。这两首诗是欧阳修平生最得意之作。叶梦得《石林诗话》引其子欧阳棐的话说："先公（欧阳修）平生未尝夸大所为文，一日被酒，语棐曰：'吾诗《庐山高》，今人莫能为，惟李太白能之；《明妃曲》后篇，太白不能为，惟杜子美能之；至于前篇，则子美亦不能为，惟吾能之也。'"②

除此之外，欧阳修还多次向朝廷举荐王安石，先后有《荐王安石吕公著札子》《再论水灾状》等文。王安石也多次谢辞，其《上欧阳永叔书四》就表达了自己"蒙恩不弃，知遇特深；违离未久，感念殊深"③ 的感戴和想念之情。欧阳修死后，王安石为他精心撰写了《祭文》，文章感情真挚，评论公允，概括全面。时人韩琦、范镇、曾巩、苏轼等虽有祭文，但均不能及。

---

① （宋）欧阳修：《欧阳修诗文集校笺》，上海古籍出版社 2009 年版，第 231 页。
② （宋）叶梦得：《石林诗话》卷中，何文焕：《历代诗话》（上），中华书局 1981 年版，第 424 页。
③ 王安石撰，李之亮笺注：《王荆公文集笺注》，巴蜀书社 2005 年版，第 1281 页。

王安石与欧阳修一生的交往,几乎是亦师亦友的感情,以至于后人全祖望称王安石为"庐陵门人"。①

(二)王安石与苏轼

苏轼(1037—1101),北宋文学家、书画家。字子瞻,又字和仲,号东坡居士,眉州眉山(今属四川)人。其佛学修为广博,先后与惟度、惟简、大觉怀琏、法师元净、佛日契嵩、清顺、宝觉等禅师交游。谪居黄州后期正式宣称"归诚佛僧"。"苏轼诗风得佛禅沾润,其具象美学特征表现为'天地一如,雄视百代'之雄奇;'若醉若醒,诗思超然'之飘逸;'嬉笑怒骂,活泼幽默'之诙谐;'萧散简远,澹淡清美'之淡远等,是宋诗成熟期的代表标识。苏轼'禅喜'大致可归于'有意参禅''无心证佛'之属,乃'以文字作佛事',其'禅喜'旨趣的最终旨归是审美的,从此意义审视,文学艺术才是他真正的'宗教'。"②

王安石与苏轼的交往可谓错综复杂,前期主要受政治观点和苏轼父亲苏洵的影响,二人交恶。"乌台诗案"后二人的关系开始逐渐缓解。元丰七年苏轼到钟山看望退隐的王安石,二人相逢一见泯恩仇,并共游蒋山,诗文唱和,最终成为好朋友。有关二人的交往过程,宋代的诗话、笔记多有收录。有载苏轼湖州任满,回京拜访王安石,此时王安石正午睡,苏轼便在书房等候。见其砚下有王安石未完成诗稿,题咏菊"西风昨夜过园林,吹落黄花满地金",便暗笑王安石江郎才尽。苏轼认为西风盛于秋,而菊花深秋最胜,认为此诗不通,于是提笔依韵续了两句:"秋花不比春花落,说与诗人仔细吟"。写完后左右寻思都感不妥,于是告辞而去。次日上朝苏轼被贬黄州。黄州的秋天,苏轼亲眼看到满地黄花,不由对友人道"小弟被贬,只以为宰相公报私仇,谁知是我错了,切忌啊,不可轻易讥笑人,正所谓经一事长一智呀"。王安石其实对苏轼的才学是很欣赏的,元丰二年苏轼因"乌台诗案"锒铛入狱,面临杀头的危险。此时的王安石已经退隐,但获知

---

① (清)黄宗羲撰,全祖望补订:《增补宋元学案》卷九十八,(台北)台湾中华书局1970年版。
② 王树海、宫波:《苏轼诗风及其"禅喜"旨趣辨证》,《北方论丛》2009年第4期。

此事，上书皇帝："岂有圣世而杀才士乎？"朱弁《曲洧旧闻》载："东坡自黄徙汝，过金陵，荆公野服乘驴谒于舟次，东坡不冠而迎揖曰：'轼今日敢以野服见大丞相。'荆公笑曰：'礼岂为我辈设哉！'东坡曰：'轼亦自知，相公门下用轼不着。'荆公无语，乃相招游蒋山。"① 蔡绦的《西清诗话》载："元丰中，王文公在金陵，东坡自黄北迁，日与公游，尽论古昔文字，闲即俱味禅说。公叹息谓人曰：'不知更几百年，方有如此人物！'"②

金陵聚会期间，王安石与苏轼共游蒋山，留恋累日唱和颇多。苏轼有《次韵荆公四绝》诗：

其一
青李扶疏禽自来，清真逸少手亲栽。
深红浅紫从争发，雪白鹅黄也斗开。

其二
斫竹穿花破绿苔，小诗端为觅桤栽。
细看造物初无物，春到江南花自开。

其三
骑驴渺渺入荒陂，想见先生未病时。
劝我试求三亩宅，从公已觉十年迟。

其四
甲第非真有，闲花亦偶栽。
聊为清净供，却对道人开。

四绝中前两首和王安石诗，题为《池上看金沙花数枝过酴醾架盛开二首》，原诗为：

---

① （宋）朱弁：《曲洧旧闻》卷五，影印文渊阁四库全书本。
② （宋）蔡绦：《西清诗话》卷上，吴文治主编：《宋诗话全编》叁，凤凰出版社（原江苏古籍出版社）1998年版，第2490页。

其一

酴醾一架最先来，夹水金沙次第栽。
浓绿扶疏云对起，醉红撩乱雪争开。

其二

午阴宽占一方苔，映水前年坐看栽。
红蕊似嫌尘染污，青条飞上别枝开。

第三首是和《北山》，原诗为："北山输绿涨横陂，直堑回塘滟滟时。细数落花因坐久，缓寻芳草得归迟。"

第四首是和《池上看金沙花数枝过酴醾架盛开》，原诗："故作酴醾架，金沙只谩栽。似矜颜色好，飞度雪前开。"

对比两人的诗句，可以看出，诗句均闲情浅意，无甚可观。而实际上这是二人冰释前嫌的内心交流，多年的政治生涯，使他们都清醒地认识到了世态炎凉，并对自己的政治生涯予以了回顾和检讨。面对彼此的才华和修为，都很折服，感叹这种认识来得太晚，标志着二人晚年友谊的发展。除此之外王安石还有《和子瞻同王胜之游蒋山》《读眉山集次韵雪诗五首》《读眉山集爱其雪诗能用韵复次韵一首》，王安石多次读苏轼集，并"爱其雪诗"，且一再奉和，据此可知王安石爱才心切，对苏轼早已胸无芥蒂。苏轼离开金陵后，也曾两次写信给王安石：

《与荆公书一》言：某启：某游门下久矣，然未尝得如此行，朝夕闻所未闻，慰幸之极。已经别宿，怅仰不可言……①

《与荆公书二》言：某近者经由，屡获请见，存抚教诲，恩意甚厚……日以求田为事……若幸而成，扁舟来往，见公不难矣……②

其内心感受可见于此。蔡上翔说："两公名贤，相逢盛地，歌咏篇章，

---

① （宋）苏轼：《苏轼文集》卷五十，中华书局1980年版，第1444页。
② 同上。

文采风流,照耀千古,则江山亦为之壮色!"①

王安石死后,苏轼奉敕祭西太一宫。看见王安石题在壁上的六言诗,不禁感慨系之,遂提笔写了《西太一见王荆公旧诗偶次其韵二首》:"秋早川原净丽,雨余风日清酣。从此归耕剑外,何人送我池南?"② 诗文简净含蓄,表达了对故人的深切悼念。

(三) 王安石与黄庭坚

黄庭坚 (1045—1105),字鲁直,自号山谷道人,晚号涪翁,又称豫章黄先生,洪州分宁 (今江西修水) 人。北宋诗人、词人、书法家,为盛极一时的江西诗派开山之祖。英宗治平四年 (1067) 进士。其人多才多艺,诗词、散文、书法俱佳。宋诗风格的自我建设,到黄庭坚手已告完成。"诗人精于佛禅,诚于修习,在激烈的新旧党争中,他自觉没有办法去解决矛盾,于是便隐于禅乡佛国,以诗文书画寄托自己的精神,安放自己的志趣。在诗的领域,他'会萃百家句律之长,究极历代体制之变',精研章法,推敲句法,提炼字法,提出了许多谋篇布局、炼字炼句的理论,'夺胎换骨'和'点铁成金'说,则是其诗学理论代表学说。其由禅悦熏习的诗风、诗作、诗主张在诗学史上产生了深远的影响。"③

王安石是黄庭坚的长辈,黄庭坚的父亲与王安石是同年进士,且二人均为江西同乡,因此,黄庭坚对王安石一生都十分崇敬。他在《跋荆公禅简》中云:"予尝熟观其风度,真视富贵如浮云,不溺于财利酒色,一世之伟人也。暮年小诗,雅丽精绝,脱去流俗。"④ 在新旧党争中,黄庭坚为旧党,但在他的诗文中看不到一处对王安石的微词,反而更多的是钦佩和仰慕。嘉祐四年,王安石的诗作《明妃曲》二首出,在当时社会引起广泛的关注和非议,黄庭坚极力为其辩解。王安石对黄庭坚也很器重、很赏识。《垂虹诗话》说:"山谷尉叶县日,作《新寨》诗,有'俗学近知回首晚,病身全觉折腰难'之句,传至都下,半山老人见之,击节称叹,谓

---

① (清)蔡上翔:《王荆公年谱考略》卷二十三,中华书局1959年版。
② (宋)苏轼:《苏轼文集》卷二十七,中华书局1980年版,第1449页。
③ 王树海、宫波:《黄庭坚禅悦诗风的诗学意义》,《东北师大学报》(哲学与社会科学版) 2010年第4期。
④ (宋)黄庭坚:《黄庭坚全集》,李勇先点校,四川大学出版社2001年版。

黄某清才，非奔走俗吏，遂除北都教授。"① 黄庭坚亦托同学俞清老转诗给王安石看，《诗人玉屑》卷十八引《石林诗话》载："黄鲁直赠澹诗，其一有云：'有客梦超俗，去发脱儒冠。平明视青镜，正尔良独难。'盖述荆公事也。苕溪渔隐曰：鲁直与清老同学，所谓后数年见之，儒冠自若也，则清老实曾为僧可知。而此以为祠部送酒家偿旧债，石林之言非也"。② 王安石亦有《跋黄鲁直画》诗，诗曰：

江南黄鹤飞满野，徐熙画此何为者。
百年幅纸无所直，公每玩之常在把。

黄庭坚对王安石的诗歌也很喜欢，元丰三年黄庭坚离任大名府教授的职位，赴新任途中访舒州怀宁县三祖山，作《题山谷石牛洞》诗：

司命无心播物，祖师有记传衣。
白云横而不度，高鸟倦而犹飞。

其诗文与王安石《题舒州山谷石牛洞泉穴》相比，两人都用了唐代和宋代诗人极少使用的六言绝句。只不过黄庭坚的诗歌较王安石的诗歌佛教色彩浓重而已。黄爱王诗，尤有甚者是，《高斋诗话》云："舒州三祖山金牛洞山水闻天下。荆公尝题六言诗云：'水泠泠而北去，山靡靡以旁围。欲寻源而不得，竟怅望以空归。'后人鉴山刊木，浸失山水之胜，非公题诗时比也，鲁直效其体亦作六言诗题其上，并书荆公此诗于涧石。"③ 黄庭坚诗歌中用王安石的诗也屡见不鲜。吴曾《能改斋漫录》说："荆公《咏淮阴侯诗》：'将军北面师降虏，此事人间久寂寥。'山谷亦云：'功成千金募降虏，东面置座师广武。虽云晚计太疏略，此事亦足垂千古。'二诗意

---

① （明）蒋一葵：《尧山堂外纪》卷五十三，明刻本。
② （宋）魏庆之：《诗人玉屑》，中华书局 2007 年版，第 579 页。
③ （宋）胡仔：《苕溪渔隐丛话》前集卷三十四引《高斋诗话》，吴文治主编：《宋诗话全编》肆，凤凰出版社（原江苏古籍出版社）1998 年版，第 3753 页。

同。荆公《送望之出守临江》云：'黄雀有头颅，长行万里余。'山谷《黄雀》诗：'牛大垂天且割烹，细微黄雀莫贪生。头颅虽复行万里，犹和盐梅傅说羹。'二诗使袁谭事亦同。"① 余如荆公《陇东》诗云："只有月明西海上，伴人征戍替人愁。"山谷《夜发分宁》云："我自只如常日醉，满川风月替人愁。"把荆公两句化为一句，显征戍之苦。

《苕溪渔隐丛话》曰："荆公诗：'只向贫家促机杼，几家能有一钩丝。'山谷诗云：'莫作秋虫促机杼，贫家能有几钩丝。'荆公又有'小立伫幽香'之句，山谷亦有'小立近幽香'之句，语意全然相类。"②

黄庭坚不仅引用王安石诗歌，从他的诗歌技法上来看，黄庭坚及后来门人的诗歌可以说完全继承了王安石的创作手法，其"诗歌用典"、谋篇得"法"、"夺胎换骨"、"点铁成金"的禅悦诗风，早在王安石的诗歌创作中已经屡见不鲜了，但黄庭坚的独创性更能青出于蓝而胜于蓝。

此外，黄庭坚还对王安石的学问大加赞许，有诗："荆公六艺学，妙处端不朽。诸生有其短，颇负凿户牖。譬如学捧心，初不悟己丑。玉石恐俱焚，公为区别否"（《奉和文潜赠无咎，篇末多以见及》之七）。王安石死后半年，为了表示对他的追念，黄庭坚亦有《次韵王荆公题西太一宫壁二首》诗，其诗曰：

风急啼乌未了，雨来战蚁方酣。
真是真非安在？人间北看成南。
晚风池莲香度，晓日宫槐影西。
白下长干梦到，青门紫曲成迷。

诗文较苏轼的情真意切，对王安石的生平事迹进行歌咏，表达了对王安石无比的尊敬和深刻的怀念。在黄庭坚心目中，王安石无疑已是先师，其筚路蓝缕之功亦不可没。

---

① （宋）吴曾：《能改斋漫录》，载《吴曾诗话》五〇七，吴文治主编：《宋诗话全编》叁，凤凰出版社（原江苏古籍出版社）1998年版，第3118页。

② 胡仔：《苕溪渔隐丛话》前集卷四十八，吴文治主编：《宋诗话全编》肆，凤凰出版传媒集团、凤凰出版社（原江苏古籍出版社）1998年版，第3849页。

（四）王安石与俞秀老、俞清老

据《诗人玉屑》引《石林诗话》："俞紫芝，扬州人，少有高行，不娶，得浮屠氏心法，所至翛然，而工于诗。王荆公居钟山，秀老数相往来，尤爱重之，每见于诗。所谓'公诗何以解人愁，初日芙蕖映碧流。未怕元刘争独步，不妨陶谢与同游'是也。秀老尝有'夜深童子唤不起，猛虎一声山月高'之句，尤为荆公所赏。和云：'新诗比旧仍增峭，若许追攀莫太高。'秀老卒于元祐初，惜时无发明者，不得与林和靖一流概见于隐逸。其弟澹，字清老，亦不娶，滑稽善谐谑，洞晓音律，能歌，荆公亦喜之。晚年作渔家傲等乐府数阕，每山行，即使澹歌之。然澹使酒好骂，不若秀老之恬静。一日见公云：吾欲为浮屠，但贫无钱买祠部耳。公欣然为置祠部，澹约日祝发，既过期，寂无耗，公问其然，澹徐曰：吾思僧亦不易为，公所赠祠部，已送酒家偿旧债矣。公为之大笑。"[①] 王安石晚年居钟山，与俞秀老交往甚密，有诗《示俞秀老》：

> 舍南舍北皆种桃，东风一吹数尺高。
> 枝柯蔫锦花烂漫，美锦千两敷亭皋。
> 晴沟涨春绿周遭，俯视红影移渔舠。
> 山前邂逅武陵客，水际仿佛秦人逃。
> 攀条弄芳畏晼晚，已见黍雪盘中毛。
> 仙人爱杏令虎守，百年终属樵苏手。
> 我衰此果复易朽，虫来食根那得久。
> 瑶池绀绝谁见有，更值花时且追酒。
> 君能酩酊相随否。

诗歌的上半部分描写种桃的情景，下半部分借仙人爱杏的故事认为与其种桃不如饮酒。诗中写道，屋子的南北都种满了桃，东风吹动的桃树有数尺高。枝条上桃花烂漫，整个亭子都被桃花掩盖了。河边春意正浓，水

[①] （宋）魏庆之：《诗人玉屑》，中华书局2007年版，第579页。

中桃树的红影就像刀型的小船,这里被装点得就像世外桃源。移植桃花已经到了傍晚,仿佛已经见到了"黍雪盘中毛"。转而,诗人开始发表议论:仙人爱杏啊就派老虎守着,百年以后就成了砍柴人的木料。我可怜啊,到那时果也没了,树根也让虫子食了,都说瑶池的仙桃好,可谁看见了,别种了,快和我喝酒去吧,敢不敢和我喝个酩酊大醉。这首诗描写隐士悠闲的生活场景,显示出一种禅林的审美境界。同时也表明了王安石与俞秀老交情之深厚,无事劝秀老放下工作,一起饮酒逍遥的恬适与悠闲。又有《示俞秀老》云:

> 缭绕山如涌翠波,人家一半在烟萝。
> 时丰笑语春声早,地僻追寻野兴多。
> 窣堵朱甍开北向,招提素脊隐西阿。
> 暮年要与君携手,处处相烦作好歌。

青山缭绕,碧波翻涌,人家有一半被云雾和绿色掩映着。丰收年春天来得也很早,又是山里春游的好时候了。寺庙的大门都向北开。山僧的住所只露了个屋脊隐现在西面的山坳里。我老年只能和朋友携手了,相互帮助过完最后的日子吧。诗中前面描写的都是山里早春的景象,其最后二句道出了要与秀老友谊长存的真实心声。还有《示永庆院秀老》:

> 禅房借枕得重敧,陈迹翛然尚有诗。
> 嗟我与公皆老矣,拂天松柏见栽时。

禅房借枕就想依靠一下,陈迹翛然,写的诗还在。看看我和你都老了,看见拂天的松柏,就想起当年栽种的情景。此为一首禅悟诗,佛家讲"见性成佛","拂天松柏见栽时"即诗人顿悟的一种表现。《五灯会元》卷二载:"僧继宗问:'见性成佛,其义云何?'师曰:'清净之性,本来湛然。无有动摇,不属无有、净秽、长短、取舍,体自悠然。如是明见,乃名见性。性即佛，佛即性，故曰见性成佛。'"① 其依靠禅房，感受翛然的过去，望佛天松柏，见性成佛。还有与清老诗《示俞处士》：

鲁山眉宇人不见，只有歌辞来向东。
借问楼前踏于芳，何如云卧唱松风。

这是写给清老的诗，表现一种自然的禅境，未见其人而闻其声。鲁山眉宇任其逍遥。歌声从东方飘来处，请问为什么不到人前来，为什么整天在云雾中唱松风。《五灯会元》载有无住禅师话语："公曰：'何名识心见性？'师曰：'一切学道人，随念流浪，盖为不识真心。真心者，念生亦不依寂，不来不去，不定不乱，不取不舍，不沉不浮，无为无相，活泼泼平常自在。此心体，毕竟不可得，无可知觉，触目皆如，无非见性也。'"②

王安石的居士交游，有欧阳修亦师亦友的举荐和关照，有苏轼对其的理解和缅怀，有黄庭坚诗风的追随和崇拜，有俞秀老和俞清老晚年的陪伴和呵护，还有更多诗人的唱和、品评。本书在此不一一列举。而这一切都得益于王安石高尚的情操、广阔的胸怀、渊博的知识。其人生真知灼见和感悟，都在他寄情山水，流连自然，俱味禅悦的种种颖悟，使之超然，从而成就了他流芳百世的诗文唱和。令后代文人望而折服，此千百年而不遇之伟人也。

王安石佛禅修习与林下交游，与他的人生经历密切相关，家乡的佛教氛围使他对佛教并不陌生，但并非自小就信奉佛教。出身于儒教家庭的他，早期学术思想是以儒学为主的。为官一方后才开始真正接触佛教，并逐渐改变了他早期对佛教的认识。前期的寺庙游历诗，多为描写寺庙风光，其诗歌特点是以景为主，借景抒怀，多为排解济世中的疲惫身心，放松心情，寻找真实自我，其涉及禅理和禅味的诗歌很少。但我们并不能否认他在与佛的交往中已经具备了深厚的佛学修为，其诗《灵山寺》中就涉及佛教经典多达两部。《金山寺》中也展露了"五蕴皆空，度一切苦厄"

---

① （宋）释普济：《五灯会元》卷二，中华书局1984年版，第69页。
② 同上书，第81页。

的佛教思想，退隐前的诗歌多少具有了禅意。其后期寺庙游历诗与前期迥然不同，不但有丰富的禅理，而且还引禅典和禅趣入诗。在禅境诗描写上对禅家不着一字，可见其"定林自有主，我为林下客，客主有自心，还能共岑寂"（《题定林壁》）中自我心灵与方外人士的精神默契。同时，在与居士交游中有欧阳修亦师亦友的举荐和关照，有苏轼对其的理解和缅怀，有黄庭坚诗风的追随和崇拜，有俞秀老、和俞清老晚年的陪伴和呵护。在与高僧交往中，他与佛教建立了深厚的感情，使之不断地吸纳佛禅精髓，并能巧妙地结合到经世致用中来。政治失意，妻离子别对王安石的打击沉重，晚年的他寄心于佛禅，精研佛经，佛学成就显著。同时其佛学思想直接影响了他的诗文创作，丰富了他晚年的生活。其人生真知灼见和感悟，都在他寄情山水，流连自然，俱味禅悦的种种颖悟，使之超然。其精湛深婉的诗风，广所寄寓的佛家怀抱，是诗人"行世间法"与"出世间法"并行不悖的结果，从而成就了他流芳百世的诗文。

第二章　王安石创作中彰显的佛禅精神

任何宗教都有自己的核心思想，并用这一核心思想发展自我的哲学体系，指导生活实践，解释世间存在的现象及性质，从而达到自身解脱的终极目标。佛教的核心思想是随着其发展而不断变化的。早期佛教在印度有"中道""中观""唯识"等思想。中国佛教思想主要是以融会般若"性空论"为特色的"心性学"说。强调人人皆有佛性、众生平等的佛教观。魏晋南北朝时期，康僧会的"明心说"；东晋时，道安的"宅心本无"；慧远的"反本求宗"；支道林的"游心禅苑"都有抬高"心性"在解脱中的作用。支遁的"即色游玄论"更进一步把禅法引向般若学的妄念绝虑、无心逍遥。僧肇、僧叡等人更是把般若空观与涅槃佛性结合起来理解，使反本求宗、依持心性的佛性获得解脱逐渐成为中国佛教的基本理论。竺道生的"无我本无生死中我，非不有佛性我也"直接影响六祖慧能的佛禅思想，使他倡导的"众生皆有佛性，顿悟即得成佛"的佛性论思想以它特有的魅力而盛行于中土，成为中国佛教中最深入人心的思想之一。[①]

洪修平认为，"佛教禅宗派的理论精神也基本上都是围绕着'心性'论建立起来的。无论是天台宗的'性具'，还是华严宗的'性起'，无论是唯识宗的'五种性'，还是禅宗的'识心见性''见性成佛'；心性论，始终是各个宗派学说的重点。"[②] 到了宋代，禅风鼎盛，儒释道的紧密结合，

[①] 洪修平：《中国禅学思想史》第二章　禅学在中土的展开，中国人民大学出版社2007年版，第21—71页。

[②] 洪修平：《试论中国佛教思想的主要特点及其人文精神》，《南京大学学报》（哲学、人文科学、社会科学版）2001年第6期。

对佛禅本身的发展起到了极大的推进作用。与其他宗教相比，佛禅的显著特征，就是承认人自身的伟大，"直指人心，见性成佛"，这种理论不但富有思深义密，情理交融，老庄化了的玄奥思辨，而且简单明了，易懂易记，雅俗共赏。"佛禅从人本身去寻求真知，既没有中国本土道教的出世观，也没有西方宗教的原罪说。"① 正是这种"见性成佛"的思想，才使佛教在宋代广为传承。同时佛教精神不是简单的佛教教义，而是佛教信仰者身上所反映出来的处世态度，这种处世态度对于宋代诗人影响很大，尤其是诗歌创作，处处离不开禅。宋代诗人吴可对时下禅诗的交融就有形象的描写："学诗浑似学参禅，竹榻蒲团不计年。直待自家都了得，等闲拈出便超然。学诗浑似学参禅，头上安头不足传。跳出少陵窠臼外，丈夫志气本冲天。学诗浑似学参禅，自古圆成有几联？春草池塘一句子，惊天动地至今传。"② 周裕锴《中国佛禅与诗歌》认为："诗和禅在价值取向、情感特征、思维方式和语言表现等各方面有着极微妙的联系，并表现出惊人的相似性。"即"价值取向之非功利性"、"思维方式之非分析性""语言表达之非逻辑性"及"情感特征表现主观心性"等。③ 胡晓明《中国诗学之精神》认为"诗禅沟通之实质，一言以蔽之曰：将经验世界转化而为心灵世界"。④ 袁行霈《诗与禅》一文指出："诗和禅都需敏锐的内心体验，都重视启示和象喻，都追求言外之意，这使它们有了相沟通的可能"。⑤ 孙昌武《诗与禅》认为："佛禅的发展，正越来越剥落宗教观念而肯定个人的主观心性，越来越否定修持工夫而肯定现实生活。而心性的抒发、生活的表现正是诗的任务。这样诗与禅就相沟通了。"⑥ 可见诗之开拓性有助于禅，禅的内涵可以开拓诗境。诗与禅的互为作用在宋代诗人的诗歌中普遍存在，而王安石是其中最具有代表性的诗人。就王安石的诗歌中显示的佛禅精神，前文笔者已经有所透露，本章将深入探讨。

---

① 付勇：《佛教精神带给企业文化的启示》，《经济时刊》2001 年第 2 期。
② 魏庆之：《诗人玉屑》卷一，上海古籍出版社 1978 年版，第 11 页。
③ 周裕锴：《中国佛禅与诗歌》，上海人民出版社 1981 年版，第 297—319 页。
④ 胡晓明：《中国诗学之精神》，江西人民出版社 1982 年版，第 57—58 页。
⑤ 袁行霈：《中国诗歌艺术研究》，北京大学出版社 1987 年版，第 106 页。
⑥ 孙昌武：《诗与禅》，（台北）东人图书公司 1983 年版，第 44 页。

第一节　万法皆空，人生如梦

一　万法皆空

佛教把人生万象都视为"苦"，而这种"苦"的根源又是来自哪里呢？追溯佛教的发展史，方立天先生认为："佛教把人生看为痛苦的过程，宣扬一切皆苦，苦海无边的观念，是古印度人深受社会、自然和个体身心的压迫或约束的产物。它反映了当时古印度东北地区的奴隶社会乃是一座人间地狱。正是由于奴隶主的庸俗和贪欲、粗暴情欲、卑下物欲，由于种姓制度所造成的严重不平等，给广大人民带来了无限的苦难。同时印度地处热带，气候炎热，被称为'炎土'，旱季干旱成灾、雨季大雨成灾，人民生活艰难，医学水平又低，人们的健康没有保障，死亡率高。苦谛学说的实质，主要是社会奴隶制和自然地理环境所造成的痛苦的一种曲折反映，是人民在社会和自然的双重压迫下的悲痛呻吟。"[①]

由此看出苦的根源在于人自身的贪执，怎样才能消除贪欲，让芸芸众生求得解脱，这是佛教全部教义的出发点和终极归宿。为了更好地阐释解脱这一理论，释迦牟尼在说法时经常使用"空"来说明问题。《杂阿含经》卷四十四云："尔时，世尊为诸比丘说阿练若法……尔时，世尊为诸大众说随顺空法。"[②]"空观"在佛教各派中的理解是不同的，但它们都有共同的理论基础，那就是"因缘而合"。《中观论》四谛品曰："因缘所生法，我说即是空。"[③]"因"是原因，"缘"是条件。因缘而合，诸法即生。小乘佛教认为，构成世界的元素是可以分解的，因为它的本质是"空"，所以世界的本质是"空"。早在释迦牟尼佛以前小乘佛教就已经盛行了，所谓"小乘"是大乘佛教对小乘佛教的贬低。大乘佛教的空观即"色即如空，空即如色"。《般若波罗蜜心经》云："色不异空，空不异色。色即是

---

① 方立天：《佛教哲学》，中国人民大学出版社1991年版，第77页。
② （刘宋）求那跋陀罗译：《杂阿含经》卷四十四，《大正藏》卷二，第1页。
③ （隋）吉藏撰：《中观论疏》四谛品，《大正藏》卷四十二，第1页。

空，空即是色。受想行识，亦复如是。舍利子，是诸法空相。不生不灭，不垢不净，不增不减，是故空中无色，无受想行识。"① 在这里"色"就是指物质现象。物质和现象并不是不存在的，按佛家的意思是处在"无常"之中，所以"色即是空，空即是色"，色空一如，色空不二。无论"苦"与"空"的发明，还是"色"与"空"的辩证，最终都服务于解脱论。"空"在梵语中的音译为"舜若"，有空无、空虚、空寂、非有之意。而佛教中"空"不是一无所有的意思，也不是明明面对客观事物而视而不见，这里的空指的是"没有自性"，即不能成为自己的根据，不具有终极价值。佛教"空观"有利于说服人们放弃各种执着，认清一切皆空，如果一切皆空，世上就没有什么值得贪恋的了。

上文介绍过王安石对"空"有独特的认识，他认为从"有"的方面看"空"，"空"亦"幻"；从"空"的方面看"有"，"幻"亦"实"；然而"幻"与"实"又没有什么区别，终归万法皆空。他有文《空觉义示周彦真》云："觉不遍空而迷，故曰觉迷。空不遍觉而顽，故曰空顽。空本无顽，以色故顽。觉本无迷，以见故迷。"② 由此看来，王安石认为佛家的"觉"和"空"是相互依托而存在的，如果不能觉悟诸法性空，就是"觉迷"，如果"空"只是意味一无所有的虚空的话，而不是觉悟后的"真空"，那就是"空顽"，这样就没有摆脱"色"或"见"。《维摩诘经》入不二法门品第九云："尔时，维摩诘谓众菩萨言：'诸仁者，云何菩萨入不二法门？各随所乐说之。'会中有菩萨名法自在，说言：'诸仁者，生灭为二。法本不生，今则无灭，得此无生法忍，是为入不二法门。'……深慧菩萨曰：'是空、是无相、是无作为二。空即无相，无相即无作，若空、无相、无作，则无心意识，于一解脱门即是三解脱门者，是为入不二法门。'"③ 空、无相、无作虽各相对待为二；但空即无相，即是无作，如果能了解空即是无相，即是无作，就不会对心、意识妄生分别，就能任一解脱门，得三种解脱，具备这种认识的人，就入"不二法门"。"不二法门"

---

① 赖永海主编：《金刚经·心经》，中华书局 2010 年版，第 127—129 页。
② 王安石撰，李之亮笺注：《王荆公文集笺注》，巴蜀书社 2005 年版，第 20 页。
③ 赖永海主编：《维摩诘经》，中华书局 2010 年版，第 140—148 页。

指超越一切对待和差别的教法，由它能直了见性、直达圣境。文中即通过佛家的"空观"精神，对处于人生迷茫境界的周彦真进行开导，展示了王安石对"空观"的认识。在王安石诗歌作品中，多引维摩诘经展示空观，如读《维摩经》有感：

> 身如泡沫亦如风，刀割香涂共一空。
> 宴坐世间观此理，维摩虽病有神通。

"维摩诘是音译，详称为维摩罗诘，或简称维摩，旧译净名，新译无垢称，则为意译。根据《维摩诘经》记载，维摩居士自妙喜国土化生于娑婆世界，示现在家居士相，辅翼佛陀教化，为法身大士。他是毘舍离城中的一名富商长者，不仅辩才无碍，慈悲方便，而且受到城市居民们的爱戴。他的妻子貌美，名叫无垢，有一双儿女，子名善思童子，女名月上女，皆具宿世善根。一家四口，平日以法自娱。善思童子还在襁褓中时，即能与佛及诸大弟子问答妙义。"[①] 这首诗就化于《维摩诘经》"弟子品"和"问疾品"，讲述的是维摩诘生病卧床，佛祖派众弟子前去看望他，从而论道之事。其中文殊师利问疾品第五，深入地分析大乘佛教的"空""菩萨行"等大乘精神，宣扬了大乘菩萨"一切众生病，是故我病"的大悲精神。《维摩诘经》文殊师利问疾品第五云："尔时，佛告文殊师利：'汝行诣维摩诘问疾。'文殊师利白佛言：'世尊，彼上人者，难为酬对，深达实相，善说法要，辩才无滞，智慧无碍，一切菩萨法式悉知，诸佛秘藏无不得入，降伏众魔，游戏神通，其慧方便皆已得度。虽然，当承佛圣旨，诣彼问疾。'于是众中诸菩萨、大弟子、释、梵、四天王等，咸作是念：'今二大士，文殊师利、维摩诘共谈，必说妙法。'即时八千菩萨、五百声闻、百千天人皆欲随从。于是文殊师利，与诸菩萨、大弟子众及诸天人，恭敬围绕，入毗耶离大城。……文殊师利言：'居士，此室何以空无侍者？'维摩诘言：'诸佛国土，亦复皆空。'又问：'以何为空？'答曰：

---

① 赖永海主编：《维摩诘经》，中华书局 2010 年版，第 1—12 页。

'以空空。'又问:'空何用空?'答曰:'以无分别空故空。'又问:'空可分别耶?'答曰:'分别亦空。'又问:'空当于何求?'答曰:'当于六十二见中求。'又问:'六十二见当于何求?'答曰:'当于诸佛解脱中求。'又问:'诸佛解脱当于何求?'答曰:'当于一切众生心行中求,又仁者所问:'何无侍者?一切众魔及诸外道,皆吾侍也。所以者何?众魔者乐生死,菩萨于生死而不舍;外道者乐诸见,菩萨于诸见而不动。'文殊师利言:'居士所疾,为何等相?'维摩诘言:'我病无形不可见。'又问:'此病身合耶?心合耶?'答曰:'非身合,身相离故;亦非心合,心如幻故。'又问:'地大、水大、火大、风大,于此四大,何大之病?'答曰:'是病非地大,亦不离地大;水、火、风大,亦复如是。而众生病从四大起,以其有病,是故我病。'"① 经文首先肯定了维摩诘居士高深的佛学修为,而后通过二人对话的形式阐述了《维摩诘经》对空观的认识。表明"空"无自性为依据,无自性亦即无分别,故空。分别本身也是空,此空当于何处寻求?应当于六十二种邪见中寻求。而六十二种邪见应当在诸佛法解脱中寻求,诸佛法解脱应在众生迁流不息的心念中寻求。

诗中引用《维摩诘经》,说明人生如泡沫,也像一阵风刮过,既然此身体是虚幻不实的,故此,世界上万法皆是空的。在这个万法皆空的世界,发生什么也都是无用的,无论是刀割还是香涂,根本都不存在什么差别,何况苦与痛。正所谓,吃饭的时候坐着来看这种法理,和维摩诘有病的时候和诸位菩萨论说的道理是一样的。世间和出世间、肉身和法身都是不二法门,那么烦恼就是菩提。可叹,维摩诘虽有病却无碍其神通智慧。首联"刀割香涂共一空",李壁注:"《华严经》云:'或遭王难,苦临刑,欲寿终,念彼观音力,刀寻段段坏。'前辈谓此言性也。《楞严经》云:'观世音令众生于我身心获十四种无畏功德。五者熏闻成闻,六根销复,同于声听,能令众生被刀割段段坏,使其兵戈犹如戈水,亦如吹火,性无摇动。'盖割水吹火,而水火之性不动摇,犹如遇害而吾性湛然,此亦得观音无畏之力,所谓'刀寻段段坏'者,正谓是耳。又云:'七者性音圆

---

① 赖永海主编:《维摩诘经》,中华书局2010年版,第79—97页。

常，行听受不离诸尘妄。能令众生禁系枷锁，所不能著。谓人得无畏力，则虽被拘执，而吾观听反入此枷锁，不能为害。故吾师颂云：'将头迎刃，一似春风。'老黄龙在归宗反牢狱，若此人者，刑杀枷锁所不能害也。玄觉禅师第三语，相应者，心与空相应，则讥毁赞誉，何忧何喜？身与空相应，则刀割香涂何苦何乐？"① 此亦看出佛理万法皆空，人身体也只不过是因缘和合而成，其在本质上都是空的，是虚幻的，因此，没有必要对其产生取舍和爱憎。王安石还在《维摩像赞》中云："是身是像，无有二相。三世诸佛，亦如是像。若取真实，还成虚妄。应持香花，如是供养。"② 此文意谓维摩真身和画像一般无二，难以区分，极言其像栩栩如生。其"三世诸佛"指过去佛迦叶诸佛，现在佛释迦牟尼，未来佛弥勒诸佛。而维摩诘却集三世诸佛的智慧于一身。"真实"，佛教谓离迷情、绝虚妄为真实。"虚妄"，佛教称无实曰虚，反真曰妄。虚妄和真实本无二，一切皆幻，皆空，而其维摩诘的佛学修为才是真正值得用香花供养的。《维摩诘经》入不二法门品第九云："尔时维摩诘谓众菩萨言：'诸仁者！云何菩萨入不二法门，……'善眼菩萨曰：'一相无相为二，若知一相即是无相，亦不取无相，入于平等，是为入不二法门。'妙臂菩萨曰：'菩萨心声闻心为二，观心相空如幻化者，无菩萨心，无声闻心，是为入不二法门。'现见菩萨曰：'尽不尽为二，法若究竟，尽若不尽，皆是无尽相，无尽相即是空，空则无有尽不尽相，如是入者，是为入不二法门。'深慧菩萨曰：'是空、是无相、是无作为二。空即无相，无相即无作，若空无相无作，则无心意识，于一解脱门，即是三解脱门者，是为入不二法门。'"③ 所谓"不二法门"即真如实相，以实之理，如如平等，而无彼此之别。因而，菩萨悟入此一实平等之理，即超越相对之差别，而入于绝对平等之境界，这就是入不二法门。再看《和栖霞寂照庵僧云渺》：

萧然一世外，所乐有谁同。

---

① 王安石撰，李壁注：《王荆文公诗李壁注》卷四十八，上海古籍出版社1993年版。
② 王安石撰，李之亮笺注：《王荆公文集笺注》，巴蜀书社2005年版，第19页。
③ 赖永海主编：《维摩诘经》，中华书局2010年版，第140—148页。

宴坐能忘老,斋蔬不过中。
无心为佛事,有客问家风。
笑谓西来意,虽空亦不空。

这是一首描写寺院僧人日常生活的诗,诗句既生动又形象,诗中多处引用佛语,从而展示万法皆空的佛学思想。其诗中大意是说:萧然世外的生活乐趣是和常人不一样的?宴坐能忘记自己已经老了。佛家的生活方式,过午就不吃饭了。佛本无求,佛本无心,因此也就不存在做佛事,却有客人来探讨禅机。笑着问祖师西来之意,其万法皆空的佛禅精神又怎么能用语言来形容呢。首联"萧然一世外",是说生活在空寂之地尘世之外。第二联"宴坐能忘老",《维摩诘经》弟子品第三云:"舍利弗白佛言:'世尊,我不堪任诣彼问疾。所以者何?忆念我昔,曾于林中,宴坐树下。'时维摩诘来谓我言:'唯!舍利弗,不必是坐,为宴坐也。夫宴坐者,不于三界现身意,是为宴坐;不起灭定而现诸威仪,是为宴坐;不舍道法而现凡夫事,是为宴坐;心不住内亦不在外,是为宴坐;于诸见不动而修行三十七品,是为宴坐;不断烦恼而入涅槃,是为宴坐。若能如是坐者,佛所印可。'"[①] 这里的宴坐是指坐禅,维摩诘认为,坐禅不应该拘泥于形式上的静坐,甚至连打坐的念头都不应该有,应该心不挂物,行住坐卧都在定境,内不著邪念,外不著境相,即使担水搬柴亦是修行。"斋蔬不过中",李壁注:"按《四分律》:'比丘非时受食者为破律。非时者,谓自日中至亥,为鬼神食'。"[②] 是说佛家过午不食。第三联"无心为佛事",李壁注:"丹霞云:'佛之一字,永不喜闻,须自看取'即此意也。梵志语亦云:'梵志不转经,不持课'。"[③] 此意无念为宗,无心为佛。"有客问家风"李壁注:"禅家多有此语:'如何是黄龙家风?翠崖家风?'云岩问圆智禅师:'师兄家风作么生?'师曰:'教汝指点着堪作什么。'曰:'无遮个,来多少时也?'师曰:'牙根犹在生涩在。'药山又问圆智:'如何是和尚家风?师下禅床,作女人

---

① 赖永海主编:《维摩诘经》,中华书局2010年版,第34页。
② 王安石撰,李壁注:《王荆文公诗李壁注》卷二十三,上海古籍出版社1993年版。
③ 同上。

拜曰：'谢子远来，都无祇待。'僧问牛头微禅师：'如何是和尚家风？'师曰：'山畲粟米饭，野菜淡黄齑。'僧曰：'忽遇上客来，又作么生？'师曰：'吃即从君吃，不吃任东西。'"① 亦是禅家接引学人的另类方法。最后一联"笑谓西来意，虽空亦不空"，李壁注："此真迹实相也。《般若经》：'知空不空。'又《传灯录》：'真觉第二，出其观体者，只知一念即空，不空非空，非不空。'"② 此为彰显万法皆空的佛禅精神。王安石的诗《无动》亦表现了"觉所觉空，空觉极圆，空所灭空"的精神。诗云：

> 无动行善行，无明流有流。
> 种种生住灭，念念闻思修。
> 终不与法缚，亦不著僧衣。

这首诗描述了王安石心目中一种至上的佛禅境界，只有进入了这种境界，才能使诗人做到无妄无求，无限靠近下一番道悟。首联"无动行善行，无明流有流"，源于《华严经》。《华严经》："起信抄中，善行，非福行，不动行，无明流，烦恼流，欲有流。"第二联"种种生住灭，念念闻思修"，马鸣起信论四相，生住灭。《楞伽经》有不生不灭说。据《楞伽经》无常品第三之余载："尔时，大慧菩萨摩诃萨承佛威神，复白佛言：'世尊，如来演说不生不灭，非为奇特。何以故？一切外道亦说作者不生、不灭，世尊亦说虚空、涅槃及非数灭不生不灭；外道亦说作者因缘生于世间，世尊亦说无明爱业生诸世间，俱是因缘，但名别耳，外物因缘亦复如是。是故，佛说与外道说无有差别。外道说言，微尘、胜妙、自在、生住等如足九物不生、不灭，世尊亦说一切诸法不生不灭，若有若无，皆不可得。'……佛言：'我之所说不生不灭，不同外道不生不灭、不生无常论。何以故？外道所说，有实性相不生不变，我不如是堕有、无品，我所说法，非有非无，离生离灭。云何非无？如幻梦色，种种见故。云何非有？色相自性非是有故，见不见故，取不取故。是故，我说一切诸法非有非

---

① 王安石撰，李壁注：《王荆文公诗李壁注》卷二十三，上海古籍出版社1993年版。
② 同上。

无。若觉唯是自心所见,住于自性,分别不生,世间所作悉皆永息,分别者是凡愚事,非圣贤耳。'"① 此意在辨别佛陀"不生不灭"与外道"不生不灭"的区别。如来是离有无,离生灭,不堕落二道的无相境界,安住在微妙寂静之中,此种才称得上最胜相,最盛行的佛陀涅槃。"念念闻思修",李壁注:"《首楞严经》观世音菩萨白佛言世尊,忆念我昔无数恒河沙劫,于时有佛,出现于世,名观世音。我于彼佛发菩提心,彼佛教我从闻思修二摩地,初于闻中,入流亡所。所入既寂,动静二相了然不生,如是渐增。闻闻尽,尽闻不住。觉所觉空,空觉极圆。空灭,生灭既灭,寂灭现前,忽然超越世出世间,十方圆明,护二殊胜,一者上合十方诸佛本妙觉心,与佛如来同一慈力。二者下合十方一切六道众生,与诸众生同一悲仰。世尊由我供养观音如来,蒙彼如来授我如幻。闻薰闻修金刚昧。"② 此意是说观世音菩萨回答佛所提的"于十八界何者最为圆通"的问题。使她因此而获道果,具有上合十方诸佛本觉妙心,下合六道一切众生悲仰的本领。从而成就三十二身、十四种功德、四种不可思议无作妙德。并向大众以传法,依据自己的证悟,以耳根法门最为特殊。第三联"终不与法缚,亦不着僧裘",《圆觉经》有不与法缚不求法。《圆觉经》曰:"善男子!觉成就故,当知菩萨不与法缚,不求法脱;不厌生死,不爱涅槃;不敬持戒,不憎毁禁;不重久习,不轻初学。"③ 意谓成就圆觉妙心,应该知道菩萨不为任何法束缚,不求从法中解脱,心不挂物,不轻视初学之人。全诗引用了四种佛典的佛禅思想入诗,旨在阐明"空"为诸法之性的佛禅精神。这里所说的有生有灭,妄动起念的"心"都是虚妄的。六祖说:"无住者,为人本性念念不住,前念、今念、后念,念念相续,无有断绝。若一念断绝,法身即是离色身。念念时中,于一切法上无住。一念若住,念念即住,名系缚;于一切法上,念念不住,即无缚也。是以无住为本。"④ 意谓无住是人的本性,世间的一切皆为虚幻,如果人们整天拘泥于

---

① 赖永海主编:《楞伽经》,中华书局2010年版,第179—180页。
② 王安石撰,李壁注:《王荆文公诗李壁注》卷四,上海古籍出版社1993年版。
③ 赖永海主编:《圆觉经》,中华书局2010年版,第29页。
④ 赖永海主编:《坛经》,中华书局2010年版,第79页。

过去和现在的束缚就很难悟道,所以人们应该生起心念而不执着于心念,这才是成佛之本。《金刚经》亦有:"一切法,如梦幻泡影,如露亦如电,应作如是观。"① 是指世间的一切物质现象都是空幻不实的,如梦幻和泡影,实相者则非实相,因此要求修佛之人应该"远离一切诸相"而"无所住",即放弃现实的执着和眷恋,以般若慧契证空性,亦是万法皆空的精髓。再如《拟寒山拾得二十首》其五:

> 若言梦是空,觉后应无记。
> 若言梦非空,应有真实事。
> 燔烧阳自招,沉溺阴自致。
> 令汝尝惊魇,岂知安稳睡!

《坛经》般若品二曰:"世界虚空,能含万物色像,日月星宿,山河大地,泉源溪涧,草木丛林,恶人善人,恶法善法,天堂地狱,一切大海,须弥诸山,总在空中。世人性空,亦复如是。"② 认为,世间的虚空包含万事万物,各种现象,世人的自性真空也是这样。诗中首联"若言梦是空,觉后应无记",佛教认为,执迷不悟的人终日口头说空,智慧开悟的人会用心体会。如果知道梦本须有,梦本空无,觉悟后应该认清自性。第二联"若言梦非空,应有真实事"是说诸法非有非无,空而非空,如果要体会妙性真空,不此岸,不彼岸,离此两边,放得实相。第三联"燔烧阳自招,沉溺阴自致",是说阳性烧,阴极自沉。李壁注:"《列子》:'一体之盈虚消息,皆通于天地,应于物类。故阴气状则梦涉大水而恐惧,阳气状则梦涉大火而燔炳'。"③ 第四联"令汝尝惊魇,岂知安稳睡",是说多虑故多梦,梦多故自惊。如一物不思,便可倒头便睡。李壁注:"《遗教经》:'黑蛇藏汝室,睡当以持戒之钩早并除之。'"④ 是说烦恼即毒蛇,睡在汝心,

---

① 赖永海主编:《金刚经·心经》,中华书局 2010 年版,第 10 页。
② 赖永海主编:《坛经》,中华书局 2010 年版,第 40 页。
③ 王安石撰,李壁注:《王荆文公诗李壁注》卷四,上海古籍出版社 1993 年版。
④ 同上。

修持佛道的人应尽早除之。这亦是佛经对消除烦恼的一种譬喻。

诗中所反映的是大乘佛教的妙性空观，《坛经》认为，人们想了悟大智慧彼岸，必须内心体认，不能只口头说说，口头说而不从内心体认，一切都如同梦幻泡影，转眼即逝，全都是空，口心要一致，要相互契合。因为人的自性就是佛，离开了自性没有成佛的可能。而人心的广大无限就像虚空一样，没有形质、障碍和边际，没有开端和尽头，没有善恶对错。佛性的境界都等于虚空，世上之人的本性本体皆空，含一切万法，不舍一切法。所谓自我本性为真空妙有，也是这个道理。

二 人生如梦

人生如梦，在中国的传统文化中多次出现这样的感悟，如庄周梦蝶、蕉叶覆鹿、南柯一梦等寓言讲的都是"人生如梦"，但把梦与宇宙人生紧密地联系起来，并赋予深刻哲理的还是佛教。大乘佛教般若系经论，唯识系的经论，几乎连篇累牍，无一不把梦作为诸法本质来譬喻。《维摩经》方便品第二表示："诸仁者，是身无常、无强、无力、无坚、速朽之法，不可信也。为苦为恼、众病所集。诸仁者，如此身，明智者所不怙。是身如聚沫，不可撮摩；是身如泡，不得久立；是身如炎，从渴爱生；是身如芭蕉，中无有坚；是身如幻，从颠倒起；是身如梦，为虚妄见。"[①] 维摩诘借自己的身体来阐明人生如梦，虚幻不实的佛禅精神。他认为，他的血肉之身是五蕴和合而成，无自性，变幻无常；而且这个血肉之身还导致了很多烦恼和疾病，因此，一切明智的人，都不注意自身。此身体犹如泡沫、芭蕉、幻影、梦中的境象，是虚妄意识的产物。从此可以看出，佛教"人生如梦"指人意识到人生、世事的虚幻性、不实，如浮云、如流水、如风，其法性相生相成，互为因果。王安石诗歌中人生如梦的佛禅精神，与其人生践履是紧密相关的。他有诗《梦》：

　　　　知世如梦无所求，无所求心普空寂。

[①] 赖永海主编：《维摩诘经》，中华书局 2010 年版，第 29 页。

还似梦中随梦境，成就河沙梦功德。

诗人超越于人世的纷纭搅扰，净虑世事如梦，世人如梦，万物皆如梦。在梦幻的世界里，一切皆为虚妄，人们还有什么可求的。于是，却来观世间，犹如梦中事。开悟的诗人了知缘起如梦，不起攀缘心，内心空寂。也会在如梦的世间随缘度众生，成就无量的功德，但并不执着功德相，万法本空。首联"知世如梦无所求，无所求心普空寂"，《楞严经》卷六云："见闻如幻翳。三界若空华。闻复翳根除。尘消觉圆净。净极光通达，寂照含虚空。"①《楞严经》认为圆满清净到极处，自性便可通达，寂然常照，包含虚空。由此来关照世间，就可以所有事物都如梦一样虚妄。尾联："还似梦中随梦境，成就河沙梦功德"，李壁注："言姑应缘而已，其实皆幻也。"②"河沙"亦指多、无量的意思。再看《拟寒山拾得二十首》其三云：

凡夫当梦时，眼见种种色。
此非作故有，亦非求故获。
不知今是梦，道我能蓄积。
贪求复守护，尝怕水火贼。
既觉方自悟，本空无所得。
死生如觉梦，此理甚明白。

诗中是说，凡夫俗子在做梦的时候，眼前看到的种种现象都是泡影，都是假的，不存在的。作而非有，求亦无获。但凡夫都不认为是梦，认为是一种预兆。却道我能蓄积，贪求守护。害怕有水火之灾。梦觉悟后才知道万法皆空，一无所得。人的生死和做梦是一样的，此道理大家都应该明白。首联"凡夫当梦时，眼见种种色"，《维摩诘经》入不二法门品第九云："喜见菩萨曰：'色、色为空为二，色即是空，非色灭空，色性自空；

---

① 赖永海主编：《楞严经》，中华书局 2010 年版，第 223 页。
② 王安石撰，李壁注：《王荆文公诗李壁注》卷四，上海古籍出版社 1993 年版。

如是受、想、行、识空为二，识即是空，非识灭空；于其中而通达者，是为入不二法门．'"①佛教认为"色"的本性是空，梦亦虚幻，那么"种种色"亦空也。第二联"此非作故有，亦非求故获"，佛教认为，无明没有实性的个体，就如做梦的人一样，梦中的境界并非没有，等到醒来却是一场空。《圆觉经》文殊师利菩萨云："善男子，此无明者，非实有体，如梦中人，梦时非无，及至于醒，了无所得。"②第三、四联："不知今是梦，道我能蓄积。贪求复守护，尝怕水火贼。"是指对梦的实性认识不够，意谓梦境是某种预兆，诗中有中国古代道家的梦境思想。《庄子》云："昔者庄周梦为胡蝶，栩栩然胡蝶也，自喻适志与！不知周也。俄然觉，则蘧蘧然周也。不知周之梦为胡蝶与，胡蝶知梦为周与？周与胡蝶，则必有分矣。此知谓物化"（《庄子·齐物论》）。第五联："既觉方自悟，本空无所得。"《坛经》对觉、悟、空三者的关系有深刻的阐释，《坛经》机缘品云："世人外迷著相，内迷著空；若能于相离相，于空离空，即是内外不迷。若悟此法，一念心开，是为开佛知见。佛，犹觉也；分为四门：开觉知见、示觉知见、悟觉知见、入觉知见。若闻开示便能悟入，即觉知见，本来真性，而得出现。"③《坛经》认为，世人在外就执着于外境的相状，对内又执着于虚妄空寂。如果能在一切相上又超离一切相，在一切空中又超离一切空，那就是对内外都不执着迷惑。如果能悟到这种法门，一念顿悟，这才是开悟佛的知见。第六联："死生如觉梦，此理甚明白"，佛教认为生死以及涅槃没有生起，没有灭谢，没有来去。所悟道果，既无所得，也无所失。《圆觉经》普眼菩萨云："善男子，如昨梦故，当知生死及涅槃，无起无灭，无来无去。其所证者，无得无失，无取无舍。"④

因此认为，修佛的人既然如昨日的梦一样，应当得知生死和涅槃没有生起和灭谢，没有来去，所有证悟的道果，没有得也没有失，无所获也无所弃。韩愈亦认为："人之生世，如梦一觉，其间利害，竟亦何校"（韩愈

---

① 赖永海主编：《维摩诘经》，中华书局2010年版，第146页。
② 赖永海主编：《圆觉经》，中华书局2010年版，第9页。
③ 赖永海主编：《坛经》，中华书局2010年版，第109—110页。
④ 赖永海主编：《圆觉经》，中华书局2010年版，第31页。

《祭柳子厚文》)。李壁注:"俗人梦觉,始知其空,而不知世间著缘,亦皆梦也。"① 亦认为世间各种因缘皆为梦境。诗中可见,诗人对佛禅的梦境空意把握是如此全面而深入的,同样的思想也表现在《北窗》:

> 病与衰期每强扶,鸡壅桔梗亦时须。
> 空花根蒂难寻摘,梦境烟尘费扫除。
> 耆域药囊真妄有,轩辕经匮或元无。
> 北窗枕上春风暖,漫读毗耶数卷书。

诗中是说,诗人在有病和衰老期间勉强起身,不得不每天服用草药。病痛的折磨真不愿意去想,努力将脑海里的梦境幻影消除。心烦意乱,自感吃药无济于事。这时北窗吹来暖暖的春风,诗人突然想起了有病维摩诘居士,意欲从佛经中寻求解脱。首联"病与衰期每强扶,鸡壅桔梗亦时须"是描写诗人病痛时的情景。"鸡壅桔梗"是两种药名,语出《庄子·秋水》"其实堇也、桔梗也、鸡壅也、豕零也,是时为帝者也,何可胜言?"第二联"空花根蒂难寻摘,梦境烟尘费扫除","空花根蒂"指梦境烟尘。《圆觉经》文殊师利菩萨云:"譬彼病目,见空中花及第二月。善男子,空实无花,病者妄执,由妄执故,非唯惑此虚空自性,亦复迷彼实花生处,由此妄有轮转生死,故名无明。"② 佛教认为,有病的人看空中有花,有两个月亮,空中实际上并没有花,只是迷惑者虚妄的执着。第三联"耆域药囊真妄有,轩辕经匮或元无",李壁注:"《耆域经》:'奈女端正,七国王争,唯萍莎王得之,生耆域,手持针药囊,生而善医。有小儿卖薪,得药树枝,见人五脏。有女子死,域问曰:因何?曰:头痛死。以木示之,见脑有虫,大小相生,食脑髓尽死。域为开脑,取虫三,药覆之,七日活。'又《温室浴经》云:'奈女之子名衹。域善治众病,死者更生,丧车却还,名闻四方。'"③ "轩辕经",轩辕氏,即黄帝,据《汉书·艺文

---

① 王安石撰,李壁注:《王荆文公诗李壁注》卷四,上海古籍出版社1993年版。
② 赖永海主编:《圆觉经》,中华书局2010年版,第9页。
③ 王安石撰,李壁注:《王荆文公诗李壁注》卷二十七,上海古籍出版社1993年版。

志》载,"黄帝有内、外经等医书"。第四联"北窗枕上春风暖,漫读毗耶数卷书","毗耶"指维摩诘经。宋子京有诗:"一榻北窗死道友,数行西竺悟劳生。"可见前人对王安石《北窗》的理解。这首诗写病的感受人生如梦,落脚在北窗下随意读书的片刻体味人生如梦,既然人身如幻,身体还有何病。展现王安石对《维摩诘经》精神的体悟。

据释惠洪《冷斋夜话》卷四载:"舒王女,吴安持之妻蓬莱县君工诗,多佳句。有诗寄舒王曰:'西风不入小窗纱,秋气应怜我忆家。极目江山千里恨,依然和泪看黄花。'舒王以《楞严经新释》付之。"① 王安石曾给女儿回两首诗,第一首诗《次吴氏女子韵》:"孙陵西曲岸乌纱,知汝凄凉正忆家。人世岂能无聚散,亦逢佳节且吹花。"仅仅是表示对女儿思家之情的安慰。而第二首《再次前韵》完全是依据楞严新释付之,诗曰:

秋灯一点映笼纱,好读《楞严》莫念家。
能了诸缘如梦事,世间唯有《妙莲花》。

佛教认为,世间的一切生命和存在的现象,都是苦的表现。佛教有八苦,即"生、老、病、死、爱别离、怨憎恨、求不得、五蕴盛",这八苦既来自自然规律的限制,也缘于众生对情欲的执着与贪求。六朝梁代文人江淹在《别赋》中曾有过这样凄惨的感叹:"默然销魂者,唯别而已矣!"人非草木,王安石的女儿想家是正常的。面对女儿登高急望,泪眼蒙蒙,王安石也有些伤感,但相隔一方又有什么办法哪!超脱的他最后还是做出了达观的姿态,劝女儿多读《楞严经》,希望能从《楞严经》中感悟到人生的诸种因缘都是梦境,不能执着其理,亲情也一样,是身是幻,都是不可以留恋的,只有佛法中的妙理才能让人得以解脱。诗中首联"秋灯一点映笼纱,好读《楞严》莫念家"是告诉女儿多读《楞严经》,《楞严经》以睿智深沉的思考,指出了众生迷失的缘由,运用相应的方法超越迷失,

---

① (宋)释惠洪:《冷斋夜话》卷四,吴文治主编:《宋诗话全编》叁,凤凰出版社(原江苏古籍出版社)1998年版,第2444页。

即可获得心灵的解脱。尾联"能了诸缘如梦事,世间唯有《妙莲花》",指出《妙法莲花经》中亦有诸缘如梦的阐释。《法华经》以大乘佛教般若理论为基础,集大乘思想之大成,有诸法性空无所执着的超越思想,人人皆可成佛的佛性论思想。再如:《与僧道升二首》其二:

> 跋陀罗师能幻物,幻秽为净持幻佛。
> 佛幻诸天以戏之,幢幡香果助设施。
> 茫然悔欲除所幻,还为幻佛力所持。
> 佛天与汝本无间,汝今何恭昔何慢。
> 十方三世本来空,受记岂非遭佛幻。

据《大宝积经》卷二十一载:"尔时世尊告幻师言,一切众生及诸资具皆是幻化。谓由于业之所幻故。诸比丘众亦是幻化,谓由于法之所幻故,我身亦幻智所幻故。三千大千一切世界亦皆是幻,一切众生共所幻故。凡所有法无非是幻,因缘和合之所幻故。汝今应以幻化饮食随次而行。"[①] 诗中首联"跋陀罗师能幻物,幻秽为净持幻佛","跋陀罗师",十八罗汉的第六位,"为梵语 Bhadra 的音译。意为'贤',他是佛陀的一名侍者。传说他主管洗浴事,有些禅林浴室供其相。跋陀罗的母亲怀孕临盆时把他生在了跋陀罗树下,所以给他取名为跋陀罗,跋陀罗出家后称为罗汉。"[②] 据称,跋陀罗曾乘船去东印度群岛传播佛教,因此后世称他为过江罗汉。第二联"佛幻诸天以戏之,幢幡香果助设施","诸天"为佛教语,指护法众天神。佛经言欲界有六天,色界之四禅有十八天,无色界之四处有四天,其他尚有日天、月天、韦驮天等诸天神,总称之曰诸天。《长阿含经》云:"佛告比丘,毗婆尸菩萨生时,诸天在上于虚空中,手执白盖宝扇,以障寒暑风雨尘土。"[③]《圆觉经》普贤菩萨云:"善男子,一切众生,

---

① (唐)菩提流志译:《大宝积经》卷二十一,《大正藏》卷十一,第1页。
② 刘治立:《北石窟造像类型及其佛教文化底蕴》,《陇东学院学报》(社会科学版)2005年第1期。
③ (后秦)佛陀耶舍共竺佛念译:《长阿含经》卷一,《大藏经》卷一,第1页。

种种幻化,皆生如来圆觉妙心,犹如空花,从空而有,幻花虽灭,空性不坏,众生幻心,还依幻灭,诸幻尽灭,觉心不动,依幻说觉,亦名为幻,若说有觉,犹未离幻,说无觉者,亦复如是,是故幻灭,名为不动。"① 第三联"茫然悔欲除所幻,还为幻佛力所持",这一句形容佛教徒的前程,明明知道万物为幻,还在为幻佛布置着佛事。第四联"佛天与汝本无间,汝今何恭昔何慢","佛天",对佛的敬称。佛教徒认为佛的法力广大,能释普济众生,故以天为喻。这一句的意思是佛天与你本来就很亲密,为什么现在如此恭维,以前却如此怠慢。第五联"十方三世本来空,受记岂非遭佛幻","十方",佛教谓东南西北及四维上下。"受记",佛教语。称佛记弟子来生因果及将来成佛之事为记别,接受记别,叫作受记。明知道十方世界本来空无,接受记别岂不是遭到佛幻了吗?《楞严经》卷五云:"不取无非幻,非幻尚不生,幻法何立?是名妙莲华。"② 诗中借用对道生的描写,来阐述佛教幻化与觉悟的关系,旨在告诉人们一切众生的种种幻化现象,都是如来真心而生出。就像空花,从空中生出,幻化境界虽然消失,但他的空性并没有改变。告诫人们离开妄念幻想就是觉悟,没有渐进的圆觉。

从上述可以看出,王安石诗歌中体现的万法皆空,人生如梦的佛禅精神是包容所有佛教经典的。其大乘"空观"和"人生如梦"的体悟,可以借用玄觉的《永嘉证道歌》来做一总结,可谓:"绝学无为闲道人,不除妄想不求真,无明实性即佛性,幻化空身即法身。"

第二节　即心即佛,无心是道

"识心见性","即心即佛",是南宗禅的根本宗旨。据《祖堂集》记载:"汝等诸人自心是佛,更莫狐疑,外无一物而能建立,皆是本心生万种法。故经云:心生即种种法生,心灭即种种法灭。"③《坛经》中有:

---

① 赖永海主编:《圆觉经》,中华书局2010年版,第16页。
② 赖永海主编:《楞严经》,中华书局2010年版,第175页。
③ (南唐)静筠二禅师:《祖堂集》卷二"慧能和尚传",中华书局2007年版,第128页。又见《景德传灯录》卷五"慧能大师传",以及宗宝本《六祖坛经》。

"僧法海,韶州曲江人也。初参祖师,问曰:'即心即佛,愿垂指谕。'师曰:'前念不生即心,后念不灭即佛;成一切相即心,离一切相即佛。'"①上文已述禅宗的祖庭位于韶州曹溪山,后人论禅必言曹溪。在《曹溪大师传》中也载有:"今居韶州曹溪山,示吾众生,即心即佛。"②从禅宗六祖慧能的思想看,他提倡的"识自本心""见性成佛""自觉自悟"的顿教禅法,彻底体现了"即心即佛"的禅宗精神。以至于后代的门人传法,提倡以心传心,以心印心。进入宋代,由于佛教的世俗化,佛禅还特别强调无分别心的无心论。如慧能弟子本净曰:"师曰:'为当求佛,为复问道?若求作佛,即心即佛。若欲问道,无心是道。中使不会,再请说之。'师又曰:'若欲求佛,即心即佛,佛因心得。若悟无心,佛亦无佛。若欲会道,无心是道。'"③此思想明显看出,亦有《楞严经》的禅髓。《楞伽经》云:"佛语心为宗,无门为法门。又云:夫求法者,应无所求。心外无佛,佛外无心。"④其"佛语心为宗"可谓即心即佛,其"佛外无心"可谓无心是道。如果分别二见,妄念生起,则不明实相。因此,黄檗希运禅师语录载:"问:'如何是佛。'师云:'即心是佛,无心是道。但无生心动念,有无长短,彼我能所等心。心本是佛,佛本是心,心如虚空。所以云佛真法身犹若虚空。不用别求,有求皆苦。设使恒沙劫行六度万行,得佛菩提,亦非究竟。何以故,为属因缘造作故。因缘若尽,还归无常。所以云,报化非真佛。亦非说法者。但识自心,无我无人,本来是佛。'"⑤由此看来,"即心是佛""无心是道"的佛禅思想不但多方面与佛陀精神相通,而且深深打上了中国文化的烙印。从思想上看,最突出的就是禅宗站在佛教的立场上对老庄的自然主义哲学和人生态度以及儒家的心性学说融会吸收。王安石是宋代大儒,通达百家,在某种程度上其禅宗的佛学品位更适合他的人生旨归。且王安石晚年退隐钟山,多与临济宗和云门宗高僧

---

① (唐)法海:《六祖大师法宝坛经》,《大正藏》卷四十八,第337页。
② 杨曾文校:《敦煌新本·六祖坛经》附编一《曹溪大师传》,上海古籍出版社1993年版,第135页。
③ 袁宾主编:《中国禅宗语录大观》,百花洲文艺出版社1991年版,第52页。
④ (宋)释道原:《景德传灯录》卷七,《大正藏》卷五十一,第196页。
⑤ 袁宾主编:《中国禅宗语录大观》,百花洲文艺出版社1991年版,第138页。

交往，其诗歌中经常强调"即心即佛，无心是道"的佛禅精神。

一 即心即佛

"即心即佛"意即"见性成佛"。禅宗讲究相信自己，认为每个人都有佛性，所谓不假他求。就是说"佛"不要向外去寻求。佛就在每个人的心里，你能明心见性，你自己就是佛。所谓佛也曾是人，在禅师眼里，自己与佛应该是平起平坐的。那么对深悟禅理的王安石来说，佛禅的这种精神境界也是他诗歌创作中不可缺少的，他有《拟寒山拾得二十首》其六：

> 打贼贼恐怖，看客客喜欢。
> 亦有客是贼，切莫受伊谩。
> 乐哉贫儿家，无事役心肝。
> 既无贼可打，岂有客须看？

诗中通过常人对待贼与客的关系，阐述了心与性、烦恼与菩提的辩证关系，从而揭示，对于"自心"来说，外在的一切都是烦恼，都是贼。首联"打贼贼恐怖，看客客喜欢"是一句平常语，古宿语："客来则接，贼来则打。"[①] 因为做贼心虚，当然打贼的时候贼害怕了。而看客人却是一件高兴的事，当然客欢喜了。而对于佛禅来说，这只不过是一种"心性"的反映而已。第二联"亦有客是贼，切莫受伊谩"，佛禅认为一切的"相"均为空，所谓心有所生，相有所想。

因此，人们在认识人的时候都是主观的，有的时候客人也是贼人，我们千万不要受他们的欺骗啊。第三联"乐哉贫儿家，无事役心肝"，祇林和尚说："贼不打贫家。"穷人家没有什么可偷的，当然也不必为怕招贼而苦恼。这里的"贫儿家"非贫于道，非贫于财，非贫于好恶、是非，而是贫于烦恼。第四联"既无贼可打，岂有客须看"，诗人从佛家的角度看来贼和客没有区别，如果没有贼也就没有客了，可见诗人之明心见性，逍遥

---

① 王安石撰，李壁注：《王荆文公诗李壁注》卷四，上海古籍出版社1993年版。

自在。

《坛经》般若品云:"善知识!凡夫即佛,烦恼即菩提。前念迷即凡夫,后念悟即佛。前念着境即烦恼,后念离境即菩提。"① 佛禅认为,凡庸的人,迷惑事理和流转生死的平常人都是佛,烦恼就是菩提,二者本无差别,前一念痴迷就是凡人,后一念转迷得悟则当下就是佛。前一念执着于外境则就是烦恼,后一念超离外境当下是佛。王安石描写佛教"即心即佛"的诗歌可以说触境皆来,如《修广师法喜堂》:

> 浮屠之法与世殊,洗涤万事求空虚。
> 师心以此不挂物,一堂收身自有余。
> 堂阴置石双崒嵂,石脚立竹青扶疏。
> 一来已觉肝胆豁,况乃宴坐穷朝晡。
> 忆初救时勇自许,壮大看俗尤崎岖。
> 丰车肥马载豪杰,少得志愿多忧虞。
> 始知进退各有理,造次未可分贤愚。
> 会将筑室返耕钓,相与此处吟山湖。

诗中,王安石深刻领悟到佛禅万法皆空的精神,并对僧人心不挂物、自由自在的修养境界表现出了欣赏和赞同。使之感觉到"即心即佛"的道和儒家的"心性"修为有着一致之处。在这种静谧相同的境界里,诗人心胸为开、肝胆豁然。为此,他又进行了自我反省,感到早年勇于救世而反对佛教的做法是可笑的。在这里,让他真正认识到"进退、出入"各有其理,造次也分高下,妄谈贤愚是不对的。那么,吟诵山湖、耕钓为业未必不如立身庙堂,而这种生活方式正是他所追求和向往的。首联"浮屠之法与世殊,洗涤万事求空虚",阐述佛禅的空观。对"世法与佛法"佛禅视为一种即心即佛的家常境界,据《五灯会元》卷十六载:"天钵重元禅师语录:'上堂:冬不受寒,夏不受热。身上衣,口中食,应时应节。既非

---

① 赖永海主编:《坛经》,中华书局 2010 年版,第 44 页。

天然自然，仅是人人膏血。诸禅德，山僧怎么说话，为是世法，为是佛法？若也择得分明，万两黄金亦消得。'喝一喝。"① 第二联"师心以此不挂物，一堂收身自有余"，此联表现出僧人"即心即佛"，也就是"无事于心，无心于事"的闲适境界。据《五灯会元》卷七载："师上堂谓众曰：'于己无事，则勿妄求，妄求而得，亦非得也。汝但无事于心，无心于事，则虚而灵，空而妙。若毛端许，言之本末者，皆为自欺。何故？毫厘系念，三涂业因。瞥尔情生，万劫羁锁。圣名凡号，尽是虚声。殊相劣形，皆为幻色。汝欲求之，得无累乎？及其厌之，又成大患，终而无益。'"② 第三联"堂阴置石双嵽嵲，石脚立竹青扶疏"，这一句形容寺庙的风貌。杜甫诗："凌晨过骊山，御榻在嵽嵲"（《自京赴奉先县咏怀五百字》）。唐鲍溶诗："凤凰城南玉山高，石脚耸立争雄豪"（《玉山谣奉送王隐者》）。唐李群玉诗："龙湫在石脚，引袂时一取"（《宿鸟远峡化台遇风雨》）。第四联"一来已觉肝胆豁，况乃宴坐穷朝晡"，诗人自抒心胸，并表示对僧人的钦佩，"《净名经》云：即时豁然，还得本心"③。"宴坐"佛教指坐禅。《维摩诘》："夫宴坐者，不于三界现身意，是为宴坐。"④ 齐己诗："大圣威灵地，安公宴坐踪"（《经安公寺》）。第五联"忆初救时勇自许，壮大看俗尤崎岖"，自贬之词，诗人就自己少年和现在对佛教的心态加以比较，感叹俗世人意的诡秘。"《菩萨戒经》云：我本元自性清净，若识自心见性，皆成佛道"⑤。杜甫诗："眼中万少年，用意尽崎岖"（《别张十三建封》）。第六联"丰车肥马载豪杰，少得志愿多忧虞"，这一句是对世俗的认识和看法。杜甫诗："挥涕恋行在，道途犹恍惚；乾坤含疮痍，忧虞何时毕！"（《北征》）。第七联"始知进退各有理，造次未可分贤愚"，"进退"在这里指出仕和退隐。诗人亦有诗："未有诗书论进退，漫期身世托林泉"（《得孙正之诗因寄兼呈曾子固》）。这一句表明了诗人对出世与入世的看法，同时也拿佛教与儒教的道做比较，那么如果按佛教的思维来考

---

① （宋）释普济：《五灯会元》卷十六，中华书局1984年版，第1041页。
② （宋）释普济：《五灯会元》卷七，中华书局1984年版，第372页。
③ 赖永海主编：《坛经》，中华书局2010年版，第53页。
④ 赖永海主编：《维摩诘》，中华书局2010年版，第34页。
⑤ 赖永海主编：《坛经》，中华书局2010年版，第53页。

虑问题，造次就没有办法分贤和愚了。最后一联"会将筑室返耕钓，相与此处吟山湖"，这样的生活方式是令人向往的，在此，诗人表明有朝一日他也要过这样远离尘世的清寂的生活。再如《和僧惠岑游醴泉观》：

邂逅相逢一日闲，或缘香火住灵山。
夕阳兴罢黄埃陌，直似蓬莱堕世间。

这首诗看似为一首禅偈，实质是诗人即心即佛的禅悦心得。诗中那种邂逅相逢时的闲适，非指一日，而是诗人身心的一种放飞。由于对佛家香火的共同缘分，诗人和僧人一起住到了灵山。夕阳兴罢，暮霭沉沉，黄尘落幕，一种绝色的美景，就像传说中的蓬莱仙境，降临到人间。与喧闹的世俗相比，这里是何等的清寂。此处的僧人和诗人同时感受到"万法本闲人自闹"的禅境。据《五灯会元》卷二载慧忠禅师语录："上堂：'青萝夤缘，直上寒松之顶；白云淡演，出没太虚之中。万法本闲人自闹'"①。亦有"独步千峰顶，悠游九曲泉"的独特体悟，《五灯会元》卷二还载有天柱崇慧禅师语录："僧问：'如何是天柱境？'师曰：'主簿山高难见日，玉镜峰前易晓人。'问：'如何是天柱家风？'师曰：'时有白云来闭户，更无风月四山流。'问：'如何是道？'师曰：'白云覆青嶂，蜂鸟步庭花。'问：'如何是和尚利人处？'师曰：'一雨普滋，千山秀色。'问：'如何是天柱山中人？'师曰：'独步千峰顶，优游九曲泉。'"② 诗中首联"邂逅相逢一日闲，或缘香火住灵山"中的"一日闲"，与禅宗"偷得浮生半日闲"有异曲同工之妙。句中的"缘"是佛教亘古不变的话题。佛教认为，缘者由藉之义，缘别不同，故分为四：一者因缘，二者次第缘，三者缘缘，四者增上缘。尾联："夕阳兴罢黄埃陌，直似蓬莱堕世间"描写的是一种日落前后的寺庙景观。"蓬莱"指蓬莱仙岛。此处寓意佛法之无边广大。诗中看来，诗人"即心即佛"的诗句可以说无处不在；其形骸如同槁木地山林禅伯的形象，以及生活方式，在他笔下依然生花。如《白云然师》：

---

① （宋）释普济：《五灯会元》卷二，中华书局1984年版，第100页。
② 同上书，第66页。

> 白首一山中，形骸槁木同。
> 苔争庵径路，云补衲穿空。
> 尘土随车辙，波涛信柂工。
> 昏昏老南北，应谢此高风。

诗中描写到，禅伯年迈，隐居在山中，其身体形如干枯的树木。由于与之交往的人很少，绿色的苔藓侵占了通往庵堂的小路。禅师破旧的僧衣也尽是补丁。尘土跟随着车辙，波涛随着舵手，这是人们所常见的自然现象。然而僧人的山居生活亦如此，如今的禅师虽已老眼昏花找不到南北，可他还是住在这里，怎么能不让人佩服他的高尚情操呢。诗中"云补衲穿空"一句颇得禅家之精髓，据《五灯会元》卷五载："云岩补鞋次，师问：'作甚么？'岩曰：'将败坏补败坏。'师曰：'何不道即败坏非败坏？'"[①]唐球有诗："不知名利苦，念佛老岷峨。衲补云千片，香焚篆一窠"（《赠行如上人》）。诗中可以看出，诗人"即心即佛"，无论是对僧人的钦佩，还是对自然之思的感知，无论对清修的理解，还是对寂寥宁静的颖悟，均化作诗境付诸笔下，而诗之兴因禅，诗之得却来于禅外之音，因为僧人"山林之苦"是在禅静中得到抚慰的，其趣颇有意味，其禅思既是环境也是心境，其禅心诗思可直追王维。再如《次韵留题僧假山》：

> 态足万峰奇，功才一篑微。
> 愚公谁助徒，灵鹫却愁飞。
> 窦雪藏银镒，檐曦散玉辉。
> 未应颓蚁壤，方此镇禅扉。
> 物理有真伪，僧言无是非。
> 但知名尽假，不必故山归。

诗中的假山千姿百态，形状各异，而这样的杰作是僧人们一筐一

[①] （宋）释普济：《五灯会元》卷五，中华书局1984年版，第272页。

筐搬运而来的。回想当年,愚公移山的时候如果没有人帮助他,灵鹫山也愁迁移呀!而眼前的假山,有孔洞可以藏银镒,阳光还能从假山的缝隙穿过,散落满地金色的光芒。没有蝼蚁来筑穴,假山方能在此镇定禅家的门庭。其实,事物和道理都是有真伪的,可僧人们却认为"无是无非",世上的万物都是假的、空幻的,对什么都没有必要那么求真啊!

诗中首联"态足万峰奇,功才一篑微"是说假山之貌的奇特,得益于一篑微。《书·旅獒》云:"为山九仞,功亏一篑。"《论语》云:"譬如为山,未成一篑,止,吾止也。譬如平地,虽覆一篑,进,吾往也。"(《论语·子罕》)晋葛洪:"崇一篑而弗休,必钧高乎峻极矣"(《抱朴子·勖学》)。可见一筐土之重要。第二联"愚公谁助徙,灵鹫却愁飞","灵鹫"指灵鹫山。在古印度摩揭陀国王舍城之东北,梵名耆阇崛。山中多鹫,故名。或云山形像鹫头而得名。如来曾在此讲《法华》等经,故佛教以为圣地。又简称灵山或鹫峰。《古诗类苑》卷一○二引晋庐山诸道人《游石门》诗序:"灵鹫邈矣,荒途日隔"。此句意思是说愚公移山时若不感动诸神,灵鹫山也不会搬迁。第三联"窦雪藏银镒,檐曦散玉辉",形容假山的造型别致,巧夺天工。"藏银镒",李壁注"《张良传》:'赐良金百镒,珠二斗。'服虔曰:'秦以镒名金,若汉之论斤也。'"① 第四联:"未应颓蚁壤,方此镇禅扉。"是说假山没有蚁穴,方能在此安然地屹立,镇禅家之门。《符子》云:"东海有鳌焉,冠蓬莱而游于沧海,腾跃而上则干云,没而下潜于重泉。有红蚁者闻而悦,与群蚁相要乎海畔,欲观鳌之行,月余未出群作也。数日风止,海中隐沦如岳,其高过天,或游而西。群蚁曰:'彼之冠山,何异乎我之戴粒也。'"② 第五联"物理有真伪,僧言无是非",乃世理与佛理之辩。《坛经》认为,"本性是佛,理性无别佛,世间万物无真无伪,无事无非,无善无恶,无头无尾",尽是虚空。第六联"但知名尽假,不必故山归",是说既然无真无假,万法皆空,就不必追求执着。佛教认为,众生在世上就是造业。然后由"业"牵引着来生再陷入

---

① 王安石撰,李壁注:《王荆文公诗李壁注》卷二十四,上海古籍出版社1993年版。
② (唐)欧阳询:《艺文类聚》卷九十七,上海古籍出版社1965年版,第1690页。

六道轮回。就这样在苦难中生生世世，永远不能超脱。但众生丝毫没有察觉，每天都在造业，都在继续着苦难的轮回。因此"真山"和"假山"没有什么区别，二者只不过是"业"的实践。从上述可以看出佛禅万法皆空的本性无时不在，万物皆有佛性也无处不在，只要世人心中有佛，即可达到真如本性，而这种本性在诗人的佛禅践履中表现得非常突出，王安石诗歌"即心即佛"的精神，使其诗思与禅境一悟即至佛地。再如《闲身》：

> 身闲宜晚食，岁晏忌晨兴。
> 人自嘲便腹，吾方乐曲肱。
> 睡蛇虽不去，梦虺已无凭。
> 寄语中林客，思禅病未能。

唐牟融有诗："若使凡缘终可脱，也应从此度闲身"（《题道院壁》）。王安石退隐江宁后，深刻地体会到无官一身轻的快感。在终日与林为伍，与僧为伴中，自己酷似方外之人，自喻闲身。诗中写道，身闲的人就应该晚食，年底的时候忌讳早起。有人自我解嘲大腹便便，我认为这种清贫而闲适的生活很好。虽有烦恼在梦中，但梦中的奸诈小人已经找不到了。寄语山林，依然是林下之客，可与禅师相比，自己还差得很远，还没能达到禅定的最高境界啊。

诗中首联"身闲宜晚食，岁晏忌晨兴"是诗禅清寂生活的自述。第二联"人自嘲便腹，吾方乐曲肱"，苏轼有诗："七尺顽躯走世尘，十围便腹贮天真"（《宝山昼睡》），唐庚诗："匪躬老矣惟心在，便腹依然但发稀"（《舍弟既到有作》）。"曲肱"在这里比喻清贫而闲适的生活，《论语》有："饭疏食饮水，曲肱而枕之，乐在其中矣"（《论语·述而》）。第三联："睡蛇虽不去，梦虺已无凭。""睡蛇"源于《遗教经》，在这里譬喻"烦恼"之障。"虺"，毒蛇的一种。此句之意是遇烦恼之障虽未完全除去，但正在随着佛禅修为的加深而渐渐淡去。第四联"寄语中林客，思禅病未能"，"中林客"譬喻隐者。"禅病"指妨害禅定修行的一切妄念。《圆觉

110 佛家怀抱　俱味禅悦

经》云:"大悲世尊,快说禅病,令诸大众得未曾有,心意荡然,获大安稳。"① 这是普觉菩萨对佛的禀告,大悲世尊,痛快淋漓地说出修习禅法的弊病,使大众了透明白佛家的道理,使之心意荡然,身安心稳。

从诗中看,诗人即心即佛,已然一副禅客相形。在诗人的禅悟中,深深地体会到了清修的乐趣,虽有"烦恼障",但随着禅悦的加深,已经渐渐地被佛禅所化解。而今的诗人已经自性清净,不为外物所染,不为名利所动,真正是一个"于六尘中,不离不然,来去自由"(《坛经》)的林中之人。佛禅主张舍妄求真,舍染求净,离苦求寂,触目即菩提,日用即道,不识此理"犹更将心去觅心"。生活本身亦如此,王安石晚年的生活之道即是禅。此外,诗中表现的"即心即佛"的耽禅心态与"空山寂静老夫闲,伴马随云往复还。家酿满瓶书满架,半移生计入香山"(白居易《香山寺二首》)有相同的山林乐趣。然其即心即佛的禅林之思,与居庙堂之高的寺庙僧人亦有区别,如《寄福公道人》:

帝力护禅林,沧州侧布金。
楼依水月观,门接海潮音。
开士但软语,游人多苦吟。
曾同方丈宿,灯火夜沉沉。

诗中开篇便道出,由于帝王的庇护,禅林兴盛的情景,进而对开士软语、游人苦吟进行了详细的描述,夜晚留宿寺庙,与方丈同宿,共同探讨佛禅义理,灯火夜沉沉中体悟佛家的妙理,使人沉浸在禅的心境之中。

诗歌首联"帝力护禅林,沧州侧布金",是说宋代帝王宽护佛教,禅林兴盛。沧州一带的寺庙金碧辉煌,香火鼎盛。第二联:"楼依水月观,门接海潮音",形容寺庙的景象,亭台楼阁、山水风月,别是一番景观。"水月观",李壁注:"阿弥陀十六观有水观"②。钱起有诗:"水月通禅观,鱼龙听梵声"(《送僧归日本》)。"海潮音",李壁注:"《普门品》:'梵音

---

① 赖永海主编:《圆觉经》,中华书局2010年版,第94页。
② 王安石撰,李壁注:《王荆文公诗李壁注》卷二十四,上海古籍出版社1993年版。

第二章　王安石创作中彰显的佛禅精神　111

海潮音，胜彼世间音。'"① 可见海潮音是佛教声音的象征。唐人诗："楼观沧海月，门听浙江潮"（《天竺》）。第三联"开士但软语，游人多苦吟"，形容佛法在普度中的开觉能力，和众生寻求脱离苦海的真切心情。意在惊醒世间名利客，唤回苦海梦迷人。"开士"，李壁注："《妙法莲花经》：'跋陀罗等与其同伴十六开士'云云，开士者，能自开觉，又开他心，菩萨之异名也。"② "软语"，李壁注："杜诗：夜阑接软语，落月如金盆。《大集经·六十种恶》：'口之业曰粗语、软语、非时语、妄语。'据此，则软语皆一类，与少陵公所称异矣。盖取义各不同也，又《大集经》所指，恐柔妄不正之语耳。东坡诗：'禅老语清软'。"③《维摩诘经》佛国品云："菩萨成佛时，命不中夭，大富梵行，所言诚谛，常以软语，眷属不离，善和净讼，言必饶益，不嫉不恚，正见众生来生其国。"④ 意思是，菩萨将来成佛时，其国家的人都会长寿富有，为人忠厚，行为清净，话语柔和，亲朋友善，阖家幸福，举凡有正见众生都争相来其国。第四联"曾同方丈宿，灯火夜沉沉"，此句写诗人与禅僧近距离的接触，在氤氲的香火中，观览佛经，品味禅理，不役于物而神游于道，精神上获得高度的纯化。沉浸在悟道之中，不知不觉已经灯火夜沉沉。佛法之广大，禅理的精深，其言难尽意，其法不可说。其全诗虽未言禅，禅意尽在其中。佛禅既不可说，什么也都不必说，佛禅在当下，在此时此刻，在心中，即心即佛。

二　无心是道

据《坛经》定慧品第四云："我此法门，从上以来，先立无念为宗，无相为体，无住为本。"⑤ 无念者生起心念而不执着于心念，对于一切境界，心不动不起，不染不着。自然得入诸佛知见。无相者基于一切相状而超离一切相状，诸法真如实相，因为真如佛性本来是无相无分别的。无住乃人的本性，因为众生的心本来无所住，因境来触，遂生其心。一切万法

---

① 王安石撰，李壁注：《王荆文公诗李壁注》卷二十四，上海古籍出版社1993年版。
② 同上。
③ 同上。
④ 赖永海主编：《维摩诘经》，中华书局2010年版，第15页。
⑤ 赖永海主编：《坛经》，中华书局2010年版，第79页。

皆从心生，若悟真性即无所住。无住即智慧，无诸烦恼，譬如虚空便一切处无有障碍。有所住心即是妄念，六尘竞起，譬如浮云散在空中往来不定。由此看来，本心是佛，无心是道，无心是道可"明心见性"，获得解脱，如诗《寄国清处谦》：

> 三江风浪隔天台，想见当时赋咏才。
> 近有高僧飞锡去，更无余事出山来。
> 猿猱历历窥香火，日月纷纷付劫灰。
> 我欲相期谈实相，东林何必谢刘雷。

从诗文看，这是一首写给国清寺处谦禅师的诗，诗中通过对天台宗的赞誉和向往，突出了处谦禅师的佛学修为和高风亮节。处谦禅师每日与猿为伴，面对纷纷的劫灰如此虔诚。更难能可贵的是僧人对佛家的"实相"有所了悟，于是触发了诗人谈禅论道的兴趣。

诗中多处引用佛禅典故，字里行间全面进入"无心是道"的空净彻悟的境界。首联"三江风浪隔天台，想见当时赋咏才"，"三江"古代各地众多水道的总称。《书·禹贡》："三江既入，震泽底定。"《周礼·夏官·职方氏》："其川三江。""天台"这里指天台山，即天台宗的祖庭。"想见"在这里指非一般的想看见，而是般若波罗蜜的直观真理。铃木大拙认为："只要'见'是一种可见的东西，就不是真正地'见'；只有'见'是'非见'时，也就是只有'见'不是一种见到确定心境的特殊活动时，才是'见到人的自性'。用矛盾的话来说，当'见'为'非见'时，才能真正地'见'；当'听'为'非听'时，才有真正地听。这是般若波罗蜜多的直观真理。这样，当见自性而不涉及一种逻辑上或对待关系上可以解释为某种东西的特殊心境时，禅师们便用一些否定性的名词来表示它而称它为'无念'或'无心'。当它是无念或无心时，'见'才是真正的'见'。"[①] "赋"指《天台赋》。第二联"近有高僧飞锡去，更无余事出山来"，"飞锡"谓僧人等执锡杖飞空。《释

---

① [日] 铃木大拙：《禅风禅骨》，中国青年出版社1989年版，第37页。

氏要览》载有:"今僧游行,嘉称飞锡。此因高僧隐峰游五台,出淮西,掷锡飞空而往也。若西天得道僧,往来多是飞锡"①。孙绰"王乔控鹤以冲天,应真飞锡以蹑虚"(《游天台赋》)。亦指游方僧。"无余事"佛禅有"无心即无事"。第三联"猿猱历历窥香火,日月纷纷付劫灰",这里形容清寂之像。"劫灰"亦作"刼灰""刦灰""劫灰"。本谓劫火的余灰。慧皎:"昔汉武穿昆明池底,得黑灰,问东方朔。朔云:'不知,可问西域胡人。'后法兰既至,众人追以问之,兰云:'世界终尽,劫火洞烧,此灰是也。'后因谓战乱或大火毁坏后的残迹或灰烬。"② 第四联"我欲相期谈实相,东林何必谢刘雷","实相"指宇宙事物的真相或本然状态。《法华经》方便品云:"惟佛与佛,乃能究尽诸法实相。"③《金刚经》离相寂灭分十四:"是实相者,即是非相,是故如来说名实相。"④ 李壁注:"《庐山记》:'慧远法师居东林寺,于是绝尘之侣远方而至,彭城刘遗民、豫章雷次宗、雁湖周续之、南阳宗炳、张野等百有二十余人,与师同修净土之社,乃今遗民著《发愿文》。'"⑤ 这一联最能彰显"无心是道"的佛禅精神,《坛经》定慧品云:"真如自性起念,六根虽有见闻觉知,不染万境,而真性常自在,故云:能善分别诸法相,于第一义而不动。"⑥ 其"东林何必谢刘雷"更能透彻地展示诗人有心谈实相,却"无心是道"的本怀。再如《即事二首》:

云从钟山起,却入钟山去。
借问山中人,云今在何处。
云从无心来,还向无心去。
无心无处觅,莫觅无心处。

《临济语录》一万三千多字,反复强调的也就是"无佛可求,无道可

---

① (宋)释道诚:《释氏要览》卷下,《大正藏》卷五十四,第257页。
② 释慧皎:《高僧传》卷十一,《大藏经》卷五十,第322页。
③ 赖永海主编:《法华经》,中华书局2010年版,第58页。
④ 赖永海主编:《金刚经》,中华书局2010年版,第62页。
⑤ 王安石撰,李壁注:《王荆文公诗李壁注》卷三十七,上海古籍出版社1993年版。
⑥ 赖永海主编:《坛经》,中华书局2010年版,第80页。

成,无法可得",其论可以说完全继承了马祖道一的禅法。特别是从般若性空的角度发挥了无念的顿悟、自然的解脱。而其间"心"总持之妙本,万法之洪源。是心是佛,万法皆空,心亦如是。心,幻也,一切皆幻。心,空也,一切皆空。因此,一切都不可执着,也无可修,无可证。自然有心和无心没有分别。而离开世间所有烦恼的"无心"亦达佛境。所以山川万物,浮云流水都是从"无心"来的,最终又向无心去了。可是无心又在哪里?无心是无处寻觅的。无心本身就已经离开了有无的分别心。如果人们有意地去寻找无心,无疑又陷入了烦恼障。所以就不要寻找"无心处"了。据《五灯会元》卷五载:"潮州灵山大颠宝通禅师,初参石头。头问:'那个是汝心?'师曰:'见言语者是。'头便喝出。经旬日,师却问'前者既不是,除此外何者是心?'头曰:'除却扬眉瞬目,将心来。'师曰:'无心可将来。'头曰:'元来有心,何言无心?无心尽同谤。'师于言下大悟。"[①] 大颠宝通禅师于石头言下大悟"有心""无心"皆不可执着。

诗中采取问答的形式,强调"无心"的重要,体现了禅宗一切依本性而动的处世态度与人生态度。诗人在晚年的参禅过程中逐渐认识到,只有将有限的生命个体自觉地融入无限的自然中去,才能使灵魂得到净化。但这种融入不是刻意追求的,而是一种不经意的"无心之作"。这种"无心是道"的体味,本是禅宗精神的诗性显现。再如《白鸥》:

> 江鸥好羽毛,玉雪无尘垢。
> 灭没波浪间,生涯亦何有。
> 雄雌屡惊矫,机弋常纷纠。
> 顾我独无心,相随如得友。
> 飘然纷华地,此物乖隔久。
> 白发望东南,春江绿如酒。

---

① (宋)释普济:《五灯会元》卷五,中华书局1984年版,第265页。

第二章　王安石创作中彰显的佛禅精神　115

　　大千世界，芸芸众生，其千姿百态的物象与生命中无不呈现佛禅的奥妙和精髓，变幻即逝的云朵是禅，高山流水是禅，茂密的森林是禅，飞翔的江鸥亦显出禅家的空灵智慧。洁白的羽毛不染凡尘的污垢，灭没于波浪，一展恬淡自然。但雌雄间常因机弋的惊扰而上下纷飞。回头看看唯独"有我无心"，与之相随如宾。目睹它飘然纷华地落在地上，感叹江鸥是如此地机敏。如今人老了，突然感觉到原来东南方的春江绿意是如此的令人陶醉。

　　首联"江鸥好羽毛，玉雪无尘垢"，用简单的物象勾勒出如同写意般的画面。江鸥羽毛洁白不染尘垢。而此意佛家看来，这一切只不过是亦隐亦幻，因为，世间亦无尘，也无垢，何必执着于本心。第二联"灭没波浪间，生涯亦何有"，《坛经》机缘品云："一切众生皆无常，是生灭法，生灭灭已，寂灭为乐。"① 第三联"雄雌屡惊矫，机弋常纷纠"，李壁注："诗言君子之度未尝不澹然，而小人之欲致害者常多，故必得其类而后可安。"② 而禅宗讲无念，"无念法者，见一切法，不着一切法"。③ 世人生活在多姿多彩的万物中，但唯独不执着于它们，这样才能认识到本性的清净。第四联："顾我独无心，相随如得友"，是说我本无心，来去自由，既没有世俗的机心，亦无济世之苦心，来去自由，亦无所求而来，亦无所得而去。相随全凭一个"缘"字。第五联"飘然纷华地，此物乖隔久"，飘然纷华在澄澈空明的诗人心中，万事万物纤毫毕现，但又都是虚幻，就好像"雁过长空，影落寒水。雁无遗踪之意，水无沉影之心"④。第六联"白发望东南，春江绿如酒"，此联，感悟出心灵的明镜被重新擦亮，"东南方，春江绿如酒"清晰地映在心中，此时的本心就像神奇的镜子，照出无心和虚幻的本性。其诗《白云》也有同样的境界，诗云：

　　　　英英白云浮在天，下无根蒂旁无连。

---

① 赖永海主编：《坛经》，中华书局 2010 年版，第 125 页。
② 王安石撰，李壁注：《王荆文公诗李壁注》卷二十一，上海古籍出版社 1993 年版。
③ 赖永海主编：《坛经》，中华书局 2010 年版，第 80 页。
④ （宋）释普济：《五灯会元》卷十四，中华书局 1984 年版，第 911 页。

佛家怀抱　俱味禅悦

> 西风来吹欲消散，落日起望心悠然。
> 愿回羲和借光景，常使秀色当檐边。
> 时来不道能为雨，直以无心最可怜。

诗人欣赏云的妙处在于体悟它亦隐亦幻，转眼即逝的过程，一会舒展，一会轻盈，一会浓重，一会别致。像雄鸡报晓，像翱翔的雄鹰，像浪花朵朵，像天马行空。或不期而至，或骤然消逝，一切都是那样的自然，诗的心境也是那样宁静悠然。但从佛禅的角度来看，辛苦的追逐都是徒劳的，犹如诗人观云的心得，最终空虚惆怅，直以无心最可怜。

诗中首联"英英白云浮在天，下无根蒂旁无连"，是说轻盈明亮的白云飘浮于天空，既无根蒂旁边也无连接。《诗经》有："英英白云，露彼菅茅"（《诗经·小雅·白华》）。皎然有诗："碧水何渺渺，白云亦英英"（《答道素上人别》）。下无根蒂旁无连："白乐天诗：'海漫漫，直下无底旁无边。'"① 此为空幻之像。第二联："西风来吹欲消散，落日起望心悠然"，"西风"暗指佛法。禅家传法皆言，"佛祖西来意"。高深的佛理吹散烦忧，此有落日悠闲之心境。第三联"愿回羲和借光景，常使秀色当檐边"，"羲和"，古代神话传说中的人物，太阳的母亲。《山海经》："东南海之外，甘水之间，有羲和之国。有女子名曰羲和，方浴日于甘渊。羲和者，帝俊之妻，生十日"（《山海经·大荒南经》）。此联为超脱境界。第四联"时来不道能为雨，直以无心最可怜"，意思是一旦有了合适的机缘，白云不期然而自成雨，唯其无心，是以可爱、可贵。全诗取白云的飘逸无定的质，来表示佛禅所喻之空，诗人把客观的虚幻物象与自身的虚幻心性有机地结合，诗情画意与佛禅精神融成一片，可谓浑然天成，最后以画龙点睛之笔"白云不期然而自成雨，惟其无心"来表明"无心是道"的主题思想。再如《重登宝公塔二首》之二：

> 碧玉旋螺恍隔霄，冠山仙冢亦寥寥。

---

① 王安石撰，李壁注：《王荆文公诗李壁注》卷二十一，上海古籍出版社1993年版。

空余华构延风月，无复灵踪落市朝。

帐座追严多献宝，供盘随施有操瓢。

他方出没还如此，与物无心作逍遥。

这是诗人第二次登宝公塔的所见所感。宝公塔是王安石退居江宁后常去的地方，并留下了很多诗篇。这不仅是因为这里的景色可以让他忘记尘世的烦忧，感受心灵的宁静；而且是因为这里是爱子王雱的祠堂所在，在这里他可以寄托哀思。诗的首联"碧玉旋螺恍隔霄，冠山仙冢亦寥寥"，形容塔身高耸入云，恍如隔断了云霄，而在这样静谧的空间里，却仙冢寥寥。《坛经》云："于外著境，妄念浮云盖覆，自性不能明彻，于自性中，万法皆见。"① 李壁注："有僧撰《观音赞》：'碧云螺文旋宛转，紫金莲掌画分明。'又武帝改造阿育王塔，出旧塔下舍利里佛爪发，发青绀色，众僧以手伸之，随手长短，放之则旋屈为蛰形。《楞伽经》云：'佛发青而细，犹藕茎丝。'《佛三昧经》云：'我昔在宫沐头，以尺量发，长一丈二尺，放已，右旋，还成螺文。'"② 第二联"空余华构延风月，无复灵踪落市朝"，此联意在"空"字，李壁注："《南史》：宝志，不知何许人，有于宋太始中见之，出入钟山，往来都邑，已五六十年。齐、宋之交，稍显异迹，被发徒跣，语默不伦。或被锦袍，饮啖同于凡俗，恒以铜镜剪刀镊属挂杖负之而趍（趋）。或征索酒肴，或累日不食，预言未兆，识他心智。一日中分身易所，远近惊赴，所居噂沓。齐武帝忿其惑傸，收付建康狱。旦日，咸见游行市里，既而检校，犹在狱中。其夜，又语狱吏：'门外有两舆食，金円（圆）盛饭，汝可取之。'果是文惠太子及竟陵王子良所供养。县令吕文显以启武帝，帝乃迎入华林园。尤深敬事"。③ 第三联"帐座追严多献宝，供盘随施有操瓢"，李壁注："杜诗：自从献宝朝诃宗"。④ 这句形容寺庙当年的景象，不但帐座庄严，香火缭绕，而且僧人如云。第四

---

① 赖永海主编：《坛经》，中华书局2010年版，第97页。
② 王安石撰，李壁注：《王荆文公诗李壁注》卷二十七，上海古籍出版社1993年版。
③ 同上。
④ 同上。

联"他方出没还如此,与物无心作逶遥",指行脚僧,与佛无心,与物无心。《楞严经》卷四云"静无边际,动若逶遥"。① 从全诗看,"空"就是事物的本性,佛教看来,事物之所以虚幻不实,不在于它的不存在,而在于它的存在是暂时的,因此诗歌最后归结为"与物无心"。神会有云:"道体无物,复无比量,亦无知觉照用,及动不动法;不立心地意地,亦无去来,无内外中间,复无处所,非寂静,无定动,亦无空有、无相、无念、无思,知见不及,无证者,道性俱无所得。"再看《同陈伯通钱材翁山二君有诗因依元韵》:

> 秋来闲兴每登临,因叩精蓝望碧岑。
> 强策羸骖寻水石,忽惊幽鸟下烟林。
> 同时览物悲欢异,自古忘名趣向深。
> 安得湖山归我手,静看云意学无心。

秋叶泛红,黄花满地,景色别致,秀美诱人。诗人乘兴游览山水,叩拜寺庙,遥望青山。扬鞭策马寻石问水,无意间惊吓幽鸟飞进烟雾缭绕的山林。此时落英缤纷,诗人感触风物变幻,悲欢无常。这种探幽的趣味自古只有忘记名利的人才能拥有。静静想来,美不胜收,那么怎么样才能拥这有美丽的湖水和山峦,禅悟中突觉,静看云意学无心。

诗中首联"秋来闲兴每登临,因叩精蓝望碧岑",是说秋来游览山水,登高临下想看看寺庙的青山绿水。高蟾诗:"古县沧浪外,精蓝缥缈间"(《常熟县破山寺》)。杜甫诗:"自我登陇首,十年经碧岑"(《上后园山脚》)。第二联"强策羸骖寻水石,忽惊幽鸟下烟林",是说骑马上山,惊动了幽鸟飞进烟雾笼罩的树林。《楚辞》:"乘骐骥之浏浏兮,驭安用夫强策"(《楚辞·九辩》)。刘禹锡诗:"忽被戒羸骖,薄言事南征"(《送李策秀才还湖南》)。刘禹锡诗:"莎岸见长亭,烟林隔丽谯"(《和窦中丞晚入容江作》)。第三联"同时览物悲欢异,自古忘名趣向深",是说观看风物

---

① 赖永海主编:《楞严经》,中华书局2010年版,第158页。

变化，享受山林之趣。谢灵运诗："抚化心无厌，览物眷弥重"（《于南山往北山经湖中瞻眺》）。杜甫诗："览物想故国，十年别荒村"（《客居》）。范仲淹："迁客骚人，多会于此，览物之情，得无异乎！"（《岳阳楼记》）。第四联"安得湖山归我手，静看云意学无心"，意思是如何能将湖山尽收自己的笔下，只有静观浮云流水，学禅师的无心是道。这联诗人道破禅机，在静观冥想中进入到一种至高的禅悟境界。

佛家认为，诸行无常，诸法无我，一切皆空，诗人希望人们由观照人生的虚幻以及痛苦，而开启智慧之心，求得精神上的解脱。从而不执着于外物，不为世间诸事牵绊，宁静自己的心灵，认清无心是道。

第三节 自性清净、随缘任运

一 自性清净

佛禅经常强调"自性清净"，《菩萨戒经》云："我本元自性清净。善知识！于念念中，自见本性清净，自修、自行，自成佛道。"[①]《维摩诘经》也对佛之清净有详细的论述，《维摩诘经》认为："随成就众生，则佛土净。随佛土净，则说法净。随说法净，则智慧净。随智慧净，则其心净。随其心净，则一切功德净。是故宝积，菩萨欲得净土，当净其心。随其心净，则佛土净。"[②] 禅宗北宗的代表神秀也认为，人的心性原本是明净的，但因为后来受了污染，把本来清净自性的心给遮盖住了。为此，他主张佛尘看净，时时去除尘垢，守住自身的清净。南宗禅六祖慧能则认为："何名清净法身佛？世人性本清净，万法从自性生；思量一切恶事，即生恶行；思量一切善事，即生善行。如是诸法，在自性中，如天常清，日月常明，为浮云盖覆，上明下暗，忽遇风吹云散，上下俱明，万象皆现；世人性常浮游，如彼天云。善知识！智如日，慧如月；智慧常明，于外着境，被妄念浮云盖覆，自性不得明朗。若遇善知识，闻真正法，自除迷妄，内外明澈，于自性中，万法皆现，见性之人，亦复如是。此名清净

[①] 赖永海主编：《坛经》，中华书局 2010 年版，第 84 页。
[②] 赖永海主编：《维摩诘经》，中华书局 2010 年版，第 16 页。

法身佛。"① 元丰七年，王安石将自己的"半山园"捐给了寺庙，自己在城内租一个小院居住，晚年可谓一无所有，足以见证他旷达的心胸和对佛禅"自性清净"的通彻了悟。可以看出，从他早年游历寺庙和禅僧交往，到晚年退居金陵，一直在追求佛禅的"清净之心"，其诗歌作品中多有体现，如《北山》：

北山输绿涨横坡，直堑回塘滟滟时。
细数落花因坐久，缓寻芳草得归迟。

北山全绿了，就连横坡也充满了绿意，山泉里的水从沟壑缓缓地流向池塘，在太阳的照射下闪闪发光。春风吹过，落花无数，诗人因陶醉在落花中而坐了太久。绿色的芳草也很诱人，因留恋芳草以致晚归。"北山"即钟山，诗人晚年居住之处，闲来无事经常游历北山。这首描写北山春光的诗，历代诗歌评论家多有赞颂。诗人自性清净，不加掩饰，开门见山直接写景，从勃勃生机的春意中体会到了自然的乐趣，于是探花寻草，物我两忘。其语句精丽工巧，禅趣恬阔悠然。诗中首联"北山输绿涨横坡，直堑回塘滟滟时"描写春天北山的景物，绿满人间，山花灿烂，山光水色融为一体。后两句联"细数落花因坐久，缓寻芳草得归迟"，寄寓浪漫，细细地数着落花，可落花无数。踏寻芳草，可芳草遍地。落花和芳草又如何能找得到呢！对于这样美丽的自然风光，诗人既陶醉又留恋。《金刚经》如理实见分第五云："凡所有的相皆是虚妄，若见著相非相，则见如来。"② 处此境界，诗人已经体会到了"自然自心的清明，而心无一物；自性空寂，而无让步；在此清明空寂体上，自生神智，自生圣悟。不知而自知，不悟而自悟，不圣而自圣，不得而自得。无所不得，而又一无所得；得无所得便证我佛无二。"③ 诗人深刻的理解，万象本虚幻，固因其本人"自性清净"才能"坐久，归迟"。再如《书八功德水庵》：

---

① 赖永海主编：《坛经》，中华书局2010年版，第97页。
② 赖永海主编：《金刚经》，中华书局2010年版，第30页。
③ 萧天石：《禅宗心法》，华夏出版社2007年版，第22页。

第二章　王安石创作中彰显的佛禅精神　121

　　　　幽独若可厌，真实为可喜。
　　　　见山不碍目，闻水不逆耳。
　　　　脩然无所为，自得而已矣。

　　李壁注："[庚寅增注]八功德水：'《阿弥陀经》：极乐国土有七宝池，八功德水充满其中。'《长阿含起世经》云：'大海初广八万四千由旬，有八功德水。'《顺正论》注云：'一甘，二冷，三软，四轻，五清净，六不臭，七饮时不损喉，八饮已不伤腹也。'又《称赞净土经》云：'有八功德水：一澄清，二清冷，三甘美，四轻实，五润泽，六安和，七饮时除饥渴等，八饮已长养根大。四大增成，种种胜喜，多福有情常乐受用'。或云：蒋山明庆寺前别有小岭，碧石青林，幽邃如画，世人呼为屏风岭。有僧昙隐游行于此，忽闻金石丝竹之音，俄有清泉一泓，莹澈甘滑，有积年疾者饮之皆愈。梁代以前，取给御厨，呼为八功德水。"① 八功德水庵在钟山以东，王安石退居钟山期间，经常到此游玩，并多有诗作。

　　从诗文内容上看诗人深透自性清净是佛，那么本性既然清净，倘若对寂静孤独厌烦，就到真实的自然中去寻找欢喜。自然中，看山山好，看水水好，一副悠然自得的样子，可谓心满意足。诗中一二句"幽独若可厌，真实为可喜"，表明自我心境，此幽独为内心世界，而真实的自然幽静当可排解内心的孤独，以此为之而欢喜。《楚辞》："哀吾生之无乐兮，幽独处乎山中"《楚辞·九章·涉江》。杜甫诗："天雨萧萧滞茅屋，空山无以慰幽独"（《久雨期王将军不至》）。司空图诗："势利长草草，何人访幽独？"（《秋思》）。三四句"见山不碍目，闻水不逆耳"，是说看山满眼，闻水动听。韩愈有诗："荒花穷漫乱，幽兽工腾闪。碍目不忍窥，忽忽坐昏垫"（《喜侯喜至赠张籍张彻》）。五六句："脩然无所为，自得而已矣"，形容自我的恬阔、闲适、无拘无束貌。全诗文字浅显自然，诗意恬淡明净，给人以悠然自得之感。从佛禅角度说，就是"佛是清净的"，"佛是安乐的"，"佛是自在无碍的"。正如青原惟信禅师语录："老僧三十年前未参

---

① 王安石撰，李壁注：《王荆文公诗李壁注》卷二十八，上海古籍出版社1993年版。

禅时，见山是山，见水是水。及至后来亲见知识，有个入处，见山非山，见水非水。而今得个休歇处，依前见山只是山，见水只是水。"① 山与水都是大自然的具体物象，可以看出诗人很善于用生活中的具体现象、事物来形象地阐明佛性。再如《北坡杏花》：

> 一坡春水浇花身，身影妖娆各占春。
> 纵被春风吹作雪，绝胜南陌碾成尘。

王安石诗歌打破了所谓"咏物""言志"的界限，其"咏物"诗往往自出新意。因为他认为，平常心是道，因此对自然风物的描写，实质上是体现了诗人自我的人格精神和价值取向。《北坡杏花》就突出地表现了其重点在于诗中之"意"而不是外在的"形"。众所周知，杏花本以娇艳而闻名，而春水浇灌的杏花应该更具神韵。诗中可以看出，诗人掩饰不住内心的激动，直道一坡的杏花在春水的滋润下，身影妖娆，抢走了整个春天的风光。而此中蕴育浓重的禅味，不在花，不在春，关键在水。佛禅认为水是清静无瑕、湛然的境界，是普度众生的圣物。禅宗有时把佛理比喻成水，如："曹溪一滴水，润泽天下人"，这是把六祖慧能的佛理比喻成了水。同时，佛禅又把禅定称为禅河。因为禅定之水，能灭所有烦恼，所以以河作比喻。"累积禅行，次第澄心，能消灭心火"。永明延寿禅师的《宗镜录》里概括了"'水喻真心十义'的说法，即：一、水体澄清，谓众生真如之心。自性清净，圆湛明彻，本来无染，如同水之澄清。二、得泥成浊，谓众生真如之心，性虽清净，而为无明所染污，转成迷误。犹水本清净，得泥成浊也。三、虽浊不失净性，谓众生真如之心，虽为无明所染，而清净本然之性，初不变异。犹水虽浊，而水清净的本性并没失去。四、泥澄净现，谓众生真如之心，为无明所覆，其体昏昧，若能除去无明之惑，则本然清净之性，自然澄现。犹水之浊，澄去其泥，则净体现矣。五、遇冷成冰而有硬用，谓众生真如之心与无明合，则能随诸染缘，变造九界之法，而成本识之

---

① （宋）释普济：《五灯会元》卷十七，中华书局1984年版，第1135页。

用。犹水之遇冷成冰,而有坚硬用也。六、虽成硬用不失濡性,谓众生真如之心,虽随无明之缘,起诸染用,然即事恒真,其不变之性未始不存。犹水虽成坚硬之用,而其濡性未尝有失也。七、暖融成濡,谓众生真如之心,虽随无明之缘而起染用,然无明若尽,则本识还净。犹水之成冰,遇暖而融,濡性自成也。八、随风波动不改静性,谓众生真如之心,随无明风而波浪起灭,然其不生不灭之性,则自然不变。犹水之随风波动,而静性不改也。九、高下流注,不动自性,谓众生真如之心,随缘流注,而性常湛然不动。犹水随地高下,排引流注,而不动自性也。十、随器方圆,不失自性,谓众生真如之心,普遍诸有为法而自性不失。犹水之随器方圆,而不失自性也"。① 可以说,这是禅宗就水的属性变化来比喻人复杂心性变化最形象的论述,把水与佛理的关系概括得极为全面。由此看出,其"一坡春水浇花身"非水之浇灌,而是澄静清净禅机契合。转而,诗人表明了全诗的重心,如水寂寞开放的北坡杏花,北风吹过即是似雪飘落,也肯定胜过开放在喧闹的南陌的杏花,因为南陌的杏花最终将被碾成尘土。这里的"雪"和"尘"即是"高尚"和"污浊"的象征,也是佛禅和世间的区别。世人语,落花有意,流水无情。而禅家语"庭花落后更逢春",谭州龙牙密宗禅师语录:"僧问:'如何是佛?'师曰:'莫寐语。'问:'如何是一切法?'师曰:'早落第二。'上堂,大众集,师曰:'已是团圆,不劳雕琢。归堂吃茶。'上堂:'休把庭花类此身,庭花落后更逢春。此身一往知何处?三界茫茫愁杀人。'"② 宋代禅师突出"不受尘埃半点浸"的品格,常以"梅花"示道,如天如惟则禅师说法:"尘劳永脱事非常,紧把绳头做一场。不是一番寒彻骨,争得梅花扑鼻香。"③而王安石则不同,从王安石的角度看,万法本空,"杏花"和"梅花"并没有区别,《北坡杏花》就是最好的见证。由此使人可以顿悟《楞严经》所谓"根尘迥脱,寂灭现前,六根互用,遂得圆通"之旨。再如《赠僧》:

---

① (宋)永明延寿:《宗镜录》,《大正藏》卷四十八,第451页。
② (宋)释普济:《五灯会元》卷十八,中华书局1984年版,第1192页。
③ 《卍续藏经》第七十册,第1403页。

纷纷扰扰十几年,世间何尝不强颜。

亦欲心如秋水静,应须身似岭云闲。

《坛经》定慧品云:"外离一切相,名为无相,能离于相,即法体清净。"[1] 诗人回忆自己十几年来的往事,不胜感慨,总结一句话,那就是纷纷扰扰。本初意愿,出于救国救民,挽苍生于水火,他推行了变法。由于侵害了地主阶级的利益,受到两宫太后、皇亲国戚和保守派士大夫的共同反对。政治的失意和无奈,迫使他罢去相位,从此过上闲居山野的生活。此间,在与佛禅共处的日子里,他读经、译典,结交高僧,谈禅论道。深深地感悟到,过去的我非真我,感觉是为迎合世俗而强装出来的假象,这种假我没有真正的领悟佛性和禅理。如今看见禅僧们无念无欲、随遇而安的生活,令他非常羡慕。转而在诗中表达出对闲适淡泊生活情趣的向往和追求。而这种向往就是"心如秋水静,身似岭云闲"。"心如秋水净"从佛教角度讲本身就是"自性清净"。《坛经》云:"若言看心,心元是妄,妄是幻故,无所看也。若言看净,人性本净,为妄念故,盖覆真如,离妄念,本性净。"[2] 由此看出,世事一切都是虚妄的,当破除万象虚幻后,本性清净,心如秋水,故能随缘于自然山水之间。再如《乌石》:

乌石冈边缭绕山,柴荆细路水云间。

吹花嚼蕊长来往,只有春风似我闲。

这首诗和上首诗的意境相似,也是表现断绝尘世的禅境。诗中写道,山边烟雾缭绕,沿着砍柴人上山的小路,来到了高山之巅,流水在我脚下,云彩在我身边。微风吹过,片片花蕊从我眼前飘来飘去,没有人比我再闲适了,如果有也只是身边刮过的风吧。其"柴荆细路水云间"句,渗透着玄妙的禅理,佛禅主张对事物的认识不要走极端,应该保持中和色彩,"中道"之路。佛禅认为,世间万物都有佛性,"吹花嚼蕊长来往"亦

---

[1] 赖永海主编:《坛经》,中华书局 2010 年版,第 79 页。
[2] 同上书,第 83 页。

是自性清净的一种表现。从全诗可以看出，人与自然的水乳交融，充分体现了诗人心中的宁静清澄，只有这种境界，诗人的禅境才能超然而生，从而达到超越世俗，"无住为本""内外不住""来去自由"的自然心态。正如黄庭坚所说："心寂为禅，心净为教。内外相应，方名修道"（黄庭坚《头陀赞》）。再如《游钟山》：

终日看山不厌山，买山终待老山间。
山花落尽山长在，山水空流山自闲。

从诗中的内容看，诗人在这一首诗里写了两样的山，首先是大自然中触目可见的山，其山鸟飞云往，落花流水，野寺高僧给诗人留下了深刻的印象。使其诱引起诗人买山待终老的想法。其次是另一座山，这座山就是引领诗人进入自然境界的山。虽然，山花全部凋零，山依然还是那座山，山水流尽，山还是那样的悠闲。初读被前两句"买山终待老山间"的氛围所感，以为诗人有逃避现实的格调，但当转入后两句的观照，细品起来，不禁为诗人绝妙的转锋之笔所称快。全诗不仅在题材上不落俗套，而且传达了精妙的禅机，不着一字，却使诗人的言外之意与禅机之妙遥相契合，让人深深地叹服诗人本性清净的禅思之妙。此时，诗人就像一位得道的高僧，去掉了所有的浮躁与华美，进入了神完气足、闲静自在的境界。诗人借助于"山"的反复运用，不仅达到了回环反复的效果，在形式上也取得了特殊的美感，而且在内涵上形成了特殊的意蕴。就如得道之人扫除一切浮云妄想之后，能够观照自己的本来面目一样。同时，诗中还可以看出禅家"无事于心，无心于事"，即自性清净的境界。宣鉴禅师语录："师上堂谓众曰：'于己无事，则勿妄求。妄求而得，亦非得也。汝但无事于心，无心于事，则虚而灵，空而妙。若毛端许，言之本末者，皆为空欺。毫厘系念，三途业因。瞥尔生情，万劫羁锁。圣名凡号，尽是虚生。殊相劣形，皆为幻色。汝欲求之，得无累乎？及其厌之，又成大患，终而无益。'"[①] 再看《两山间》：

---

① （宋）释道原：《景德传灯录》卷十四，《大正藏》卷五十一，第196页。

自予营北渚,数至两山间。
临路爱山好,出山愁路难。
山花如水净,山鸟与云闲。
我欲抛山去,山仍劝我还。
只应身后冢,亦是眼中山。
且复依山住,归鞍未可攀。

诗中可看出,诗人看透了世间的沉浮,功名利禄,便是执着人生的苦闷,最终使自己身心憔悴,《两山间》是诗人最真心的表白,最智慧的禅悟。诗人的着眼点看似以不经意的"平常心"去看待自然万物,而自然景物也只有在这种"平常心"的观照中,才能显现出那种舒卷自如、空灵幽静之美。诗中写道,自从在北山营造了一处住所,就经常来到两山之间。靠近路边的山是最好的,要不出山的路是很难走的。山花、流水都是那样的宁静,山鸟和云彩一天无所事事。我有心离开这山里,可又舍不得这美好的山。看样我死后的坟墓,就应该埋在眼前这座山上了。况且我就在这附近住,出行也就不用骑马了。

首联"自予营北渚,数至两山间",道出了诗人的原本心态,两山意寓出世和入世。而此时的诗人已经选择了出世,由此引出"临路爱山好,出山愁路难",言世路之艰难,不若山中之乐。第三联"山花如水净,山鸟与云闲",意谓禅家之境,亦见诗人"本心清净"。第四联"我欲抛山去,山仍劝我还",是对山林喜爱,亦是诗人真如佛性的告白。第五联"只应身后冢,亦是眼中山"意味浓重,佛言万法皆空,一切皆为虚无,即已见真如,何必执着于妄念。尾联"且复依山住,归鞍未可攀",此为诗人顿悟之境,亦是明确身心的归宿。

禅宗认为,成佛要靠自己觉悟,即所谓"佛是自性作,莫向身外求",参禅则重在明心见性,发现自己的真心,见自己本来的真性。于是诗人经过在"两山间"的冥思苦想后,猛然顿悟,最终获得了身心的快慰。正如《大般涅槃经》卷二曰:"有为法,其性无常;生已不住,寂灭为乐"。诗人面山静坐澄心,排除一切杂念,心体处于虚空状态,长久沉寂,突然领悟到禅理，而发自诗篇，最后达以身心的解脱，安然的愉悦。

二 随缘任运

"随缘任运"是禅宗依据庄子"自然无为"转化而来，其含意上与"自然无为"意类而殊名。主张随缘放旷，任性自然，一切都在本然之中，事情的偶然、巧合、己意就是最佳境界。为此，惟政禅师曾加以嘲笑说："佛乎佛乎，仪相云乎哉？僧乎僧乎，盛服云乎哉？"① 禅门的自我嘲笑总归少数，大多数禅师还是宁可相信达摩祖师之偈颂："一花开五叶，结果自然成。"禅师在弘法和示道时的禅偈对"随缘任运"的运用可谓比比皆是。无门慧开禅师就曾把"随缘任运"发挥得淋漓尽致，如："春有百花秋有月，夏有凉风冬有雪。若无闲事挂心头，便是人间好时节。"② 不单如此，女尼们在这方面也很有作为，如："终日寻春不见春，芒鞋踏破岭头云。归来笑捻梅花嗅，春在枝头已十分。"这是一首流传甚广的宋尼悟道诗。除此之外，禅宗也向来强调一切修行不能脱离现世。《坛经》般若品云："佛法在世间，不离世间觉。离世觅菩提，恰如求兔角。"③ 因此，禅师们在现实生活中传道也常常用"棒喝""呵佛骂祖""非经毁教"等类机锋、峻烈的手法，旨在使学人"顿悟"，以体现事物万象的纯正本质。王安石熟读儒释之书，对"随缘任运"理解的非常通透，基本达到了运用自如，在他的诗中可谓随处可见，他能与人随缘任运、与物随缘任运、与景随缘任运。

用佛教观点来看，"即任何事物皆因各种条件之互相依存而有无常，为佛陀对于现象界各种生起消灭之原因、条件，所证悟之法则，如《阿含经》多处所阐明之十二支缘起，谓'无明'为'行'之缘，'行'为'识'之缘。"王安石与杜甫之缘可谓由来已久。早在知鄞县期间（庆历七年到皇祐二年）就整理过《老杜诗后集》。当时王安石不到三十岁。他在皇祐五年书成作序说："予考古之诗，尤爱杜甫氏作者。其辞所从出，一

---

① （宋）释普济：《五灯会元》卷十，中华书局1984年版，第639页。
② 《卍续藏经》第138册，第906页。
③ 赖永海主编：《坛经》，中华书局2010年版，第58页。

莫知穷极，而病未能学也。世所传已多，计尚有遗落，思得其完而观之。然每一篇出，自然人知非人之所能为，而为之者惟其甫也，辄能辨之。予之令鄞，客有授予古之诗世所不传者二百余篇。观之，予知非人之所能为，而为之实甫者，其文与意之著也。然甫之诗，其完见于今者，自予得之。世之学者，至乎甫而后为诗，不能至，要之不知诗焉尔。呜呼，诗其难惟有甫哉？自《洗兵马》下序而次之，以示知甫者，且用自发焉。皇祐壬辰五月日，临川王某序。"① 王安石把杜诗定位为诗歌的最高典范；认为，不知杜诗不可谓知诗，即使"病未能学"也仍然不可不学。杜诗千变万化，缜密而思深。以至晚年编写《四家诗选》以杜甫为第一，且王安石的诗歌作品中也多化用杜甫的诗句（前文已有例），其诗《杜甫画像》：

> 吾观少陵诗，为与元气侔。
> 力能排天斡九地，壮颜毅色不可求。
> 浩荡八极中，生物岂不稠。
> 丑妍巨细千万殊，竟莫见以何雕锼。
> 惜哉命之穷，颠倒不见收。
> 青衫老更斥，饿走半九州。
> 瘦妻僵前子仆后，攘攘盗贼森戈矛。
> 吟哦当此时，不废朝廷忧。
> 常愿天子圣，大臣各伊周。
> 宁令吾庐独破受冻死，不忍四海寒飕飕。
> 伤屯悼屈止一身，嗟时之人死所羞。
> 所以见公像，再拜涕泗流。
> 惟公之心古亦少，愿起公死从之游。

胡仔云："李杜画像，古今诗人题咏多矣。若杜子美，其诗高妙，固

---

① 王安石撰，李之亮笺注：《王荆公文集笺注》，巴蜀书社 2005 年版，第 1619 页。

不待言,要当知其平生用心处,则半山老人之诗得之矣。"① 诗中首先突出了杜诗内在的"元气",并对其"力能排天斡九地,壮颜毅色不可求"的雄伟坚毅,有孟子大丈夫的形象予以了赞扬。转而陈述了他"青衫老更斥,饿走半九州"的穷困潦倒,面对"瘦妻僵前子仆后"的无能为力,毫不掩饰地暴露出杜甫的无奈,意在赞扬"吟哦当此时,不废朝廷忧"的生命特质,有孔子"不达仁"的君子操,和对他的无比崇敬之情。其"惟公之心古亦少"亦是诗人内心一种深情的呼唤。钟嵘曾说"才秀人微,取淹当代"(《诗品》),这是对历代诗人的综合评价,诗人们经常依附于现实名位以认定自身价值,在作品中经常流露出不遇不达的人生伤感。王安石《杜甫画像》跳出了现实政治场域的局限,单纯以诗人的形象傲立天地,这是王安石发自内心的随缘感悟。生活中,王安石不放过任何一个细节,其诗歌创作的真正源泉皆源于生活,如《客至当饮酒》:

结屋在墙阴,闭门读诗书。
怀我平生友,山水异秦吴。
杖藜出柴荆,岂无马与车。
穷通适异趣,谈笑不相愉。
岂复求古人,浩荡与之俱。
客至当饮酒,日月无根株。

诗人启句便道出一种禅修之境,其"结屋在墙阴,闭门读诗书"大有陶渊明"结庐在人境,而无车马喧"(《饮酒》)的闲适静谧之感。读书之余"怀我平生友",可他们全都天各一方。为此诗人感到如此的孤寂,于是拄着拐杖走出屋去张望,然而却没有车也没有马,更没有朋友来。为此,诗人感触,穷人和富人的情趣是不一样的,"谈笑不相愉",那么如今的自己只能"岂复求古人,浩荡与之俱"。最后诗人禅悟"客至当饮酒,日月无根株"。表现出诗人对佛教空观的认识。诗中可以看出,诗人随缘

---

① 胡仔:《苕溪渔隐丛话》前集卷十一,吴文治主编:《宋诗话全编》肆,凤凰出版社(原江苏古籍出版社)1998年版,第3589页。

任运的心态，不管朋友来还是不来，完全看时间和缘分，如果来了就饮酒，因为日月是没有根和叶的。

禅宗关于悟道有一个中心的观念，便是佛性禅心存在于每个人的心中，并非向外界求得。虽然禅宗讲究自悟而非他求，但有无自悟的决心却如同我们做其他事一样，有了信心成功就完成一半了。王安石"随缘任运"可谓走到哪里都有诗篇，如《北山道人栽松》：

> 阳坡风暖雪初融，度谷遥看积翠重。
> 磊砢拂天吾所爱，他生来此听楼钟。

初春时节，风和日丽、暖风徐徐，北山向阳坡的雪刚刚融化。穿过山谷向远处看，已经是一片绿意。高大的树木在山顶的云雾之间仿佛接触到了天上，是我所喜爱的。寺庙处于山峦之间，那种幽静和壮美是无法用语言来形容的，如果有来生，我就来这里聆听寺庙空灵的钟声。

全诗充满了禅意，本身写道人栽松，却不着一字，只是从物象中显示空灵，此处佛法无时不在。首联"阳坡风暖雪初融，度谷遥看积翠重"形象地描写了春意盎然之貌，其中"翠重"为绿色浓重之意。此联显示语句高妙，亦显示出诗人对自然的独有钟情。尾联"磊砢拂天吾所爱，他生来此听楼钟"，"磊砢"指壮大貌；高耸貌。《文选》："万楹丛倚，磊砢相扶"（《文选·王延寿〈鲁灵光殿赋〉》）。隋薛道衡："雕楹画栱，磊砢相扶，方井员渊，参差交映"（《老氏碑》）。南唐陈陶诗："花宫磊砢楚宫外，列仙八面星斗垂"（《巫山高》）。看来，诗人不执着外境，也不执着栽松的过程，怡然自得，心中无挂碍。只有寺庙的钟声给他留下了深刻的印象，其时断时续，恍惚飘出天外，飘入来世，如此空灵、静穆、幽远，亦得禅之三昧。再如《休假大佛寺》：

> 罢悆得休假，衣冠倦趋翔。
> 挟书聊自娱，解带寺东廊。
> 六龙高徘徊，光景在我裳。

第二章　王安石创作中彰显的佛禅精神　131

冬屋稍暄暖，病身更强梁。

从我有不思，舍我有不忘。

问谁可与言，携手此徜徉。

婉婉吾所爱，新居乃邻墙。

寄声能来游，维用写愁肠。

疲惫中难得休假，不用像以往那样正式，卷起衣服放松自我，像鸟一样地飞翔。自己带来的书是为了却寂寞，宽衣解带在寺庙的东廊。太阳高高地挂在天空，阳光惬意地洒落在我的衣裳。冬天的屋子已经有点暖和，有病的身体在这里也显得很有力量。从来没有过这样不加思考的生活，这种忘我的境界让人永远难忘啊。问谁可与我谈谈心，携手一起相游。这里优美的环境是我所喜爱的，新的住所和这里仅邻一墙。托人打个招呼就可以来这里游赏。维护好这种关系，好用来书写我的愁肠。

这是一首描写度假的诗，烦躁的公务让诗人很难如此洒脱，借休假之日游大佛寺，诗中并未对大佛寺的景观进行描写，自始至终都在书写一种心态。诗中首联"罢惫得休假，衣冠倦趋翔"，此句乃放松之意。柳宗元曰："学者终日讨说答问，呻吟习复，应对进退，拘溜播洒，则罢惫而废乱，故有息焉游焉之说"（《读韩愈所著〈毛颖传〉后题》）。第二联"挟书聊自娱，解带寺东廊"，表现自己繁忙中的放松和真我的自然显露。第三联"六龙高徘徊，光景在我裳"，"六龙"指太阳。神话传说日神乘车，驾以六龙，羲和为御者。汉刘向："贯鸿蒙以东竭兮，维六龙于扶桑"（《九叹·远游》）。第四联"冬屋稍暄暖，病身更强梁"，是说屋子暖和，身体也好了。《南齐书》有："四时暄暖，无霜雪"（《南齐书·东夷传》）。第七联"婉婉吾所爱，新居乃邻墙"，美好的生活是诗人所喜爱的，新的居所就和寺庙一墙之隔。《文选》有："婉婉长离，凌江而翔"（潘岳《为贾谧作赠陆机》）。第八联"寄声能来游，维用写愁肠"，是说托人传话来此旅游，目的是缓解愁肠。诗中不难看出，诗人对寂静、闲适生活的向往和期盼。与此诗同类境界追求的诗亦在《江宁夹口三首》中体现：

其一
茅屋沧州一酒旗,午烟孤起隔林炊。
江清日暖芦花转,只似春风柳絮时。
其二
月堕浮云水卷空,沧州夜泝五更风。
北山草木何由见,梦尽青灯展转中。
其三
落帆江口月黄昏,小店无灯欲闭门。
侧出岸沙枫半死,系船应有去年痕。

王安石以"江宁夹口"为题的诗歌共有两组,第一组二首,第二组三首。这里选的是第二组中的三首来分析王安石的"随缘任运"。这几组诗从诗文内容上看,应该是写于第二次任相去京赴任途中,近一年的闲居生活,让王安石看到了人生的快乐,可忘却烦恼和忧愁。但是皇帝的召唤他又不能不服从,此时的他,对自己推行的变法还给予很大的希望,可同时又舍不得钟山这片净土。处于出世与入世的矛盾状态中,沿途只能寄情于山水,以求忘忧。

夹口在沿江口左右一带。诗人官宦生涯,往来此处无数,对周边的风光并不陌生,但此行的重任实难揣摩,心头不由泛起淡淡的愁绪,于是,形于笔端。根据上一组诗中所写,此时应该是秋季。

第一首写中午沧州的风貌。诗人看到沧州挂着酒旗的茅屋,中午升起的炊烟弥散在树林中。江水清澈,暖暖的太阳照在江面上,飞舞的芦花,就像春风中吹拂的柳絮。此中的"春风"是诗人的一种期盼,春天处处都是生机,他此时多么希望自己正处在春天的境遇里啊!

第二首写沧州五更时景象。月亮为浮云遮盖着,水面卷起高高的波浪,沧州的五更刮起了夜风。想想北山的草木,不知什么时候还能见到。长夜无眠,脑海中不时浮现钟山时的生活。此处"青灯"借指孤寂、清苦的生活。《天雨花》第二回:"不念我,少年春,空房独守;不念我,红颜女,一世青灯。"《冷眼观》第一回:"张令半世青灯,一行作吏,到任后吏治过于勤劳，偶染痰疾，刻已稍愈。"此首描写诗人的心神不定，表现出对北山的眷恋。

第三首写船在江口停泊。落帆之后已经是夜晚，月色黄昏呈现在诗人眼前。岸上的小店已经关门闭户，舱里只有一灯荧荧。岸边沙地上生长的枫树接近半死的状态，不知道还能不能找到去年系船的痕迹。这首诗描写了一片凄凉之貌，境界空旷、岑寂。可以看出，诗人的主观感受处于迷茫状态。就连系船的枫树都处于半死的状态，诗人暗自思考自己和那棵树又有什么两样呢！这不能不使人发出岁月易逝，年华老去的慨叹！客舟、孤帆、江水、月色，小店无灯，枯树倾侧，这一切构成了一个凄迷寂寞的境界。只有那去年留下的痕迹是诗人唯一的希望，一句"系船应有去年痕"看似简单，实则表达了诗人在孤寂愁苦中力求开拓的一种心情。以上这三首诗虽是写景，但景中寄寓了诗人的忧思。二次罢相后，其创作风格大为转变，同样是"随缘任运"，其一切好山水尽在心上，如《山中》：

随月出山去，寻云相伴归。
春晨花上露，芳气着人衣。

全诗描写诗人跟随月光而出山，寻找云彩而归来。春天的早晨鲜花上沾满了露水，芳香的气味沾到了衣服上。寻月出游的过程象征着自己求道开悟的始终，诗人为得禅理之精妙，不畏辛劳，踏月出山，展现了诗人为求佛法从不敢怠慢的心态，"月"和"云"，"出"和"归"字分别在时间和空间上渲染了诗人求道的真诚和坚定的信心。诗人从月升而出，春晨迎着东方的朝霞而归，整整一夜居于山中。诚心求道之意上天可鉴。但周遭的辛苦依旧没有求得入道之法，失落惆怅中只得寻云相伴而归。

归来看到春天的早晨，鲜花上沾满露水，一阵微风吹过，花香沾满衣服。诗人为之欣喜，原来苦苦寻觅的道，就在自己的眼前，"芳气着人衣"。实际上，佛性就在自己的心中，根本无须外求，无法体悟，偏要满山地找，殊不知"花香"就在自己身边。智愚有诗："一重山了一重云，行尽天涯转苦辛。蓦扎归来屋里坐，落花啼鸟一般春"（《虚堂录》）。由此看出，禅悟的终极旨归是返本归真。禅宗认为，"菩提般若之智，诗人本自有之"，这是禅宗非常重要的观点。其另一首诗《江上》与《山中》境界相同，如："江北秋阴一半开，晚云含雨却低回。青山缭绕疑无路，忽见千帆隐映来。"明明"疑似无路"却又有"千帆隐来"，给人一种惊喜，但又自然而然地在情理之中，深得禅家要谛。王安石因深通儒释经典，其"随缘任运"的佛禅精神在王安石的诗歌中可以说触目皆是，举不胜举。其诗与禅的巧妙融通是后来诗人所无法超越的，即使是在宋代影响一时的江西诗派，亦有王安石的禅风诗骨。

纵观王安石诗歌中显示的佛禅精神，其"万法皆空、生死如梦"的精神不但与《金刚经》《楞伽经》《维摩诘经》《圆觉经》《法华经》的如梦如幻有着密切的关系，而且这种佛禅精神还包容了所有佛教经典。"本心是佛、无心是道"，由《坛经》《维摩诘经》《圆觉经》《法华经》，以及禅宗沩山灵祐禅师、黄檗希运禅师的思想影响而成。"自性清净、随缘任运"与《楞伽经》《维摩诘经》《坛经》《如来藏》的精神相关，除此之外，禅宗的"禅师语录"亦对王安石诗歌中显示的佛禅精神提供了参考资料。其全部诗歌中显示的佛禅精神亦可看出王安石旷达的胸怀和对佛禅深厚的感情。

第三章　王安石的诗歌构思与佛禅思维

　　刘勰《文心雕龙·神思》中说，构思乃"驭文之首术，谋篇之大端"。① 如果说，想象是诗的羽翼，情感是诗的源泉，语言是诗的躯干，意象是诗的元素，那么，构思就是诗人整个创作活动的中心。诗的构思，对于诗歌创作来说有着非常重要的意义。好的诗歌构思，能使诗歌创作得心应手。反之，如果缺乏好的诗歌构思，再美好的意象和语言也会失去光彩。早在魏晋南北朝时期，艺术思维理论即已形成。其构思理论如感物、神思，表达理论如言意之辨，欣赏理论如知音、品第等，并且得到人们的广泛关注，如陆机《文赋》中的"皆收视反听，耽思傍讯，精骛八极，心游万仞""若夫应感之会，通塞之纪。来不可遏，去不可止"；《文心雕龙·神思》中的"寂然凝虑，思接千载，悄焉动容，视通万里"② 等等。有宋一代，佛禅思想影响和渗透士大夫的意识领域，使之与固有的本土道家文化相融合，改变了文人学士的哲学观、社会观、艺术观以及审美情趣，使人们对艺术思维的认识更加精妙深刻。特别是禅宗的观照、机锋、参悟等思维方式的渗入，更使得这种认识从形象、情感、想象的一般特征深入到非逻辑的直觉特性、瞬间性、整体性、本质性和深层特性的把握。出入佛禅的王安石，在诗歌构思上对佛禅思维方式的运用尤为独到。

　　王安石的诗歌创作与其人生践履相契合，诗歌构思上，立意精心选材并刻意创新；内容结构严谨和自然；注意探索诗歌最适当的表现形式。贺裳尝谓："读临川诗常令人寻绎于语言之外，当其绝诣，实自可兴可叹，

---

① 刘勰著，周振甫注：《文心雕龙注释》，人民文学出版社2003年版，第295页。
② 同上。

不惟于古人无愧而已",而"特推为宋诗中第一"。① 释惠洪评曰:"此老人通身是眼,瞒渠一点也不得"。② 王安石的诗歌之所以流芳千古,与其禅宗思维方式有着密切关系。

依据禅宗发展史,禅宗的思维方式可概括为三大类:一类是"静观冥想"思维方式;另一类是"直觉、顿悟"思维方式;第三类是"二道相因"思维方式。虽然南宗禅主张"直指人心,见性成佛",反对"静观冥想"的坐禅,但事实上禅定的方式始终流行于禅宗的发展过程中。

第一节 王安石诗歌构思与佛禅之"静观、冥想"

宋代诗人与唐代的诗人不同,大多都有几分哲学家的气质。他们反对情绪的介入和感性的触发,主张的审美观照具有理性和静穆的意味。也就是宋人主张观察事物时持一种宁静的态度,于是产生了"静观"思维方式。宋人的"静观"思维方式分为三种,第一种,即道家的"静观";第二种,即儒家的"静观";第三种,即佛禅的"静观"。第一种,道家的"静观"与庄子的观物方式大致相同,一是"凝神",聚精会神。《庄子·达生》记载的"痀偻承蜩"的故事即说明其"用志不分,乃凝于神"。二是"吾丧我",出于《庄子·齐物论》。成玄英解释为"境智两忘,物我双绝"。三是"物化",出于《庄子·齐物论》,是指精神与物的属性完全契合,化为一体。第二种,儒家的"静观"出于《礼记·大学》,有"格物致知"之说,是认识论的重要命题之一。"格物致知"的前提是"观物"。由于宋代禅风滥俗,士大夫皆修佛禅,且道家在虚净方面与禅定式的观照有相同之处,因此,第三种佛禅"静观"在某种程度上要优于道家和儒家的"静观",佛禅的"静观",是主体以虚静之内心、超越之精神体察外界的一种观照方式。《坛经》《宋高僧传·唐邺都圆寂传》及《景德传灯录》卷二"南岳怀让禅师"等禅宗典籍中屡次出现对"静观、冥想"坐禅的批

---

① 贺裳:《载酒园诗话》,郭绍虞编选,富寿荪校点:《清诗话续编》(上),上海古籍出版社 1983 年版,第 418 页。
② 释惠洪:《林间录》,见《续藏经》第 148 册,第 621 页。

评，但从禅宗发展史来看，禅定作为一种修行方式，其实一直是长期存在并受到重视。北宋诗人晁迥云："太白《夜怀》有句云：'宴坐寂不动，大千入毫发。'潘祐《独坐》有句云：'凝神入混茫，万象成虚空。'予爱二子吐辞精敏之力，入道深密之状，合而书之，聊资己用"（《法藏碎金录》）。胡仔对晁迥的《法藏碎金录》言论极为欣赏，多次在《苕溪渔隐丛话》中引用，文中把"宴坐寂不动"的参禅方式借为诗人的观照方式，很显然，胡仔已经将晁迥的《法藏碎金录》视为诗话。但事实上，宋代很多诗人都有过默坐静观的经历，他们非常熟悉禅定式的思维方式，深刻了解禅定的观照和诗人的观照具有相通之处。苏轼曾明确指出："欲令诗语妙，无厌空且静。静故了群动，空故纳万境。"① 此为排除一切外在干扰，空心澄滤、静默观照，大千世界的万象不知不觉映入脑海，诗思盎然。这里所指的空和静即为一种禅定的状态。南宋诗人张汝勤亦有《戏徐观空》："学诗如学禅，所贵在观妙。肺肝剧雕镂，乃自凿其窍。冥心游象外，何物可供眺。空山散云雾，仰避日初照。旷观宇宙间，璀璨同晖曜。但以此理参，而自诗料理。持以问观空，无言但一笑。"② 同时代诗人史浩有《赠天童英书记》："学禅见性本，学诗事之余。二者若异致，其归岂殊途？方其空洞间，寂默一念无。感物赋万象，如镜悬太虚。不将亦不迎，其应常如如。向非悟本性，未免声律拘。"③

以上这两首"以禅喻诗"诗是对静观思维最通透的阐释和说明。诗人在"寂默一念无"的状态下"感物赋万象"，其大脑如空明的镜子，映照外部世界的各种表象，而这种表象，不是单一的映照，是诗思主体意识和无意识的表象。这种观照排除了情绪的干扰，直契事物的原初本真。在此应该指出的是张汝勤所说的"如镜悬太虚"中的"镜"非同"模仿"之"镜"，而是"旷观宇宙"的心镜。如苏轼有诗："道人胸中水镜清，万象起灭无逃形"（《次韵僧潜见赠》）。六祖《坛经》般若品云："心量广大，

---

① （宋）苏轼：《苏轼诗集》卷十七《送参寥师》，中华书局 1980 年版，第 905 页。
② 陆心源：《宋诗纪事补遗》卷八〇。又傅璇琮等主编《全宋诗》第 68 册，北京大学出版社 1998 年版，第 43145 页。
③ 史浩：《鄮峰真隐漫录》卷一，台湾商务印书馆影印文渊阁四库全书本。

犹如虚空。……虚空能含万物色像。日月星宿，山河大地，泉源溪涧，草木丛林。"① 由此可见，宋代诗人所提倡的禅定观照，不是人类肉眼的观察，而是对整个心灵世界的接纳和包容，是站在"心是宇宙"的立场上，以一种超越的方式审视世界。这种观照方式，还体现了对现实世界利害关系的超越。不但如此，佛禅在禅定式地静观的基础上，还主张冥想。所谓冥想就是"冥心游象之外"的艺术构思过程。这种想象过程超越于"眼中之象"，诗人可以冥心净虑，排除一切杂念，放飞心灵，自由自在地联想。使静观的结果在诗人的大脑中转化为"森罗万象"，进入到"浮想联翩"的思维活跃状态。韩国学者朴永焕认为："王安石晚年诗吸取了佛禅的静观、冥想的思维，去体悟自然景物，其诗具有无禅语而有禅意禅趣，寓禅理而不落形迹，往往可直感而不可诠说的特点。"② 如诗《悟真院》：

野水从横漱屋除，午窗残梦鸟相呼。
春风日日吹香草，山北山南路欲无。

王安石以禅趣入诗，对于山水自然，他并不急于融入其中，而是超然于景物之外，以佛禅澄心静的审美态度体察默想，在对自然景物的观照中，获得常住不灭的本体佛性，从而感悟真如永恒的存在，《悟真院》就是这样的作品。悟真院在纵横交错的溪涧野水的冲刷中，一尘不染。空气如此清新，倦游而归的诗人倚窗午睡，好梦将至，忽闻小鸟清鸣，为本来清净的悟真院增添了几分清幽。春风拂面，风中摇摆的香草，发出阵阵清香。繁茂的春草掩埋了山间的小路，这里杳无人迹、远离尘俗，多的是空灵清寂，少的是红尘烦扰，只有山水自然日日相伴。诗中之表现，正如苏轼所云："处静而观动，则万物之情毕陈于前"（《苏轼文集》卷三十六《朝辞赴定州论事状》）。慧皎亦云："禅也者，妙万物而为言。故能无法不缘无境不察，然缘法察境唯寂乃明"（释慧皎《高僧传·习禅篇》）。再如，《定林所居》：

---

① 赖永海：《坛经》，中华书局2010年版，第40页。
② 朴永焕：《王安石禅诗研究》，《佛学研究》2002年第00期。

第三章 王安石的诗歌构思与佛禅思维 139

> 屋绕湾溪竹绕山,溪山却在白云间。
> 临溪放艇依山坐,溪鸟山花共我闲。

该诗以自然山水之具象来表示本体,通过清澈的山间小溪环绕屋子而流淌、翠竹环绕山体而茂密,显示禅院在青山绿水之间的幽静清丽。而溪山之上的白云环绕,更进一步突出了禅院的缥缈深邃、断尘绝俗,使人宛如来到了仙境。置身于如此清幽美景中,诗人怡然自得,临溪放艇,依山而坐,聆听溪鸟鸣叫,享受山花飘香,与自然山水一样安闲自适,从而体悟自然妙趣,达到了物我两忘的超然境界。而这种境界正是禅趣禅心的显露。《圆觉经》"威德自在菩萨"中云:"善男子,若诸菩萨悟净圆觉,以净觉心,取静为行。由澄诸念,觉识烦动,静慧发生。身心客尘,从此永灭,便能内发寂静轻安。由寂静故,十方世界诸如来心于中显现,如镜中像。"① 又如苏轼所云:幽居默处,而观万物之变,尽其自然之理。再如《钟山即事》:

> 涧水无声绕竹流,竹西花草弄春柔。
> 茅檐相对坐终日,一鸟不鸣山更幽。

诗人在静观冥想的状态下审视万物,实质上已经超越了"眼中之象"之外的心灵的自由联想。按自然规律,涧水即山涧之水,应由高处流淌到低处。游人可隔山、隔竹就能听到流水的轰鸣。而诗中此"涧水无声",应视为山涧之水已流到平地,形成了小溪。此亦是溪水绕着竹林缓缓地流淌,清澈的溪水与翠竹之间构成了一种和谐而又清净的氛围。此间,百花烂漫,春草青绿,好似在嬉戏着柔和的春晖,亦可见此处生机无限。面对如此幽静的春光美景,诗人乐于享受,屋檐下静坐体味,一坐就是一整天。从中感悟山中动与静的变化,原本鸟鸣山已幽,然而佛禅的启示更让诗人有所顿悟,此时的"一鸟不鸣山更幽"不正是禅栖之境吗。《新华严

---

① 赖永海主编:《圆觉经》,中华书局 2010 年版,第 62 页。

经论》中有言曰:"文殊、普贤、比丘、比丘尼、长者、童子、优婆夷、童女、仙人、外道五十三人,各各自具菩萨行,自具佛法。随诸众生见身不同,不云有转。若以法眼观,无俗不真;若以世间肉眼观,无真不俗。"① 《宗镜录》中亦云:"一切诸法中,皆有安乐性。所以云:若以肉眼观,无真不俗;若以法眼观,无俗不真。"② 可见,静观对王安石的影响还体现在以静观之方式观照外物,"法眼"所到,无俗不真,即能于平常之处发现新的美,从而在常见之景的描写中突出新意。再如,《天童山溪上》:

溪水清涟树老苍,行穿溪树踏春阳。
溪深树密无人处,唯有幽花渡水香。

王安石山水诗中所蕴含的禅意,集中表现为空寂、清静闲适的境界。而空寂正是佛禅追求的"乐境"。空寂之所在,自然是绝无人烟的山水之间。禅者可借助寂静清幽的山林、溪水来澄心绝虑,忘却尘世的纷纷扰扰,从而进入一种清寂空灵的禅境。天童山溪上,就是诗人静观默想后最真实的写照。诗中溪水清澈透明,泛起微微涟漪,溪流幽深,溪岸边的百年老树苍松,枝叶繁茂,树荫浓密,此处,杳无人迹,唯有阵阵花香伴着清清的溪水扑面而来。诗人在此以澄静的心观照空山寂林,进入到除尘净虑的寂静世界,从而直觉体验山林之乐。此中"幽花渡水香"喻禅心以定,心如止水。这也是诗人静观外物时,真如之心性的又一体现。与《圆觉经》中强调观照外界时觉性平等不动,遍满法界的境界有关,《圆觉经》云:"由彼妙觉性遍满故,根性尘性无坏无杂。根尘无坏故,如是乃至陀罗尼门无坏无杂。如百千灯光照一室,其光遍满无坏无杂。"③ 黄庭坚亦云:"若以法眼观,无俗不真;若以世眼观,无真不俗"(《题意可诗后》)。再如,《自定林过西庵》:

---

① (唐)李通玄:《新华严经论》卷一,《大正藏》卷三十六,第721页。
② (宋)永明延寿:《宗镜录》卷十九,《大正藏》卷四十八,第415页。
③ 赖永海主编:《圆觉经》,中华书局2010年版,第29页。

午鸡声不到禅林，柏子烟中静拥衾。

忽忆西岩道人语，杖藜乘兴得幽寻。

  王安石善于凭借丰富的想象力，寄情于物，寄情于景，达到物我交融、情景合一的境界。他的诗中往往借景抒情，虚中蕴实，象中喻理，从而表现出既虚幻又逼真的境界。其诗《自定林过西庵》是诗人静观默想后的巧然而得，诗中凸显了禅家一种寂静、幽深的意境。这里没有世俗的喧嚣，就连正午的鸡叫禅林里也听不到，此句意欲彰显禅林的清静。在禅家庭前柏子树的空隙中，静静升腾的炊烟缭绕了庵堂的整个上空，使原本清寂的庵堂显得越发幽深。由此诗人禅心突起，想起了老禅师和他讲过的话，情不自禁地便拄着拐杖乘兴寻幽探秘，意欲在高深的佛法中求得真谛。《楞严经》卷六云："若诸有学，寂静妙明。胜妙现圆，我于彼前现独觉身。而为说法，令其解脱。"① 慧皎亦云："禅那杳寂，正受渊深。假夫辍虑，方备幽寻"②。此诗充分表达了诗人对超尘脱俗的精神世界的无比陶醉。

  明陆时雍在《诗镜总论》中说："东京风格颓下，蔡文姬才气英英。读《胡笳吟》，可令惊蓬坐振，沙砾自飞，直是激烈人怀抱。"③ 据《宗门武库》载："王荆公一日访蒋山元禅师，坐间谈论品藻古今。元曰：'相公口气逼人，恐著述搜索劳役，心气不正，何不坐禅，体此大事？'又一日，谓元曰：'坐禅实不亏人。余数年欲作《胡笳十八拍》不成，夜坐间已就，'"④ 如诗之十七：

燕山雪花大如席，与儿洗面作光泽。

忧然半夜天地白，闺中只是空相忆。

点注桃花舒小红，与儿洗面作华容。

---

① 赖永海主编：《楞严经》，中华书局 2010 年版，第 207 页。
② （宋）释慧皎：《高僧传》卷十一，《大藏经》卷五十，第 322 页。
③ （明）陆时雍：《诗镜总论》，丁福保辑：《历代诗话续编》，中华书局 1983 年版，第 1403 页。
④ （宋）宗杲：《大慧普觉禅师宗门武库》，《大正藏》卷四十七，第 943 页。

欲问平安无使来，桃花依旧笑春风。

诗僧惠洪说的好："诗者，妙观逸想之所寓也，岂可限以绳墨哉。"[①]诗人通过坐禅，在静观与冥想中，万象现前，于是浮想联翩，雪花大如席，大地银装，闺房空忆，装点容颜已无济于事，只有人面一去不回返，桃花依旧笑春风。诗人坐禅是一种禅定的过程，而禅定之后所幻化出的诗境、禅境是一种独特的美。出入佛禅的诗人意欲诗禅的结合，只有在静观冥想之后，才能笔下生花。正如王国维《人间词话》中所说："众里寻他千百度，蓦然回首，那人却在灯火阑珊处。"这里所说的蓦然见到的"那人"，如佛家灵山法会上迦叶尊者拈花微笑。由此看出，这里诗的境界就是禅的境界。周裕锴先生认为："儒、道、禅的静观是用审美判断的方式去体道的色彩，从而注重的是对象世界的精神本质，而非感性形象，所谓观万物之变、尽万物之理、观万物自得意，无非是通过非理性的直觉而最终获得更深刻的理性。"[②] 此外，王安石采用佛禅静观冥想思维方式创作的诗歌还有很多，请看下面的诗作：

《春风》

春风过柳绿如缲，晴日蒸红出小桃。
池暖水香鱼出处，一环清浪涌亭皋。

《初夏即事》

石梁茅屋有弯碕，流水溅溅度两陂。
晴日暖风生麦气，绿阴幽草胜花时。

《江雨》

冥冥江雨湿黄昏，天入沧州漫不分。
北涧欲通南涧水，南山正绕北山云。

[①] （宋）释惠洪：《冷斋夜话》卷四，吴文治主编：《宋诗话全编》叁，凤凰出版社（原江苏古籍出版社）1998年版，第2443页。

[②] 周裕锴：《宋代诗学通论》，上海古籍出版社2007年版，第366页。

可以看出，每一首诗都是一幅山水画。诗人在静观中捕捉的自然现象可谓惟妙惟肖。虽然每首诗都是一个独立的境界，但所呈现的景象却是清澈、幽静，甚至空寂。不知不觉中流露了诗人的闲淡、寂静的心境和悠然自适的情趣。而这些山水风景又是诗人通过冥想，用最朴素的、浅显的、超越装饰的和返朴归真的语言凸显出来的。可以看出，诗人从自然中体会到宇宙的禅意，又以禅意去体味自然和人生，达到了一种超越尘世和政治的哲理，从而融于自然真趣之中。《坛经》般若品云："本性自有般若之智，自用智慧，常观照故，不假文字。譬如雨水，不从天有，元是龙能兴致，令一切众生，一切草木，有情无情，悉皆蒙润。百川众流，却入大海，合为一体。众生本性般若之智，亦复如是。"①

王安石立足儒家，诗歌中融摄佛禅"静观、冥想"的思维方式，决定了他对于"静观、冥想"的运用是以禅入诗。他有诗"宴坐能忘老，斋蔬不过中"（《和栖霞寂照庵僧云渺》），其"宴坐"本身就是对佛教修行中禅定方式的一种解释，而这种禅定的方式又与"静观、冥想"的观照方式互为表里，是诗人主体内心澄明自在精神的一种体现。其以静观动的具体表现，与黄庭坚《宴坐室铭》中所云完全吻合。《宴坐室铭》云："李子宴处，不惰不驰。观宇观宙，使如四肢。不动而动，不行而迈。万物芸芸，则唯我在。"② 总之，从王安石的诗歌作品中看，佛禅"静观冥想"思维方式及其"不起宴坐澄心源"，使他的思维活跃地运行，无边草木，山河大地，森然呈现，大跨度的联想，突破时间、空间的界限，使诗人长期积淀的创作潜能，在联想中被充分地调动起来，丰富了他的诗歌本体，身与竹化，无穷清新，成就其传世的绝美佳句。

第二节 王安石诗歌构思与佛禅之"直觉顿悟"

直觉顿悟是指禅师在参禅和悟道时完全凭借直觉，不用概念，不用判断和推理等逻辑形式，瞬间把握事物的本质。顿悟的理论基础是"众生皆

---

① 赖永海主编：《坛经》，中华书局2010年版，第49页。
② 黄庭坚：《黄庭坚全集》，刘琳、李勇先、王蓉贵校点，四川大学出版社2001年版。

有佛性",就是说,人们的自性本来就和佛的自性是完全一样的。佛禅认为,不生不灭,不垢不净,不增不减,众生之所以为众生,不过是因为迷失了。迷失是时间性的,一旦觉悟,实时即可成佛。有关禅宗顿悟的主张,南宗禅和北宗禅的观点是一致的,只不过在修行方法上主张不同而已。北宗神秀主张"一念净心,顿超佛心",讲究在"顿超佛地"之前应该有一个"坐禅习定""住心看净"的渐修过程,南宗则否定了这一过程,主张"一念成佛"。六祖慧能云:"不悟即佛是众生;一念悟时,众生是佛。"[①] 慧能的中心思想是,认知佛性不必深读佛经,烦琐修习,只要感悟自性,一念之间即可成佛。也就是主张"道由心悟",不假外求,全靠心领神会。可见,南北两宗虽然修行方式不同,但归宿还是一致的。

"顿悟"在诗歌创作中又称为"妙悟",古代诗歌创作中,情意的意向化延伸要最终达到全局意脉之流通,需要"兴会、妙悟"以发现其构思的核心。"妙悟"发萌于情意启动的神思意想之际,即在一片情态纷呈中突发心物交融,从而在深化了的情意阶段,点燃灵感的火花;使诗人在心物冥会、物我一体中领悟诗性的本能,达到诗歌最深入的把握。自六祖慧能闻《金刚经》而开悟,禅宗顿悟的思维模式得到了宋代诗人的广泛应用。许月卿有诗:"好物不须多,自悟方悟他。心迷法华转,心悟转法华。愿得无言经,尽度恒河沙。尽度一切已,依然无一物。籁鸣天河斜,清风共月明"(《赠胡菊轩》)。这是一首典型的开悟诗,诗中认为,读经的根本目的在于"自悟",一旦了悟,山河万物皆可转变。张方平有诗:"昔年曾见琅琊老,为说楞伽最上乘。顿悟红炉一点雪,忽惊暗室百千灯。便超十地犹尘影,更透三关转葛藤。不住无为方自在,打除都尽即南能"(《禅斋》)。诗中表达了诗人彻悟佛法时的感受。琅琊山的慧觉和尚曾为诗人讲上乘佛法,诗人从中顿悟了"空"的至理。使他忽然悟到:"十地""三关"这些名相都是障碍,一念不起,直接以我心契会佛心,才是六祖慧能所讲的佛法要义。

王安石对佛禅的"直觉""顿悟"有着极深刻的把握。如前文已论的

[①] 赖永海主编:《坛经》,中华书局2010年版,第52页。

《读维摩诘有感》《梦》《北窗》等构思上均采用了佛禅直觉顿悟的思维方式。其晚年诗歌构思受佛禅思维方式启迪，诗歌构思的方式与早年不同，此时的他不再有早年强烈的思辨特色；也很少出现"穷天下之理"的议论化特色；诗歌构思往往是从自然的体悟中来表达审美情趣。

一 "直觉顿悟"之无念为宗

《坛经》主张"无念为宗"。所谓无念，生起心念而不执着于心念。就是说，主体在进行心理活动时，既不执着于主观思维，也不执着于客观现象，是为无念。《坛经》定慧品第四云："善知识，于诸境上，心不染，曰无念。于自念上，常离诸境，不于境上生心。若只百物不思，念尽除却，一念绝即死。别处受生，是为大错，学道者思之。若不识法意，自错犹可，更劝他人，自迷不见，又谤佛经。所以立无念为宗。"① 无念不是"百物不思，念尽除却"，不是对任何事物都不想，而是在接触事物时，心不受外界的影响，"不于境上生心"，这样就可以不受外界的侵扰，虽处在尘世，也能无染无杂，来去自由，自性清净，自成佛道。王安石在佛禅直觉顿悟中识见本性的诗有《拟寒山拾得诗二十首》之七：

> 我读书万卷，识尽天下理。
> 智者渠自知，愚者谁信尔。
> 奇哉闲道人，跳出三句里。
> 独悟自根本，不从他处起。

诗中起首两联："我读书万卷，识尽天下理。智者渠自知，愚者谁信尔。"直接表明自我识见本性。《坛经》定慧品云："本来正教，无有顿渐，人性自有利钝。迷人渐修，悟人顿契，自见本心，自见本性，即无差别。所以立顿渐之假名。"② 原本真正的教法，没有顿渐之分别，只不过人性本来有聪明和愚钝罢了，愚钝的人渐次修行，聪明的人顿时契悟，自我识见

---

① 赖永海主编：《坛经》，中华书局 2010 年版，第 79 页。
② 同上。

本心,自我识见本性,就没有顿悟和渐悟的差别了,所以顿悟和渐悟只是权且设立的假名而已。第三联:"奇哉闲道人,跳出三句里。"李壁注云:"云门宗有三种语,其一为'水波逐浪'句,谓随物应机,不主故常;其二为'截断众流'句,谓超出言外,非情识所到;其三为'涵盖乾坤'句,谓泯然皆契,无间可伺。其深浅以是为序。"① 尾联"独悟自根本,不从他处起",李壁注云:《华严经》:"初发心时,即成正觉,成就慧身,不由他悟。"又云:"即圣人及求诸己,反身而成"。② 诗中,诗人以自我为中心,对"无念为宗"认识深刻,仿效自称"绝学无为闲道人"的永嘉玄觉,以读书识理为所知障,从而引发自己"直觉顿悟"的主张:"跳出经书之外,悟从自性本心而起。"再如,《拟寒山拾得诗二十首》之十五:

> 失志难作福,得势易造罪。
> 苦即念快乐,乐即生贪爱。
> 无苦亦无乐,无明亦无昧。
> 不属三界中,亦非三界外。

诗中大意是说,人生失意没有好的职位,就不会有能力造福于人。得到权势的人,不好好珍惜权势,就容易生事造罪。人们在痛苦之时就渴望快乐,那么,快乐之时又容易产生贪爱之心。人生如果没有痛苦,就不会有快乐。苦和乐是相对而言的。无明也就无昧,人们只有既不执着于主观思维,也不执着于客观现象,生起心念而不执着于心念,才能超然事外,不受诸惑。若属三界,则陷于有,受生死轮回之苦;若离三界,则落于空,无有驻足之处。《坛经》定慧品云:"我此法门,从上已来,先立无念为宗,无相为体,无住为本。"③ 无相所强调的是于相而离相,无住所强调的是于念而离念,无念则是真如自性的任运发挥、任运作用。这三无是相互关联的,其着眼点都在于直显心性,让修行者从无相、无住、无念中,

---

① 王安石撰,李壁注:《王荆文公诗李壁注》卷四,上海古籍出版社1993年版。
② 同上。
③ 赖永海主编:《坛经》,中华书局2010年版,第79页。

顿见自己的真如本性，不假外修，而于自心常起正见，由此自性自得解脱，自得无碍大用。再如，《寓言三首》之二：

> 本来无物使人疑，却为参禅买得痴。
> 闻道无情能说法，面墙终日妄寻思。

诗中首联"本来无物使人疑，却为参禅买得痴"表明诗人对学佛参禅的看法。李壁注云："尊宿云：'三乘十二分教是分外事，若与他作对，即是心境两法，便有种种见解。若不与他作对，一事也无。所以祖师云：'本来无一物。'"① 佛禅认为，"禅不依参，亦不离参；不主坐禅，不舍坐禅。即挂杖子舍杖子，即法离法，即道离道，即心无心，斯为要妙。虽不主修行，然离了修行，却难有落脚之处。故宜解脱形迹，而修无修，参无参。此即是说：修为无修之修，参为无参之参；于是而证为无证之证，行为无得之得；斯则如来如是，我亦如是，无可置疑者。本此修行，则自无修而无不修，无参而无不参，无证而无不证，无得而无不得。故透关功夫，固可提持向上，然实非祖佛微旨。"② 故王安石有"却为参禅买得痴"。第三句"闻道无情能说法"，李壁注云："《传灯录》：良玠禅师问沩山：'倾闻忠国师有无情说法。'良玠未究其微，沩山云云。玠又问云岩曰：'无情说法什么人闻？'云岩曰：'无情说法无得闻。'师曰：'和尚闻否？'云岩曰：'我若闻，汝即不得闻吾说法也。'曰：'若凭么，即良玠不闻和尚说法也。'云岩曰：'我说法，汝不得闻，何况无情说法也？'师乃述偈呈云曰：'也大奇，也大奇，无情说法不思议。若将耳听声不现，眼处闻声方自知。'"③ 最后一句"面墙终日妄寻思"，意思是说，若不开悟，即使终日面壁，仍然什么也得不到。佛禅初祖达摩有面壁修行之说。李壁注云："谓六祖令石头寻思去也。"④ 诗中认为学佛参禅不一定痴迷与禅定，

---

① 王安石撰，李壁注：《王荆文公诗李壁注》卷四十八，上海古籍出版社1993年版。
② 萧天石：《禅宗心法》，华夏出版社2007年版，第12页。
③ 王安石撰，李壁注：《王荆文公诗李壁注》卷四十八，上海古籍出版社1993年版。
④ 同上。

贵在顿悟。否则即使面墙终日也会一无所获。再如《记梦》：

> 月入千江体不分，道人非复世间人。
> 钟山南北安禅地，香火他时共两身。

李壁注云："公自注云：'辛酉九月二十二夜，梦高邮土山道人越蒋山北集云峰为长老，已坐化。复出山南兴国寺，与予同卧一榻，探怀出片足数寸，上才生似，属余藏之。余弃弗取，作诗与之。'①诗首句"月入千江体不分"，苏轼云："'如一月水，如万窍风。'又：'遇物而应施则无穷。'亦'千江体不分'之意"（《寄辩才文》）。佛禅常以水月意象来阐明佛理，李壁注云："《传灯录》有：'千江同一月'，《古尊宿语》：'佛具遍智，如月印海，挹海得水，月亦随在。'"②句中，诗人即不执着于"月落千江"的主观现象，也不执着"体不分"的客观思维，意在突出"道人非复世间人"，则言平等普及，分殊理一，为水月之第二边的高深修为。《坛经》定慧品云："念念之中不思前境"。③第三句"钟山南北安禅地"，是佛禅静修的好地方，然而想真正感受钟山南北的风景，只有怀着一颗平淡自适之心的禅者，方能领会于眼底，悦于心神，悟出佛禅之妙理。诗中借着写景以摹化其人心胸，细细体味亦有难以言传的禅机。其亦可看出诗人对直觉顿悟思维拿捏把握甚是自如。

二 "直觉顿悟"之即事而真

"即事而真"是慧能门下青原一系所倡导的禅悟方式。"事"，是指日常发生的事，"真"，是真实的。佛禅又引申为道义和本性等。青原系的"即事而真"要求参禅者在禅修时注重日常生活中事物的每一个细节，从而在具体而又平常的事物现象中顿悟出事物的本性，以成佛道。禅宗倡导的"即事而真"旨在打破修禅者理性的魔障，破除妄念和假象，用一颗不

---

① 王安石撰，李壁注：《王荆文公诗李壁注》卷四十三，上海古籍出版社1993年版。
② 同上。
③ 赖永海主编：《坛经》，中华书局2010年版，第79页。

受干扰的平常心去关照宇宙人生,一旦顿悟,便会发现平常心是道,平常心是佛。王安石晚年退隐钟山,其多的是闲适,少的是纷争,了悟佛家"即事而真"。如诗,《拟寒山拾得诗二十首》其二:

>我曾为牛马,见草豆欢喜。
>又曾为女人,欢喜见男子。
>我若真是我,只合长如此。
>若好恶不定,应知为物使。
>堂堂大丈夫,莫认物为己。

诗中大意是说,当我曾经是牛马时,就自然喜欢草豆;当我转生为女人时,那么就自然会喜欢男人,如果这个我是真实的我,其本性就不应该变化。假若好恶不定,就不是真实的我,而是为外物所使的假我,如果是大丈夫,就应当保持真我,不能成为别人的奴隶,将物错认为己。佛禅认为,自我应当是一个恒常不变的实体,众生无我,诸行无常。这首诗在构思上,从日常生活中的事物入手,不用禅典,不加修饰,重在突出"平常心是道",此为即事而真的直觉顿悟。平常心就是长沙景岑禅师所说的要眠即眠,要坐就坐,热时取凉,寒时向火,没有分别矫饰,超越染净对待的自然生活,是本来清净自性心的全然显现。如,赵州从稔请教师父南泉普愿禅师的公案,赵州问南泉:"'如何是道?'南泉曰:'平常心是道。'师曰:'还可有趣向否?'南泉曰:'拟向即乖。'师曰:'不拟时如何知是道?'南泉曰:'道不属知不知。知是妄觉,不知是无记。若是真达不疑之道,犹如太虚,廓然虚豁,岂可强是非邪?'师言下悟理"。[①] 再如《题徐熙花》:

>徐熙丹青盖江左,杏枝偃蹇花婀娜。
>一见真谓值芳时,安知有人盘礴臝。

---

① (宋)释道原:《景德传灯录》卷十,《大正藏》卷五十一,第 196 页。

> 同朝众史共排媢，亦欲学之无自可。
> 锦囊深贮几春风，借问此木何时果。

李壁注云："黄筌父子画花，妙在赋色，用笔极细，殆不见墨迹，但以轻色染成，谓之'写生'。江南徐熙以墨笔画之殊草草，略施丹粉而已神气迥出，别有生意。筌恶其轧己，言其画粗俗不入格，罢之。熙之子乃效诸黄格，更不用墨笔，直以色彩图之，谓之'没骨画'。筌等不复能疵瑕，遂得齿院品。然其气韵，皆不及熙远甚。"①诗中联"徐熙丹青盖江左，杏枝偃蹇花婀娜"，即表明了徐熙的画艺超越了江左的所有画家。其画上的杏枝偃蹇，花婀娜多姿，活灵活现。第二联"一见真谓值芳时，安知有人盘礡赢"，是说一看见真以为是花开的时节呢。李壁评曰："苦心挟韵，然此画岂须'盘礡赢'耶。"②第三联"同朝众史共排媢，亦欲学之无自可"，是说同朝的众画师一起排挤他，可想学到他这样的高超技艺却是很难。[庚寅增注]曰："《庄子》：'苟得道，无自而不可；失焉者，无自而可。'又：'不通于道者，无自而可。'"③尾联"锦囊深贮几春风，借问此木何时果"，李壁注云："《李贺小传》：'恒从小奚奴骑距驴，背一古破锦囊，遇有所得，即书，投囊中。'又曰：'《达摩偈》：一花开五叶，结果自然成。'"④

徐熙画画，本是平常人的平常事，可世俗之人将之与名利挂钩。佛教认为，万法皆空，世上的一切都是虚花幻影，名利更是身外之物。由此可见，对徐熙的嫉妒、排挤，是世俗之人不自性的表现。诗中通篇皆言画，收尾之举引以禅宗一花五叶而顿悟禅机。再如，《赠彭器资》：

> 鄱水滔天竟东注，气泽所钟贤可慕。
> 文章浩渺足波澜，行义迢迢有归处。

---

① 王安石撰，李壁注：《王荆文公诗李壁注》卷一，上海古籍出版社1993年版。
② 同上。
③ 同上。
④ 同上。

第三章　王安石的诗歌构思与佛禅思维　151

> 中江秋浸两崖间，逆洄与我相往还。
>
> 我挹其清久未竭，复得纵观于波澜。
>
> 放言深入妙云海，示我仙圣本所寰。
>
> 楞伽我亦见仿佛，岁晚所悲行路难。

李壁注云："器资名汝砺，饶州潘阳人，治平元年进士第一，公早所厚，晚立朝，风节弥邵，无所佐祐。赠诗时，器资未入朝，后亦公荐而用。"① 诗中首联"鄱水滔天竟东注，气泽所钟贤可慕"，是说鄱阳湖水势滔天，向东流去，而彭器资的气泽如同滔天的湖水，受到世人高度的赞誉。第二联"文章浩渺足波澜，行义迢迢有归处"，是说其文章浩渺，世人瞩目，其品行高尚，受人钦佩。《荀子》云："礼者，断长续短，损有余，益不足，达爱敬之文，而滋成行义之美者也"（《荀子·礼论》）。《史记》："始汤（张汤）为小吏时，与钱通。及汤为大吏，甲（田甲）所以责汤行义过失，亦有烈士风"（《史记·酷吏列传》）。第三联"中江秋浸两崖间，逆洄与我相往还"，是说秋天的水很大，可他还乘船往返来看望我。《庄子》云："秋水时至，百川灌河；泾流之大，两涘渚崖之间不辨牛马"（《秋水》）。《诗经》云："溯洄从之"（《蒹葭》）。李壁注云："逆流而上曰溯洄"。第四联"我挹其清久未竭，复得纵观于波澜"，又注："郭林宗云：'奉高之器譬诸泛溢，虽清而易挹。'"② 第五联"放言深入妙云海，示我仙圣本所寰"，是说他言谈深奥妙理精深，把我看成仙圣之臣。《论语》云："子谓虞仲、夷逸，隐居放言，身中清，废中权"（《论语·微子》）。"妙云海"，[庚寅增注]："《华严经》：'有世界名清净光，金刚摩尼王为体，形如楼阁，众宝妙云以为其际，住于一切宝璎络海。'"③ 尾联"楞伽我亦见仿佛"，李壁注云："楞伽乃海上山，下瞰大海。佛说此经时，指海为谕。"④ "岁晚所悲行路难"，李壁注云："'言从善如登也。'又'知

---

① 王安石撰，李壁注：《王荆文公诗李壁注》卷三，上海古籍出版社1993年版。
② 同上。
③ 同上。
④ 同上。

之非艰，行之惟艰'，恐亦此意。"［庚寅增注］行路难："又疑诗意为世道之艰难，晚而欲学佛"。①

佛教认为，平常心是人生修炼的最高境界，无论面对顺境还是逆境都宠辱不惊，自然地面对一切。也就是告诉人们在日常的生活中，应顺其自然，专注于过程而少想结果，把日常生活当作一种修炼的工具。不思善不思恶，不想过去不想未来，安住当下，即可挖掘出潜能，从而发挥出最佳状态和水平。诗人所赞誉的彭器资，就是自我人生的早年的影子，即使才高八斗，学富五车，怎奈何世道之艰难。为此，诗人自我慨叹岁晚顿悟，好在受《楞伽经》的启示，使诗人得鱼忘筌、舍筏登岸，在佛禅中找到了人生的乐趣。全诗构思"即事而真"，不隐晦对世俗的看法和见解，认为"放言深入妙云海"的境界是人生的追求，"楞伽我亦见仿佛"是顿悟后的最好归处。

三 "直觉顿悟"之触类是道

触类是道是禅宗慧能门下南岳一系所倡导的禅悟方式。触类是指参禅中的各种行为，道，学术或宗教的思想体系，原指道教、道家。佛教传入后，禅宗亦称"道"，这里是指禅道、佛道。"触类是道"是说参禅中所接触的任何自然和产生的各种行为均属于禅道的流露，就是触境皆可成道，随心所欲，自然天成，即为修行。《圆觉经大疏抄》卷三："起心动念，弹指謦咳，扬眉瞬目，固所作为，皆是佛性全体之用。更无第二主宰。如面作多般饮食，一一皆面，佛性亦尔。全体贪、嗔痴、造善造恶，受苦乐故，一一皆性。"② 王安石晚年于钟山生活，其诗往往是通过自然景物的感悟来表达一定的审美效果。诗人感悟的方式和对自然的审美，与僧人自然的禅观、对人生的禅悟，在方法上是相通的。如诗，《岁晚》：

月映林塘澹，风含笑语凉。
俯窥怜绿净，小立伫幽香。

---

① 王安石撰，李壁注：《王荆文公诗李壁注》卷三，上海古籍出版社1993年版。
② （唐）宗密：《圆觉经大疏抄》卷三，《卍续藏》14册，第278页。

第三章　王安石的诗歌构思与佛禅思维　153

携幼寻新菂，扶衰坐野航。
延缘久未已，岁晚惜流光。

《漫叟诗话》云："荆公定林后诗，精神华妙，非少作之比。尝作《岁晚》诗，自以比谢灵运，议者以为然。"① 岁晚，诗人即兴观景，看到"月映林塘澹"，则物我之情已契，进而从"风含笑语凉"中感受阵阵清爽。居高下观，水天一色。处处皆绿净，在小伫之余便可感受到身边飘来的阵阵幽香。兴起至极，领着小孩去寻找莲实，孩子搀扶着老人乘坐小船。然而"延缘久未已"，不能不感叹时光流年。诗中的"月"是佛禅中的重要喻象，《大般涅槃经》卷九如来性品云："复次善男子，譬如有人见月不现，皆言月没而作没想，而此月性实无没也。转现他方彼处众生复谓月出，而此月性实无出也。何以故？以须弥山障故不现。其月常生性无出没。如来应正遍知亦复如是，出于三千大千世界。或阎浮提示有父母，众生皆谓如来生于阎浮提内。或阎浮提示现涅槃，而如来性实无涅槃，而诸众生皆谓如来实般涅槃喻如月没。……或复示现入于书堂如三日月，示现出家如八日月，放大智慧微妙光明，能破无量众生魔众，如十五日盛满之月。或复示现三十二相八十种好，以自庄严而现涅槃喻如月蚀，如是众生所见不同。或见半月，或见满月，或见月蚀，而此月性实无增减蚀唊之者常是满月。如来之身亦复如是，是故名为常住不变。复次善男子，喻如满月一切悉现，在在处处城邑聚落山泽水中若井、若池、若瓮若鍑一切皆现。"② 黄庭坚之师祖心禅师亦云："佛真法身，犹若虚空，应物现形，如水中月。作么生说个应道理。遂举拂子曰：见么？幸无无偏照处，刚有不明时。"③ 全诗捕捉的是一分自觉的美感意识，月映林塘，小伫幽香的眼前自然山水是诗人美感关照的对象。充分表现出人与自然的融合。其林塘水净，映照月影亦分外皎洁，使诗人感悟到内心清净和光明，心性解脱无碍。再如，《半山春晚即事》：

---

① （宋）胡仔：《苕溪渔隐丛话》前集卷三十三引《漫叟诗话》，吴文治主编：《宋诗话全编》肆，凤凰出版社（原江苏古籍出版社）1998年版，第3744页。
② （北凉）昙无谶译：《大般涅槃经》卷九，《大正藏》卷十二，第416页。
③ 《宝觉祖心禅师语录》，《卍新纂续藏经》卷六十九，第1343册。

> 春风取花去，酬我以清阴。
> 翳翳陂路静，交交园屋深。
> 床敷每小息，杖屦亦幽寻。
> 惟有北山鸟，经过遗好音。

该诗不但让人们看见了半山春晚如画的风景，还让人们感受到了诗人与自然环境相即相融的情景。就连诗中的春风也流露出一分闲散、恬静的意味。方回《瀛奎律髓》卷十云："半山诗工密圆妥，不事奇险，惟此'春风取花去'之联乃出奇也。余皆淡静有味。"①"酬我以清阴"展示的是诗人的清幽和自然变化，不但有春风取花，也有自然恩赐的繁茂树荫。转而"翳翳陂路静，交交园屋深"，绿树成荫的山路，洋溢着安详和宁静。树枝繁茂，园屋深藏重叠交盖的绿荫当中。接下来的"床敷每小息，杖屦亦幽寻"是说床上早已铺设好的竹席方便时时小息，无事可拄起拐杖探寻山里的幽胜。最后"惟有北山鸟，经过遗好音"，这样悠哉的生活又有谁知道呢！唯有那北山的鸟儿，飞过留下了美妙动听的颂歌，好是羡慕啊！高步瀛评末两句曰："寓感愤于冲夷之中，令人不觉，全由笔妙"（《唐宋诗举要》）。

全诗写半山园暮春的景致及诗人独特的感受，语言清新流畅，情味隽永，言简意丰；其写景抒情句句见精，突出表现了诗人"触类是道"宁静闲适的山居生活。此外，王安石这种触类是道、随缘任运的生活状态也与禅师们是一样的。佛禅主张"随遇而安，无事固其本心"。因此随逐落花芳草，显示出天地自然，来去任运是禅师们的生活态度。圆悟克勤禅师有偈颂："落花芳草如铺锦，满目春光入画图；门外相逢亲切处，也胜秋露滴芙蕖"②。宏智禅师偈颂："百战成功老太平，优柔谁肯苦争衡。玉鞭金马闲终日，明月清风富一生。"③ 均为同样的意旨。再如，《钟山晚步》：

---

① （元）方回等：《瀛奎律髓汇评》卷十，吴晓峰点校：《瀛奎律髓》刊误，武汉出版社2009年版，第213页。
② （宋）释克勤：《碧岩录》，《大正藏》卷四十八，第139页。
③ （宋）侍者等编：《宏智禅师广录》卷二，《大正藏》卷四十八，第1页。

第三章 王安石的诗歌构思与佛禅思维

小雨轻风落楝花,细红如雪点平沙。
槿篱竹屋江村路,时见宜城卖酒家。

诗人不着水彩,一幅乡村山水画豁然映入人们的眼帘。蒙蒙细雨伴着徐徐轻风,敲打着红楝花。缤纷的花瓣似片片雪花飘然落地,点缀了整个平广的沙滩,江边的村路两侧,像雨后春笋一样散布着横篱做的竹屋,雨中不时能看见远处宜城的小酒馆。诗中没有尘世的纷争,一片怡人的宁静与和谐的景象。从全诗来看,根本找不到诗人的影子,但诗人那种舒闲和惬意却溢于言表。

佛禅认为,参禅不可用心意识参,要不分别,不执着,不落印象。有关这种观点,就连道学家都很认同,比如南宋大儒朱熹就有这样的作品:"胜日寻芳泗水滨,无边光景一时新。等闲识得东风面,万紫千红总是春"(《春日》)。道学家们洒落恬淡、心情怡悦、气象平和的胸怀意境,与禅师心态很是相似,其实这一点也不奇怪,因为他们普遍都修习过禅法。道学家们的"渐修"与禅家的"顿悟"在某种程度上是一致的。因为修习时间长了自然"悟道"。以至于后来的禅师们也认同道学的观点,普遍认为朱熹的《春日》具有"佛眼"的境界。明代无相禅师云:"盖天地同根,万物一体,以天地同根,万物一体故,更不须疑十方大圣人有两样心,更不须疑往古来今大圣人有两样道,道即法也。其后说一偈颂道:'万有纷纭各自身,为无佛眼各分神。肯能直下知根蒂,生死何尝见屈伸!'问曰:如何是佛眼:'师曰:见有千差万别。'曰:'有佛眼时如何?'师曰:'等闲识得东风面,万紫千红总是春。'曰:'怎么则诸佛见一种,众生见两般?'师曰:'真具佛眼,一种也是,两般也是。'"[①] 看来,"万物一体,心同理同,理一分殊",禅学和道学在认识上是相同的。王安石触类是道,与自然融为一体的诗作还有《题舫子》:

爱此江边好,留连至日斜。

[①]（明）无相:《法华大意》卷中,《中华佛典宝库》卷三十五,第217页。

156 佛家怀抱　俱味禅悦

　　　　　　　眼分黄犊草，坐占百鸥沙。

　　诗人由于对江边美景的喜爱，从来一直留恋到夕阳西下。体会从黄犊那儿分得一片草地的乐趣，与黄犊相伴而眠。坐在沙滩上，与沙鸥为友，分享鸥鸟起落沙滩的快乐。可见，诗人与自然的亲密无间。此时的他已与自然融为一体，体悟到安逸闲适，优雅空灵。诗中见画，情景交融，从而富含禅趣，韵味十足，读之可以忘忧。李壁注云："钱舜民诗：'鸥飞波荡绿，牛卧草分青'；杜诗：'软沙欹坐稳，冷石醉眠醒'；严武诗：'懒眠沙草爱风湍'。"又，《苕溪渔隐》曰："卢纶《山中绝句》云：'阳坡草软厚如织，因与鹿麋相伴眠。'介甫只用五字，道尽此两句。如云'眼分黄犊草'，岂不简而妙乎？"①细细品味，此诗有禅家"又添一日在浮生"的境界。《五灯会元》卷十八云："庆元寺蓬莱圆禅师，住山三十年，足不越阃，道俗尊仰之。师有偈曰：新缝纸被烘来暖，一觉安眠到五更。闻得上方钟鼓动，又添一日在浮生。"②

　　综上可以看出，佛禅的"直觉顿悟"不是语言和文字的概念，是反表现的。然而，自然景物和语言文字之间又有诗人从中协调。王安石这种对自然的体悟是非功利的、非逻辑的、非概念化的，诗人和自然景物已经融为一体，能够生动形象地把握自然景物。其诗歌艺术想象的内涵丰富深远，艺术魅力已经超越了自然本身，其审美意象所获得的抽象思维是其他诗人难以达到的审美境界。他笔下的春花、林塘、明月、黄犊、沙鸥是如此富有诗意，这正是因为诗人在"直觉顿悟"中将整个身心交给了自然，使之在"悟"中忘却了自然景物之外的一切，诗人是自然景物，自然景物是诗人。

第三节　王安石诗歌构思与佛禅之"二道相因"

　　麻天祥在《中国禅宗思想发展史》中说："禅追求的是超越各种对立

---

①　王安石撰，李壁注：《王荆文公诗李壁注》卷四十，上海古籍出版社 1993 年版。
②　（宋）释普济：《五灯会元》卷十八，中华书局 1984 年版，第 1218 页。

的意境，因而主张用心去直接体悟这种境界；诗就是要用感情去书写那高远的意境，诗与禅在这一根本点上就是不谋而合的。特别是慧能以下的五家七宗，更进一步强调那种超越的禅境的不可言说性，因此他们特别注重含蓄、凝练的语言和动作，多用神秘玄奥的譬喻、暗示，以激发意识的潜流，促进创造性思维与联想。"① 禅宗"二道相因"思维方式，正属于这种思维的特征，直接与诗人的直觉、欣赏距离、移情等审美心理相吻合。使诗人有充分的条件以禅宗的思维方式丰富其诗歌创作的构思和诗的理论。二道相因思维方式，是根据六祖慧能的三十六对法而得来的佛禅思维模式。在宋代的禅宗发展史上，三十六对法影响深远。其五家七派的教育方式、传授方式以及宗纲、宗风都源于六祖慧能的三十六对法。如禅宗行话的"杀活纵夺"，意思是说，如果执着于生，就用死来接你；如果你执着于死，就用生来接你；如果你执着于黑，就用白来接你；如果你执着于白，就用黑来接你。"二道相因"由此理而产生，其内涵即相互为因，相互为果，相互依存，相辅相成。三十六对法阐明佛教的中道观，强调"出没即离两边""外于相离相，内于空离空""二道相因，生中道义"等禅宗宗旨。所谓"二道相因，生中道义"就是说对立的双方是相互为因，相互依赖而存在的。只有相互为因、相互依赖才会显示出不落对、不落实相的中道实相。《坛经》附属品云："说一切法，莫离自性。忽有人问汝法，出语尽双，皆取对法，来去相因。"② 又云："若有人问汝义，问有将无对，问无将有对；问凡以圣对，问圣以凡对。二道相因，生中道义。"③ 这种破除对"边见"的执着，断绝了对生灭、有无、来去等"究意二法"的考虑，达到了出入即离两边的目的。佛禅"二道相因"思维方式对宋代诗歌构思的影响深远，苏轼对"二道相因"思维运用得就很好，它用于鉴赏自然的诗句有："水光潋滟晴方好，山色空蒙雨亦奇。欲把西湖比西子，淡妆浓抹总相宜。"(《饮湖上初晴后雨》)用于鉴赏书法，"吾虽不善书，晓书莫如我。苟能通其意，常谓不学可。貌妍容有矉，璧美何妨椭。端庄杂

---

① 麻天祥：《中国禅宗思想发展史》，武汉大学出版社2007年版，第169页。
② 赖永海主编：《坛经》，中华书局2010年版，第171页。
③ 同上书，第176页。

158　佛家怀抱　俱味禅悦

流丽，刚健含婀娜。好之每自讥，不谓子亦颇。书成辄弃去，谬被旁人裹。"(《次韵子由论书》)可以看出，佛禅的思维方式在宋代诗人中应用得非常广泛。王安石熟悉佛典且多与僧人交往，早在苏轼之前就在诗歌构思中，常常出现对立概念却相互统一的"二道相因"的思维方式。如诗，《题半山寺壁二首》其二：

　　　　寒时暖处坐，热时凉处行。
　　　　众生不异佛，佛即是众生。

　　一般说来，禅宗要求不立文字，而诗歌则是语言的艺术，二者区别甚大，但在艺术实践中，诗人却发现了它们之间的共性。诗中描写人的行为是随着气候和物境的变化而改变自己的行为。从常理来看，这种表现是自然的，是本能的。但从佛禅的角度来看，这种改变或分别只是表象，只是因机而变的。这首诗是诗人最典型的"二道相因"佛禅思维模式诗。诗中寒与暖对、热与凉对，进而来引发佛与众生的关系，因为"一切众生悉有佛性"，众生与佛对，佛与众生对。佛与众生的差别也是一种表象而已，只要自性清净，一念成佛。《坛经》附属品十云："如一问一对，余问一依此作，即不失理也。设有人问：何名为暗？答云：明是因，暗是缘，明没则暗，以明显暗，以暗显明。来去相因，成中道义。余问悉皆如此。汝等于后传法，依此转相教授，勿失宗旨。"[①]慧能的意思是在对立二相转化中，持中道的本义，像这样一问一答，其余的问题也全部按照这样的作答，就不会失去中教的道义。假如有人问黑暗，就回答光明，因为光明是本源，黑暗是条件，光明消失则黑暗顿生。来去互为因果成就中道意义。全诗看似很"俗"，在王安石以"俗"为基调的诗风中，"平淡"美的意识有其普遍性，在诗人深刻的体悟中，"平淡"已经不是一种单纯的艺术风格，而有着包容更广的思考，其中既有风格，亦有境界。在风格上，"二道相因"的思维模式凸显了平淡美的丰富内涵。再如《示长安君》：

[①] 赖永海主编：《坛经》，中华书局2010年版，第176页。

第三章　王安石的诗歌构思与佛禅思维　159

> 少年离别意非轻，老去相逢亦怆情。
> 草草杯盘供笑语，昏昏灯火话平生。
> 自怜湖海三年隔，又作尘沙万里行。
> 欲问后期何日是，寄书尘见雁南征。

　　长安君是王安石的大妹，工部侍郎张奎之妻，封长安县君。王安石《长安县太君墓表》云："工诗善书，强记博闻，聪明过人，而又不自高显。晚好佛书，亦信践之。"① 王安石与其妹感情深厚，故赠诗以为"示"。诗中意思是说，少年时的离别，人们还没在意感情的重要，老年相逢时都由于彼此长时间想念而感到悲伤。虽然是家常便饭，但尽是欢声笑语。在昏暗的灯光下促膝而谈，有道不尽的话语。家庭生活是如此的温暖和欢乐，诗人却很难享受得到，这不能不使他伤感自怜，细算起来已经远隔湖海，一晃三年了。不但如此，现在又要冒着风沙出行万里。想要知道以后再见面的日子是何年，到大雁南飞的时候我就会寄书信来。

　　由诗意可见，这首诗是诗人写于北使契丹的途中，此间王安石虽然没有深悟佛学，但已经与高僧交往，上文所述的《寄育王山长老常坦》也作于该时，可见诗人已经对佛教的思维方式有所了解。诗中"少年离别意非轻，老去相逢亦怆情"一句即采用了"二道相因"的佛禅思维模式，从而烘托了一种伤离别的人生感慨。其"草草杯盘供笑语，昏昏灯火话平生"更进而创造出一种温暖而又亲昵的家庭氛围，营造了其乐融融的诗歌意境。"草草杯盘"与"昏昏灯火"是平常生活的朴实写照，然而却成为传诵千古的佳句。"自怜湖海"却"又作尘沙"是诗人伤离别的一种感慨，然而"三年隔"和"万里行"却一纵一横，相辅相成。最后一句"欲问后期何日是，寄书尘见雁南征"是诗人完成使命的自信之语，也是对妹妹发自内心的安慰。

　　此为离别诗，江淹云："默然销魂者，唯别而已矣！"（《别赋》)，看来人生的离别确是伤感之事，如同花开和花落一样，二者亦为同理。唐代

---

① 王安石撰，李之亮笺注：《王荆公文集笺注》，巴蜀书社2005年版，第2120页。

僧人龙牙有诗："朝看花开满树红，暮看花落树还空。若将花比人间事，花与人间事一同。"① 早晨看花，争奇斗艳，满树都是灿烂的鲜花，到了晚上，悉数凋零，几乎就剩下了空枝。花开花谢是自然规律，可有心者也能体悟到人生的无常。佛教认为，无常是开悟的基础，如果人不是无常，永远都是凡夫。因有无常，才可成佛。无常是希望而非绝望。人生在世没有不变的东西，也没有独有的东西。因此六祖云"二道相因，生中道义"。再如，《寄题众乐亭》：

> 陵阳游观吾所好，恨不即过众乐亭。
> 尝闻仿佛入梦寐，吟笔自欲图丹青。
> 千峰秀出百里外，忽于其上峥檐楹。
> 朝云嘘岩日暖暖，夜水落涧风泠泠。
> 春花窈窕鸟争舞，夏木荫郁猿哀鸣。
> 潦收叶落天地爽，海月影到山川明。
> 篮舆晨出谁与适，坐与万物观虚盈。
> 令思民事不忍后，田间笑语催蚕耕。
> 吏休归舍狱讼少，墟落饮酒欲秋成。
> 唯愁一日夺令去，出来老稚交逢迎。
> 彼民安知方禄仕，徒喜使我宽逋征。
> 令知道义士林服，遗爱岂用吾诗评。

[沈注]《江南通志》："陵阳山在宁国府城内，冈峦回折。《府志》云：'势若蜿蜒，为一郡之镇。北自敬亭坡陀而南，第一峰府治西南，别为鳌峰；三峰在东北为府治屏蔽。宋郭祥正诗：'凌阳三峰压千里，百尺危楼势相倚。'危楼，即屏蔽也。相传府治晋桓彝、郭璞所建，林仁肇更创城制，襟山带水，于形式为胜区矣。"②

诗中意思是说，到陵阳子成仙的地方去游玩是一件很高兴的事。恨不

---

① 司南：《诗僧天涯》，陕西师范大学出版社 2004 年版，第 66 页。
② （清）沈钦韩：《王荆公诗文沈氏注》卷十八，中华书局 1959 年版，第 39 页。

第三章　王安石的诗歌构思与佛禅思维　161

得马上就能过了众乐亭。因为经常听说，仿佛是在梦中见过一样，于是想拿起写诗的笔自己把它画出来。山峰连绵百里之外，有的山峦就像支撑天空的梁柱。早上的云彩环绕在山峰之间，太阳暖暖的洒落在游人的身上。晚间的水落入山涧中，冷风徐徐。这里春天百花争艳，灿烂窈窕，引来无数鸟儿翩翩起舞。夏天浓郁的树荫深处发出猿猴的哀鸣，雨后树叶被冲刷得干干净净，空气无比清新。海上的月亮照耀得山川明媚。乘着篮舆晨出是谁也比不了的舒适，还可坐观万物兴衰。认为官吏应多关心民事，田间欢声笑语，农事繁忙。少的是官司，多的是繁荣和谐的景象。此情此景让诗人伤怀，唯一愁是假如有一天被夺官而去，出来还有老幼相迎吗？回想，这里的人们怎么能关心官事呢，还是享受步行的快乐吧。当官如果能造福一方，遗留仁爱给后世，即使我不写诗评价也会流芳千古的。诗中"朝云嘘岩日暖暖，夜水落涧风泠泠。春花窈窕鸟争舞，夏木荫郁猿哀鸣。"两联为佛禅"二道相因"思维模式，其一问一对。《坛经》附属品第十："对法外境无情五对：天与地对，日与月对，明与暗对，阴与阳对，水与火对，此是五对也。"① 此亦"朝云"与"夜水"对，"暖暖"与"泠泠"对。"春花"与"夏木"对，"鸟争舞"与"猿哀鸣"对。这种思维方式，在诗歌技法中也称为对仗。全诗宛若一幅世外桃源的繁荣祥和的景象。诗人寄情于景，寄景于情，进而抒发了对时政的关怀和对人民的厚爱。再如，《晚春》：

　　　　春残叶密花枝少，睡起茶多酒盏疏。
　　　　斜倚屏风搔首坐，满簪华发一床书。

《艺苑雌黄》云："僧惠洪《冷斋夜话》载介甫诗云：'春残叶密花枝少，睡起茶多酒盏疏，'多'字当作'亲'，世俗传写之误。洪之意盖欲以'少'对'密'，以'疏'对'亲'。予作荆南教官，与江朝宗汇者同僚，偶论及此，江云：'惠洪多妄诞，殊不晓古人诗格，此一联以密字对疏字，

---

① 赖永海主编：《坛经》，中华书局2010年版，第173页。

162　佛家怀抱　俱味禅悦

以多字对少字,正交股用之,所谓蹉对法也。'"① 此诗亦为禅宗"二道相因"思维模式。再如,《到郡与同官饮》:

    泻碧沄沄横带郭,浮苍霭霭遥连阁。
    草木犹疑夏郁葱,风云已见秋萧索。
    荒歌野舞同醉醒,水果山肴互酬酢。
    自嫌多病少欢颜,独负嘉宾此时乐。

  意思是说,湍急的水流从田间横过,远处浮现的青绿隐隐约约地连接着村落。花草树木还在犹豫夏天的郁郁葱葱,风云中已经可见秋天萧瑟的景象。风中的荒草狂舞像喝醉了酒一样。水果和用山间猎得的鸟兽做成的菜是应酬的好东西。因为自己有病在身,很少欢饮,唯独我辜负了别人的盛情。
  《坛经》附属品第十:"法相语言十二对":语与法对,有与无对,有色与无色对,有相与无相对,有漏与无漏对,色与空对,动与静对,清与浊对,凡与圣对,僧与俗对,老与少对,大与小对,此是十二对。诗中"草木犹疑夏郁葱,风云已见秋萧索","草木"与"风云"对,"夏郁葱"与"秋萧索"对,即是动与静对。"自嫌多病少欢颜,独负嘉宾此时乐","少欢颜"与"此时乐"即无与有对。其两句恰与法相语言十二对相吻合。从全诗看,以写景为主,动静结合,由远而近,对仗工整,在构思上"二道相因"的佛禅思维运用娴熟。再如《定林院》:

    漱甘凉病齿,坐旷息烦襟。
    因脱水边履,就敷岩上衾。
    但留云对宿,仍值月相寻。
    真乐非无寄,悲虫亦好音。

  王安石歌咏定林的诗篇很多,世人普遍认为这首是其中最好的、最出

---

① 胡仔:《苕溪渔隐丛话》后集卷二十五,吴文治主编:《宋诗话全编》肆,凤凰出版社(原江苏古籍出版社)1998 年版,第 4133—4134 页。

色的一篇。诗中"漱甘凉病齿"是诗人养身方面的真实写照，同时又是对定林风光宜人的赞美。转而"坐旷息烦襟"是诗人内心舒畅的一种表现，同时又是对定林清净自然的无比喜欢。诗人认为，在这样的环境里久坐可以澄心息虑、渺然禅远，此情此景尽在不言。水边脱鞋，岩上放衣，不加选择，随遇而安，出处进退无所不可。于是愿意与云对宿，留月相伴。认为，感受这种人间的乐才为真乐，这里可以让诗人忘忧，就连秋天哀鸣的虫音，也是好听的音乐。诗中之于佛禅思维，"因脱水边履，就敷岩上衾"句中，"因脱"与"就敷"对，"真乐非无寄，悲虫亦好音"句中，"真乐"与"悲虫"对。"非无寄"与"亦好音"对。此为自性起用十九对范畴。《坛经》附属品第十云："自性起用十九对：长与短对，邪与正对，痴与慧对，愚与智对，乱与定对，慈与毒对，戒与非对，直与曲对，实与虚对，险与平对，烦恼与菩提对，常与无常对，悲与害对，喜与嗔对，舍与悭对，进与退对，生与灭对，法身与色身对，化身与报身对，此是十九对也。"[①] 全诗清晰地反映了王安石晚年的内心世界，读来让人感觉天巧若发，信笔由来，浑不用意，其"二道相因"的禅思自然而得，全面展现诗人闲适之景。再如《松江》：

来时还似去时天，欲道来时已惘然。
只有松江桥下水，无情长送去时船。

《坛经》附属品第十云："自性动用，共人言语，外于相离相，内于空离空。若全着相，即长邪见，若全执空，即长无明。"[②] 天本无一，来时与去时是一个样的，之所以有分别是自心妄念所作怪。因而"欲道来时已惘然"的痴迷是不自性的表现。而"松江桥下水"却本无心、无性，即也无情，感悟着人间万态的变幻。六祖慧能偈颂云："一切无有真，不以见于真；若见于真者，是见尽非真。若能自有真，离假即心真；自心不离假，无真何处真？有情即解动，无情即不动。若觅真不动；不动是不动。无情

---

① 赖永海主编：《坛经》，中华书局2010年版，第174页。
② 同上书，第176页。

无佛种。"① 因此，只有不执着于来时，也不执着于去时，即可道贯一切经法，出入即离两边，来去相因，成中道义。

佛禅"二道相因"的思维模式，从逻辑形式来看是既矛盾又无效的；然而从语言译码所得到的解释却是合理的，甚至富有比其他语言形式更深的含义。王安石诗歌构思讲求从语言的精工和技法的巧妙到达"大智若愚，大巧若拙"，在这样的条件下所表现的诗风看似宁静淡泊，实则"似淡而实美"。可以看出这种诗性化矛盾的解决完全得益于"二道相因"的佛禅思维模式。

综上全文，佛禅"静观冥想""直觉顿悟"与"二道相因"三种思维方式，因禅宗思想的输入被强化，形成一种理论形态的直觉思维方式，对王安石的诗歌创作影响深远。其诗歌得益于佛禅的沾润，与他深研佛典和与禅僧交往有着密切的关系。他熟练掌握禅宗临济、云门的授课方法，深通"无念、即事而真、触类是道"等修持方法，深刻理解"静观默想""直觉顿悟"以及"二道相因"等佛禅思维模式。静观默想思维模式丰富了他诗歌构思的本体，使"其身与竹化，无穷出新"，使其所体悟的自然景物诗，具有无禅语而有禅意禅趣，寓禅理而不落形迹，往往可直感而不可诠说的特点。直觉顿悟思维模式使他"得鱼忘筌、舍筏登岸"，化解了他诗歌创作中"感性与理性、瞬间与永恒、个体与整体"的内在矛盾。"二道相因"的思维模式，在他的诗歌中更富有比其他语言形式更深的含义。此外，王安石的诗歌构思能从情入手，关怀日常生活，任运自然，退隐期间，他把自己的身心感悟统统借风景予以阐释，其早期的自我超越，孤芳自赏，清傲与孤高等种种人生迹象，在这里统统转化为审美格调。从而为宋诗的审美转向画上了一个圆满的句号。

---

① 赖永海主编：《坛经》，中华书局2010年版，第179页。

第四章 王安石诗歌形式技巧和佛禅启示

　　王安石继承和发展了欧阳修、梅尧臣等人所倡导的古文运动，并巩固和发展了他们所取得的成果，对宋诗"以议论为诗、以学问为诗、以文字为诗"的独特风貌的形成贡献非凡。陈师道《后山诗话》云："诗欲其好，则不能好矣。王介甫以工，苏子瞻以新，黄鲁直以奇。"[1] 这些个人风格是宋调形成的真实写照。与欧阳修、梅尧臣相比，王安石诗歌创作的形式和技巧亦有自己的独特风貌，其诗歌学问化特征明显。清人魏了翁在李壁《王荆文公诗笺注》作序中评说："公博极群书，盖自经子百史，以及于《凡将》、《急就》之文，旁行敷落之教，稗官虞初之说，莫不牢笼搜览，消释贯融，故其为文，使人习其读，而不知其所由来，殆诗家所谓秘密藏者。"[2] 这是王安石诗歌"学问化"的明显特征，是诗人自身修养的自然外化。不但如此，王安石诗歌形式技巧的形成与他非凡的经历、坚韧的意志、丰富的情感和对佛理禅旨的精妙把握关系密切。从王安石的诗歌作品中我们不难看出，其诗歌创作可分为两个时期，前期受"经世致用"的思想影响，创作上以反映社会现实和发表政治看法为主。后期退隐钟山"融入佛禅"以描写山水风光为主。其诗歌形式技巧受佛禅启示主要表现在以下几方面：其一是受禅宗"翻案法"的启示，诗歌翻陈出新、彰显奇特风貌；其二是受禅宗"颂古"的启示"绕路说诗"；其三是禅宗偈颂的技巧直接启示了他的诗歌创作技巧，使其晚年诗歌技巧越发显得质朴清新，生动活泼，通透洒脱；其四是融入佛禅，巧妙的剪裁和熔铸佛事，用语精

---

[1] （清）何文焕：《历代诗话》，中华书局2004年版，第306页。
[2] 王安石：《王荆文公诗笺注》，李壁笺注，中华书局1958年版，第717页。

深，亦能达到自然天成，蕴含丰富的特点。其阐释佛理灵活，既能在叙事中点化出佛理之高深，又能在写景中蕴含佛义，还能在议论中化用佛理。

第一节　禅宗"翻案法"的诗法启示

《陈辅之诗话》云：荆公尝言："世间好语言，已被老杜道尽；世间俗语言，已被乐天道尽。"[①] 此言可以看出，面对盛世唐诗，宋代诗人在诗歌创作困境中的无奈。但宋人毕竟不甘于人下，他们筚路蓝缕，经过艰苦探索，终于在"如来行处"另谋蹊径，于佛禅中找到了理想的出路；"翻案法"亦是他们翻陈出新的最好借鉴。

一　翻案法与翻案诗

禅宗将用教理解决疑难问题称之为"公案"。禅宗公案又是禅门文化的代表。禅宗公案起源于唐朝末年，盛行于五代和两宋，其原指官府的公文案牍，依法而定夺曲直可否，起到借鉴的权威性案例的作用。禅门以"疑情"为参禅的条件，以"反其调"为顿悟的标志。其参悟过程大都以一则公案、一首偈颂为对象予以"翻案"。公案内包括历代禅师的轶事、语录、话头，以及禅门宗风等。禅宗六祖慧能不仅是南宗禅的开山祖师，也是禅宗"翻案法"的创始人。《坛经》中记载慧能翻神秀，即使用了"翻案法"。《坛经》行由品云："吾向汝说，世人生死事大，汝等终日只求福田，不求出离生死苦海，自性若迷，福何可救？汝等各去自看智慧，取自本心般若之性，各作一偈，来呈吾看。若悟大意，付汝衣法，为第六代祖。……神秀偈曰：'身是菩提树，心如明镜台。时时勤拂拭，勿使惹尘埃。'……祖已知神秀入门未得，不见自性。……慧能偈曰：'菩提本无树，明镜亦非台，本来无一物，何处惹尘埃。'"[②] 此即为从神秀偈颂中翻新出"无相"之见，因此慧能成为禅宗第六代祖师。有关这则公案，后代

[①] 胡仔：《苕溪渔隐丛话前》集卷十四引《陈辅之诗话》，吴文治主编：《宋诗话全编》肆，凤凰出版社（原江苏古籍出版社）1998年版，第3608页。

[②] 赖永海主编：《坛经》，中华书局2010年版，第9页。

禅师多有效仿。庞居士偈云："有男不婚，有女不嫁。大家团头，共无生活"。杨无为翻云："男大须婚，女大须嫁。讨甚闲工夫，更说无生活。"海印复翻之云："我无男婚，亦无女嫁。困来便打眠，管甚无生活。"① 同样一句话题，在禅师们中翻来翻去，各自发表自己的观点和看法，这在禅家称为"死蛇弄活，点铁成金"。释克勤评唱《碧岩录》卷首附云："自《四十二章经》入中国，始知有佛；自达摩至六祖传衣，始有言句。曰'本来无一物'为南宗，曰'时时勤拂拭'为北宗。于是有禅宗颂古行世。其徒有翻案法，呵佛骂祖，无所不为。"② 正如释克勤所云，"翻案法"是后代禅宗门人颂古的重要方式。如临济宗风穴延沼禅师偈颂："五白猫儿爪距狞，养来堂上绝虫行。分明上树安身法，切忌遗言许外甥。"③ 其七世法孙惠洪翻曰："五白猫儿无锋鳞，等闲抛出今人怕。翻身跳掷百千般，冷地看他成话霸。如今也解弄些些，从渠欢喜从渠骂。却笑树头老舅翁，只能上树不能下。"师祖风穴谓"上树安身"喻调养心性，惠洪翻后使意思更进一步，谓"上树安身"是有拘碍的，如能达到"能上能下"的境界，才是真正的解脱。惠洪为何能翻出如此境界，因为惠洪本身就是一名诗僧。

钱锺书指出，"唯禅宗公案偈语，句不停意，用不停机，口角灵活，远迈道士之金丹诗诀。词章家隽句，每本禅人话头。如《五灯会元》卷三忠国师云：'三点如流水，曲似刈禾镰'；卷五大同禅师云：'依稀似半月，仿佛若三星'；皆模状心字也。秦少游《南歌子》云：'天外一钩斜月带三星'，《高斋诗话》谓是为妓陶心儿作；《泊宅编》卷上极称东坡赠陶心儿词：'缺月向人舒窈窕，三星当户照绸缪'，以为善状物；盖不知有所本也。《五灯会元》卷十六法因禅师云：'天上月圆，人间月半'；吾乡邹程村祗谟《丽农词》卷下《水调歌头·中秋》则云：'刚道人间月半，天上月团圆'；死灰槁木人语，可成绝妙好词。这里举出的例子，是说明文人如何借用禅的比喻以成'绝妙好词'。"④ 此亦说明了文人是如何借用禅的

---

① 梁章钜：《浪迹丛谈》卷一〇，《禅语翻进一层》，中华书局排印本1981年版。
② 释克勤：《碧岩录》卷首附，《大正藏》卷四十八，第139页。
③ （宋）释普济：《五灯会元》卷十一，中华书局1984年版，第672页。
④ 钱锺书：《谈艺录》修订本，中华书局1984年版，第226页。

比喻以成好词的，亦表明禅语与诗语的相通。方回说，"翻案"之法在诗中的运用早在禅学鼎盛的唐代就已经出现了，初唐诗人王梵志就曾在他的诗歌中宣扬禅学张扬个性的精神是如何影响诗歌创作的。如诗，《翻著袜》："梵志翻著袜，人皆道是错。乍可刺你眼，不可隐我脚。"[1] 王梵志的《翻著袜》，尤受宋人称道。阮阅《诗话总龟》引黄庭坚云："'梵志翻著袜，人皆道是错。乍可刺你眼，不可隐我脚。'一切众生颠倒，皆类如此。乃知梵志是大修行人也。昔茅容季伟，田家子尔！杀鸡饭其母，而以草具饭郭林宗，林宗起拜之，因劝使就学，遂为四海名士。此翻著袜法也。今人以珍馔奉客，以草俱奉其亲，涉世合义则与己，不合义则称亲，万世同流，皆季伟之罪人也。"[2] 陈善《扪虱新话》卷五：文章虽工，而观人文章，亦自难识。知梵志"翻著袜"法，则可以作文。[3] "著袜"是僧人宗教威仪之一，等同于僧人的袈裟。"翻著袜"是对宗门不恭敬的一种表现，必然被宗门视为离经叛道，然而这种精神运用到诗歌创作当中便是"翻案诗"。雪窦有诗《春日示众》两首，其一云："门外春将半，闲花处处开。山童不用折，幽鸟自衔来。"其二云："门外春将半，闲花处处开。山童曾折后，幽鸟不衔来。"[4] 前后两首诗中，诗人仅换了三个字，就意思大变，可见后一首完全翻了前一首的案。唐代诗人中，善使用"翻案诗"的诗人很多，其中最为出名的当属杜牧。如《赤壁》诗："东风不与周郎便，铜雀春深锁二乔。"《春酒堂诗话》云："杜牧之咏赤壁诗云：'东风不与周郎便，铜雀春深锁二乔'，今古传诵。容少时，大人尝指示曰：'此牧之设词也，死案活翻'。"[5]《题乌江亭》诗："江东子弟多才俊，卷土重来未可知。"《题商山四皓》："南军不祖左边袒，四皓安刘是灭刘。"明吴景旭《历代诗话》云："牧之数诗（按指本诗及《赤壁》《四皓庙》）俱用翻案法，跌入一层，正意益醒，谢叠山所谓'死中求活'也。"[6] 胡仔《苕溪

---

[1] 陈伯海主编：《唐诗汇评》，浙江教育出版社1995年版，第3140页。
[2] 阮阅：《诗话总龟·后集》卷四十七，《释氏诗》，人民文学出版社1987年版，第225页。
[3] 张锡厚：《王梵志诗校辑》，中华书局1983年版。
[4] 释重显：《明觉禅师语录》卷六，《大藏经》卷四十七，第669页。
[5] 陈伯海主编：《唐诗汇评》，浙江教育出版社1995年版，第2366页。
[6] 同上。

渔隐丛话》云:"牧之于题咏,好异于人。如《赤壁》云:'东风不与周郎便,铜雀春深锁二乔'。"贺裳《载酒园诗话》卷一云:'小杜《赤壁》诗,古今脍炙,渔隐独称其好异。……'《题商山四皓》:'南军不祖左边祖,四皓安刘是灭刘。'皆反说其事。至《题乌江亭》则好异而叛于理。诗云:'胜负兵家不可期……'败亡之余,无一还者,其失人心为甚,谁肯复附之?其不能卷土重来,决矣。"① 杜牧"翻案诗"都不蹈前人旧辙,翻陈出新,立意独特。皮日休亦有翻案诗《汴河怀古》,其二云:"尽道隋亡为此河,至今千里赖通波。若无水殿龙舟事,共禹论功不较多。"《诗式》云:首句言因凿此河,发丁滋怨,亦隋之足以取亡,翻起。次句言有此河水利可通,今日赖之,正承。三句开一笔,其意全在四句发之。② 诗歌翻历史之公案,在批判隋炀帝开凿运河的同时,也不抹杀其对后人的积极作用。将历史暴君隋炀帝与五帝之大禹相提并论,可见其见地和胆量。此诗之所以成为唐诗中怀古的佳品,贵在"翻案法"的妙用。除此之外,唐代诗人白居易、岑参、高适亦写过"翻案诗",但其特征不太突出,唯独杜甫,受到后人的称赞。杨万里《诚斋诗话》云:"唐律七言八句,一篇之中,句句皆奇,一句之中,字字皆奇,古今作者皆难之。予尝与林谦之论此事。谦之慨然曰:"但吾辈诗集中,不可不作数篇耳。如老杜《九日》诗云:'老去悲秋强自宽,兴来今日尽君欢。'不徒入句便字字对属。又顷刻变化,才说悲秋,忽又自宽,以'自'对'君'甚切,君者君也,自者我也。'羞将短发还吹帽,笑倩旁人为正冠。'将一事翻腾作一联,又孟嘉以落帽为风流,少陵以不落为风流,翻尽古人公案,最为妙法。"③

宋代"翻案法"这一诗学理论,首见于杨万里《诚斋诗话》。但在其诗歌理论提出之前,王安石、苏轼、黄庭坚、陈师道等出入禅门的诗人,早已经开始大规模使用了。苏轼有《百步洪》诗:"回船上马各归去,多

---

① 胡仔:《苕溪渔隐丛话》后集卷十五,吴文治主编:《宋诗话全编》肆,凤凰出版社(原江苏古籍出版社)1998年版,第4057页。
② 陈伯海主编:《唐诗汇评》,浙江教育出版社1995年版,第2724页。
③ 丁福保辑:《历代诗话续编》(上),《诚斋诗话》,中华书局1983年版,第139—140页。

言谠谠师所呵。"可谓将前面"浇浇"的哲理，一齐扫倒翻尽。其《澄迈驿通潮阁二首》其二云："余生欲老海南村，帝遣巫阳招我魂。"翻于《楚辞》宋玉《招魂》。在此借用"招魂"之意，意欲皇帝将他招还。此外，苏轼还有《代黄檗答子由颂》，"子由问黄檗长老疾云：'五蕴皆非四大空，身心河岳尽圆融。病根何处容他住？日夜还将药石攻。'不知黄檗如何答？东坡代老僧云：'有病宜须药石攻，寒时火烛热时风。病根既是无容处，药石还同四大空。'"① 这段文字，虽然为游戏之作，但却是使用了禅门典型的"翻案法"。杨万里《诚斋诗话》云："孔子程子相见倾盖，邹阳云：'倾盖如故。'孙侔与东坡不相识，乃以诗寄坡，坡和云：'与君盖亦不须倾。'刘宽责吏，以蒲为鞭，宽厚至矣。东坡诗云：'有鞭不使安用蒲？'老杜有诗云：'忽忆往时秋井塌，古人白骨生青苔，如何不饮令心哀。'东坡则云：'何须更待秋井塌，见人白骨方衔杯。'此皆翻案法也。"② 此为苏轼翻用旧典，亦显示苏轼的幽默机智和渊博的才学。刘熙载《诗概》云："东坡诗推倒扶起，无施不可，得诀只在能透过一层，及善用翻案耳。"③

　　黄庭坚精于佛禅，诚于修习，"会萃百家句律之长，究极历代体制之变"，精研章法，推敲句法，提炼字法，提出了许多谋篇布局、炼字炼句的理论，"夺胎换骨"和"点铁成金"说的诗学理论，源于禅宗"翻案法"。黄庭坚的《次韵感春五首》诗："惭愧桃与李，相随见阳春。"翻于刘禹锡之"沉舟侧畔千帆过，病树前头万木春"（《酬乐天扬州初逢席上见赠》），翻句因意而得。其另一首诗《池口风雨留三日》："翁从旁舍来收网，我适临渊不羡鱼。俯仰之间已陈迹，暮窗归了读残书。"其"临渊羡鱼"翻于《淮南子·说林》："临渊羡鱼，不如归家织网"。诗人"窥"其意而反之。其"俯仰之间已陈迹"翻于王羲之《兰亭集序》："向之所欲，俯仰之间，已为陈迹"之意。杨万里《诚斋诗话》云："诗家用古人语，而不用其意，最为妙法。如山谷《猩猩毛笔》是也。猩猩喜著屐，故用阮孚事。其毛作笔，用之钞书，故用惠施事。二事皆借人事以咏物，初非猩

---

① （宋）苏轼：《苏轼文集》卷二十，中华书局1980年版，第592页。
② 丁福保辑：《历代诗话续编》（上），《诚斋诗话》，中华书局1983年版，第141页。
③ 刘熙载：《艺概·诗概》卷二，同治12年影印版，第11页。

猩毛笔事也。《左传》云：'深山大泽，实生龙蛇。'而山谷《中秋月》诗云：'寒藤老木被光景，深山大泽皆龙蛇。'《周礼·考工记》云：'车人盖圜以象天，轸方以象地。'而山谷云：'丈夫要宏毅，天地为盖轸。'《孟子》云：'《武成》取二三策。'而山谷称东坡云：'平生五车书，未吐二三策。'"① 黄庭坚的诗歌理论和技法对陈师道、吕本中等后来的江西诗派影响很大，以致后来被誉为江西诗派的三宗之首。

陈师道有诗《赠鲁直》："相逢不用蚤，论交宜晚岁。平生易诸公，斯人真可畏。见之三伏中，凛凛有寒意。名下今有人，胸中本无事。神物护诗书，星斗见光气。惜无千人力，负此万乘器。生前一樽酒，拨弃独何易。我亦奉斋戒，妻子以为累。子如双井茶，众口愿其尝。顾我如麦饭，犹足填饥肠。陈诗传笔意，愿立弟子行。何以报嘉惠，江湖永相忘。"② 诗中陈师道对黄庭坚的崇敬之情溢于言表。受黄庭坚的影响，陈师道亦作有不少"翻案诗"，例如，《妾薄命二首》其一："主家十二楼，一身当三千"，"十二楼"，意思是指十二重高楼，翻于鲍照诗："凤楼十二重，四户入绮窗"（《代陈思王京洛篇》）；"一身当三千"句，显然翻于白居易诗"后宫佳丽三千人，三千宠爱在一身"的意思。但陈以五字概括，更为精炼。再有《丞相温公挽词三首》其一："恭默思良弼，诗书正百工"，意思是赞司马光为良相。"恭默思良弼"翻于"恭默思道，梦帝赉于良弼"（《尚书·说命》）。由此看出，宋诗"翻案法"不仅限于"翻用诗句"，更有"翻用其事"。《艺苑雌黄》云："文人用故事，有直用其事者，有反其意而用之者。元之《谪守黄冈谢表》云：'宣室鬼神之问，岂望生还；茂陵《封禅》之书，惟期死后。'此一联每为人所称道，然皆直用贾谊、相如之事耳。李义山诗：'可怜夜半虚前席，不问苍生问鬼神。'虽说贾谊，然反其意而用之矣。林和靖诗：'茂陵他日求遗藁，犹喜曾无封禅书。'虽说相如，亦反其意而用之矣。"③ "翻用其事"主要表现诗歌构思的新颖，

---

① 丁福保辑：《历代诗话续编》（上），《诚斋诗话》，中华书局1983年版，第141页。
② 陈师道：《后山诗话》卷二，文渊阁四库全书本。
③ 胡仔：《苕溪渔隐丛话》后集卷十九引《艺苑雌黄》，吴文治主编：《宋诗话全编》肆，凤凰出版社（原江苏古籍出版社）1998年版，第4083页。

其方法与禅宗"公案"相似。由于禅宗在示法时不直道其事,因此很难看出其语言形式来源的模仿性。而"翻用其诗"则不同,不仅可以使其诗歌构思灵活新颖,亦可站在更高的角度总结前人成果,在感性和理性上均可超越前人,可见翻案诗与禅宗"翻案法"如出一胎。反过来,禅宗"起疑情,唱反调",一般是靠参公案、看话头或悟诗偈来完成其顿悟过程的。在这一点上又与宋诗"翻案法"特别相似。

"翻案法"在宋代虽然已经普遍使用,但驾驭最好的最终还应归属于王安石。王安石是宋代古文运动承前启后的关键诗人,早在苏轼、黄庭坚之前,其"翻案法"的运用就已经炉火纯青了。以至于后来黄庭坚视其为心目中的导师。从全宋诗看,江西诗派翻用王安石的诗句亦屡见不鲜。

二 王安石的翻案诗

宋诗"翻案法"的形成和传播有三方面的原因。其一是面对强势的唐诗,宋人承载着沉重的心理压力。想要超越唐人缜密精细的诗风,必须创新求变。其二是宋代思想和学术的进步,以及时代文化的大融合,要求宋人必须具有开拓精神。其三是士大夫与禅僧的交游,特别是与诗僧的交游和唱和,以及文人参禅直接启示了诗人的创作。致使他们自觉不自觉地将禅宗偈颂、公案、看话等修习方法吸收到诗歌创作中来。然而,宋代诗人对任何文化的汲取和接受都不是被动的,而是在辨证中、批判中,理性地继承或扬弃,王安石即为这方面的代表。

王安石经史子集无所不读,之于禅宗"翻案法"更不陌生。无论在政治上、学术上还是文学上之于"翻案法"他都能随机而灵活地运用,每每恰到好处。仅就诗歌创作而言,其从政期间,他的"翻案诗"处处与古人已经定论的世俗成见相对立,主题是"大翻历史之旧案",以发人深省。退隐之后,他参禅论道,由此,他又翻前人诗句,从中体会禅者之乐趣。相对而言,后者运用禅宗"翻案法"更为娴熟。王树海先生认为:"王安石的翻案诗,堪称诗歌议论化的典范,他之所以'翻案',意在翻新,志在出奇。这一方面是求与众不同,另外也是变唐人之所已能,而发唐人之所未能的一种努力。"①

（一）大翻历史之旧案，发人深省

王安石早期的"翻案诗"多以"经世致用"为主，其诗歌内容借古讽今，寓意深远。体现了一个政治家忧国忧民的独特风貌，从中也彰显了他执拗倔强的性格。其大翻历史旧案的诗歌有《商鞅》《贾生》《读孟尝君传》《明妃曲》等，其中《明妃曲》最为著名，如诗：

其一
明妃初出汉宫时，泪湿春风鬓脚垂。
低徊顾影无颜色，尚得君王不自持。
归来却怪丹青手，入眼平生几曾有；
意态由来画不成，当时枉杀毛延寿。
一去心知更不归，可怜着尽汉宫衣；
寄声欲问塞南事，只有年年鸿雁飞。
家人万里传消息，好在毡城莫相忆；
君不见咫尺长门闭阿娇，人生失意无南北。

其二
明妃初嫁与胡儿，毡车百辆皆胡姬。
含情欲语独无处，传与琵琶心自知。
黄金杆拨春风手，弹看飞鸿劝胡酒。
汉宫侍女暗垂泪，沙上行人却回首。
汉恩自浅胡恩深，人生乐在相知心。
可怜青冢已芜没，尚有哀弦留至今。

该诗作于嘉祐四年，一出即轰动宋代整个诗坛，著名诗人欧阳修、梅尧臣、曾巩、司马光、刘敞等皆相和诗，但均不及其作。方东树《昭昧詹言》云："《明妃曲》寄托'归来'二字掷。此等题各人有寄托，借题立

---

① 王树海：《禅魄诗魂》，知识出版社1999年版，第380页。

论而已。如太白只言其乏黄金,乃自欢也。公此诗言意不在近君,近君而不为国士知,犹泥涂也。六一则言天下至妙,非悠悠者能知,以自喻其怀,非俗众可知。"① 诚如,诗人们借汉言宋,自然想到明妃。欧阳修和梅尧臣诗中皆直斥"汉计拙"。在艺术手法上,欧阳修大下功夫,甚至动用散文笔法,诉诸胡地环境的恶劣,抨击汉帝的昏庸,慨叹红颜薄命。但诗情皆不如人意,王安石诗中极其刻意地刻画明妃爱国思乡的纯洁、深厚感情;并有意把这种感情与个人恩怨区别开来,议论高妙,情深意远。《后汉书》的记载是:昭君丰容靓饰,光明汉宫,顾影徘徊,竦动左右。帝见大惊,意欲留之,而难于失信,遂与匈奴。(《后汉书·南匈奴传》) 由此王安石翻案为"低徊顾影无颜色,尚得君王不自持。归来却怪丹青手,入眼平生几曾有;意态由来画不成,当时枉杀毛延寿"。诗人能从君王的眼中,写出"入眼平生几曾有",并因此而"不自持",烘托出王昭君的容貌动人。这种端庄美貌的"意态"是画师笔下难以绘出的,因此诗人认为,毛延寿实属枉杀。转而,通过明妃心知一去不归,和对汉服的眷恋,塞南事,鸿雁传书,引出诗人"出奇"之论"君不见咫尺长门闭阿娇,人生失意无南北",此句亦翻于司马相如《长门赋》。表现出对被侮辱和被损害的广大宫女的同情,同时亦抒发了"士不遇"的愤慨。其二首中"汉恩自浅胡恩深,人生乐在相知心"亦为翻新出奇句。按道理,"人生乐在相知心"是人之常情,明妃应该乐而不哀才对,可诗中的明妃却是不乐而哀。诗人在此句使用的"翻案法",意在表现王昭君的深明大义。王树海先生认为:"且不管是诗中'家人'说了'人生失意无南北',还是'沙上行人'道出'汉恩自浅胡恩深',这种理性的洞彻。足以震撼千载以下的读者心灵。"② 李壁亦引黄庭坚语:"山谷跋此诗云:荆公作此篇,可与李翰林、王右丞并驱争先矣。往岁道出颍阴,得见王深父先生,最承教爱,因语及荆公此诗,庭坚以为辞意深尽,无遗恨矣。深父独曰不然,孔子曰:'夷狄之有君,不如诸夏之无也。''人生失意无南北'非是。庭坚曰:'先生发此德言,可谓极忠厚矣。然孔子欲居九夷,曰君子居之,何陋之有?恐

---

① 方东树:《昭昧詹言》,人民文学出版社 2006 年版,第 287 页。
② 王树海:《禅魄诗魂》,知识出版社 1999 年版,第 380 页。

王先生未为失也。'明日，深父见舅氏李公择曰：'黄生宜择明师、畏友与居，年甚少，而持论知古血脉，未可量也。'"① 再如《商鞅》：

    自古驱民在信诚，一言为重百金轻。
    今人未可非商鞅，商鞅能令政必行。

  李壁注云：《商鞅传》："令即具，未布，恐民之不信已，乃立三丈木于国都市南门，券民有能徙置北门者，予十金。民怪之，莫敢徙。复曰：'能徙者，予五十金。'有一人徙之，辄予五十金，以明不欺。卒下令。"②此诗即出于此典故。诗中"一言为重百金轻"翻案于"得黄金百镒，不如季布一诺"（《前汉》）。此"一言为重""百金轻"从意义上来说比上一句更翻进了一层。旨在赞扬商鞅一诺千金，能令行政。暗喻"自为商鞅"，以行天下之法。再如，《贾生》：

    一时谋议略施行，谁道君王薄贾生。
    爵位自高言尽废，古来何啻万公卿。

  司马迁《史记》说："贾生名谊，洛阳人也。年十八，以能诵诗属书闻于郡中。吴廷尉为河南守，闻其秀才，召置门下，甚幸爱……是时贾生年二十余，最为少。每诏令议下，诸老生不能言，贾生尽为之对，人人各如其意所欲出。诸生于是乃以为能不及也。孝文帝说之，超迁，一岁中至太中大夫。后为大臣周勃、灌婴等所谗毁，谪长沙王太傅"（《史记·屈原贾生列传》）。此诗通篇议论，旨在肯定贾谊的超群才能和汉文帝的求才若渴。与李商隐的《贾生》比，二者意思截然相反，可见其翻案的由来。李商隐诗云："宣室求贤访逐臣，贾生才调更无伦。可怜夜半虚前席，不问苍生问鬼神。"此亦可看出全诗翻案并非诗句上的翻案，而是整个诗歌意思上的翻案。诗中仅开头两句"一时谋

---

① 王安石撰，李壁注：《王荆文公诗李壁注》卷六，上海古籍出版社1993年版。
② 同上。

议略施行，谁道君王薄贾生"就全面推翻了李商隐全诗的观点。王安石认为，贾生一时的议谋大体上都能获得实施，谁又能说文帝轻视贾谊呢？而李商隐则认为，贾谊的《治安策》《过秦论》中政见卓识，均未受到真正的重视。帝王所谓的求贤爱才，只不过故作姿态罢了。诗的讽意微曲而辛辣，借题发挥，以古讽今。后两句"爵位自高言尽废，古来何曾万公卿"更是王安石"创新"之所在，以贾谊与达官贵人相提并论，进一步突出贾谊之言尽得实施，未为不遇。二诗虽同咏《贾生》，但诗人所站的立场却不同，李诗以古讽今，笔锋犀利而含蓄，王诗则贬褒分明，对比强烈，在李诗艺术构思的基础上，去陈而出新，进而超越李诗。

除此之外，王安石的大翻历史之旧案诗《读孟尝君传》，辩君为不得士；《河北民》旨在反映百姓深受阶级剥削和民族压迫之苦；《乌江亭》等诗，均一反传统观点，翻新出奇，虽有议论却是宏论谠言，诗之形象鲜明。

（二）翻前人诗句，体验禅之境界

王安石退隐钟山期间，整日与禅为伴，以山水为侣。诗歌中许多妙语皆从古人诗句中直接翻案而来。如《钟山即事》：

涧水无声绕竹流，竹西花草弄春柔。
茅檐相对坐终日，一鸟不鸣山更幽。

诗中"一鸟不鸣山更幽"翻于南朝诗人王籍的"蝉噪林逾静，鸟鸣山更幽"。① 其"鸟鸣山更幽"一直是诗人广为传颂的千古名句。王安石"一鸟不鸣山更幽"此句一出，即遭到历代文人的非议。曾季狸《艇斋诗话》云："鸟鸣山更幽，鸟不鸣山自幽矣，何必更幽乎，此所以不如南朝之诗为工也。"② 冯梦龙《古今谭概》云："梁王籍诗云：'蝉噪林逾静，鸟鸣山更幽。'王荆公改其句曰：'一鸟不鸣山更幽。'山谷笑曰：'此点金

---

① 逯钦立辑：《先秦汉魏晋南北朝诗》下册，《梁诗》卷十七，中华书局1983年版。
② 丁福保：《历代诗话续编》（上），引曾季狸《艇斋诗话》，中华书局1983年版，第303页。

成铁手也。'"① 诗人们之所以出此讥讽之语，多以诗歌的表现手法"相反相成"为依据，此"相反相成"即动与静的关系。"鸟鸣"为动，"鸟不鸣"为静。难道说王安石不了解此种表现手法吗？其实不然，他不但非常熟悉，而且还经常运用。释惠洪《冷斋夜话》云："前辈诗云'风定花犹落'，静中见动意；'鸟鸣山更幽'，动中见静意。"② 事实上，"鸟鸣山更幽"是诗人对山林风物的自然体悟，其对事物的捕捉"动中有静，静中有动"。而"一鸟不鸣山更幽"是禅者久居山林的身心感悟。此亦显空灵和寂静。因此，王安石翻"鸟鸣山更幽"为"一鸟不鸣山更幽"真正体悟到了禅家的心得。再如《梅花》：

墙角数枝梅，凌寒独自开。
遥知不是雪，为有暗香来。

诗中"遥知不是雪，为有暗香来。"翻于南朝诗人苏子卿《梅花落》诗，"只言花似雪，不悟有香来"，③ "遥知不是雪，为有暗香来。"是说远远地望去就知道不是雪，因为有淡淡的幽香阵阵地飘来。相反"只言花似雪，不悟有香来"是将花比喻成了雪，正以花之纯洁，但"不悟有香来"与"只言花似雪"的前后搭配却缺少了相对的美感，直观感受是，雪怎么能飘香，飘香即不是雪。因此王安石技高一筹，直翻为"为有暗香来"，可谓"点铁成金"，出人意料。此中"暗香"在于赞美梅花之"香"胜雪一筹，不屈服于恶劣环境的高贵品格。诗中没有一丝刻意雕琢的痕迹，朴素自然，语句浅显平白，意蕴却深远悠长，禅味浓浓。再如，《登飞来峰》：

飞来山上千寻塔，闻说鸡鸣见日升。

---

① 冯梦龙、栾保群点校：《古今谭概》，中华书局 2007 年版。
② 释惠洪：《冷斋夜话》卷五，吴文治主编：《宋诗话全编》叁，凤凰出版社（原江苏古籍出版社）1998 年版，第 2445 页。
③ 郭茂倩编：《乐府诗集》卷二十四，《横吹曲辞》四，中华书局排印本 1979 年版。

不畏浮云遮望眼,自缘身在最高层。

诗中"不畏浮云遮望眼,自缘身在最高层"翻于李白诗《登金陵凤凰台》:"总为浮云能蔽日,长安不见使人愁"。① 二诗对比,已看出王安石使用了"反用"的手法。李白诗"总为浮云能蔽日,长安不见使人愁"暗示奸邪当道,皇帝被奸邪所包围,自己报国无门,心情十分沉痛,体现了诗人忧君忧国、怀才不展、时不我待的心情。陆贾曰:"邪臣之蔽贤,犹浮云之障日月也"(《新语·慎微篇》)。而王安石反用此句,意思却大为改观。"不畏浮云遮望眼,自缘身在最高层","浮云遮望眼"与李诗寓意相同,意暗指保守势力。但转而的"身在最高层"却翻案出新奇之笔,拔高诗境,有高瞻远瞩的气概。使全诗思绪条贯,勾连紧密,天衣无缝。

除此之外,王安石后期的翻案诗还很多,如《书湖阴先生壁》中"一水护田将绿绕,两山排闼送青来"翻于五代诗人沈彬"地隈一水巡城转,天约群山附郭来"句;再如《舟夜即事》中"水明鱼中饵,沙暖鹭忘眠",翻于杜甫"沙暖睡鸳鸯"。其《晴景》:"雨来未见花间蕊,雨后全无叶底花。蜂蝶纷纷过墙去,却疑春色在邻家。"翻于晚唐诗人王驾《雨晴》:"雨前初见花间蕊,雨后兼无叶里花。蛱蝶飞来过墙去,却疑春色在邻家",题目改一字,内容改七字。再如《出定力院作》:"江上悠悠不见人,十年尘垢梦中身。殷勤为解丁香结,放出枝间自在春。"翻于晚唐诗人陆龟蒙《丁香》:"江上悠悠人不问,十年云外醉中身。殷勤解却丁香结,纵放繁枝散诞春。"二诗即为相似,只改动数字而已。钱锺书评曰:"每遇他人佳句,必巧取豪夺,脱胎换骨,百计临摹,以为己有:或袭其句,或改其字,或反其意。集中做贼,唐宋大家无如公之明目张胆者。"② 诚如,在佛禅的侵染下,其"翻案诗"亦达到"点铁成金""夺胎换骨"之法;其旨在推陈出新,将死句弄活,化腐朽为神奇,直开黄庭坚等江西诗派之先河。

---

① 瞿蜕园、朱金城:《李白集校注》卷二十一,上海古籍出版社排印本 1980 年版。
② 钱锺书:《谈艺录》,中华书局 1984 年版,第 245 页。

第二节　禅宗"颂古"的诗式妙用

元好问有诗云："诗为禅客添花锦，禅是诗家切玉刀。"[1] 这是对诗禅互融关系的真实写照。僧家以诗明禅，文人以禅入诗，诗禅互融现象早在唐代就开始了，但宋代"文字禅"的出现，使诗禅的双向渗透具有了理论指导的自觉实践。北宋中叶，佛禅极度繁荣。一向号称"不立文字"的禅宗，一变为"不离文字"的禅宗。无论佛经律论的疏解，语录灯录的撰写，颂古百则的制作，以及诗僧的诗词文赋吟咏等，处处离不开文字。王树海先生认为："在对待语言文字的问题上，禅家和诗人所面对的矛盾和困惑是等值的。王安石自然了解这种矛盾所导致的困惑，他用诗家的手段解决这两难境地，在这种种矛盾中发现新的艺术法则，只要能传达真情至道"，[2] 即"以文字为诗"，亦能获得美轮美奂的诗情、诗境。

一　禅宗颂古

麻天祥先生云："颂古，即是举古则以为韵语，发明其意者。通俗地说，就是禅师以公案为例，用诗词韵语给予解释与评议，是对闪烁其词的公案所进行的语言文字的说明。这实际上是宋代文字禅之滥觞。"[3] 颂古首先由善昭开创，善昭（汾阳）对佛学思想无甚建树，唯有颂古是其对禅学的创新和贡献。从佛学发展史上看善昭有三诀："上堂：汾阳有三诀，衲僧难辨别，更拟问如何，拄杖驀头楔。有僧问：'如何是三法？'师便打，僧礼拜。师曰：'为汝一时领出，第一诀，接引无时节，巧语不能诠，云绽青天月；第二诀，舒光辨贤哲，问答利生心，拔却眼中楔；第三诀，西国胡人说，济水过新罗，北地用邠铁'。"[4] 三句（汾阳三句）："问：如何

---

[1] （金）元好问：《遗山先生文集》卷三十七《嵩和尚颂序》，民国涵芬楼影印四部丛刊。
[2] 王树海：《禅魄诗魂》，知识出版社1999年版，第380页。
[3] 麻天祥：《中国禅宗思想发展史》，武汉大学出版社2006年版，第74页。
[4] （宋）释普济：《五灯会元》卷十一，中华书局1984年版，第686页。

是学人着力处？师云：嘉州打大象。如何是学人转身处？师云：陕府灌铁牛。如何是学人亲切处？师云：西河弄师子"①。三诀不是固定的三句话，而是指接引学人的三种方式和风格。但他尤其重视的是临济宗的三玄三要。对此他发表了自己独特的见解，他说："三玄三要事难分，得意忘言道亦亲。一句明明该万象，重阳九日菊花新"②。颂古的出现为禅宗谜语式的公案予以了一目了然的解说。同时也满足了禅门追新好巧的心理需求。一时间，弥漫整个禅林。相对来说，重显的《颂古百则》走的更是华丽、典雅、含蓄，以文字取胜的途径。如其偈颂："三分光阴二早过，灵台一点不揩磨。贪生逐日区区去，唤不回头争奈何。"③ 重显显然是受善昭的影响，从《景德传灯录》中提举公案百则而予以品评，其目的是为了弘扬禅的精妙玄旨。正如他自己所说："自然常光现前，个个壁立千仞。还辨明得也无。未辨辨此取，未明明取，既辨明得，便能截生死流，同居佛祖位，妙圆超悟，正在此时。堪报不报之恩，以助无为之化"。④ 关友无党说："雪窦重现《颂古百则》，丛林学道诠要也。其间取譬经论，或儒家文史，以发明此事，非具眼宗匠，时为后学击扬剖析，则无以知之"（《碧岩录·关友党后序》）。元初著名曹洞宗禅僧万松行秀云："吾宗有雪窦、天童，犹孔门之有游、夏。二师之颂古，犹诗坛之李、杜。世谓雪窦有翰林之才，盖采我华，而不摭我实"（万松行秀《寄湛然居士书》）。可见雪窦颂古文采四溢，铺锦列绣；取譬经论，言近旨远；透得公案，学道诠要。如偈《一指禅》："多扬深爱老俱胝，宇宙空来更有谁？曾向沧溟下浮木，夜涛相共接盲龟"⑤。

灯录、颂古的出现，使禅风为之一变，禅门早期"以心传心"的"无字禅"一变为"口耳相传"的文字禅。然而禅师们把公案以颂古的形式点拨一点儿入门途径，虽然教法上有所进步，但却不够通俗，难免"和者盖寡"。因此，释克勤认为，"大凡颂古只是绕路说禅，拈古大纲，据款结案

---

① （宋）释普济：《五灯会元》卷十一，中华书局1984年版，第685页。
② （宋）赜藏主编：《古尊宿语录》十，中华书局1994年版。
③ 麻天祥：《中国禅宗思想发展史》，武汉大学出版社2006年版，第79页。
④ 《续藏经》第一辑第二编乙第九套第五册，第447页。
⑤ （宋）释克勤：《碧岩录》卷二，《大正藏》卷四十八，第139页。

而已"①。其"绕路说禅"就是为了避免正面解说禅旨。如，禅家将"酒"称之为"般若汤"，将"鸡"称之为"钻篱菜"，将"书"称为"黄妳"，"钱"称为"青奴"。苏轼为此曾指出："僧谓酒'般若汤'，谓鱼'水梭花'，谓鸡'钻篱菜'，竟无所益，但自欺而已。"② 由此可以看出，僧人其语言技巧是标准的"言其用而不言其名"，即为"隐语"。受佛禅之启示，宋代诗人也多用"绕路说禅"使用"隐语"的方法"绕路说诗"，如苏轼《雪后书北台壁二首》诗："'冻合玉楼寒起粟，光摇银海眩生花'，其中谓肩'玉楼'，谓眼'银海'；其在《乘舟过贾收水阁收不在见其子三首》其二中另有一句，'小舟浮鸭绿，大杓泻鹅黄'，谓水'鸭绿'，谓酒'鹅黄'。"③"黄庭坚《送舅氏野夫之宣城二首》其一诗："'霜林收鸭脚，春网荐琴高'，谓银杏'鸭脚'，谓鲤鱼'琴高'。其另一首《戏咏猩猩毛笔》中'政以多知巧言语，失身来作管城公'，谓毛笔'城公'；其《送顾子敦赴河东三首》其二：'遥知更解青牛句，一寸功名心已灰'，谓老子'青牛'。"④ 正如钱锺书先生所说："庆历、元祐以来，频见'云间赵盾'、'渊底武侯'、'青州从事'、'白水真人'、'醋浸曹公'、'汤煨右军'、'平头'、'长耳'、'黄妳'、'青奴'、'苍保'、'素娥'、'鹅黄'、'鸭绿'、'此君'、'阿堵'，庄季裕《鸡肋编》卷上至载'左军'为鸭，'泰水'为妻母之笑柄。况之选体，踵事加厉。"⑤ 可见宋诗中借代隐语的"踵事加厉"是同禅门的"绕路说禅"分不开的。诗人们已经把佛禅这种使用隐语"绕路说禅"的方法转变为使用隐语"绕路说诗"。

二 "颂古"式诗作

王安石诗歌作品一向追求新奇，从其诗歌作品中我们亦可看出，受禅宗颂古的启示，其使用隐语"绕路说诗"的作品亦很多，例如，《木末》：

---

① （宋）释克勤：《碧岩录》卷一，《大正藏》卷四十八，第139页。
② （宋）苏轼：《苏轼文集》卷七十二《僧自欺》，中华书局1980年版，第2303页。
③ （宋）苏轼：《苏轼诗集》卷十二，中华书局1982年版，第602页。
④ （宋）黄庭坚：《黄庭坚全集》，李勇先点校，四川大学出版社2001年版。
⑤ 钱锺书：《谈艺录》，中华书局1984年版，第248页。

182　佛家怀抱　俱味禅悦

　　　　木末北山烟冉冉，草根南涧水泠泠。
　　　　缲成白雪桑重绿，割尽黄云稻正青。

　　诗中的大意是：北山的烟雾冉冉升起，已经超过了树梢。南涧的水飞溅到草根上，冷风煦煦。蚕丝似雪，桑叶正绿。麦子收割后播种的晚稻已泛青。[沈注]《舆地纪胜》："木末轩在蒋山塔院西偏，乃王荆公所游。俯视岩壑，虬松参天，幽邃可爱，为山之绝景云。"① 诗中"缲成白雪桑重绿，割尽黄云稻正青"句，采用佛禅"隐语"的技法，即不述本意、不称本名而用它辞暗示。其"白雪"指"蚕丝"，"黄云"指"麦子"。再如，《红梨》：

　　　　红梨无叶庇花身，黄菊分香委路尘。
　　　　岁晚苍官才自保，日高青女尚横陈。

　　诗中大意：红梨树没有树叶遮盖着花身，黄色的菊花分香卖履，洒落在道路上飞扬的灰尘中。岁晚的松柏已经知道自保，太阳已经升得很高，但地上的霜露还没有消失。诗中起句"红梨无叶庇花身，黄菊分香委路尘"，[庚寅增注]"红梨无叶庇花身：欧公言：'峡州州宅中有千叶红梨花，无人赏。太守朱郎中始加栏槛，命坐客赋之。'此言无叶，谓摇落时耶？"② 李商隐诗："几度木兰舟上望，不知元是此花身"（《木兰花》）。尾句："岁晚苍官才自保，日高青女尚横陈"，李壁注曰："《复斋谩录》云：荆公诗'日高青女尚横陈'，横陈事，见相如赋及《楞严经》。青女者，主霜雪之神也，事见《淮南子》。公以青女为霜，于理未当。如杜子美《秋野》诗云：'飞霜任青女'乃为当理。梁昭明《博山香炉赋》云：'青女司寒，红光翳景。'亦皆指为霜神矣，复斋之说姑存之。杨文公《梨》诗：'九秋青女霜添味，五夜方诸月陷津。'则言青女与霜，必兼言也。"③ "横

---

① （清）沈钦韩：《王荆公诗文沈氏注》卷四十一，中华书局1959年版，第980页。
② 王安石撰，李壁注：《王荆文公诗李壁注》卷四十八，上海古籍出版社1993年版。
③ 同上。

第四章 王安石诗歌形式技巧和佛禅启示 183

陈",释惠洪《冷斋夜话》云:"舒王晚年诗曰:'红梨无叶庇花身,黄菊分香委路尘。岁晚苍官才自保,日高青女尚横陈。'又曰:'木落冈峦因自献,水归洲渚得横陈。'山谷谓予曰:'自献横陈事,见相如赋,荆公不应用耳。'予曰:'《首楞严经》亦曰:于横陈时,味如嚼蜡'。"①"苍官",松或柏的别称。清曹寅诗:"生小苍官豁眼青,可堪丹粉上银屏"(《戏题》诗之三)。清厉荃文:"《经外杂抄》、樊宗师《绛守园亭记》、《后山柏诗》,皆以柏为苍官。又《表异录》以松为苍官"(《事物异名录·树木·柏》)。可以看出,此句亦采用"隐语"技法"绕路说诗"。"青女"指"霜","苍官"指"松柏"。再如《南浦》:

南浦东冈二月时,物华撩我有新诗。
含风鸭绿粼粼起,弄日鹅黄袅袅垂。

释惠洪《冷斋夜话》云:"用事琢句,妙在言其用不言其名耳。此法唯荆公、东坡、山谷三老知之。荆公曰:'含风鸭绿粼粼起,弄日鹅黄袅袅垂。'此言水、柳之用,而不言水、柳之名也。"②诗中用"鸭绿"代指水,"鹅黄"代指柳,这样一来,整个诗句不再显得乏味,其语义更加丰富,视觉效果好。此为受禅之影响采用隐语技法,"绕路说诗",其佛禅境界表现得更为明显。永明延寿禅师云:"佛法世法,皆有名体。设有人问,每闻诸经云,迷之即垢,悟之即净,纵之即凡,修之即圣,能生世间出世间一切诸法,此是何物?答云是心。愚者认名,便谓已识。智者应更问,何者是心?答知即是心。知之一字,亦贯于贪嗔慈忍、善、恶苦乐、万用万义之处。今时学禅人多疑云,达摩但说心,荷泽何以说知。如此疑者,岂不似疑云,比只闻井中有水,云何今日忽觉井中湿耶。思之思之,直须悟得水是名,不是湿,湿是水,不是名。即清浊水波凝流无义不通也。以例心是名,不是知,知是心,不是名。即真妄垢净善恶,无义不通也。"③

---

① 释惠洪:《冷斋夜话》卷五,凤凰出版社(原江苏古籍出版社)1998年版,第66页。
② 同上书,第62页。
③ (宋)永明延寿:《宗镜录》卷三十四,《大正藏》卷四十八,第451页。

也就是说对水是从名称、功能等方面来认识的；相对于禅宗中的相宗、空宗，"为对初学及浅机，恐随言生执，故但标名而遮其非，唯广义用而引其意。"① 禅宗使用隐语"绕路说禅"的方法引进宋诗后，宋人广泛使用，王安石受佛禅启示"绕路说诗"之运用，使诗歌表现形式更为含蓄委婉，语句精丽，诗境内涵更为丰富。

第三节　佛禅"偈颂"对王安石诗歌技巧的影响

"禅师示法，常会提起'三藏十二部''十二部经'，意思就是将三藏佛典的性质和方式分成十二类，其中有长行、偈颂、因缘、譬喻、本生、本事等十二种体裁，偈颂是其中不可缺少的重要部分。'偈'，读作 jì，原指预言的话。其中含有预言组成的词句，叫作'偈语'，含有韵句的叫作'偈颂'。在佛教经典中偈颂常常以唱词形式出现。如：偈文、偈句、偈言、偈语、偈诵。均为梵语'偈佗'。即佛经中的唱颂词。偈有两种：一通偈，每句字数不定，句数不拘，以三十二字为一偈；二是别偈，每句或二、三、四言或五、六、七言乃至多言，共四句为一偈。"② 佛教传入中国后，偈颂是宣传佛理的主要形式。因其古印度语言风格与汉语存在着很大的差异，原在印度可以被歌咏的偈颂，译成汉文后，变得言简意赅，类同于诗歌。从某种意义上来说，译经者也是为适应佛教传播的需要，而刻意接近中国旧体诗歌的表现形式。但其与旧体诗歌又有本质的区别，旧体诗不但讲句数、字数，而且讲平仄、对仗、押韵，稍有不慎或技巧欠佳，便导致"以辞害义"，因此，禅师们在翻译佛经时，往往使用平易朴实的白话文体，这种特殊的白话文体就是中国式的"偈颂"。中国式的"偈颂"通常由四句组成，每句以四言、五言、七言为主，如："菩提本无树，明镜亦非台。本来无一物，何处染尘埃。"（《坛经》）。《阿毗达摩顺正理论》卷四十四云："言应颂者，谓以胜妙缉句言语，随述赞前契经所说；……言讽颂者，

---

① （宋）永明延寿：《宗镜录》卷三十四，《大正藏》卷四十八，第451页。
② 《浅谈"偈颂"》，网址：http://msn.hongxiu.com/a/a/02083/2082197.shtml。

第四章　王安石诗歌形式技巧和佛禅启示　185

谓以胜妙缉句言语，非随述前而为赞咏，或二、三、四、五、六句等。"①《大智度论》卷三十三云："一切偈名祇夜，六句、三句、五句，句多少不定，亦名祇夜，亦名伽陀。"② 随着中国诗歌的发展和演变，唐代以后七言诗比较盛行。为迎合时代的情趣，禅师们翻译佛经也尽量采用人们喜闻乐见的诗歌表现形式。于是出现了七言偈。《妙法华经玄义》云："或四、五、六、七、八、九言偈。"③ 如《普曜经·降魔品第十八》有一首七言偈，长32句："禁戒清净不乐观，所视恭敬无嗔恨。所察威仪无愚冥，其身微妙审详序。快说女人之瑕秽，已离爱欲无所恋。天上世间无等伦，不见真行如是者。所在进止睹女像，本净谨慎妙巍巍。坚一其心无瑕秽，犹如安明不可动。察福威神及功勋，从无数劫护禁戒。清净梵天无数亿，头面稽首真人足。必当降伏我魔兵，辄成道德如前佛。以故我等不可争，逮得尊业疗一切。所观如空明珠宝，亿载菩萨往恭敬。若干杂形如妙华，迦留须伦山树木。有所思惟无想念，咸来供养于十力。其面眉间功勋光，斯明极曜遍照远。所行之处无求便，所受根本无所失。无嗔无尘无有所，举动作事常少欲。"④ 又《修行本起经》卷下有九言偈40句："如令人在胎不为不净，如令在净不为不净污。如令苦不为多无有数，假令如是谁不乐世者。如令人老形不若干变，如令善行者不为恶行。如令爱别离不为苦痛，假令如是谁不乐世者。如令病瘦无复有大畏，如令后世无有诸恶对。如令堕地狱无有苦痛，假令如是谁不乐世者。如令年少形不变坏者，如令所不可不以着心。如令死至时无有众畏，假令如是谁不乐世者。如令愚痴不以为厚冥，如令嗔恚不为强怨家。如令五乐心不为染恶，假令如是谁不乐世者。如令不与诸痴人共居，如令众痴法自远离人。如令诸痴人无有思想，假令如是谁不乐世者。如令诸恶种不若干辈，如令诸恶尽灭自离人。如令诸恶念无有思想，假令如是谁不乐世者。如令世间恶为最尊上，如令恶行已灭不复生。如令诸恶行尽无有实，假令如是谁不乐世者。如令诸天

---

① （唐）玄奘译：《阿毗达摩顺正理论》，《大正藏》卷二十九，第594页。
② 同上书，第307页。
③ （隋）智顗：《妙法莲华经玄义》，《大正藏》卷三十三，第688页。
④ （西晋）竺法护译：《佛说普曜经》，《大正藏》卷三，第483页。

食福常不动,如令世人寿命得常存。如令诸处所不为行趣,假令如是谁不乐世者。如令诸荫盖不为怨家,如令诸六入无有苦恼。如令一切世间为不苦,假令如是谁不乐世者。"① 偈颂与诗歌相比,由于不刻意追求平仄、对仗、押韵,而且意蕴深远,因此广为流传。

魏晋以后,佛徒不拘缁素多雅爱辞章,经常以诗歌的形式颂赞佛事。"颂者,美盛德之形容,以其成功告于神明者也。"(《毛诗郑笺》)"赞者,明也,助也……义兼美恶,亦犹颂之变耳"(刘勰《文心雕龙·颂赞》)。如支遁《文殊师利赞》:"童贞领玄致,灵化实悠长。昔为龙种觉,今则梦游方。惚恍乘神浪,高步维耶乡。擢此希夷质,映彼虚闲堂。触类兴清遘,目击洞兼忘。梵释钦嘉会,闲邪纳流芳。"② 又如支遁《维摩诘赞》:"维摩体神性,陵化昭机庭。无可无不可,流浪入形名。民动则我疾,人恬我气平。恬动岂形影,形影应机情。玄韵乘十哲,颉颃傲四英。忘期遇濡首,亹亹赞死生。"③ 谢灵运的《和范特进祇洹像赞三首》之一(佛赞):"惟此大觉,因心则灵。垢尽智照,数极慧明。三达非我,一援群生。理阻心行,道绝形声。"④ 由此看出,以上诸作,均与中土诗歌用韵、属辞、造句方式相同。完全是名正言顺的佛理赞诗。在六朝诗人的努力下,到了中唐,可谓诗僧辈出。寒山、齐己是最杰出的代表。寒山诗云:"我诗也是诗,被人唤作偈。诗偈总一般,读时须仔细。"⑤ 又如齐己《怀武昌栖一》诗云:"得句先呈佛,无人知此心。"⑥ 其《春送禅师归闽中》诗云:"傥为新句偈,寄我亦何妨。"⑦ 可以看出中唐以来的诗偈完全融合。杜松柏先生说:"至唐之近体诗盛行,佛禅应用偈颂,乃日兴盛。至禅人用之,乃日去偈颂之体远而与近体诗相近。在禅人曰偈曰颂,在诗家曰诗歌,其揆一也。"⑧ 到了宋代,随着佛禅的世俗化,偈颂或以诗歌的形式接

---

① (后汉)竺大力共康孟详译:《修行本起经》,《大正藏》卷三,第468—469页。
② (唐)道宣撰:《广弘明集》卷十五,《大正藏》卷五十二,第97页。
③ 同上书,第197页。
④ 同上书,第200页。
⑤ (清)曹寅、彭定求等:《全唐诗》卷八〇七。
⑥ (清)曹寅、彭定求等:《全唐诗》卷八三〇。
⑦ 同上。
⑧ 杜松柏:《禅学与唐宋诗学》,(台北)黎明文化1978年版,第197页。

引学人，或为悟道证体。据《佛祖历代通载》载："勤在太平法演处为侍者，一日有使者陈氏解印还蜀，访演问道，演曰：'提刑少年曾读小艳诗否？'有两句颇相近，'频呼小玉元无事，只要檀郎认得声'。使者惘然，勤聆之有省，忽大悟。见鸡飞上栏杆，鼓翅而鸣，自谓曰：'此岂不是声。'遂呈偈云：'金鸭消香锦绣帏，笙歌丛里醉扶归。少年一段风流事，只许佳人独自知。'法演大喜：'吾宗有汝，自兹高枕矣。'"① 宋代不少士大夫都有文人禅的痕迹。他们游走山林，与禅师交游唱和，禅宗偈颂的思辨力量和"机锋"应对的形式正适合于文人自省的意识。特别是颂古和文字禅的诞生，禅师们可以名正言顺地在文字技巧上，运用偈颂、诗歌等形式来谈禅。由此看来，禅对诗的影响，不仅仅局限于严羽所说的"以禅喻诗"，禅宗偈颂的艺术技巧亦影响着宋诗的艺术技巧。

韩国学者朴永焕说："禅师们在文字技巧上，运用偈颂、诗歌等形式来谈禅。他们这些诗偈，在表现技巧上，具有质朴清新、透彻洒脱、生动活泼、精通简要的特色而又需追求藻饰，堆砌典故，这对当时诗歌创作产生了巨大的影响，禅师们说偈悟道的方式，为诗人们打开了吟风弄月、寻诗觅句的新路。"② 王安石亦不例外，晚年诗歌受佛禅偈颂的启示，其诗歌技巧亦表现为质朴清新、生动活泼、透彻洒脱的特点。

一 质朴清新

禅的"质朴清新"，就是禅宗将印度佛教的教义与本土老庄"返朴归真"思想相融合而形成的一种通过观照自然而顺应自然，达到复归自然的禅悦境界。观照自然，即佛禅所说的"各自观照本心，识见本性"。但佛禅不排除以观照自然作为领悟佛法的途径。佛禅认为，大自然的一切都是佛的真理的显现，意欲领悟佛法，必先观照自然。寒山有诗偈："千云万水间，中有一闲士。白日游青山，夜归岩下睡。倏尔过春秋，寂然无尘累。快哉何所依，静若秋江水。"③ 诗人心中不染一丝杂念，纯洁如白莲，

---

① （元）念常：《佛祖历代通载》卷三十，《大正藏》卷四十九，第477页。
② 《佛学研究》1995年第4期。
③ 司南编：《诗僧天涯》，陕西师范大学出版社2004年版，第62页。

不为物扰平静如秋江之水,超然相外。此亦表心之安处即为家。诗中丝毫没有雕琢的痕迹,可谓轻松自然,信手拈来。此类观照自然的诗王安石亦很多,例如,《初夏即事》:

> 石梁茅屋有弯碕,流水溅溅度两陂。
> 晴日暖风生麦气,绿阴幽草胜花时。

诗中首联"石梁茅屋有弯碕,流水溅溅度两陂",开门见山地将"小桥、流水、人家"的乡村自然景观不加修饰地展现在人们眼前。这幅画面既简单又空旷,没有鸟语,没有花香,没有艳丽的色彩,没有人物的活动,找不到"巧语"的痕迹。诗中的石梁即小桥,茅屋即人家,弯碕即流水的岸边,可见语句清新自然。转而诗人的观照由岸边转向流水,由近及远地写溪水流淌的气势。其中的"溅溅",亦可表现水流湍急。《木兰辞》有云:"但闻黄河流水声溅溅"亦如之。诗中的意思是说溪水溅溅正向前面两座山坡中间流过。句中不见奇巧,直观展现了春末夏初水流湍急的情状。接下来诗人的观照由溪流转向田野风光,其尾联"晴日暖风生麦气,绿阴幽草胜花时"是说麦苗在日照下拔节猛长的势头,其初夏的自然景观比春天百花盛开时更美。李壁注云:"韩诗'暖风抽宿麦,清雨卷旗归',唐人诗:'散尽平生眼中客,暖风晴日闭门居',赵师民诗'麦天晨气润,槐夏午阴清'。"[①]诗中"绿阴幽草",是春归花谢后初夏风光的特色。"胜花时",是诗人独特的感受。全诗描写由近及远,情绪昂扬,语言清新质朴,寓情于景。可见诗人领悟到这初夏的自然景观比春天百花盛开更能使人愉悦。刘辰翁评曰:"别是幽胜,令人宰物气象。"诗中可以看出诗人与禅师们对自然的观照已无分别。禅师们经常观照自然以示佛法。《宋高僧传·惟俨传》记载:"翱闲来谒俨,遂成警悟。又初见俨执经卷不顾。侍者白曰:'太守在此。'翱性褊急,乃倡言曰:'见面不似闻名。'俨乃呼翱应唯。曰:'太守何贵耳贱目?'翱拱手谢之。问曰:'何谓道邪?'俨指

---

① 王安石撰,李壁注:《王荆文公诗李壁注》卷四十一,上海古籍出版社1993年版。

天,指净瓶曰:'云在青天水在瓶。'翱于时暗室已明疑冰顿泮。寻有偈云:'炼得身形似鹤形,千株松下两函经。我来相问无余说,云在青天水在瓶。'又偈:'选得幽居惬野情,终年无送亦无迎。有时直上孤峰顶,月下披云笑一声。'"① 大意是道不可正面表述,但它真实自然,就像云在青天水在瓶一样。当有人问佛祖西来意时,从谂禅师答曰:"庭前柏子";当有人问和尚家风时,遇安禅师回答"青山绿水,处处分明"等等,都是禅宗通过观照自然而悟道的公案。观照自然是为了顺随自然的洒脱,永明延寿有诗偈:"欲识永明旨,门前一湖水。日照光明生,风来波浪起。"此偈质朴清新,不加修饰,通俗易懂,并借门前湖水的自然变化,阐明佛法之境界。表现自我对佛法的澄清透明的认识,使接引者如日月朗照之心领神会。王安石亦有此类诗,如《春日》:

柴门照水见青苔,春绕花枝漫漫开。
路远游人行不到,日长啼鸟去还来。

王安石笔下的春天,总是像初开的花朵,既明丽又清新怡人,召唤着美好的感受。其对春天的礼赞,透露出他对宇宙生生不息的生命的热爱和对生活的肯定。诗中首联"柴门照水见青苔,春绕花枝漫漫开"纯是景的展露,重在写景之"色",强调的是视觉感受,呈现的是打开柴门即可见水之清澈透明,阳光洒落,水中的青苔依稀可见。春花满枝,漫漫地绽放。尾联"路远游人行不到,日长啼鸟去还来"这两句突出了山里的幽静,由于路途遥远游人都到达不了这里,天长日久只有鸟来了又去。可见这里没有人迹,终日与之相伴的只有啼鸟,那么花香和鸟语只有诗人独享了。全诗清新、质朴,取境清幽,表现出了诗人恬阔闲适、顺随自然的洒脱生活。诗中"日长啼鸟去还来"大有佛家"只见四山青又黄"的境界。据《五灯会元》卷三载:"唐贞元中,盐官会下有僧因采拄杖迷路,至庵所。问:'和尚在此多少时?'师曰:'只见四山青又黄。'又问:'出山路

---

① (宋)释赞宁:《宋高僧传》,中华书局1997年版,第424页。

向什么去处?'师曰:'随流去。'僧归,举似盐官,官曰:'我在江西时曾见一僧,自后不知消息,莫是此僧否?'遂令僧去召之。师答以偈曰:'摧残枯木倚寒林,几度逢春不变心。樵客遇之犹不顾,郢人哪得苦追寻。一池荷叶衣无尽,数树松花食有余。刚被世人知住处,又移茅舍入深居。'"①以荷叶为衣,以松花为饭,这是多么淡泊自在的生活。禅师们还经常用"时节因缘、放之自然、春生夏长"等语句来表达其随顺自然的境界。此外,禅宗亦有复归自然的诉求,五祖弘忍以"大厦之材,本出幽谷,不向人间有也。以远离人故,不被刀斧损斫,一一长成大物,后乃堪为栋梁之用。故知栖神幽谷,远避嚣尘,养性山中,长辞俗事,目前无物,心自安宁,从此道树化开,禅林菓出也。"②强调禅师们要过远离世俗的生活,尽可能地使身心融入自然。如龙牙禅师诗偈:"木食草衣心似月,一生无念复无涯。时人若问居何处,绿水青山是我家"(《全唐诗续拾》卷四十八)。《金刚经》云:"应无所住而生其心",这首偈颂是禅师山林生活的真实写照。诗中语句清新质朴,不染俗尘。这样复归自然的境界,在王安石的诗歌中亦很多,例如,《山前》:

山前溪水涨潺潺,山后云埋不见山。
不趁雨来耕水际,即穿云去卧山间。

这首诗即诗人咏山前风景之美,感悟山林生活之闲适。首联"山前溪水涨潺潺,山后云埋不见山"是山前风景的客观描写,是诗人排解个人情绪,直观山水的结果,诗中不加一点修饰,呈现在人们眼前的是溪水疯涨,且潺潺流去。相对山后则雾霭沉沉,整个大山全都淹没在浓雾中。转而尾联,诗人则借景抒怀。"不趁雨来耕水际,即穿云去卧山间"使诗境扩展深化,既道明了节气的变化,又从中凸显了农事的紧要。然而对于诗人来说其穿云卧山才是真的情趣旨归。可以看出,其田其地均在山间。李壁注云:"评曰:

---

① (宋)释普济:《五灯会元》卷三,中华书局 2006 年版,第 146 页。
② 石峻、方立天等:《中国佛教思想资料汇编》卷二,第 4 册,中华书局 1983 年版,第 167—168 页。

'隐者词',刘长卿诗:'夕阳临水钓,春雨向田耕'。许浑诗:'雨中耕白水,云外劚青山'。"① 诗中亦显出诗人山林生活之逍遥自在,无拘无碍。确给读者以生意盎然的情趣和清新自在的风气。全诗在景物描写上具有清新、质朴、天造之特点。由此可见,王安石所咏亦是"见诗如画"。

二　生动活泼

禅宗偈颂和语录使宋代诗歌语言更通俗化。偈颂本身就是一种接近口语的文字。其中采用了许多方言和俗语,读来朗朗上口,通俗易懂,便于记诵。而禅家斗机锋更讲究以口应心,随问随答。偈颂和机锋的广泛传播使禅家语言更具有生动活泼的特点。例如,五代招庆省僜禅师的偈颂《示执坐禅者》:"大道分别绝点尘,何须长坐始相亲。遇缘倪解无非是,处愦哪能有故新。散诞肯齐支遁侣,逍遥曷与慧休邻。或游泉石或阛阓,可谓烟霞物外人。"② 禅宗不主张坐禅,倡导以心传心,表现技巧上特别讲究活泼灵动的佛家智慧,重在直下的顿悟。宋人以禅入诗的结果,必然带来诗歌语言的平易通俗,他们常常效法禅门偈颂,直接或间接地创作白话诗。王安石就用方言俗语写了不少通俗的诗,其诗在平淡的字句中,蕴含着深邃的审美情趣,充满清新和活力。如《题半山寺壁二首》其一:

我行天即雨,我止雨还住。
雨岂为我行,邂逅与相遇。

半山寺,原是王安石退居后的住宅,后改名报宁寺。王安石舍宅为寺是本性清静的具体表现,其《题半山寺壁二首》其一,更能进一步体现他的佛禅精神。这首诗写的是天气变化与人行为的关系。诗中只语不提佛禅,写得既生动又活泼,在我与雨之间动与静的关系中,表现出某种巧合,雨独与我有缘。进而阐述佛教的一切法皆因因缘而合的理念。原始佛教有"十二姻缘,所谓十二姻缘就是十二种姻缘生起之意。又作'二六之

---

① 王安石撰,李壁注:《王荆文公诗李壁注》卷四十六,上海古籍出版社 1993 年版。
② (宋)释普济:《五灯会元》卷三,中华书局 2006 年版,第 475 页。

缘'、'十二支缘'、'十二姻缘起'、'十二缘起'、'十二源生'、'十二缘门'、'十二因生'。即构成有性生存之十二条件（即十二有支）"。《阿含经》所说根本佛教之基本教义，即："无明、行、识、名色、六处、触、受、爱、取、有、生、老死"。此十二支中，前者为后者生起之因，前者若灭，此说明诸有为法皆相依相待之关系。即一切事物皆具有相依性。皆由因、缘所成立，并由此可领悟无常、苦、无我之理。据《坛经》中五祖在给六祖传法偈颂"有情来下种，因地果还生。无情即无种，无性亦无生"①，都说明了一种因缘关系。由此看来"雨"和"我"之"邂逅相遇"只是因缘和合所产生的结果。诗中描写人的行为是随着气候和物境的变化而改变自己的行为。从常理来看，这种表现形式是绝对自然的，根本不存在计较。但从佛禅的角度来看，这种改变不仅仅是表象，而是因机而变，因为"一切众生悉有佛性"，众生即佛、佛即众生。全诗语言浅显直白，既有深邃的审美情趣，又充满清新和活力。

越山师鼐禅师是雪峰禅师弟子，据《五灯会元》卷七载：越山师鼐鉴真禅师"初参雪峰而染指。后因闽王请，于清风楼斋久坐举目，忽睹日光，豁然顿晓"。而有偈曰："清风楼上赴官斋，此日平生眼豁开。方信普通年远事，不从葱岭带将来。"②归呈雪峰，雪峰禅师很是认可。越山师鼐禅师见此情此景与梁武帝当年宴请达摩祖师很是相似，见日光朗照，禅师豁然开悟。明明历历，何须达摩祖师从"葱岭"过来。此诗偈生动活泼，清新可读，没有那些说教的内容，纯从心中流出。类似这样的诗偈王安石亦有《谢公墩二首》，其一：

> 我名公字偶相同，我屋公墩在眼中。
> 公去我来墩属我，不应墩姓尚随公。

"谢安（320—385），字安石，号东山，东晋政治家，军事家，浙江绍兴人，祖籍陈郡阳夏（今河南省太康）。历任吴兴太守、侍中兼吏部尚书

---

① 赖永海主编：《坛经》，中华书局 2010 年版，第 22 页。
② （宋）释普济：《五灯会元》卷七，中华书局 2006 年版，第 427 页。

兼中护军、尚书仆射兼领吏部加后将军、扬州刺史兼中书监兼录尚书事、都督五州、幽州之燕国诸军事兼假节、太保兼都督十五州军事兼卫将军等职，死后追封太傅兼庐陵郡公。世称谢太傅、谢安石、谢相、谢公。"① 诗中"我名公字偶相同"是说我的名字和公的名字是偶然之间相同的，公叫安石我也叫安石。"我屋公墩在眼中"，我的屋子就在公墩的前面。李壁注云："《建康志》云：'墩在半山报宁寺之后，基尚存'。"② 从佛教角度说，王安石和谢安石名字的相同，房屋的比邻，本身就是一种缘分。佛教有无间缘，又称次第缘，是指主体思维展开时，能引发起后念的前念，也就是能触发主体联想的连续念头。"公去我来墩属我"，是说谢公已经逝去，今天我来了，墩就属于我了。"不应墩姓尚随公"，既然墩已经属于我，那么墩的姓氏就应该更改，不应该还叫谢公墩了。李壁注云："诗话曰：'或云：介甫性好与人争。在庙堂之上与诸公争法，归山林则与谢安争墩。'此亦善谑。"③ 王安石晚年退隐钟山，远离尘俗纷争，其心态平和，过着万法皆空、了无牵挂的生活，其谢公墩二首纯属自娱自乐。诗中语言浅白，游戏文字，生动活泼，与禅家偈颂已无分别。表现出诗人随遇而安的人生情调。此外，受佛禅偈颂的影响，王安石晚年的诗作，即使歌功颂德亦落有佛禅生动活泼的印记，如《歌元丰五首》其五：

豚栅鸡坝掩霭间，暮林摇落献南山。
丰年处处人家好，随意飘然得往还。

元丰年间，天下丰收，诗人虽然退隐，但仍心系国家和人民，情不自禁，以诗抒怀，全诗共五首，全部为歌颂丰收景象。其诗语言浅白，通俗易懂。首联："豚栅鸡坝掩霭间，暮林摇落献南山。"是说猪圈和鸡舍挨得很近，暮霭中看不到有多少间。树叶凋零，即便是晚上也能看见显露的南

---

① 参见（唐）房玄龄等撰《晋书》卷七十九，列传第四十九，中华书局1997年版，第533页。（宋）司马光编著：《资治通鉴》，中华书局1956年版。
② 王安石撰，李壁注：《王荆文公诗李壁注》卷四十二，上海古籍出版社1993年版。
③ 同上。

山。此联采用对比的方法,以示显露猪圈和鸡舍之多。李壁注云:"《庄子·达生》篇:'为豨谋,曰不如食以糠糟,而错之牢策之中'。又,《诗·君子于役》:'鸡栖于埘,日之夕矣'。吴融诗:'鹅湖山下稻粱肥,豚栅鸡栖半掩扉。'杜诗:'开林出远山'。韩诗:'秋台风日迥,正好看前山。'"[1] 尾联"丰年处处人家好,随意飘然得往还",形容人们欢乐的景象,丰收之年,百姓安居乐业,闲来无事悠然地走亲访友。李壁引高适诗注云:"事古悲城池,年丰爱墟落。"[2] 这是一首歌功颂德诗,诗中描绘元丰年间人民在获得丰收后的欢乐景象,情景交融,其"随意飘然"亦表现出生动活泼的禅意。

三　透彻洒脱

禅宗接引学人常常以游戏人间的方式表现智慧。其诗偈和公案的风趣洒脱,是透过示道、游戏和神通的方式呈露的,给人们意想不到的感悟。如《五灯会元》卷五丹霞烧木佛云:"后于慧林寺遇天大寒,取木佛烧火向,院主呵曰:'何得烧我木佛?'师以杖子拨灰曰:'吾烧取舍利。'主曰:'木佛何有舍利?'师曰:'既无舍利,更取两尊烧。'"[3] 后禅宗公案多以此例教化学人。如有人问真觉大师:"'丹霞烧木佛,上座有何过?'大师云:'上座只见佛。'进曰:'丹霞又如何?'大师云:'丹霞烧木头。'"[4]《五灯会元》卷三亦载有龙山和尚《自述》偈:"三间茅屋从来住,一道神光万境闲。莫作是非来辩我,浮生穿凿不相关。"[5] 因兹烧庵,入山不见,后人号为阴山和尚。可见其悟道之透彻洒脱。王安石晚年精研佛禅,其通透洒脱的诗歌亦很多,如《九日》:

> 九日无欢可得追,飘然随意历山陂。
> 蒋陵西曲风烟澹,也有黄花一两枝。

---

[1] 王安石撰,李壁注:《王荆文公诗李壁注》卷四十一,上海古籍出版社1993年版。
[2] 同上。
[3] (宋)释普济:《五灯会元》卷三,中华书局2006年版,第262页。
[4] (宋)释普济:《五灯会元》卷五,中华书局1984年版,第262页。
[5] (宋)释普济:《五灯会元》卷三,中华书局2006年版,第185页。

第四章　王安石诗歌形式技巧和佛禅启示　195

农历九月九日重阳节,是我国传统节日,起源于战国,魏晋以后习俗在这天登高游宴,饮菊花酒,以绛囊盛茱萸(一般女性带茱萸囊),谓可避邪免灾。唐代诗人歌咏重阳节的诗句很多。如李白诗:"落帽醉山月,空歌怀友生"(《九日》);杜甫诗:"重阳独酌杯中酒,抱病起登江上台"(《九日》);王勃诗:"九日重阳节,开门有菊花"(《九日》)。诗中首联:"九日无欢可得追,飘然随意历山陂",李壁注云:"张滨诗:'白首成何事,无欢可替悲。'又云:'长孙铸:落日去关外,悠悠满山坡。'[庚寅增注]'追欢'字唐人多用。伶人讥张浚看牡丹云:'正是花时堪下泪,相公何用苦追欢'。"① 这一联是说,九日重阳节,王安石悠然地漫步于蒋山,这里可以说太熟悉了,已没有什么新奇值得他感兴趣了,此时的他,心情悠闲而宁静,随意来到山坡上。尾联:"蒋陵西曲风烟澹,也有黄花一两枝",李壁注云:《建康志》有九日台,齐武帝时,立商飙馆于孙陵岗,世呼为九日台。又《十道志》云:"武帝九日燕郡臣孙陵岗。即吴大帝蒋陵,今城西南,俗呼为招陵岗,去城十五里。"② 刘辰翁评曰"语极萧然"。这一联是说,在蒋陵上空飘逸着的西曲,在风烟的散蒸下逐渐趋于安静。草丛中偶尔有一两枝的菊花旁逸出来。诗人在此尽情享受着九月的秋色,即使只有黄花一两枝,内心也感到无比愉悦和闲适,可见其对生命领悟之透彻和自我人生之洒脱。佛禅生活别有洞天,连生死的风光都不一样了。面对"生死"怡然通透洒脱。

据《五灯会元》载赵州从谂禅师语录云:"官人问:'和尚还入地狱否?'师曰:'老僧末上入。'曰:'大善知识为甚么入地狱?'师曰:'我若不入,阿谁教化汝?'"③ 清豁禅师亦有偈颂《过苎溪石桥》:"世人休说行路难,鸟道羊肠咫尺间。珍重苎溪溪畔水,汝归沧海我归山。"④ 世人大多为心有所求,求之不得的即叹行路之难。若心无所求,必豁然开朗。僧人心不挂物,面对生死通透洒脱,自然体认到水归大海,而我归山,是最

---

① 王安石撰,李壁注:《王荆文公诗李壁注》卷四十一,上海古籍出版社1993年版。
② 同上。
③ (宋)释普济:《五灯会元》卷四,中华书局2006年版,第205页。
④ 同上书,第492页。

终极的解脱。王安石亦有诗《病中睡起折杏花数枝》二首，其一：

> 独卧南窗榻，翛然五六旬。
> 已闻邻杏好，故挽一枝春。

诗人虽在病中，面对人生洒脱如故。首联"独卧南窗榻，翛然五六旬"是说独自躺在南窗下面的一个小而狭长的矮床上，作为一个将近六旬的老者，依然感到自我很悠闲。尾联："已闻邻杏好，故挽一枝春"是说已经闻到杏花的香味，因此勉强起身去掰一花枝回来，以示对春天的喜爱。常人生病，必卧床不起，心思往往执着生死，何有心闻杏挽春。诗人则不同，他是用一个禅者的心态观照宇宙众生，即使将近人生的尽头，仍然豁达自如，面对生死一如洒脱。可见对佛禅"无住"的深刻理解。《金刚经》庄严净土分第十云："应如是而生其心，不应住色生心，不应住声、香、味、触、法生心，应无所住而生其心。"[1] "无住"是佛禅中的重要概念，他要求人们不执着于一切事物和概念，不要有意识地去做什么事，而是用一颗最清净、最自然、最无杂念的心去应对一切。因此，黄檗希运断际禅师说："学道人若欲得成佛，一切佛法，总不用学，唯学无求无住，无求即心不生，无住即心不灭，不生不灭，即是佛"（《黄檗希运断际禅师传心法要》）。宋代广为流传的《菩提达摩略辩大乘入道四行》中的四行之一就有"无所求行"，如文"世人长迷，处处贪著，名之为求。智者悟真，理将俗反，安心无为，形随运转，万有斯空，无所愿乐。功德黑暗，常相随逐，三界久居，犹如火宅，有身皆苦，谁得而安？了达此处，故舍诸有，止想无求。经曰：有求皆苦，无求即乐。判知无求，真为道行，故言无所求行。"[2]

据《五灯会元》卷二载："有近臣问曰：'此身从何而来？百年之后复归何处？'师曰：'如人梦时，从何而来？睡觉时，从何而去？'曰：'梦时不可言无，既觉不可言有。虽有有无，来往无所。'师曰：'贫道此身，亦

---

[1] 赖永海：《金刚经》，中华书局 2010 年版，第 47 页。
[2] （宋）释道原：《景德传灯录》卷三十，《大正藏》卷五十一，第 457 页。

如其梦.'师有偈曰:'视生如在梦,梦里实是闹。忽觉万事休,还同睡时悟。智者会悟梦,迷人信梦闹。会梦如两般,一悟无别悟。富贵与贫贱,更无分别路。'"① 此诗虽是禅理的阐述,亦显生动活泼。人生如梦,醒来万事皆休,梦中的喧闹和浮华,迷惑的人则予以相信。而一旦禅悟,富贵和贫贱根本就没有什么区别。王安石亦有诗《万事》:

万事黄粱欲熟时,世间谈笑漫追随。
鸡虫得失何须算,鹏鷃逍遥各自知。

王安石的诗中多次引用黄粱事,其语意皆妙。黄粱指梦事,同"黄粱梦"。明李东阳云:"陈愧斋师召在南京,尝有梦中诗寄予,予戏答之曰:'举世空惊梦一场,功名无地不黄粱。凭君莫向痴人说,说向痴人梦转长'"(《麓堂诗话》)。诗中首联:"万事黄粱欲熟时,世间谈笑漫追随",是说世间的万事如黄粱一梦,灯红酒绿,浮华人生如过往烟云。劝人不要一味的执着于外象,而更多的应观照本心。尾联:"鸡虫得失何须算,鹏鷃逍遥各自知",是说世间的一切得失都如同鸡和虫子的关系,都是不自性的表现,鹏鷃的逍遥才是真正的悟道。李壁注云:"杜诗:'缚鸡行家中,厌鸡食虫蚁。不知鸡卖还遭烹。'又云:'鸡虫得失无了时,注目寒江倚山阁'。'鹏鷃'见《庄子·逍遥游》注:'各以得性为至,自尽为及也。或翱翔天地,或毕志榆枋,直各称体而足,不知所以然也。'"② 诗中可见诗人对佛禅"应无所住而生其心"的认识,从中也显现了诗人对世间万事的了悟通透和自我人生的洒脱悠然。

除此之外,王安石的诗歌技巧亦表现为韵奇、对偶、精工等方面,本文将在第五章有所论述。综上,禅宗偈颂的表现技巧之所以能启示王安石的诗歌技巧,既得益于宋代诗人以禅入诗和僧人以诗说禅的文化交融,同时,又源于王安石出入佛禅的生活践履。禅宗偈颂、机锋以口应心,随问随答,不假修饰、自然天成、活泼有趣,其表现技巧,使王安石的诗歌技

---

① (宋)释普济:《五灯会元》卷二,中华书局 2006 年版,第 97 页。
② 王安石撰,李壁注:《王荆文公诗李壁注》卷四十三,上海古籍出版社 1993 年版。

巧越显质朴清新,生动活泼,通透洒脱。

第四节　王安石诗歌融入佛禅的诸种形式

　　王安石早在与禅僧交游唱和中,就已经认识到了佛儒是相互表里、殊途同归的。佛印了元与其曾有诗:"道冠儒履佛袈裟,和合三家作一家。忘却率陀天上路,双林痴坐待龙华。"① 王安石晚年精研佛典,使其更具有深厚的佛学底蕴。甚至在晚年编写的《字说》中,以佛教化来解释文字。如他对"空"的解释,他认为:"无土以为穴则空无相,无工以空之则空无作;无相无作,则空冥不立。"他对"诗"的解释,认为:"'诗'字从'言'从'寺','诗'者,法度之言也。"② 可见其对佛法的深刻认识。由此可见,王安石晚年的诗歌创作固然离不开法度之言。他的诗歌原本就有取材广泛,手法多样,追求新奇的特点。晚年以寺为家,可谓得天独厚。佛禅典籍中的形象故事、玄奥义理乃至佛禅语言更迎合了他诗歌创作的需要,使其诗歌具有独特的风貌。有关这一方面,前文已多有涉触,为便于梳理,本节将就王安石诗歌融入佛禅的诸种形式予以概括总结。纵观王安石诗歌作品,其诗歌融入佛禅的具体表现主要有三方面:一是化用佛事;二是妙用佛语;三是诠释佛理。

一　化用佛事

　　刘勰《文心雕龙·事类》云:"事者,盖文章之外,据事以类义,援古以证今者也。"③ 在佛教传播过程中,大乘佛教从普度众生的愿望出发,也往往以譬喻故事来阐述佛理,使佛经的文学性大大加强。《法华经》方便品二云:"舍利佛,吾从成佛已来,种种因缘,种种譬喻,广为演言教,无数方便引导众生令离诸著"。④ 佛经中离奇的故事,亦成为王安石诗歌创

---

① （元）熙仲集:《历朝释氏资鉴》卷十,《卍续藏经》第76册,第1519页。
② 王安石、张宗祥辑:《字说》,福建人民出版社2005年版。
③ 赵仲邑:《文心雕龙译注》,漓江出版社1982年版,第318页。
④ 赖永海主编:《法华经》,中华书局2010年版,第59页。

作的素材,如诗,《病起过宝觉》:

> 执手乍欣怅,霜毛应更新。
> 依然旧童子,却想梦前身。

这首诗化用佛教"善财童子五十三参的故事"。李壁注云:"善财童子入毗卢楼阁,见诸境界种种庄严,不可思议。弥勒告言:'如上所见,从何处来?'善财曰:'从诸佛智慧中来,依诸佛智慧而住。无有去处,亦无住处,如梦如幻,不可思议。'尔时善财闻弹指声从三昧起,盖善财末后证入法身,见前来参访五十二人知识皆是梦境。以'执手'二字观之,知为善财不疑。善财初参比丘,德云执善财手云云。"[①] 此诗亦表达诗人大病初愈后,对人生的感悟。其心境如同善财童子对佛法的认识一样。"以'执手'二字观之,不疑人生如梦。于是他舍宅为寺,茹素清苦一如比丘。"

王安石《怀古二首》全诗多处化用《维摩诘经》中的故事,两诗逐句对用维摩、渊明事,奇数句皆出《维摩诘经》,偶数句皆用陶渊明诗文,甚至有整句套用。如诗:

> 其一
> 日密畏前境,渊明欣故园。
> 那知饭不赐,所喜菊犹存。
> 亦有床坐好,但无车马喧。
> 谁为吾侍者,稚子候柴门。
>
> 其二
> 长者一床室,先生三径园。
> 非无饭满钵,亦有酒盈樽。
> 不起华边坐,常开柳际门。
> 谩知谈实相,欲辨已忘言。

---

① 王安石撰,李壁注:《王荆文公诗李壁注》卷四十,上海古籍出版社 1993 年版。

第一首起联"日密畏前境,渊明欣故园",李壁注云:"'日密,古尊宿也。庞蕴:极目观前境,寂寥无一人。'仙者尝语欧阳公云:'公屋宅已坏,但明了前境,犹庶几耳。'"① 此联亦表达诗人心境的一种放松。第二联"那知饭不赐"句即化用佛禅"化菩萨得满钵香饭事"。《维摩诘经》香积佛品云:"化菩萨往众香国,得满钵香饭。回至维摩诘舍,时维摩诘语舍利佛等:'可食如来甘露味饭大悲所熏,无以限意食之,使不消也。'有异声闻念是饭少。而此大众人人当食。化菩萨曰:'勿以声闻小德小智,称量如来无量福慧,四海有竭,此饭无尽,所以者何,功德具足者所食之余,终不可尽。'于是钵饭,悉饱众会,犹故不音赐。"② 第三联"亦有床坐好"句化用舍利佛论坐。《维摩诘经》不思议品曰:"舍利弗见此室中无有床坐,作是念:斯诸菩萨大弟子众。当于何坐?长者维摩诘知其意,语舍利弗言:'仁者为法来耶,求床坐耶?'舍利弗曰:'我为法来,非为床坐。'"③ 第四联"谁为吾侍者句,化用文殊利师语。李壁注云:"文殊师利言:'居士,此室何以空无侍者?'维摩诘言:'一切众魔,及诸外道,皆吾侍者。'"④

第二首第一联"长者一床室"化用文殊师利承佛圣旨,诣维摩诘问疾。《维摩诘经》:"尔时,长者维摩诘心念:'今文殊师利与大众俱来。'即以神力,空其室内,除去所有,及诸侍者,唯置一床,以疾而卧。"⑤ 第二联"非无饭满钵"句,化用《维摩诘经》香钵盛香饭。李壁引《维摩诘经·香积品》注云:"香积如来,以众香钵,盛满香饭,与菩萨。时化菩萨既受钵饭,须臾之间,至维摩诘舍,以满钵香饭与维摩诘。"又《弟子品》云:"须菩提言:念我昔入其舍,从乞食,时维摩取我钵,盛满饭,谓我言:须菩提若能于食等者,诸法亦等。"⑥ 第三联"不起华边坐"化用于《维摩诘经》阿朗佛品。李壁注引《维摩诘经·见阿朗佛品》云:"佛

---

① 王安石撰,李壁注:《王荆文公诗李壁注》卷二十二,上海古籍出版社1993年版。
② 赖永海主编:《维摩诘经》,中华书局2010年版,第157—158页。
③ 同上书,第97页。
④ 王安石撰,李壁注:《王荆文公诗李壁注》卷二十二,上海古籍出版社1993年版。
⑤ 赖永海主编:《维摩诘经》,中华书局2010年版,第80页。
⑥ 王安石撰,李壁注:《王荆文公诗李壁注》卷二十二,上海古籍出版社1993年版。

告维摩诘,言:善男子,为此众会,现妙喜国无动如来,众皆欲见。于是维摩诘心念:'吾当不起于座,接妙喜圆。'"① 第四联"谩知谈实相"句,化用《维摩诘经》弟子品和问疾品关于实相说。《维摩诘经》弟子品云:"维摩诘谓摩诃迦旃延云:'无以生灭心行,说实相法'。"② 又在《维摩诘经》文殊师利问疾品云:"佛告文殊师利:'汝行诣维摩诘问疾。'文殊师利白佛言:'彼上人者,难为酬对,深达实相,善说法要。'"③

以上两首诗虽逐句用事,然通篇贯穿,流畅自如,是王安石晚年心境的真实写照。其通篇逐句化用维摩诘与陶渊明事,风格奇特,甚为少见,从中亦可窥见王安石晚年通达佛事及心系陶渊明之乐。

王安石谙熟佛典,对佛禅著名的事件都很了知,其以佛事入诗大多是为我所用,例如,化于《阿弥陀经》和《称赞净土经》的故事而来的《八功德水》诗,即体现了这一特点,如诗:

雪山马口出琉璃,闻说诸天与护持。
此水遥连八功德,供人真净四威仪。
当时迦叶无尘染,何事阌乡有土思。
道力起缘非一路,但知瓢饮是生疑。

八功德水在钟山东,王安石晚年经常游历此地,八功德水源于佛教故事,意思是指具有八种殊胜功德之水。又作八支德水、八味水、八定水。佛之净土有八功德池,八功德水充满其中。诗中首联"雪山马口出琉璃,闻说诸天与护持",李壁引玄奘法师《西国传》注云:"阿那婆答多池在香山之南,大雪山之北,周八百里。金银、玻璃饰其岸焉。大地菩萨以愿力故,故化为龙王,于中潜宅,出清泠水,属赡部洲,是以池东面银牛口,流出伽河,绕池一匝,入东南海;池南面金象口,流出信度河,绕池一匝,入西南海;池西面琉璃马口,流出缚刍河,绕池一匝,入西北海。"④

---

① 王安石撰,李壁注:《王荆文公诗李壁注》卷二十二,上海古籍出版社1993年版。
② 赖永海主编:《维摩诘经》,中华书局2010年版,第48页。
③ 同上书,第79页。
④ 王安石撰,李壁注:《王荆文公诗李壁注》卷二十八,上海古籍出版社1993年版。

第二联"此水遥连八功德"句,李壁引《阿弥陀经》注云:"'极乐国土有七宝池,八功德水充满其中。'《长阿含起世经》云:'大海初广八万四千由旬。有八功德水。'《顺正理论注》云:'一甘、二冷、三软、四轻、五清净、六不臭、七饮时不损喉、八饮已不伤腹。'又,《称赞净土经》云:'水有八功德:一者澄净,二者清冷,三者甘美,四者轻软,五者润泽,六者安和,七者饮时除饥渴等无量过患,八者饮已定能长养诸根四大,增益种种殊胜善根。多福众生,长乐受用。'"①"供人真净四威仪",《楞严经》卷七云:"十方如来,随此咒心,能于十方事善知识,四威仪中供养如愿,恒沙如来会中推为大法王子。"② 第三联"当时迦叶无尘染"句,李壁注云:"'迦叶观于法尘,念念坐灭无实,自性惟是空寂。'又云:'尽七染分人以观智一空尘法,法尘既空妙法顿显。'"③"何事阌乡有土思"句,李壁注引《唐书》曰:"僧万回,阌乡人也,恢谐如狂,发言屡中。其兄戍边五载,母思之。万回年幼,请诣兄所,策竹马去。经旬而返,白母曰:'兄还矣,请办饼,更往迎之。'数日,持复而至。母发复,乃戍子衣也。寻而子至,母大惊。"④ 尾联"道力起缘非一路,但知瓢饮是生疑",《景德传灯录》云:"长安讲僧问五祖云:'真性缘起其义云何?'祖默然。时师侍立次乃谓曰:'大德正兴一念,问时是真性中缘起。'其僧言下大悟。"⑤ 全诗句句化用佛事,均根据诗歌内容所需而恰当引用。诗中通过弘扬"八功德水"的八种功德,意欲唤醒人们顿悟"真性缘起"的佛理。

此外,王安石的诗歌中化用佛事的还很多,如《次前韵寄德逢》中,"如输浮幢海"句化用的是月光童子修习水观的故事。《楞严经》卷五云:"月光童子,即从座起,顶礼佛足而白佛言:我忆往昔恒河沙劫有佛出世,名为水天。教诸菩萨修习水观,入三摩地。观于身中,水性无夺。初从涕唾,如是穷尽津液精血,大小便利身中旋复,水性一同。见水身中与世界

---

① 王安石撰,李壁注:《王荆文公诗李壁注》卷二十八,上海古籍出版社1993年版。
② 赖永海主编:《楞严经》,中华书局2010年版,第266页。
③ 王安石撰,李壁注:《王荆文公诗李壁注》卷二十八,上海古籍出版社1993年版。
④ 同上。
⑤ (宋)释道原:《景德传灯录》卷二,《大正藏》卷五十一,第197页。

外浮幢王刹,诸香水海,等无差别。"① 月光童子修习水观,重在修心。其境界清净澄清,寂静无澜,了无尘染。其"灭火十八隔"句,化用的是佛教十八隔地狱说。李壁注云:"佛告阿难:阿鼻地狱七重铁城,七层铁网。下十八鬲,周匝七重,皆是剑林。七重城内复有剑林鬲八万四千里。其四角有四大铜狗,眼如掣电,一切身毛皆出猛火。其烟臭恶,世间臭物无以可譬。如是流火烧阿鼻城,令阿鼻城赤如融铜"②。

《光宅寺》中,"高座翳绕天花深"化用的是天女散花的故事。李壁注云:"须菩提尊者宴坐中,闻空中雨花赞叹。尊者问是何人,应云:'我是梵天。闻尊者善说《般若》,故来雨花赞叹。'尊者云:'我于《般若》未曾说一字。'梵天云:'尊者无说,我亦无闻。是真般若。'"③

《偶书》中"槃特忘一句",化用周利槃特迦不善记忆的故事。《楞严经》卷五云:"周利槃特迦即从座起,顶礼佛足而白佛言:"我阙诵持,无多闻性。最初值佛,闻法出家,忆持如来一句伽陀,于一百日得前遗后、得后遗前。佛愍我愚,教我安居,调出入息。我时观息微细穷尽,生住异灭诸行刹那,其心豁然得大无碍,乃至漏尽成阿罗汉,住佛座下,印成无学。佛问圆通,如我所证,反息循空,斯为第一。"④

《送邓监簿南归》中,"水阅三世"句,化用佛与波斯匿王的对话。世尊问波斯匿王云:"大王汝年几时。见恒河水。答。我生三岁。慈母携我。谒耆婆天。经过此流。尔时即知是恒河水。佛征。大王如汝所说。二十之时。衰于十岁。乃至六十。日月岁时。念念迁变。则汝三岁见此河时。至年十三。其水云何。王□如三岁时。宛然无异。乃至于今。年六十二。亦无□异"⑤。《次韵张德甫奉议》中,"对现毗耶长者身"句,化于《维摩诘经》对维摩诘的介绍。《维摩诘经》方便品云:"尔时,毗耶离大城中有长者,名维摩诘。已曾供养无量诸佛,深殖善本;得无生忍,辩才无碍;游戏神通,逮诸总持;获无所畏,降魔劳怨;入深法门,善于智度;通达

---

① 赖永海主编:《楞严经》,中华书局 2010 年版,第 197 页。
② 王安石撰,李壁注:《王荆文公诗李壁注》卷二,上海古籍出版社 1993 年版。
③ 同上。
④ 赖永海主编:《楞严经》,中华书局 2010 年版,第 189 页。
⑤ 同上书,第 39 页。

方便，大愿成就；明了众生之所趣，又能分别诸根利钝；久于佛道，心已纯淑，决定大乘；诸有所作，能善思量，住佛威仪，心大如海，诸佛咨嗟，弟子、释、梵、世主所敬。欲度人故，以善方便居毗耶离。……长者维摩诘，以如是等无量方便，饶益众生。其以方便，现身有疾。以是疾故，国王大臣，长者居士，婆罗门等，及诸王子，并余官属，无数千人，皆往问疾。其往者，维摩诘因以身疾，广为说法。"①

王安石化用佛事，往往能恰当地裁剪，巧妙地熔铸，用简练精深的语句表达佛教原本烦琐复杂的故事情节。其使事融化不隔，不见痕迹，显示出诗歌中较高的用事技巧。方东树云："大家用事，若不知其用事者，其妙也，用事全见瘢痕，视而不典不足于用者虽贤，去大家境界远矣。"②

二 妙用佛语

王安石精研佛禅，使其对佛禅语言十分熟悉，他的诗歌作品中，经常能看见佛禅语言，有的甚至是通篇累用，如《荣上人欲归以诗留之》：

道人传业自天台，千里翛然赴感来。
梵行毗沙为外护，法筵灵曜得重开。
已能为我迂神足，便可随方长圣胎。
肯顾北山如慧约，与公西崦斸莓苔。

这首诗几乎每句都妙用了佛禅语言，诗中首联"道人传业自天台"，句中"天台"，指天台宗，亦称法华宗。第二联"梵行毗沙为外护，法筵灵曜得重开"，"梵行"，佛教中谓清净除欲之行。"毗沙"，见"毗沙门天王"。"法筵"，指讲经说法者的座席，引申指讲说佛法的集会。《楞严经》卷一："法筵清众，得未曾有。"③ "灵曜"寺庙之名，梁武帝时建。第三联"已能为我迂神足，便可随方长圣胎"，"神足"，神足通，佛教六通之

---

① 赖永海主编：《维摩诘经》，中华书局2010年版，第24页。
② 方东树：《昭昧詹言》卷十一，人民出版社1961年版，第238页。
③ 赖永海主编：《楞严经》，中华书局2010年版，第2页。

一。指游涉往来非常自在的神通力量。李壁引《智论》："佛足行时，去地四指，而现印文，不在空者，人疑难亲，附在地者，恐与常人同伤物命，故反迁其足，使去地四指。"①《金光明经》舍身品云："尔时世尊即现神足，神足力故令此大地六种震动。于大讲堂众会之中，有七宝塔从地涌出，众宝罗网弥覆其上。"②"圣胎"，圣人之胎。《佛本行集经》树下诞圣品上："如我所知，我女摩耶王大夫人怀藏圣胎，威德既大，若彼产出，我女命短，不久必终。"③李壁注引《传灯录》云："马祖一日谓众曰：'于心所生，即名为色，知色空故，生即不生，若子此意，乃可随时著衣吃饭，长养胜胎，任运过时，更有何事？'"④尾联"肯顾北山如慧约，与公西崦厮莓苔"，"慧约"即娄约法师。这首诗中的佛禅语汇比较深微，不了解佛禅的人很难看懂诗中的意思，但王安石诗歌中妙用佛禅语言不是千篇一律的，不是每首诗都连篇累用，其只言片语居多，亦表现出语汇浅显的一面。如《寄无为军张居士》：

南阳居士月城翁，曾习禅那问色空。
卓荦想超文字外，低徊却寄语言中。
真心妙道终无二，末学殊方自不同。
此理世间多未悟，因君往往叹西风。

这是一首描写居士悟道的诗，诗中妙用佛禅语言比较浅显，使人一看便懂。其首联："南阳居士月城翁，曾习禅那问色空。""居士"，佛教中出家人对在家信佛的人的泛称。"禅那"，梵语音译，简称为禅，六度之一，意译为思维修，静虑（即禅定）。《楞严经》卷一："殷勤启请十方如来得成菩提，妙奢摩他三摩禅那最初方便。"⑤"色空"，"色即是空"的略语，谓一切事物皆由因缘所生，虚幻不实，《心经》有专门解释。"世间"，人

---

① 王安石撰，李壁注：《王荆文公诗李壁注》卷二十七，上海古籍出版社1993年版。
② 赖永海主编：《金光明经》，中华书局2010年版，第162—163页。
③ （隋）阇那崛多译：《佛本行集经》，《大正藏》卷三，第655页。
④ 王安石撰，李壁注：《王荆文公诗李壁注》卷二十七，上海古籍出版社1993年版。
⑤ 赖永海主编：《楞严经》，中华书局2010年版，第7页。

世间，世界上，出于佛教，后被汉化。《百喻经·观作瓶喻》："诸佛大龙出，雷音遍世间。"① 此外王安石诗中引用的有关佛禅的语汇还很多，如：宴坐、芭蕉、冥鸟、青灯、云泉、天花、阿兰若、方寸摄、幻物、幻岁、净持、幻佛、佛幻诸天、妙云海、浩劫、寂寞、岑寂、请坐、燔烧、魔罗、帝青、灵鹫、行仙、劫空、香火、因缘、遥岑、实相、浮屠、招提、静观、一体歌、兰若、斋蔬、家风、西来意、度垣、妙莲华、方丈、禅伯、禅室、禅天、禅林、禅扉、禅客、机锋、三昧、清净、恒沙等等。

王安石诗中的佛禅语言，有的自然天成，有的喻理精深，有的深入浅出，有的妙用哲理；巧妙中不失品位，深刻中意蕴智慧；既显现了诗人深厚的佛禅修为，同时又为诗歌的化境与创新放任了无限的空间。

三 阐释禅理

众所周知，王安石的诗歌说理是其诗歌的一大特点，其诗歌的议论化开宋人之先河。由于其融摄佛禅甚深，诗歌中自然少不了阐明佛理的作品。其《拟寒山拾得二十首》就是其代表作品，前人多有论述。除此亦如《题半山寺壁二首》《读维摩诘经有感》《梦》《无动》《题徐浩书法华经》等等阐述佛禅义理的作品还很多。如诗《题徐浩书法华经》：

> 一切法无差，水牛生象牙。
> 莫将无量义，欲觅妙莲华。

诗中"一切法无差"，李壁引《华严经》第二十云："是以一法入一切法，以一切法入一法，而不坏其相者之所住处。"②"水牛生象牙"句很有几分禅意，使原本枯涩的佛理凸显得生动有趣。《善慧大士语录卷》卷三有偈颂《行路易十五首》，其一云："无我无人真出家，何须剃发染袈裟。欲识逍遥真解脱，但看水牛生象牙。"③"莫将无量义，欲觅妙莲华"，《法

---

① 汉典网，http://www.zdic.net/cd/ci/5/ZdicE4ZdicB8Zdic967126.htm。
② 王安石撰，李壁注：《王荆文公诗李壁注》卷四十，上海古籍出版社1993年版。
③ 《卍续藏经》第六十九册，第1335页。

华经》序品第一云:"佛说大乘经名无量义,教菩萨法。名无量义教菩萨法佛所护念。佛说此经已。结跏趺坐。入于无量义处三昧,身心不动。"① 诗中以"无量义"对"妙莲华",真是妙绝。"妙莲华"本指《妙法莲华经》,而诗人在此不予说明,不了解佛教的人根本看不出来"无量义"也是经。诗中此作经解可,作物解亦可,这样一来,义才无量,华才称妙。

在《法华经》中王安石领悟到"一切法无差"的道理。他认为,佛法虽然义理纷纭,但本质上并没有差别,就像水牛也能生出象牙一样。为此,他规劝徐浩不要执着于佛禅的"无量义理",要追求真正的"妙莲华","妙莲华"也就好比"无量义"之究竟实相,这首诗虽是对《法华经》的看法,却阐发了佛教的根本理论,是典型的叙事中点化佛理。再如《咏菊二首》其一:

补落迦山传得种,阎浮檀水染成花。
光明一室真金色,复似毗耶长者家。

这首咏菊诗明为写景,实为借写景弘扬佛法。首联"补落迦山传得种,阎浮檀水染成花",[庚寅增注]补落迦山:"《华严合论》卷一百二十:'二十七位鞞瑟胝罗居士指示善财童子,令参二十八位观自在菩萨。善知识云:善男子,于此南方有山,名补怛洛迦,彼有菩萨观自在。'李长者《论释》云:'山名补恒洛迦者,此云小白桦树山,为此山多生白桦树。其桦甚香,香气远及。为明此圣者,修慈悲行门,以谦下极小为行也。华者,明开敷万行故。此慈悲谦小和悦行华,开敷教化行香,远熏一切众生,皆令闻其名者发菩提心。'"②《释迦氏谱》云:"阎浮树也,有二说,或云此州南边有,又云无热池边。此云上胜缘树沂水,水下有金,因为名提擅。此云州也,亦因树为名,或因果立称金中上也。"又,《华严经》:"譬如日月出于阎浮提,光照破一切须弥山,然后普照一切大地。"③

---

① 赖永海:《法华经》,中华书局2010年版,第20页。
② 王安石撰,李壁注:《王荆文公诗李壁注》卷四十二,上海古籍出版社1993年版。
③ 同上。

这一句的意思是说菊花得种于佛家补落迦山,又得阎浮之度染成花。第二联"光明一室真金色,复似毗耶长者家",是譬喻阎浮提之光明破暗悉无余,乃真金色,就像毗耶城维摩诘居士的家一样。佛禅认为,万法皆随缘而起灭,殊无自性,故无所著。诗中景语即情语,此非单纯的描写菊花,而是在菊花中加入了诗人的自我感悟,写景中蕴含丰富的佛禅理趣。再如《赠王居士》:

> 武林王居士,与子俱学佛。
> 以财供佛事,不自费一物。

诗看似语言明了,通俗易懂,但却蕴含着丰富的禅理。武林的王居士和儿子都学法,也都用财产供佛事,这本来没有什么好奇怪的。可诗人站的角度却不同,诗中之妙贵在"不自费一物"上。六祖慧能有"本来无一物,何处惹尘埃?",诗人亦有"本来无物使人疑,却为参禅买得痴"。其目的都是告诫人们参禅者需要"明心见性",不要人为地制造是非困扰。禅者本无一物,世上的万物原本虚空,所见只不过是一些假象而已。李璧注云:"《经》言:'布施汝者,不名福田;供养汝者,堕三恶道。意谓以财作佛事,止为有漏之因耳,又疑本身外之物,取其了此理而不吝。'"[①]在禅理看来,此诗亦可具有明心见性、消除妄念、消解烦恼的作用。可见其在议论中化用佛理的本领。

王安石融入佛禅的诸种形式,其化用佛事,能将佛禅故事恰当地裁剪,巧妙地熔铸到诗歌中来,用简练精深的语句表达佛教原本烦琐复杂的故事情节。使其事融化不隔,不见痕迹,显示出诗歌中较高的用事技巧。妙用佛语,能在诗歌中巧妙地嵌入佛禅语言,其表现为有的自然天成,有的喻理精深,有的深入浅出,有的蕴含丰富。巧妙中不失品位,深刻中含蕴智慧;其既显现了诗人深厚的佛禅修为,同时又为诗歌的化境与创新放任了无限的空间。阐述佛理,既能在叙事中点化出佛理之高深,又能在写

---

① 王安石撰,李璧注:《王荆文公诗李璧注》卷四十二,上海古籍出版社1993年版。

景中蕴含佛义,还能在议论中化用佛理,可谓巧取天工,诗禅合一,亦彰显了王安石深厚的文化底蕴和高深的佛禅境界。

此外,王安石的诗歌作品中还大量引入佛典,《冷斋夜话》卷六载:"舒王嗜佛书,曾子固欲讽之,未有以发之也。居一日会于南昌,少顷,潘延之亦至,延之喜谈禅,舒王问其所得,子固熟视之。已而又论人物,曰:'某人可抨。'子固曰:'介甫老而逃佛,亦可一抨。'舒王曰:'子固失言也,善学者读其书,唯理之求。有合吾心者,则樵牧之言犹不废。言而无理,周、孔所不敢从。'子固笑曰:'前言弟戏之耳。'"[①] 笔者依据《王荆文公诗李壁注》进行初步统计,王安石诗中引用的内典大约有四十余种。分别为:《维摩诘经》《圆觉经》《楞严经》《楞伽经》《四十二章经》《智论》《梵网经》《净土经》《长阿含起世经》《阿弥陀经》《金顶轮王经》《显宗论》《增一阿含经》《藏经》《中阿含经》《升玄经》《缘起经》《日藏经》《金刚经》《信心铭》《大集经》《金光明经》《三昧经》《僧伽经》《唯识论》《般若经》《传灯录》《地藏十轮经》《诸经要集》《宝积经》《心经》《涅槃经》《华严经》《法华经》《观世音菩萨普门品》等经书。其中《维摩诘经》《圆觉经》《楞严经》《法华经》《华严经》《传灯录》应用得比较广泛。相关诗歌,前文多有触及,此不复述。

纵观全章,王安石诗歌形式技巧和佛禅启示主要表现在以下几方面:

一、禅宗"翻案法"直接启示了王安石翻案诗的创作。无论是翻历史旧案还是翻前人诗句,推陈出新都能化腐朽为神奇,即或付诸议论亦能获得美轮美奂的诗情、诗境。

二、禅宗"颂古"直接影响了他的诗歌创作形式,禅宗"绕路说禅"到他这里直接变成了"绕路说诗",诗中隐语的大量使用使他的诗歌更为含蓄委婉,语句精丽,诗境内涵丰富。

三、禅宗偈颂的技巧直接启示了他的诗歌创作技巧,使其晚年诗歌技巧越发显得质朴清新,生动活泼,通透洒脱。

---

① (宋)释惠洪:《冷斋夜话》卷六,凤凰出版社(原江苏古籍出版社)1998年版,第2449页。

四、在融入佛禅中，能巧妙地剪裁和熔铸佛事。用语精深，亦能达到自然天成、蕴含丰富的特点。其阐释佛理灵活，既能在叙事中点化出佛理之高深，又能在写景中蕴含佛义，还能在议论中化用佛理。

由此可见，王安石诗歌形式技巧受佛禅启示，其诗歌形式技巧亦显现出巧取天工、诗禅合一的高深境界。从而突出了诗人丰富的文化底蕴和深厚的佛禅知识内涵。

第五章　禅风流被与王安石诗风

　　佛教自汉明帝时传入中国，经过与魏晋玄学思想的融合，与本土儒、道的冲突、磨合，可谓改头换面，完全融入于中国。变为纯粹中国化的佛教，谓之禅宗。源于弘忍的东山法门下的南宗禅，曾一度盛行的宗派还有北宗禅。从武则天（周）天授元年（690）到唐玄宗开元末年，盛行的是北宗禅楞伽禅法。是年，北宗禅的创始人神秀在玉泉寺东度门兰若开法。大足元年，武则天诏神秀入京，并执弟子礼。唐中宗时"遂推为两京法主，三国帝师。"① 神秀死后，中宗赐封其为"大通禅师"。神秀的弟子有普寂、敬贤、义福、惠福等人，普寂、惠福是北宗禅后来的代表人物。神秀佛学专著有《观心论》及《大乘无生方便门》。《观心论》认为："心者，万法之根本也，一切诸法，唯心所生；若能了心，万行具备。"② 认为"自心清净"是成佛之本。神秀"观心""看净"的禅法，讲究具体修习时应静坐入定。宗密说："息忘看净，时时拂拭，凝心住心，专注一境，及跏趺调身调息等也……此方便本是五祖弘忍大师教授，各皆印可，为一方师。"③ 可见其与南宗禅师出一脉。

　　事实上，禅宗真正的创始时间应该是在慧能时代，慧能是南宗禅的创始人。慧能法门亦来自东山法门。其佛禅思想与北宗禅有别，认为万法之根本是"直指人心，见性成佛"。《坛经》的问世标志着禅宗思想理论的形

---

① 张说：《荆州玉泉寺大通禅师碑》，见《全唐文》卷二百三十一，中华书局1983年版，第2334页。
② 杨增文：《唐五代禅宗史》，中国社会科学出版社1999年版，第116页。
③ （唐）宗密述：《禅源诸诠集都序》，《大正藏》卷四十八，第397页。

成。此前的"达摩面壁,一苇渡江"说、弘忍夜付袈裟的六代传法说,纯属子虚乌有,只不过是宗派寻根的一种表现形式。但是,禅宗的形成和发展并非无源之水、无本之木。在思想上它有别于印度佛教中的禅(Dhyana),在佛学的传译过程中,它不断地接受传统文化的洗涤,特别是对老庄思想的改造,使其独具宗教魅力。宗密说:"故三乘学人,欲求圣道,必须修禅。离此无门,离此无路。至于念佛求生净土,亦须修十六观禅,及念佛三昧,般舟三昧。又真性则不垢不净,凡圣无差。禅则有浅有深,阶级殊等。谓带异计欣上压下而修者,是外道禅。正信因果亦以欣厌而修者,是凡夫禅。悟我空偏真之理而修者,是小乘禅。悟我法二空所显真理而修者,是大乘禅。若顿悟自心本来清净,元无烦恼,无漏智性本自具足,此心即佛,毕竟无异,依此而修者,是最上乘禅,亦名如来清净禅,亦名一行三昧,亦名真如三昧。"① 宗密强调,作为一种修行方法,禅是佛教的通则。他虽然没有分清禅宗之禅和佛家修行方法之禅,但从中我们可以看出禅的迁移和转化过程。可见,中国禅的含义早已经摆脱了印度求得静思维之意。

禅宗六祖慧能和分灯传法的五家七宗与汉魏初传的禅比较,已经面目全非了。以至于世间禅宗"直指人心,见性成佛"的理论成为中国人的口头禅。但后世亦有将如来禅代之以祖师禅的。

就北宗禅与南宗思想而言,它们是存在着很大差异的,其主要分歧是,北宗禅重"实行"仰"渐修",以事佛为务。南宗禅重"知解"主"顿悟"。南宗禅由于修行的简便和思想的明了,最终统一佛禅,形成真正的中国化佛教——禅宗。王树海先生认为:"中国化的佛教之特点,一是重理性的知解,二是对解除生死问题的关注,三是通过诗文来传达佛教思想。"②

从唐到宋,禅宗经历了一个不断发展和变迁的过程,中唐禅僧注重"顿悟本心、言下大悟",即是对佛性体悟,用心的观照,以求得认知佛性,这是禅宗发展的前期。"默照禅"是这一时期禅宗的主要实践方式,

---

① (唐)宗密述:《禅源诸诠集都序》,《大正藏》卷四十八,第397页。
② 王树海:《东土佛教与王维诗风》,《吉林大学社会科学学报》1997年第6期。

而这种思维方式,恰恰迎合受禅学濡染的诗人的口味,创作出带有禅味的、空灵渊静的诗境。晚唐至北宋,禅门分化为五家七宗(沩仰宗、临济宗、曹洞宗、云门宗、法眼宗、杨岐派、黄龙派),宋代盛行的主要是临济宗和云门宗,其修持的重点主要是接引学人的门径。各派的家风迥异,"看话头、参公案、斗机锋、德山棒、临济喝",可谓五彩纷呈,热闹非凡。这一时期是禅宗发展的烂熟期,庙堂之上有帝王的扶持,士大夫的推崇;文苑中有名人学士的唱和、应答,更有诗僧通儒,借儒谈禅;民间百姓顶礼膜拜,学者阳儒阴释,畅谈性命天道之学;特别是文字禅的兴起,禅宗由过去的"不立文字"改为"不离文字",对宋诗风格的形成贡献非凡。王安石是宋诗风格形成的代表作家之一,其"无所不读的阅读质量以及禅家'烂熟'的时代背景,还有他之于佛理禅旨的精妙把握与非凡颖悟,使其对时代、人生的体察、况味,尤显洞彻"。① 对其诗风形成的影响,具有最根本的意义。

第一节 "禅道烂熟"期的社会风习

一 帝王支持,文士归禅

(一)帝王的支持

赵宋王朝的建立,改变了五代十国的混乱局面,使社会进入稳定和繁荣发展的阶段。宋代佛教可以说是在周世宗废佛而"佛法及衰"后,继盛唐的又一次中兴和发展。除宋徽宗崇宁五年(1106)一度通道反佛,两宋帝王与佛教的关系是好的。佛教在宋之前的发展当中,经历了"三武一宗的法难",赵宋政权的建立,给僧侣们带来了希望,他们意欲通过良性政教关系的建立,来了却法难的创伤。为赢得赵宋王朝的青睐,他们宣扬太祖受禅或杜撰谶言。

据《佛祖统纪》卷四十三引今佚之宋赵普《皇朝飞龙记》云:"先是,民间有得梁志公铜牌记云:'有一真人起冀州,开口张弓在左边,子子孙

---

① 王树海、王艳玲:《"荆公体"诗歌的佛家怀抱》,《吉林大学社会科学学报》2008年第5期。

孙保永年。江南李主名其子曰弘冀，吴越钱王诸子，皆连弘字，弘倧、弘俶、弘亿，期应图识，及上受禅，而宣祖之玮正当之。太祖皇考，上弘下殷，追谥宣祖'。"①

《佛祖统纪》卷四十三引《杨文公谈苑》、宋张舜民《画墁录》、元释熙仲《释氏资鉴》卷九，文末多出以下记载："晋开运间，宋城有异僧状如豪侠，挟铜弹走草莽上，指州载：'不二十年当有帝王由此建号。'志盘以小字注：'太祖在周朝为归德军节度使，归德在唐为宋州，及受禅遂以宋建国'。"②

以上识言皆出自前代神僧或当时的凡僧之口，而在当时社会影响力最大，最能体现宋代政权和佛教之间一种相互济用的代表性和权威性的识言是麻衣识言。据麻衣识言考，太祖皇权有天意垂示。

《邵氏闻见录》卷七云："河南节度使李守正叛，周高祖为枢密使讨之。有麻衣道者，谓赵普曰：'城下有三天子气，守正安得久！'未及，城破。……三天子气者，周高祖，柴世宗、本朝太祖同在军中也。麻衣道者其异人乎？"③

《佛祖统纪》卷四十二亦载此事："广顺元年（951），李守正叛河中，太祖亲征，往，麻衣道者语赵普曰：'李待中安得久！城下有三天子气。'未及城陷，时世宗与本朝太祖具待行。"④ 有关宋太祖受禅后杜撰的识言佛教文献中多有记载，究其原因无外乎是佛教为寻求新的政权的认可和庇护而假借佛名杜撰的产物。目的是为了满足自我合法性的存照，从而建立与政权友好的交往关系。

就帝王而言，但凡新政权的建立，首先必须要寻求政权的合法性。开国皇帝为了满足自己建国的需要，往往借用"天意、道德和事功"三种途径。而北宋王朝的建立，是赵匡胤通过陈桥驿兵变，从后周儿皇帝手中夺来的。从清王夫之《宋论》上看，宋朝既没有商周那样的德行，也没有汉

---

① （宋）志磐：《佛祖统纪》，《大正藏》卷四十九，第394页。
② 同上。
③ （宋）邵伯温：《邵氏闻见录》，中华书局1983年版，第68—69页。
④ （宋）释志磐：《佛祖统纪》，《大正藏》卷四十九，第129页。

唐那样的武功，因为赵家起身行伍，祖上都是裨将，与乱世相沉浮，他们的姓名并不怎么煊赫，何况是说能以自己的恩德来惠及人民，使人民对其心生仰慕之意。赵家事奉柴氏，并没有什么功勋，只不过在滁关之捷中身先士卒，对战局产生过影响而已。然而这样的武功与奸雄曹操、刘裕比起来那还差得远了。可见赵宋政权的合法性实在不能与商周、汉唐相比啊。宋太祖受禅之时曾说："吾受世宗厚恩，为六军所迫，一旦至此，惭负天下，将如何？"① 但是尽管如此，却是"终以保世滋大，而天下胥蒙其安"。② 实在没有别的借口来寻求合法性了，这一切只能是上天的意思了。而作为完全中国化的佛教拥有广泛的信徒，其识言与其他宗教和民间流行的识言相比更具影响力，因此，备受赵宋政权的欢迎。赵宋政权利用了佛教作为政治工具，一改前朝的佛教政策，与佛修好，巧妙地重建了政权与佛教之间相互汲用的关系。

建国之初，宋太祖首开扶持佛教的政策，极力促进中外佛教交流，"官派留学生出游西域"。③ 同时他还十分重视佛典的刊刻和印发，开宝四年（971），下诏刻印宋代第一部大藏经《开宝藏》，太平兴国八年完成并全国发行，此典成为后来佛教刊刻藏典的依据，对佛教的传播意义重大。他广建寺院，铸造佛像，惩治侮辱佛教的士大夫。

与太祖相比，宋太宗"推崇佛教"更胜于太祖，他认为"浮屠氏之教有裨政治"，因而提倡在"公帑有羡财，国廪有余积"的条件下就应当发展宗教。他也重视中外佛教交流、翻译佛经的传统，接见天竺僧人天息灾，命内侍郑守钧于太平兴国寺建译经院。此外，宋太宗本人还身体力行，御制《新译三藏圣教序》。赵普赞其"以尧舜之道治世，以如来之行修心，圣智高远，动悟真理"，其中特言"达摩西来，传法东土，宣扬妙理，顺从指归"，突出了禅宗的特殊地位。

宋真宗时期，僧尼人数达到宋朝的最高峰。景德元年（1004），真宗

---

① （宋）李涛：《续资治通鉴长编》卷一，中华书局1979年版，第4页。
② 王夫之：《宋论》，中华书局1964年版，第1页。
③ （元）脱脱：《宋史·太祖统纪》："僧行勤等一百五十七人，各赐钱三万，游西域。"汤用彤《五代宋元明佛教事略》中说宋初求法传教之事增多，自960—1053年西行求法者500余人。

诏令杨亿、道原等撰写《景德传灯录》，并入藏流通，进一步扩大了禅宗的影响和地位。

宋仁宗有意推动禅宗的发展。于天圣九年（1031），命韶州守臣到宝林山南华寺，取六祖衣钵入京供养，并敕兵部侍郎晏殊撰《六祖衣钵记》。庆历七年（1047），太监李允宁奏请将自己在京的宅院改建为禅寺。宋仁宗赐此寺为"十方净因禅寺"。有关这件事，《佛祖统纪》卷四十五有这样一段记载：

> （皇祐元年）至是内侍李允宁奏，以汴京第宅创兴禅席，因赐额为十方净因，上方留意空宗，诏求有道者居之。欧阳修等请以圆通居讷应命，讷以疾辞，因举怀琏以为代。①

皇祐中，佛日契嵩亦入京，请以其所著《辅教编》等书入藏，诏可。此亦表达了宋仁宗对于禅门宗趣的支持与理解。

宋神宗对禅宗的兴趣更大，他甚至公然下诏革律寺为禅院，他还经常与宰相王安石讨论佛法，切磋宗趣。同时，他对王安石的佛教研究也很感兴趣，王安石退隐后，精研佛法，神宗曾下诏令其将所著佛经注释进献。

总体看，由于宋代帝王对佛教的大力支持，促进了佛教的发展和繁荣，除徽宗外，大都是崇奉佛教的。佛教为宋代诸帝所崇尚，一方面源于政治因素，佛教是一股不可忽视的社会力量，另一方面是佛教尤其是禅宗的内在魅力实在无法抗拒。

（二）文士归禅

禅宗自诞生之日起，就非常迎合文人和士大夫的口味。被誉为诗佛的唐代大诗人王维与南宗禅和北宗禅都有过密的交往，柳宗元、白居易、刘禹锡等著名诗人和文学家也都倾心禅宗。由唐转宋，禅宗对世人的影响无论在广度和深度上都大大超过了前代。宋代最为有名出入佛禅的士大夫有

---

① （宋）释志磐：《佛祖统纪》，《大正藏》卷四十九，第129页。

王旦、杨亿、李遵勖、赵汴、欧阳修、司马光、王安石、苏轼等。

王旦,字子明,真宗朝宰相。据《湘山野录》:"天禧元年九月旦薨。先一日嘱翰林杨亿曰:'吾深厌劳生,愿来世为僧,宴坐林间,观心为乐,幸于死后为我请大德施戒,剃发须,著三衣,火葬,勿以金宝置棺内。'亿为诸孤议曰:'公三公也,敛赠公衮,岂可加于僧体?'但以三衣置枢中,不藏宝玉。"身居三公,一人之下,万人之上,却以富贵为苦,以宴坐林间、坐禅观心为乐,足以代表归禅是当时文人士大夫的一种风尚。其对佛禅的虔诚,就连当时以入禅而声名显赫的杨亿都自叹不如。

杨亿,字大年,自幼明悟,有神童之称。是西昆体的创始人和代表作家。其同样以好禅闻名。在宋代,杨亿对禅学的最大贡献,是受命主持修订了法眼宗僧人道原所著的《景德传灯录》。使之文意通达、条贯分明、辞采纵横,更富有可读性,并还确定了灯录体例。他留心释典、精于禅观,在禅学修为上造诣颇深,深得广慧元琏之真传,颇为宗门器重。他晚年手书《遗教经》,被宋人所宝藏。南宋著名道学家真德秀《西山文集》卷三十五《杨文公真笔遗教经》指出:"盖自禅教即分,学者往往以为不阶言语而佛可得,阶言语文字而佛可得,于是脱略经教而求所谓禅者。高则高矣,至其身心颠倒,有不堪检点者,则反不若诵经持律之徒。循循规矩中,犹不致大谬也。今观此经,以端心正念为首,而深言持戒为禅定智慧之本。至谓制心之道如牧牛,如御马,不使纵逸。去瞋止妄,息欲寡求,然后由远离以至精进,由禅定以造智慧。具有造次梯级,非如今之谈者以为一超可到如来地位也。宜学佛者患其迂而不若禅之捷欤。以吾儒观之,圣门教人以下学为本,然后可以上达,亦此理也。学佛者不由持戒而欲至定慧。亦犹吾儒舍离经辨志而急于大成,去洒扫应对而语性与天道之妙,其可得哉?余谓佛氏之有此经,犹儒之有《论语》,而《金刚》《楞严》《圆觉》等经则《易》《中庸》之比,未有不先《论语》而可遽及《易》《中庸》者也。儒释之教,其趣固不同。而为学之序则有不可易者焉。……交嵩禅师住净慈,公入其室问曰:'世人请僧诵经有据乎?'师曰:'佛书可以煅心炼性,定慧因之而生。《金刚》《楞严》《圆觉》《法华》，先德诵之证道，闻见者俱获饶益．'公于是遍阅诸经。"[1] 真德秀站在儒家的立场，认为《遗教经》相当于论语，高度赞扬了杨亿"留情佛典"，亲书笔墨。表明了宋儒对真正遵照佛法修持人的尊敬态度。此外，杨亿口述的《杨文公谈苑》中包含了不少宋代佛教的珍贵资料。如："太平兴国初，有梵僧法贤、法天、施护三人，自西域来，雅善华音，太宗宿受佛记，遂建译经院于太平兴国寺。访得凤翔释清照，深识西竺文字，因尽取国库新贮西来梵夹，首令三梵僧诠择未经翻者，各译一卷，集两街义学僧评议。论难锋起，三梵僧以梵经华言对席读，众僧无以屈，译事遂兴。后募童子五十人，令习梵学，独得惟净者，乃江南李王之子，惠悟绝异，尽能通天竺文字。今上即位初，陈恕达议，以为费国家供亿，愿罢之。上以先朝所留意，不许。迄今所译新经论学，凡五百余卷，自至道以后，多惟净所翻也。"[2] 再有，杨亿临终前，曾作有一偈颂："沤生与沤灭，二法本来齐。欲识真归处，赵州东院西。"这首偈语言简意深，告诫后人，万法如空，人生如梦，一切皆本虚无，寂灭之乡，此亦归处。

李遵勖，字公武，好文词，中进士，万寿长公主之夫，授左龙武军附马都尉，赐第永宁。他与杨亿相交甚厚。著有《天圣广灯录》三十卷，仁宗御制《天圣广灯录序》，诏入藏经。与僧人蕴聪交往过密，受蕴聪接引有偈："学道须是铁汉，著手心头便判。直趣无上菩提，一切是非莫管。"表达了他学道的坚定信念。临终偈："世界无依，山河匪碍。大海微尘，须弥纳芥。拈起幞头，解下腰带。若觅死生，问取衣袋。"进一步阐明了法无自性，一切皆空，山河大地无依无助的佛禅思想。此亦看出李遵勖对禅学的理解。他虽身为驸马，备受尊荣，却不图显贵，留心禅宗，可见士风所向。

赵抃，字阅道，时称赵清献，有《清献集》。景祐进士，仁宗至和中为殿中侍御史，龙图阁学士等职。不避权贵，刚直敢言，号铁面御史。瞿汝稷《指月录》记载："清献公赵抃，字阅道。年四十余，摈去声色，系心宗教。会佛慧来居衢之南禅，公日亲之，慧未尝容措一词。后典青州政事之余，多宴坐，忽大雷震惊，即契悟。作偈曰：'默坐公堂虚隐几，心

---

[1] （宋）杨亿口述：《杨文公谈苑》，黄鉴笔录，宋庠整理，上海古籍出版社1993年版。
[2] 同上。

源不动湛如水，一声霹雳顶门开，唤起从前自家底。'慧闻笑曰：'赵悦老撞彩耳！'公尝自题偈斋中曰：'腰佩黄金已退藏，个中消息也寻常。世人欲识高斋老，只是柯村赵四郎。'复曰：'切忌错认。'临终遗书佛慧曰：'非师平日警诲，至此必不得力矣。'"① 此亦展示了一个心如止水、行如高僧的士大夫形象。

欧阳修虽然力主排佛，可由于他长期生活在儒释交融的社会环境中，无法不与佛禅产生交集。他因政治失意寄托于山水而游历名山寺院；他因尊重才学拜访高僧而与其谈诗论道；为寺院撰写记文，收集佛教塔寺碑刻等行为，使他与佛教的关系甚为密切。正如苏轼所言："公（欧阳修）不喜佛老，其徒有治学诗书。学仁义之说者，必引而进之。"欧阳修长期与佛教交流，拉近了与佛教的距离。在这里可以用这样一句话来概括："有心排佛境归属，无意参禅诗结缘"。他有诗《绿竹堂独饮》："又闻浮屠说生死，灭没谓若梦幻泡。前有万古后万世，其中一世独蚍蜉。安得独酒一榻泪，欲助河水增滔滔。古来此事无可奈，不如饮此樽中醪。"② 诗中可以看出，欧阳修虽然反对生死轮回，不相信佛教，但对人间充满痛苦的感受与佛教是很相似的。晚年改称六一居士，临终前借《华严经》读之八卷，其归心释氏，可见一斑。

司马光与欧阳修一样初不好佛，自称"不喜佛书"，但从他的诗文中可以看出，他对佛教有着独特的理解。他作有《解禅偈六首》："忿气如烈火，利欲如铦峰。终朝常戚戚，是名阿鼻狱。颜回安陋巷，孟轲养浩然。富贵如浮云，是名极乐国。孝弟通神明，忠信行蛮貊。积善来百祥，是名作因果。仁人之安宅，义人之正路。行之诚且久，是名光明藏。言为百代师，行为天下法。久久不可掩，是名不坏身。道义修一身，功德被万物。为贤为大圣，是名菩萨佛。"③ 这是以儒解佛六首偈颂，司马光从儒家的立场上，对佛禅的天堂、地狱、净土、因果等学作出了自我的阐发。他还

---

① （明）瞿汝稷集：《指月录》卷二十七，《卍续藏经》第 83 册，第 697 页上。
② （宋）欧阳修、洪本健校笺：《欧阳修诗文集校笺》，上海古籍出版社 2009 年版，第 1273 页。
③ （宋）王辟之撰，吕友仁点校：《渑水燕谈录》卷三·奇节，中华书局 1981 年版。

说:"吾岂谓天下无禅!但吾儒所闻,有不必弃我而从其书耳。此亦几所谓实与而文不与者。"意思是说儒与禅本质是一致的,只是文字书面上有所差异而已,因此学禅即是学儒。由此可以看出,司马光并不是一味地排斥佛教,而是极力地融会。为此,道学家朱熹等人担心"温公《解禅偈》,却恐后人儒佛一贯会了"。① 可见司马光的《解禅偈》也显示了宋代士大夫融通儒佛的态度。

宋代士大夫喜禅者不胜枚举,如黄庭坚、苏辙、富弼、韩琦、张商英、杨杰等,兹不详述。王树海先生认为:"宋代士大夫着意加强与禅宗的联系集中表现在两方面,一是学理的吸引,二是自身自心的需要。宋代士大夫尤为需要禅的抚慰,士人的出路进退、荣辱升沉、得志失意乃至生死,则一任国家,倘若是一位有道明君,聊可伸其志,遂其愿,实现自身的价值,倘或是一位昏君,即或是最有才能,颇有抱负的人士,亦只是无奈无所作为,在心理、精神亦只沮丧、失望乃至绝望,而能大开解脱之门的,是时唯有释氏禅家。"② 由此我们可以看出,士大夫喜禅是其官宦人生的必然。从另外一个角度说,禅宗既影响儒释的合流,同时士大夫又推动了禅宗的发展和流变。

二 不立文字与不离文字

《心经》的基本思想是运用般若进行深邃透彻的禅悟观照,从而证得澄明自在的审美襟怀,其中"般若"略等于"智慧"。禅宗是以心传心的宗教,其发展过程中般若空观对其影响很深。禅宗主张"教外别传,不立文字,直指人心,见性成佛"。其"直觉顿悟"的修持方式"决定了它是超越思维、推理、逻辑,是排斥语言文字的"③。事实上"不立文字"并不是完全离开文字和语言。语言文字作为人类交流的主要媒介,可以说是任何时候都离不了的。因为其为中介工具,思维模式必然对"直觉的、突发的"禅宗思维模式产生影响,自六祖慧能以来,禅师们

---

① (清)李光地:《御纂朱子全书》卷六十,吉林出版集团有限责任公司 2010 年版。
② 王树海:《禅魄诗魂》,知识出版社 1999 年版,第 338 页。
③ 方立天:《心性论——禅宗的理论要旨》,《中国文化研究》1995 年第 4 期。

更加强调禅不可说破性,这是禅宗排斥语言文字的主要原因。由此看来,禅宗的"不立文字"是指宗旨不靠文字,不是提都不提文字,用都不用文字。禅宗自产生以来,灯录众多,公案如山。无论是宗门拈古、颂古、代别,还是僧史、丛林笔记等都是通过语言和文字得以完成的,时刻都没有离开过语言文字。特别是中唐以来,大量诗僧的出现,语言文字更被禅门所默认。进入宋代,以诗为佛事、以翰墨为佛事已经是禅门的普遍共识。

(一) 不立文字

语言文字既为交流的媒介,就必然有它的局限性。它在让我们认识世界本质的同时往往蒙蔽了本质的世界。于是陶渊明在《饮酒》中写道:"采菊东篱下,悠然见南山。山气日夕佳,飞鸟相与还。此中有真意,欲辩已忘言。"如此山光水色,想要倾诉真情实意,却找不到合适的语言。此亦可看出,人的认识如果执着于语言文字,就会沦入局限的牢笼,而摆在人们面前的不是舍弃语言,而是如何开拓新境。同样,禅门大师以澄明的开悟心面对大千世界时,也找不到合适的语言,于是,天玄子谈禅时有言曰:"神通妙用千般有,佛法菩提一点无;三藏万卷终归妄,不立一字即工夫。"① 佛家传法讲究心有灵犀一点通,相传释迦牟尼在灵山法会上的拈花,只有迦叶微笑,因得真传。佛禅的"第一义"是不可言说,使它对语言文字存有戒意。《金刚经》卷一曰:"若人言'如来有所说法',即为谤佛。"② 又曰:"须菩提,说法者无法可说,是名说法。"③ 《维摩诘经》入不二法门品第九曰:"'何等是菩萨入不二法门?'文殊师利曰:'如我意者,于一切法,无言无说、无示无识,离诸问答,是为入不二法门。'于是,文殊师利问维摩诘:'我等各自说已,仁者当说,何等是入不二法门?'时,维摩诘'默然无言'。文殊师利叹曰:'善哉,善哉!乃至无有文字语言,是真入不二法门。'"④

---

① 萧天石:《禅宗心法》,华夏出版社 2007 年版,第 26 页。
② 鸠摩罗什译:《金刚般若波罗蜜经》卷一,《大正藏》卷八,第 751 页。
③ 同上。
④ 鸠摩罗什译:《维摩诘所说经·入不二法门品》卷二,《大正藏》卷十四,第 551 页。

禅宗自有史以来，无论是达摩《楞伽经》的印心，还是弘忍《金刚经》的万法皆空，他们的一贯主张都是"不立文字"，都对语言文字持反对态度。《楞伽经》卷二曰："第一义者，圣智自觉所得，非言说妄想觉境界。是故言说妄想，不显示第一义。言说者，生灭动摇，展转因缘起。若展转因缘起者，彼不显示第一义。"[1] 净觉的《楞伽师资记》卷一也说："故学人依文字语言为道者，如风中灯，不能破暗，焰焰谢灭。"[2] 僧璨的《信心铭》曰："信心不二，不二信心，言语道断，非去来今。"[3] 四祖道信说："学用心者，要须心路明净，悟解法相，了了分明，然后乃当为人师耳。复须内外相称，理行不相违，决须断绝文字语言。"[4] 般若空观认为，诸法皆空，语言文字也为虚幻，在虚幻中寻求大道，是自然虚妄。六祖慧能还为此总结道："'诸佛妙理，非关文字。示法非文字也，防以文字而求其所谓也。故知本性自有般若之智，自用智慧，常观照故，不假文字。'又曰：'既云不用文字，人亦不合语言，只此语言，便是文字之相。直道不立文字，即此不立两字，亦是文字。见人所说，便即谤他言着文字'。"[5]

六祖后，禅门为"不立文字，以心传心"大做文章，其接引学人的方式可谓五花八门，拳打脚踢，当头棒喝。贵在体现"真如第一义"不可言说，唯有妙悟。其佛禅思想基本围绕"以心传心"，只不过启发接引学人的方式方法不同而已。马祖道一主张"触类是道，任心为修"。石头希迁主张："心体灵昭，湛然圆满。源含万派，万象心中。"德山宣鉴强调："一念心中认大光明，心为清静光，无分别光，无差别光，故人人与佛祖无别，也突出性本清静，见性人人皆可成佛。"他在接引学人中以棒、喝齐名。

禅宗"不立文字"使其禅风花样翻新，争奇斗艳。"不立文字"的旨归是意欲学人出奇制胜，虽然其目的在于斩断逻辑思维程序，解粘去缚，

---

[1] 《楞伽经》卷二，《大正藏》卷十六，第 514 页。
[2] （唐）净觉集：《楞伽师资记》卷一，《大正藏》卷八十五，第 1285 页。
[3] （宋）释道原：《景德传灯录》卷三十，《大正藏》卷五十一，第 457 页。
[4] （唐）净觉集：《楞伽师资记》卷一，《大正藏》卷八十，第 1287 页。
[5] 《大正藏》卷四十八，第 355—360 页。

以启发学人直心自悟,但这种疯狂、奇诡的方法对于大多数人来说,实在是一个闷葫芦。相对文化融合高度发达的宋代,没有语言文字的禅宗实难发展,而不离文字恰恰是禅宗时代发展的需要。

(二) 不离文字

佛经典籍,禅宗语录虽一再强调"不立文字",佛法重在体悟,佛法超过语言文字之外,佛法不能从语言文字中求得,但实际上佛法的传承和延续时刻也没有离开过文字。佛家在经文中时而也有法不离语言文字的表达,《大方广佛华严经》卷五十二曰:"一切文字,一切语言,而转法轮。如来音声,无处不至故。……一切文字,安立显示,无有休息,无有穷尽。佛子,如来法轮,悉入一切语言文字,而无所住。"①《大方广佛华严经》卷三十七:"佛子,此菩萨摩诃萨为利益众生故,世间技艺靡不该习。所谓文字算数,图书印玺,地水火风,种种诸论,咸所通达。又善方药,疗治诸病,颠狂干消,鬼魅蛊毒,悉能除断。文笔赞咏,歌舞妓乐,戏笑谈说,悉善其事。"②《大方广佛华严经》卷五:"普能随入一切诸佛于一切语言中演说一切增上法句海,普能随入一切诸佛于一切语言中演说一切上上法句海。普能随入一切诸佛于一切语言中演说广大差别法句海,普能随入一切诸佛于一切语言中演说一切差别善巧调伏法句海,普能随入一切诸佛于一切世界中演说种种咒术言辞差别秘密海,普能随入一切世界种种众生音声语言际。"③《华严经》认为,一切语言、文字都是如来的声音,语言文字亦能显示佛法大道。佛子为众生利益考虑,认为世间一切技能世人均可学习和掌握,其中包括文字算数、种种论著、嬉笑谈说、文笔赞咏等。可是,佛法固然不能从文字中求,语言文字只是开启宣讲的权宜之法。

《维摩诘经》虽极力推崇维摩诘一默,但其中也有不离文字的表述,《维摩诘经》观众生品曰:"天曰:如何耆旧大智而默?'答曰:'解脱者无所言说,故吾于是不知所云。'天曰:言说文字,皆解脱相,所以者何?

---

① (东晋)佛驮跋陀罗译:《大方广佛华严经》,《大正藏》卷十,第 627 页。
② 同上书,第 192 页。
③ 同上书,第 685 页。

解脱者，不内、不外，不在两间，文字亦不内不外，不在两间，是故舍利佛，无离文字说解脱也，所以者何？一切诸法是解脱相。"①《维摩诘经》认为语言文字，都具有解脱相，解脱，即不在内也不在外，又不在中间，而文字也是这样，所以不能离开语言文字说解脱相。

到了宋代，学术发展进入高度的自由时期，禅家也为之变革，诗僧不再拘泥于禅家过去的条条框框，大胆地进行文字尝试，涌现了一大批精通儒学的僧人。仅禅宗就拥有诗僧213人，著名的如：勾令玄《火莲集》；延寿《宗镜录》；僧可尚《拣金集》一卷；赞宁《外学集》四十九卷；本先《竹林集》十卷；智圆《闲居编》五十一卷；契高《潭津集》；保遥《处囊诀》一卷、《希白诗》三卷、《天目集》二卷；仲殊《宝月集》；惟凤《风雅拾翠图》一卷；惠崇《惠崇集》、《惠崇句图》一卷；仲休《山阴天衣十峰咏》；定诸《去华集》；遵式《天竺灵苑集》三卷、《金园集》三卷、《采遗》、《天竺别集》；重显《颂古集》一卷、《拈古集》一卷、《瀑泉集》一卷、《祖英集》二卷；秘演《秘演诗集》二卷；若愚《余尘集》；文莹《清宫集》、《湘山野录》、《玉壶清话》；惠洪《石门文字禅》三十卷，又《物外集》二卷。僧人作诗在宋以前往往被禅家称为作魔事，可宋代的僧人在佛教世俗化的氛围中不再这样认为。他们不但作诗，而且"以诗明禅"，如释契嵩《遣兴三绝》之一："逸兴应须效皎然，此生潇洒老诗禅。何妨剩得惊人句，咏偏江山一万篇。"②释惟晤《次韵和酬》："平昔诗禅友契深，更来人外事幽寻。雨余涧壑流寒响，岁晏桎杉老翠阴。祖跣不妨陶令醉，风流多效洛生吟。山翁解榻延清赏，未放前贤胜竹林。"③从某种意义上来说，这不是一般的文字，而是更讲究表现技巧的、艺术的文字。这是禅文字化、形式化的最好表现。而且，其中契嵩《潭津集》是僧人通儒的有力证明。延寿的《宗镜录》和重显的《颂古百则》实际是禅宗"文字禅"的酝酿和发轫，惠洪《石门文字禅》的兴盛，彻底改变了禅家"不立文字"的格局，而变为佛禅"不离文字"。

---

① 赖永海主编：《维摩诘经》，中华书局2010年版，第116页。
② 傅璇琮等主编：《全宋诗》卷二百八十，第六册，北京大学出版社1998年版，第3571页。
③ 同上书，第3579页。

三　僧人的儒释融合论

宋代开明宽松的思想文化政策，使文人思想活跃，勇于创新，大胆开拓。也是在这种特殊的社会背景下，儒、释、道三教得以巧妙地融合。禅宗的发展势不可挡，临济宗和云门宗双峰并峙，士大夫多喜禅，不入临济即入云门。可以说没有任何一位儒家学者敢说他与佛教毫无关系。即使辟佛者也生活在禅悦风气浓重的社会氛围中。

眼见儒门淡泊，收拾不住，欧阳修继石介、柳开之后继续弘扬先王之道，以韩愈为先师，高举反佛大旗。苏轼《上田枢密书》云："自汉以来，道术不出于孔氏，而乱天下者多矣。晋以老庄亡，梁以佛亡，莫或正之。五百余年而后得韩愈，学者以愈配孟子，盖庶几焉。愈之后三百有余年而后得欧阳子。其学推韩愈、孟子，以达于孔氏。"① 欧阳修曾说千年佛老贼中国，他在佛的危害程度的认识上继承了韩愈的观点。其一，他从社会政治角度出发，指出佛的不劳而获危害人民和国家利益。欧阳修在《原弊》中说："今坐华屋享美食而无事者，曰浮图之民。"② 其二，欧阳修从儒家的礼仪道德的角度阐述佛的危害性，主要集中在《本论下》。他在《本论下》中说："甚矣，人之性善也！彼为佛者，弃其父子，绝其夫妇，于人之性甚戾，又有蚕食虫蠹之弊，然而民皆相率而归焉者，以佛有为善之说故也。"③ 欧阳修还认为佛违背中国传统的伦理纲常。欧阳修不仅在《本论下》提出了佛的危害性，在他的其他文章里也有排佛主张。欧阳修说："甚矣，佛老之为世惑也！佛之徒曰无生者，是畏死之论也；老之徒曰不死者，是贪生之说也。彼其所以贪畏之意笃，则弃万事、绝人理而为之，然而终于无所得者，何哉？死生天地之常理，畏者不可以苟免，贪者不可以苟得也。惟积习之久者，成其邪妄之心。佛之徒有临死而不惧者，妄意乎无生之可乐，而以其所乐胜其所可畏也。老之徒有死者，则相与讳之曰

---

① （宋）苏轼：《苏轼全集》，上海古籍出版社1997年版，第852页。
② （宋）欧阳修撰，洪本健校笺：《欧阳修诗文集校笺》，上海古籍出版社2009年版，第1568页。
③ 同上书，第516页。

彼超去矣，彼解化矣，厚自诬而讬之不可诘。或曰彼术未至，故死尔。前者苟以遂其非，后者从而惑之以为诚然也。佛、老二者同出于贪，而所习则异，然由必弃万事、绝人理而为之，其贪于彼者厚，则舍于此者果。若玄宗者，方溺于此，而又慕于彼，而不胜其劳，是真可笑也！"①欧阳修认为，佛、老皆是贪生怕死。因贪畏意笃，则弃万事、绝人理。所谓信佛者不怕死是因为他们不知道生的快乐。佛教、老学的生死观之所以是错误的，就在于他们不懂生死乃自然之理，生死无人可以逃脱。

清人纪昀说："抑尝闻五台僧明玉之言曰：'辟佛之说，宋儒深而昌黎浅，宋儒精而昌黎粗；然而披绷之徒，畏昌黎而不畏宋儒，衔昌黎而不衔宋儒也'。盖昌黎所辟檀施供养之佛也，为愚妇夫言之也。宋儒夫所辟，明心见性之佛也，为士大夫言之也。天下士大夫少，而愚夫妇多；僧徒之所取给，亦资士大夫者少，资于愚夫妇者多。使昌黎之说胜，则香积无烟，抵园无地，虽有大善知识，能率恒河沙众楞腹露宿而说法哉？此如用兵者，先断粮道，不攻而自溃也。故畏昌黎甚，衔昌黎亦甚……"② 由此看出，韩愈的反佛思想是表层的，而欧阳修的反佛思想是深刻的。韩愈反的是平民之佛，而欧阳修反的是士大夫之佛，从理论上讲，欧阳修必然对韩愈的反佛思想有所超越，这和他们所处的历史和社会条件有直接的关系。

此外，同时期的反佛者还有司马光、章表民、黄聱隅、李泰伯等。范文澜曾说："儒学有两个要点：一是辨别华夷；二是强调忠孝。这两点，佛教在答辩上想说出理由是极困难的。"

面对强势的反佛浪潮，佛门弟子们积极应对，其中功勋卓著的当属佛日契嵩。他先后作有"《原教》《孝论》十余篇，明儒释之道一贯，以抗其说。诸君读之，既爱其文，又畏其理之胜，而莫之能夺也。因与之游，遇士大夫之恶佛者，仲灵（即契嵩）无不恳恳为言之，由是排者浸止，而后有好之甚者，仲灵唱之也。"③

---

① （宋）欧阳修撰，洪本健校笺：《欧阳修诗文集校笺》，上海古籍出版社 2009 年版，第 516 页。
② （清）纪晓岚：《阅微草堂笔记》卷十八，延边人民出版社 2000 年版，第 380 页。
③ 陈舜俞：《明教大师行业记》，见《谭津集》卷首，《大正藏》卷五十二，第 646 页。亦载陈氏《都官集》卷八。

契嵩（1007—1072），俗姓李，字仲灵，自号潜子，广西藤州谭津人。7岁母钟氏携之出家，13岁落发，14岁受具足戒。19岁游方，下江湘，涉衡庐，顶戴观音，日诵其号十万声方入寝。据说，自此世间经书章句不学而能。① 凡文集百余卷，六十余万言。行世的有关禅宗世系的《传法正宗记》《传法正宗定祖图》《传法正宗论》入藏流行。图与论三部及《镡津文集》中的《辅教篇》集中阐释了儒释合一的思想。他在《上赵内翰书》中概括地说明了《辅教篇》的写作宗旨："某尝以今天下儒者不知佛为大圣人，其道德颇益乎天下生灵，其教法甚助乎国家之教化。今也，天下靡然竟为书而讥之。某故尝窃忧其讥者不唯沮人为善，而又自损其阴德，乃则著书曰《辅教篇》，发明佛道，欲以谕劝于世之君子者。"② 契嵩儒释合一思想同样表现在理和行两方面，他说："吾虽不贤，为僧为人亦可谓志在《原教》而行在《孝论》也。"③ 其一，他对佛家"以衣食于人"既不能"补治其世"，也不能"致福君亲"的责难予以了辩白。他说："上古之世，天下非尽工、农，未闻其食用之不足；周平王置井田，秦代废王制，结果，民匮且敝，天下益扰。"那个时候佛老还没有盛行于世，可见食用问题与佛老无关。其二，契嵩认为"因果报应"在儒家的"休正咎正"、福善祸淫中早已经言明。其种瓜得瓜、善有善报佛儒是同理的。其三，契嵩强调佛家的五戒十善，认为孝出于善，他以善为基点，在最受儒家责难的问题上，既有悖孝道，削发出家的行为，辩白其与中华传统并不相悖。他在《原孝章第三》中说："不可见者，孝之理也；可见者，孝之行也。理也者，孝之所以出也；行也者，孝之所以形容也。修其形容，而其中不修，则事父母不笃，惠人不诚。修其中，而形容亦修，岂唯事父母而惠人，是亦振天地而感鬼神也。"④ 其四，他认为佛是西方圣人，他说："圣人者，盖有大道者之称也……安有圣人之道而所至不可行乎？苟以其人所出于夷而然也，若舜东夷之人，文王西夷之人，而其道相接绍行于中国，

---

① 陈舜俞：《明教大师行业记》见《镡津集》卷首，《大正藏》卷五十二，第646页。亦见惠洪《名叫嵩禅师》。
② （宋）释契嵩：《镡津文集》，《大正藏》卷五十二，第646页。
③ （宋）释契嵩：《与石门月禅师》，《镡津集》卷十，《大正藏》卷五十二，第646页。
④ （宋）释契嵩：《镡津文集》，《大正藏》卷五十二，第646页。

可夷其人而拒其道乎？"①佛儒均为先圣所立之道，那是用之四海而皆准的理论。最后他又从人伦大事、身体发肤和婚姻方面解释佛家的"大道"，也就是"广孝"。

在其《原教》篇中，他还进一步阐明了佛与《易》《中庸》是相同的，即所谓"圣人同其性矣"。为融通儒释他还撰写有《广原教》《坛经赞》《中庸五解》《论原》《非韩》等文章。广交儒门才俊，上书仁宗皇帝，其《辅教篇》得到皇帝的支持，入藏。对禅宗在北宋的发展影响深远。

与契嵩一样主张儒释融合的还有永明延寿、赞宁、大觉怀琏、智圆、佛印了元等禅师。永明延寿认为："儒道仙家，皆是菩萨；示助扬化，同赞佛乘。"②赞宁则公开宣称儒者为先，他说："三教循环，终而复始；一人在上，高而不危。有一人故，奉三教之兴；有三教故，助一人之理。"③怀琏认为："天有四时循环，以生成万物。而圣人之教，迭相扶持，以化成天下，亦犹是而已矣。然至其极也，皆不能无弊。弊，迹也，道则一耳。要当有圣贤者世起而救之也。自秦汉至今，千有余岁，风俗靡靡，愈薄圣人之教，列而鼎立，互相诋訾，不知所从，大道寥寥莫之返。良可叹也！"④苏轼曾作《哀奎阁碑》称赞怀琏三教合一的思想："是时北方之为佛者，皆留于名相，囿于因果，以故士之聪明超轶者皆鄙其言，低为蛮夷下理之说。琏独指其妙与孔、老合者，其言文而真，其行峻而通，故一时士大夫喜从之游，遇休沐日，琏未與漱，而户外之履满矣。"⑤智园可以说是宋代开儒释调合的先声，早在契嵩之前，他就作有《中庸子传》。志磐引镜庵评曰："孤山以高世之才弥天之笔，著十疏以通经，诸钞以解疏。其于翼赞教门，厥功茂矣。"⑥佛印了元更有诗："道冠儒履佛袈裟，和会三家作一家；忘却率陀天上路，双林痴坐待龙华。"⑦宋代僧人通儒，可以

---

① （宋）释契嵩：《镡津文集》，《大正藏》卷五十二，第646页。
② （唐）延寿述：《万善同归集》卷六，《大正藏》卷四十八，第988页。
③ （宋）赞宁撰：《大宋僧史略》卷下，《大正藏》卷五十四，第254页。
④ （宋）释慧皎：《林间录》卷一，《卍新纂续藏经》第八十七册，第257页。
⑤ 苏轼：《苏轼文集》卷十七，中华书局1980年版，第501页。
⑥ （宋）志磐：《佛祖统纪》卷十，《大正藏》卷四十九，第205页。
⑦ （宋）释晓莹《云卧纪谈》卷二，《卍新纂续藏经》第148册，第672页。

说是禅宗发展的一种文化特质。僧人的儒释融合论，得到了统治阶级的认可，在吸取儒学长处的同时不断充实和完善自己，为禅宗的进一步发展创造了良好的环境。

四　理禅融通，诗禅汇融

理学在形式上虽然高举儒家大旗，实质上是取众家之长而构架的新的学术流派。清代大儒颜元说："训诂、清谈、禅宗、乡愿，有一皆足以惑世诬民，宋人兼之。"[①] 此语虽然刻薄，但对理学汲取众家之长的描述却是再贴切不过的了。在众多思想中，禅魂是其最根本的要素。理学家们多数禅学造诣都很深，他们一面在激烈地批判佛禅，一面在不断地从佛禅中汲取营养。

（一）理学家的佛禅修为

理学家游走禅门，援佛入儒，早已是社会公认的事实，其开山祖师周敦颐禅渊甚深，据《宋元学案》记载，他曾参晦堂祖心问教外别传之旨，而得"有物先天地，无形本寂寥；能为万象主，不逐四时凋"之偈。他还向佛印了元、东林常总等禅师参问佛事，有关这方面的资料，《释氏通鉴》《云卧纪谈》《居士分灯录》等佛禅典籍中都有记载。周敦颐《通书》中有关"诚"的范畴的确立，就脱胎于东林常总的说法。东林常总说："吾佛谓实际理地，即真实无妄，诚也。大哉乾元，万物资始，资此实理；乾道变化，各正性命，正此实理。天地、圣人之道，至诚而已。"[②] 他参晦堂祖心，问教外别传之旨，祖心喻之曰："只消向你自家屋里打点。"并以孔子"'朝闻道夕死可矣'毕竟以何为道，夕死可耶？颜子不改其乐，所乐何事？但于此究竟，久久自然有个契合处"等句，启迪他的思维，这种禅家"参话头"的方法周敦颐后来有所搬用。他向佛印求道时，问"天命之谓性，率性之谓道，禅门何谓无心为道？"印曰："满目青山一任看。"使

[①] （清）李塨撰：《颜习斋先生年谱》卷下，商务印书馆1937年版。又《习斋记余》卷三《寄桐乡钱生晓城》。

[②] （清）白光、主峰撰述，归仁、融会等编：《归元直指》卷三，《儒宗参究禅宗》，湖南佛教协会归元禅寺印行1997年版。

他开悟。一日,周敦颐忽见窗前草生意勃然,乃曰:"与自家意思一般。"遂作一偈呈送佛印了元禅师,偈云:"昔本不迷今不悟,心融境会豁幽潜;草深窗外松当道,尽日令人看不厌。"① 周敦颐说:"吾此妙心,实启迪于黄龙,发明于佛印。然易理廓达,自非东林开遮指拂,无繇表里洞然。"难怪有人说"周子长于禅学工夫"了。

周敦颐的禅学修为从其作品《爱莲说》中有所显现,莲花在佛门中是"自性清净"的象征。周敦颐《爱莲说》的形象描写与佛禅的象征意义完全吻合。从其"出淤泥而不染,濯清涟而不妖,中通外直,不蔓不枝。香远益清,亭亭净植,可远观而不可亵玩焉"可以看出佛禅教义对其影响至深。

邵雍,北宋五子之一。对佛禅亦相当熟悉,曾作有《学佛吟》一首,诗云:"饱食丰衣不易过,日长时节奈愁何!求名少日投宣圣,怕死老年亲释迦。妄欲断缘缘愈重,徼求去病病还多。长江一片常如练,幸自无风又无波。"② 据其子邵伯温记载,邵雍"论文中子,谓佛为西方之圣人,不以为过。于佛老之学,口未尝言,知之故有诗曰:'不馁禅伯,不谈方士;不出户庭,直际天地'"。③ 表明其晚年信佛,并承认佛为圣人。

《东都事略》卷一百四十四《儒学传》记载张载读书"益穷六经,至释、老书,无不读"。张载在《西铭》中还说"民吾同胞,物吾同胞"与佛禅"物我平等,见性成佛"是一致的。

《二程集·遗书》卷三云:"先生(伊川)少时,多与禅客语,欲观其所学浅深,后来更不问。"④ 此亦可看出程颐是与禅僧有过交往的。《宋元学案》中说程颢"终日坐如泥塑人,然接人浑是一团和气,所谓望之俨然,即之也温"。⑤《佛法金汤编》记载说程颢"每见释子读佛书,端庄整肃,乃语学者曰:'凡看经书,必当如此。今之读书者,形容先自怠惰了,如何存主得?'又载,他一日过定林寺,偶见众僧入堂,周旋步武,威仪

---

① 释本觉:《释氏通鉴》卷十,《续藏经》卷十二,第 131 册。
② 邵雍:《击壤集》卷十四,影印文渊阁四库全书本。
③ (宋)邵伯温:《邵氏闻见录》卷十九,中华书局 1983 年版,第 215 页。
④ (宋)程颐、程颢:《二程集·遗书》卷三,中华书局 1981 年版,第 63 页。
⑤ (清)黄宗羲、全祖望补修:《宋元学案》卷九,中华书局 1986 年版,第 367 页。

济济；伐鼓敲钟，外内肃静；一坐一起，并准清规。公（程颢）叹曰：
'三代礼乐，尽在是矣！'"① 说明他对坐禅也有身体力行。他的《定性书》
完全与禅学一脉相承。叶适批评说："《定性书》，皆老、佛、庄、列常语
也。程、张攻斥老、佛至深，然尽用其学而不自知者。"② 一针见血地指明
了程氏与佛禅的相通。

此外，二程门徒也多通佛禅，如杨时、谢良佐、吕大临等也多通佛
禅。南宋的朱熹与禅家的渊源更深，前人多有论述。以上可以看出，宋代
理学家的禅学修为甚深，理学思想中禅魂的显现是在所难免的。

（二）理学思想中的禅魂

从上文可以看出，理学家无一不是阳儒阴释。他们虽对佛禅多有批
评，但在佛禅中汲取的思想却是不少。

其一，《华严经》对"理一分殊"的启示。

理事无碍是《华严经》的要旨。华严宗是最早把"理"作为理论范畴
使用的。禅宗的"理事圆融"的境界也主要是受华严宗的影响。华严的
"理事无碍"主要源于杜顺禅师的理事无碍观。本嵩认为：杜顺设法界三
观，分别为真空观、理事无碍观、周遍含容观。其中真空观是理事无碍的
基础，理事无碍观是周遍含容观的基础。③ 理事无碍观使理融于事，事融
于理，事理二而不二，不二而二，是为无碍。《华严经》卷十四曰："譬如
净满月，普现一切水。影像虽无量，本月未曾二。"④ 就是说同一个理在不
同的条件下所显示的状态是不一样的，但它们的本体是相同的。如禅宗三
祖僧璨在《信心铭》中的表述："极小同大，忘绝境界。极大同小，不见
边表。……一即一切，一切一即"。《永嘉集》谓"穷理在事，了事即理。
故……明事理无二，即事而真"⑤ 等均深得华严精髓。

理学家的"理一分殊"的理学思想，完全脱胎于佛禅的华严思想。
《二程集·遗书》载："问：某尝读《华严经》，第一真空绝相观，第二理

---

① （明）心泰编：《佛法金汤编》，《卍续藏经》卷十二，第148册。
② 叶适：《习学记言序目》卷五十，中华书局1978年版，第751页。
③ （宋）释本嵩：《注华严经题法界观门颂》，《大正藏》卷四十五，第692页。
④ （唐）实叉难陀译：《大方广佛华严经》卷十四，《大正藏》卷十，第1页。
⑤ （宋）释普济：《五灯会元》卷二，中华书局1984年版，第92页。

事无碍观,第三事事无碍观,譬如镜灯之类,包含万象,无有穷尽。此理如何?曰:只为释氏要周遮,一言以蔽之,不过曰万理归于一理也。"①"万理归于一理"就是理学的"理一分殊"。"万理"就是华严宗的"事","一理"也就是华严宗的"理"。可见"理一分殊"只不过是佛禅"理事无碍,事事无碍"的变体,其根本灵魂是一致的。"理一分殊"是程颐对张载《西铭》的阐释,只不过是站在儒家的立场上来进行分析理解。意思是说不同的道德规范里蕴含着共同的道德原理。其于佛禅的观照对象是不同的。佛禅理事无碍、理事圆融引导的是物我两忘,泯灭生死,净化灵魂,顿悟成佛。理学讲的是注重品德修习,达到圣贤的境界。虽然朱熹对"理一分殊"思想的形成提出了源于道家的独到见解,但从时代文化的交融来看,"理一分殊"思想无论如何也摆脱不了与佛禅的干系。

其二,禅宗"心性论"对理学"心性学"的启示。

"心性论"是禅宗的要旨。是伴随着禅宗的不断发展和演变而逐渐丰富起来的。东山法门,"持奉《楞伽》,近为心要"②。慧能改变了"念佛净心"的东山法门,而主张"自性清净、自悟本性、直了顿悟"的心性论。马祖道一的"平常心是道",石头希迁一系主张"即心即佛、直指人心,解脱成佛",皆为佛禅心性论的同体变异。方立天认为:"慧能禅宗各派都在心生万法的基础上,强调众生的自心、自性的清净,都肯定众生具有真心、净心,也就是人人都有佛心、佛性,主张即心即佛、心即是佛。禅宗各派对于'心体'即心的本质属性的看法,则在肯定其清净性基础上各有侧重,有的认为是本知(灵知),有的认为是平常(无为),有的认为是空寂,也有的认为是自然。对于'心用即心体'的外在表现,有的认为人的一切行为、现实表现都是心体的体现,也有的认为人的行为、表现有染、净之分,并不都是心体的本质流露。可见慧能禅宗各派的心性论是同中有异,并非完全一致的。"③佛禅的"心性论"对理学的"心性学"的

---

① (宋)程颐、程颢:《二程集·遗书》卷十八,中华书局1981年版,第195页。
② 张说:《唐玉泉寺大通禅师碑铭并序》,《全唐文》卷二百三十一,中华书局影印本1982年版,第2335页。
③ 释永信、吴立民主编:《中国嵩山少林寺建寺1500周年国际学术研讨会论文集》,宗教文化出版社1996年版。

第五章　禅风流被与王安石诗风　233

形成起到了直接借鉴作用。

　　理学的"心性学"是在孟子性善论的基础上，借鉴佛禅的"心性论"而形成的学说。最早提出这一学说的是张载。张载在学说的形成中，既不满孟子的性善论，又对佛禅的"心性论"提出了批评。他说："释氏之说所以陷为小人者，以其待天下万物之性为一，犹告子'生之谓性'。今之言性者汗漫无所执守，所以临事不精。学者先须立本。"①认为人具"天地之性"与"气质之性"。二程继承了张载的观点，并因此而发扬光大，提出了"在天为命，在义为理，在人为性，主于身为心，其实一也。"②主人离恶向善。以上可见，理学的"心性学"与佛禅的"心性论"存在着根本的差异。二者一为入世哲学，一为出世哲学，其表述观点上固然不同，理学对佛禅的吸取仅限于用语表达和修习方法的借鉴。

　　其三，禅宗"修习论"对理学"修养论"的启示。

　　禅宗的基本修习方法是顿悟，在顿悟形成过程中，禅师们特别重视自身的修养功夫。有关这方面，慧海的《顿悟入道要门论》有详细的说明，如文："问：欲修何法，即得解脱？答：唯有顿悟一门，即得解脱。云：何为顿悟？答：顿者，顿除妄念；悟者，悟无所得。问：从何而修？答：从根本修。云：何从根本修？答：心为根本。云：何知心为根本？答：《楞伽经》云：心生即种种法生，心灭即种种法灭。《维摩经》云：欲得净土，当净其心；随其心净，即佛土净。《遗教经》云：但制心一处，无事不办。《坛经》云：圣人求心不求佛，愚人求佛不求心；智人调心不调身，愚人调身不调心。《佛名经》云：罪从心生，还从心灭；故知善恶一切，皆由自心，所以心为根本也。若求解脱者，先须识根本；若不达此理，虚费功劳，于外相求，无有是处。《禅门经》云：于外相求，虽经劫数，终不能成；于内觉观，如一念顷，即证菩提。问：夫修根本，以何法修？答：惟坐禅，禅定即得。《禅门经》云：求佛圣智，要即禅定；若无禅定，念想喧动，坏其善根。问：云何为禅？云何为定？答：妄念不生为禅，坐见本性为定。本性者，是汝无生心。定者，对境无心，八风不能动；八风

---

①（宋）张载：《张载集》张子语录中，中华书局1978年版，第324页。
②（宋）程颐、程颢：《二程集·遗书》卷十八，中华书局1981年版，第204页。

者：利、衰、毁、誉、称、讥、苦、乐，是名八风；若得如是定者，虽是凡夫，即入佛位。何以故？《菩萨戒经》云：众生受佛戒，即入诸佛位；得如是者，即名解脱，亦名达彼岸、超六度、越三界、大力菩萨、无量力尊，是大丈夫。问：心住何处即住？答：住无住处即住。问：云何是无住处？答：不住一切处，即是住无住处。云：何是不住一切处？答：不住一切处者，不住善恶、有无、内外、中间，不住空、亦不住不空，不住定、亦不住不定，即是不住一切处；只个不住一切处，即是住处也；得如是者，即名无住心也，无住心者是佛心。问：其心似何物？答：其心不青不黄、不赤不白、不长不短、不去不来、非垢非净、不生不灭，湛然常寂，此是本心形相也，亦是本身。本身者，即佛身也。"[1] 理学家对佛禅顿见真如本性的修习方法有所吸收。

　　理学家的"修养论"主要讲的是心性修养方式，具体表现在两个方面，一是"主静说"，二是"主敬说"，其两种方式都带有禅宗顿悟修持方法的影子。主静说源于周敦颐《太极图说》中"定之以仁义中正而主静，立人极焉"，有道家渊源。其基本修持方法是静坐。明人刘宗周说："日用间，除应事接物外，苟有余刻，且静坐。坐间本无一切事，即以无事付之，即无一切事，亦无一切心，无心之心，正是本心。"[2] 此可看出禅宗"性空说"之所在。《坛经》般若品第二："'菩提本自性，起心是妄。'又云：'又有迷人空心静坐，百无所思，自称为大。此一辈人，不可与语，为邪见故'。"[3] 由此禅宗得出静坐的境界是："心量广大，遍周法界。用即了了分明，应用便知一切。一切即一，一即一切。去来自由，心体无滞，即是般若。"[4] 比较得出，二者对静空的理解、理禅一致。

　　主敬说是二程首先提出的。陈淳《北溪字义》曰："敬一字，从前经书说处尽多，只把做闲慢说过，到二程方拈出来，就学者做工夫处说，见得这道理尤紧切，所关最大。"[5] 他们试图对"敬"字加以规范和界说。

---

[1] 大珠慧海：《顿悟入道要门论》，《禅宗宝典》本，第 91—92 页。
[2] 束景南：《周敦颐〈太极图说〉新考》，《中国社会科学》1988 年第 2 期。
[3] 赖永海主编：《坛经》，中华书局 2010 年版，第 43 页。
[4] 同上。
[5] 陈淳：《北溪字义》卷上，四库全书本。

《二程集·粹言》卷一曰:"或问'敬',子曰:'主一之谓敬。''何谓一?'子曰:'无适之谓一。'"①从修持的方法上来说,"主敬"也讲究"静坐"。《二程集·外书》卷十二曰:"明道,人向其问学,曰:'且静坐。'伊川每见人静坐,便叹其善学。"②"程门立雪"赞扬的就是程颐的静坐功夫。主敬亦于禅通,禅宗也把"敬"当作修行规范,《坛经》坐禅品第五曰:"善知识!何名坐禅?此法门中无障无碍外于一切善恶境界。心念不起名为坐,内见自性不动名为禅。善知识!何名禅定?外离相为禅,内不乱为定。……外禅内定,是为禅定。"③虽然理学家们经常将自己与佛老区别开来,但他们的元魂确确实实源于佛禅。在这一看法上,颜元正最为明了,他说:"静、敬二字,正假吾儒虚字面,做释氏实工夫。"④禅宗"修习论"对理学"修养论"的启示,是宋代禅风流被和理禅融会大背景的产物,对宋诗发生了积极的影响。

宋代禅风流被、三教融合与宋代特殊的政治和文化背景有着密切的关系。在帝王的支持下,在文人士大夫的簇拥下,禅宗得以迅速发展。其中文人归禅、僧人通儒、理禅融通,为佛禅的自我完善创造了有力的社会条件,使之既看到了自身的不足,又从中找到了改造自己的方式和方法。在不断地适应中国传统文化的同时自我流变。特别是文字禅的兴盛,对禅宗的发展具有划时代的意义,使佛禅摆脱了过去尴尬的局面,广泛地使用语言和文字,僧人以诗正禅,文人以禅说诗,禅风的流被对宋诗发展产生了积极的影响。

第二节 禅风吹拂下的荆公诗风

《石林诗话》云:"王荆公少以意气自许,故诗语惟其所向,不复更为涵蓄。如'天下苍生待霖雨,不知龙向此中蟠',又'浓绿万枝红一点,

---

① (宋)程颐、程颢:《二程集·粹言》卷三,中华书局1981年版,第1173页。
② (宋)程颐、程颢:《二程集·外书》卷十二,中华书局1981年版,第433页。
③ (唐)慧能:《坛经》,《禅宗宝典》本,第60页。
④ (清)颜元:《颜元集·朱子语类评》,中华书局1987年版,第2550页。

动人春色不须多',‘平治险秽非无力,润泽焦枯是有材'之类,皆直道其胸中事。后为群牧判官,从宋次道尽假唐人诗集,博观而约取,晚年始尽深婉不迫之趣。"① 可见,王安石诗风转变的界限分明,其诗歌风格多样化和个性化并存。诗风的具象化特征表现为早期意气风发、光昌流丽;中期峭劲雄奇、壮丽超逸;晚期深婉精妙、空灵明净。王安石诗风的发展变化,与其人生践履和思想变化有着必然的联系。在他的思想脉络里,融会着儒、释、道的血液,这与他"无所不读"的阅读质量和三教融合的时代背景有着密切的关系,他在诗歌创作中,能巧妙地解决工巧与自然、平淡与奇崛、浅易与深婉、闲淡与悲壮之间的矛盾,使之更趋于合理性。其诗歌艺术特质,被南宋严羽称之为"荆公体"。其诗歌的艺术生命力经久不衰。综观诗人之躬行及精神创造的旨归,禅风流被的佛家怀抱当是根柢性的原委。

一 佛禅浸染的早期诗风

王安石生活的时代,是禅风烂熟的时代,先有临济宗、云门对峙,继而发展为临济独霸天下,可以说,宋代的禅宗主要是临济禅。临济自义玄在唐朝后期创立,到宋代已经有数代。其"禅风即由义玄时期的以禅机为主,逐渐向强调说理、强调行持、强调戒律、强调有一个明确的行持方向演变",② 并具有鲜明的时代性,出现了大量的语录和公案,走向了文字化道路。帝王支持,文人入禅,僧人通儒,以诗说禅的风气,使王安石有较多接触佛禅的机会。特别需要强调的是,王安石一生都没有离开过禅风弥漫的环境。前文已述,出生地临川是马祖道一传禅之地,后随父到达的韶关是六祖弘法之地,江宁守丧时期,"南朝四百八十寺"又让他大饱眼福,并曾与浮屠慧礼一起交游。他在《忆金陵三首》中回忆了当年与佛禅接触的经历,如诗:

---

① (宋)叶梦得:《石林诗话》卷中,何文焕:《历代诗话》(上),中华书局1981年版,第419页。

② 闫孟祥:《宋代临济禅发展演变》,博士论文,河北大学,2005年。

覆舟山下龙光寺，玄武湖畔五龙堂。
想见归时游历处，烟云渺渺水茫茫。
烟云渺渺水茫茫，缭绕芜城一带长。
蒿日黄尘忧世事，追思尘迹故难忘。
追思尘迹故难忘，翠木苍藤水一方。
闻说精庐今更好，好随残汴理归桨。

王安石早期的诗歌作品并不多，其诗风尚在发轫期，因此，其诗歌作品表现出语言直白，直道胸中之事的特点。据李德身《王安石诗文系年》载："王安石少状自负，意气与日争光辉。"① 其《忆昨诗示诸弟》即表现如此，如诗：

忆昨此地相逢时，春入穷谷多芳菲。
短垣围围冠翠岭，踯躅万树红相围。
幽花媚草错杂出，黄蜂白蝶参差飞。
此时少壮自负恃，意气与日争光辉。
乘闲弄笔戏春色，脱略不省旁人讥。
坐欲持此博轩冕，肯言孔孟犹寒饥。

全诗意气风发，光昌流丽，可以看出王安石少小即心怀大志。其"君不闻开元盛天子，纠合俊杰披奸猖。几年辛苦补四海，始得完好无疽疮。一朝寄托谁家子，威福颠倒那复理。那知赤子偏愁毒，只见狂胡仓卒起。茫茫孤行西万里，偏仄归来竟忧死。子孙险不失故物，社稷陵夷从此始。由来犬羊著冠坐庙堂，安得四鄙无豺狼。"② 有感于"赤子偏愁毒""狂胡仓卒起"，倡导任用"俊杰"，字里行间慨然以天下为己任。正当王安石春风得意之时，胸怀大志，勇于进取之时，父亲王益突然早逝，对他的打击沉重，使他人生第一次感受到人生的生离死别。也是这一突如其来的人生

---

① 李德身：《王安石诗文系年》，陕西人民教育出版社1987年版，第21页。
② 王安石撰，李壁注：《王荆文公诗李壁注》卷十二，上海古籍出版社1993年版。

遭遇，使他第一次真正对佛教有了更深的认识。

少年失怙使他很快地成熟起来。有关这段沉痛的记忆，他在《忆昨诗》中是这样表述的：

> 明年亲从建康吏，四月挽船江上矶。
> 端居感慨忽自瘖，青天闪烁无停晖。
> 男儿少壮不树立，挟此穷老将安归？
> 吟哦图书谢庆吊，坐室寂寞生伊威。
> 材疏命贱不自揣，欲与稷契遐相希。
> 昊天一朝畀以祸，先子泯没予谁依！

从诗中可以看出，在佛禅的浸染下，他早年的诗风虽然"意气风发，光昌流丽"，但其中亦"隐含着忧郁"。其另外一首《少狂喜文章》的诗歌风格大致如此：

> 少狂喜文章，颇复好功名。
> 稍知古人心，始欲老蚕耕。
> 低徊但志食，邂逅亦专城。
> 仰惭冥冥士，俯愧扰扰氓。
> 良夜未遽央，青灯数寒更。
> 拨书置左右，仰屋慨平生。

诗中表现了青年人的意气风发，光昌流丽，洋溢着激昂之气。但由于少年失怙，及受佛禅的浸染，他的诗在激昂中又隐含了忧郁。诗中的"狂喜"展现了诗人积极进取、奋发图强的执着精神。转而"仰惭""俯愧""慨平生"等句却凸显了他少年的老成。慨叹人生苦短，生命无常，其青春本能的放旷和潜意识中蕴含的苦闷汇集一流，亦显豪气中隐含的忧郁。再如《今日非昨日》：

> 今日非昨日，昨日已可思。
> 明日异今日，如何能勿悲。
> 当门五六树，上有蝉鸣枝。
> 朝听尚壮急，暮闻已衰迟。
> 仰看青青叶，亦复少华滋。
> 万物同一气，固知当尔为。
> 我友南山居，笑谈解人颐。
> 分我秋柏实，问言归何时。
> 衣冠污穷尘，苟得犹苦饥。
> 低徊岁已晚，恐负平生期。

与前一首诗相比，这是一首隐含的忧郁更为明显的诗。诗文中诗人进取之心不改，青年人的激进和冲动尤在。但似水流年中，却充满了对生命的敬畏和无可奈何的惆怅。于是羡慕我友南山之居超脱尘世之外，回看茫茫人海，功名利禄皆为虚妄，欲望之火无休无止，唯有南山才是心灵的最终归宿。与上首相比，这一首受佛禅之浸染更为深刻。《楞严经》卷二云："岂惟年变？亦月化。何直月化，兼又日迁。"[①] 易伤流年。

王安石早期的诗风固然保持着"意气风发，光昌流丽"之势，主要是受杨亿浮华诗风的影响，其自我风格可以说还没有完全形成。随着触世日深，其诗歌创作水平和风格也逐渐在升华，早期作品中不乏有"天下苍生待霖雨，不知龙向此中蟠"（《龙泉寺石井二首》）的自负，又有"不谓浮云遮望眼，只缘身在最高层"（《登飞来峰》）的高瞻远瞩、排除万难的胸襟和气魄。但由于经历的坎坷和受佛禅的浸染逐渐加深，使原本激昂的奋斗精神相应地被弱化，过早地拥有了超乎同龄人的忧伤。这种忧伤必然影响他的诗歌创作，使其诗风在"意气风发，光昌流丽"中"蕴含忧郁"。但诗人能恰到好处地将二者巧妙地融合，使其诗表现出一种含蕴丰富、体气超拔的不俗品格。

[①] 赖永海主编：《楞严经》，中华书局2010年版，第39页。

二 会通佛禅的中期诗风

自通判舒州始,开始大量地与禅僧交游,前文已述,任鄞县知县期间治水借住寺庙,闲暇时间与僧交谈,结交瑞新禅师。任舒州通判游山谷寺石牛洞,并作有《题舒州山谷寺石牛洞泉穴》《寄题修广明碧轩》《书瑞新道人壁》《昆山慧聚寺次孟郊韵》《昆山慧聚寺次张祜韵》《自白土村入北寺二首》等与佛禅有关的诗歌。这一时期可以说是王安石诗风真正的发轫期。担任京官时亲眼目睹了北宋王朝的危机四伏,于是,在嘉祐四年他呈上了近万字的《上仁宗皇帝言事书》,阐明自己的变法主张,未被朝廷重视。嘉祐六年他又锲而不舍地撰写了《上时政疏》《上龚舍人书》《再上龚舍人书》,均未果,几次上书的失败,使他真正看到了出世的艰难。从而进一步提升了他投身佛家怀抱的愿望。特别是在任知制诰期间,避免不了大量接触佛禅思想。居丧讲学期间与蒋山赞元禅师交往密切,期间奠基了他援禅入儒的新学基础。执政变法期间,他吸纳了禅宗"超越佛祖,呵佛骂祖"的思想精髓,提出了"天变不足畏,祖宗不足法,流俗之言不足恤"的政治主张。王安石变法,直接影响了封建地主阶级的利益,受到旧党和两宫太后的打压。在孤军奋战的日子里,佛禅赋予王安石的是人生的另一种洒脱。"佛禅认为人世痛苦的深幽原因是'无明'状态所生,所谓无明,乃痴暗之心,体无慧明,故曰无明;又是一切烦恼之异名也。唯有智慧能够摆脱痛苦烦恼,止息大苦蕴聚。佛家看重智慧的作用,比尘俗深似一层,它不仅通达'有为之事相',还须通达'无为之空理'。"① 在这一方面,学无常师的王安石非常清楚。

王安石中期的诗歌作品涉佛的虽不多,但多有佛家怀抱的显现,其诗歌佛家襟怀,很容易体察到诗对民生的衷心关怀,其著名诗作《河北民》即传达出菩萨的情怀。王树海先生认为,诗中"生近两边长苦辛"恰是诗人若许宽广的佛家包容。

王安石中期投入到佛家的怀抱,还体现在他能将佛禅示法的传教方式

---

① 王树海、王艳玲:《"荆公体"诗歌的佛家怀抱》,《吉林大学社会科学学报》2008 年第 5 期。

巧妙地应用到自我诗歌创作中来。前文已述，禅门"悟入"需要付诸"参公案"和"斗机锋"来实现悟道。关于"死""活"之争的"参公案"和"斗机锋"使原本不立文字的佛门"文字"开始膨胀。临济宗汾阳善昭的"颂古"大开文字之先河，使其宗门"禅风"新特。印光在《宗教不宜混滥论》中说："每见宗师垂问，教象不能加答，遂高推禅宗，藐视教典，佛经视作故纸，祖语重愈纶音……良以心通妙谛，遇缘即宗；柏树子，干屎橛，鸦鸣鹊噪，水流花放，咳唾掉臂，讥笑怒骂，法法头头，咸皆是宗。"①

参"公案"、斗"机锋"之风气深深地感染王安石，使其诗歌逞新务奇、用典用事刻意追求，加之师法韩愈，诗歌创意新颖，不落俗套，文采奇美壮丽，不入俗言；音调激越慷慨，不同凡响。能有机地将"雄奇"与"平淡"两种截然不同的风格相结合，"奇"中见"美"，"淡"中见"峭"。使其中期诗风表现为"峭劲雄奇、壮丽超逸"。

（一）峭劲雄奇

从前人对王安石的诗歌评论看，王安石"峭劲雄奇"的诗风，主要通过用事、用字、押韵、翻案等形式技巧表现出来的。上文已经对王安石的翻案诗有所论述，现就其用事、用字、押韵等三方面来谈谈王安石"峭劲雄奇"的诗风。

1. 用事

《石林诗话》云："诗之用事，不可牵强，必至于不得不用而后用之，则事辞为一，莫见其安排斗凑之迹。苏子瞻尝作人挽诗云：'岂意日斜庚子后，忽惊岁在己辰年'，此乃天生作对，不假人力。"② 王安石也认为诗的用事应从中表现出自己独特的新意。《蔡宽夫诗话》云："荆公尝曰：'诗家病使事太多。'盖皆取其与题合者类之，如此乃是编事，虽工何益，若能自出己意，借事以相发明，情态毕出，则用事虽多，亦何妨。"③ 如诗《虎图》：

---

① 印光：《宗教不宜混滥论》，庐山东林寺印。
② （宋）叶梦得：《石林诗话》卷中，何文焕：《历代诗话》（上），中华书局1981年版，第413页。
③ （宋）蔡天启：《蔡宽夫诗话》，郭绍虞：《宋诗话辑佚》，中华书局1980年版，第419页。

壮哉非罴亦非貙，日光夹镜当坐隅。
横行妥尾不畏逐，顾盼欲去仍踌躇。
卒然我见心为动，熟视稍稍摩其须。
固知画者巧为此，此物安肯来庭除。
想当盘礴欲画时，睥睨众史如庸奴。
神闲意定始一扫，功与造化论锱铢。
悲风飒飒吹黄芦，上有寒雀惊相呼。
槎牙死树鸣老乌，向之伈嚅如哺雏。
山墙野壁黄昏后，冯妇遥看亦下车。

《艺苑雌黄》云："予顷与荆南同官江朝宗论文，江云：'前辈为文，皆有所本，如介甫《虎图诗》，语极遒健，其间有神闲意定始一扫之句，为此只是平常语，无出处，后读《庄子》，宋元君画图，有一史后至，儃儃然不趋，受揖不立，因之舍，解衣盘礴臝，君曰：是真画者也。'郭象注：'内足者神闲而意定。乃知介甫实用此语也'。"[①]诗中首先描写画中老虎的生动神态，并从看画中体会到从吃惊到醒悟的感受，同时还想象到了画家绘画时胸中有虎，笔下有神的情景。接着又渲染了虎图的艺术真实性，最后两句"想当盘礴欲画时，睥睨众史如庸奴"用《庄子·田子方》篇的故事再次凸显虎图的艺术感染力。《漫叟诗话》云："荆公尝在欧公坐上赋《虎图》，众客未落笔，而荆公章已就，欧公亟取读之，为之击节称叹，坐客搁笔不敢作。"[②] 正可谓杜诗所云"读书破万卷，下笔若有神"。王安石诗歌中的用事，来自博览群书的渐修过程。其诗中的用事几乎全部来源于经史子集，风格既广博又冷僻，如诗《思王逢原三首》其二：

蓬蒿今日想纷披，冢上秋风又一吹。

---

① 胡仔：《苕溪渔隐丛话》后集卷二十五引《艺苑雌黄》，吴文治主编：《宋诗话全编》肆，凤凰出版社（原江苏古籍出版社）1998年版，第4131页。
② 胡仔：《苕溪渔隐丛话》前集卷三十四引《漫叟诗话》，吴文治主编：《宋诗话全编》肆，凤凰出版社（原江苏古籍出版社）1998年版，第3752页。

妙质不为平世得，微言唯有故人知。
庐山南堕当书案，湓水东来入酒卮。
陈迹可怜随手尽，欲欢无复似当时。

诗中的"妙质不为平世得"，当中的"妙质"往往被人理解为"高尚的品德，卓越的才能"。其实不然，该句中的"妙质"出于《庄子·徐无鬼》，借喻难得的知音。其另一句"微言唯有故人知"中的"微言"，是用了《汉书·艺文志》中"仲尼没而微言绝"的话，亦指精辟深刻的思想言论。从这两句上看，诗人用典贴切精深，而且又不影响诗意畅达。给原本枯燥的议论增添了新奇丰富的意蕴。后人陈师道在怀念黄鲁直时对该诗有所化用，如："妙质不为平生用，搞怀犹有故人知"。其"庐山南堕当书案，湓水东来入酒卮"备显雄伟峭拔的气魄，因其丰富的想象，精练的字句，成为王诗中的名句。《西清诗话》云："熙宁初，张揆以二府初成，作诗贺荆公，公和曰：'功谢萧规渐汉第，恩从隗始诧燕台。'以示陆农师，农师曰：'萧规曹随，高帝论功，萧何第一，皆摭故实；而请从隗始，初无恩字。'公笑曰：'子善问也。韩退之《斗鸡联句》：感恩惭隗始，若无据，岂当对功字也。'乃知前人以用事一字偏枯，为倒置眉目，返易巾裳，盖谨之如此。"① 可见用典之一贯精确。再如，《张良》：

留侯美好如妇人，五世相韩韩入秦。
倾家为主合壮士，博浪沙中击秦帝。
脱身下邳世不知，举国大索何能为。
素书一卷天与之，谷城黄石非吾师。
固陵解鞍聊出口，捕取项羽如婴儿。
从来四皓招不得，为我立弃商山芝。
洛阳贾谊才能薄，扰扰空令绛灌疑。

---

① 胡仔：《苕溪渔隐丛话》前集卷三十五引《西清诗话》，吴文治主编：《宋诗话全编》肆，凤凰出版社（原江苏古籍出版社）1998年版，第3757页。

诗中大胆地评价了古人，发前人所未能发，"留侯美好如妇人，五世相韩韩入秦"，出于《史记·留侯世家》中太史公所说："余以为其人，计魁梧奇伟，至见其图，状貌如妇人好女。"其"素书一卷天与之，谷城黄石非吾师"，两句写张良在桥上遇黄石公事。《史记·留侯世家》云：张良在圯上遇一老翁，翁命良为他拾取堕履，良长跪而进，遂相约五日后相见。届时良往，翁已先至，斥之而去，复约五日后相见，如此者再，至第三次，翁授良《太公兵法》一卷，曰："读是可为王者师，后十三年见我济北谷城山下，黄石即我矣。"说罢扬长而去。这个老人就是传说中的高士黄石公，亦称"圯上老人"。张良得《太公兵法》后，日夜研习兵书，俯仰天下大事，终于成为一个娴熟兵法、文武兼备、足智多谋的智囊人物。"固陵解鞍聊出口，捕取项羽如婴儿"两句讲述的是张良在楚汉战争中的奇功，出于《史记·项羽本纪》。从全诗看，诗人融入了自我感情和独到见解。不受史书限制，音调高朗，语言畅达。深显"以巧见学"，表现出言其事而不言其名的用事特点，为历代后人所称道。《冷斋夜话》卷五云"如《华严经》举因知果，譬如莲花，方其吐华而果具蕊中"。① 这是对言其用事而不言其名的用事方式的最高赞誉。

2. 用字

司马光《涑水纪闻》卷十六云："初韩魏公知扬州，介甫以新进士签书判官事，魏公虽重其学，不以吏事许之，介甫秩满去。会有上韩公书者，多用古字，韩公笑而谓僚属曰：'惜王廷评不在此，此人颇识难字。'"② 除文章外，王安石的诗歌中多用"冷僻"字。冷僻字的运用，更显其诗歌的古朴和生涩，给人以峻奇之美。现举例如下：

窗明两不借，榻净一籧篨。（《独饭》）

---

① （宋）释惠洪：《冷斋夜话》卷五，吴文治主编《宋诗话全编》叁，凤凰出版社（原江苏古籍出版社）1998年版，第2446页。

② （宋）司马光：《涑水纪闻》卷十六，中华书局1989年版，第311页。

第五章 禅风流被与王安石诗风 245

其中"籧篨"为冷僻字,"［庚寅增注］籧篨：扬雄《方言》：'筕，宋、魏之间谓之笠，今江东通言其粗者谓之籧篨。'"① 这里指粗竹席。亦作"籧蒢"。

　　谁谓秦淮广，正可藏一艓。(《游土山示蔡天启秘校》)

其中"艓"为冷僻字，李壁注曰："扬雄《方言》：'艓，小舟。音叶'，《切韵》《玉篇》不载此字。"② ［沈注］："李注：'扬雄《方言》：'艓，小舟。'案：《方言》只云：'小舸谓之艓'，注云：'今江东呼艓，小底者也。'丁度《集韵》卷二十九叶云：'艓'，舟名，李注误。"③ 在这里指单小船。又"鼓钟卧空旷，簨簴雕捷业"句，"簨"字为冷僻字，李壁注曰："《檀弓》有钟磬而无簨簴，簨，《诗·有瞽》注：'捷业如锯齿，所以饰栒为县也。'"④ 朱自清解释："'乐器所悬横曰簨，植曰簴。'业，大板也，所以饰簨为悬也。捷业如锯齿，或曰画之。"⑤ 可见簨簴可以悬钟磬也。其："谅欲交謦语，呿予不能噞"中的"噞"字亦为冷僻字，李壁注曰："呿许劫反，合也。《玉篇》：'张口貌，呿音祛，开也。'《庄子·秋水》篇：'公孙龙口呿而不合，舌举而不下。'《天运》篇：'子口张而不能噞，子又何规乎老聃聘哉？'"⑥ 在这里指闭合、吸、呵欠。此诗三句中有四字冷僻难解。

　　靖节爱吾庐，猗玗乐吾耳。(《与吕望之上东岭》)

其中"玗"是冷僻字，李壁注云："《元结传》：'天下兵起，逃入猗玗之洞，始自称猗玗子，洞在商余山西南八十里。'又，《元次山集》有

---

① 王安石撰，李壁注：《王荆文公诗李壁注》卷二十二，上海古籍出版社 1993 年版。
② 王安石撰，李壁注：《王荆文公诗李壁注》卷二，上海古籍出版社 1993 年版。
③ 王安石撰，李壁注，李之亮补笺：《王荆公诗注补笺》，巴蜀书社 2002 年版，第 43 页。
④ 王安石撰，李壁注：《王荆文公诗李壁注》卷二，上海古籍出版社 1993 年版。
⑤ 朱自清：《宋五家诗抄》，上海古籍出版社 1981 年版，第 64 页。
⑥ 王安石撰，李壁注：《王荆文公诗李壁注》卷二，上海古籍出版社 1993 年版。

佛家怀抱　俱味禅悦

《心规》云：元子病游世，归于商余山中，以酒自肆，有《醉歌》。里夫公闻之，多元子之酒，请歌之。歌曰：'元子乐矣，我鼻我目，我口我耳。'歌己矣夫，公曰：'自乐山林可也，自乐耳目，何哉？人谁无此？'元子引酒。当夫曰：'劝君此杯酒缓饮之。'"① 在这里指似玉的美石。

　　且长随我游，吾不汝羹胾。（《车载板二首》其二）

"胾"亦为冷僻字难解之字。李壁注曰："《荀子》：'今夫猩猩亦二足而毛也，然而君子啜其羹、食其胾。'又韩文：'皆不造其堂，不哜其胾者也'。[庚寅增注] 羹胾：肉不切曰胾。《礼记》：'士不贰羹胾'。"② 在这里指肉羹和大块肉。

　　赤松复自无特操，上下随烟何慅慅。（《酬王浚贤良松泉二诗》其二）

其中"慅慅"为冷僻难解字。李壁注曰："《范彦龙传》：'怀倚从慅慅'，音草。"③ 在这里指骚动不安；不安静。

　　桃枝煖溾㵳，散发晞晓捉。（《病起》）

句中，"煖溾㵳"均为冷僻难解字。其中"煖"古同暖。"溾㵳"指污浊；卑污。梅尧臣《矮石榴树子赋》："勿溾㵳以自抑，勿犹豫而失处"。亦指污浊之人或流俗。《宋书》："伏愿陛下先鉴元辅匪躬茂节，末录庸琐奉国微诚，不遂溾㵳之情，以失四海之望"（《宋书·臧质传》）。第三个意思是，软弱；懦怯。《宋史》："宋兴且百年，而文章体裁，犹仍五季余习，锼刻骈偶，溾㵳弗振，士因陋守旧，论卑气弱"（《宋史·欧阳修传》）。第四个意思是，溽热。汉王粲："气呼吸以祛据，汗雨下

---

① 王安石撰，李壁注：《王荆文公诗李壁注》卷二，上海古籍出版社1993年版。
② 同上。
③ 同上。

而沾裳；就清泉以自沃，犹渜渃而不凉"（《大暑赋》）。三国魏繁钦："翕翕盛热，蒸我层轩，温风渜渃，动静增烦"（《暑赋》）。李壁注云："'扬雄《反骚》：分累以其渜渃兮。'应劭注云：'渜渃，秽浊也。'晋灼云：'俗谓水浆不寒为渜渃。'陆机赋：'故渜渃而不鲜。'注：'渜渃，垢浊也。'别本作'软'字，未详，疑是'㶕'字，暖桃枝以为汤也。"① 这里指"污浊"。

　　引刀取肉割啖客，银盘擘臑薨与鲜。（《北客置酒》）

　　句中"臑薨"为冷僻难解字。李壁注云："《礼记·少仪》：'其礼太牢，则以牛左肩，臂臑折久个。'注：'奴报反。又奴则反。'疏：'臂臑，谓肩脚。'《曲礼》下：'槁鱼曰商祭，鲜鱼曰脡祭。'《周礼·天官·庖人》：'凡其死生鲜薨之物，以共王之膳。'郑司农云：'薨谓生肉，薨谓干肉，薨与鲜同。'"② 此句"臑"指牲畜前肢的下半截。"薨"指干的食物。

　　衡门兼旬限泥潦，卧听籁木鸣相挨。（《和王微之登高斋二首》其一）

　　句中"籁"为冷僻难解字。李壁注云："《庄子·齐物论》：'大木百围之籁穴，似鼻，似口，似耳，似枅，似圈，似臼，似洼者，似污者，激者，謞者，叱者，吸者，叫者，譹者，宎者，咬者，前者唱于，而随者唱喁，泠风则小和，飘风则大和。'籁，一作'窍'。诗言：'籁木'盖取诸此。"《汉书·杨王孙传》：'帝尧之葬，籁木为匮。'注：'籁，空也。'"③ 此句"籁"指空隙。

　　林麓换风气，兽蛇洞毒蠚。（《送李宣叔倅漳州》）

---

① 王安石撰，李壁注：《王荆文公诗李壁注》卷四，上海古籍出版社1993年版。
② 同上。
③ 同上。

句中"蠚"即冷僻难解字。李壁注云:"《韩集·联句》:'小夷施毒蠚。'《淮南王安疏》:'南方暑湿,蝮蛇蠚生。'注:'蠚,毒也,音壑。'[庚寅增注]毒蠚:'《汉·刑法志》:孝惠高后时,百姓新免毒蠚。'"① 此句"蠚"同蜇,蜂、蝎子等用毒刺刺(人或动物)。

除此之外"北寻五作故未憗,东挽三杨仍有橷"(《次韵酬龚深甫二首》)句中的"憗"字;"池上野鹅无数好,晴天镜里雪氆氇"(《集禧观池上咏野鹅》)句中的"氆氇"二字;"云埋月缺晖寒灰,飚发齐如巨象㱔"(《次韵耿天骘大风》)句中的"㱔"字;"鲂鱼鱤鱤归城市,粳稻纷纷载酒船"(《安丰张令修芍陂》)句中的"鱤鱤";"反嗤褋襫子,但守一经笈"(《用前韵戏赠叶致远直讲》)句中的"褋襫";"官虽众俊后,名字久訇礚"句中的"訇礚","方将筑其滨,毕景谢噂嗒"句中的"噂嗒"(《韩持国从富并州辟》);"班春回绀幰,问俗卷彤襜"(《送郓州知府宋谏议》)句中的"绀幰";"鸾凤鸣且下,万羽来翙翙。"(《寄曾子固》)句中的"翙翙"。这些诗句中多用冷僻字。

王安石诗句中的"冷僻字",虽然很难理解,但却大大地突出了诗人峭劲雄奇的创作风格。其大多应用于古体诗歌当中。律诗中虽然也有,但相对用得很少。刘禹锡《嘉话》曰:为诗用僻事,须有来处。宋考功诗云:"马上逢寒食,春来不见饧",常疑此字,因读毛诗郑笺说箫处,注云:"即今卖饧者所吹",六经唯此注中有"饧"字。吾缘明日是重阳,欲押一"糕"字,续寻思六经竟未见有"糕"字,遂不敢为之。尝讶杜员外"巨颡拆老拳",疑"老拳"无据,及览《石勒传》云:"卿既遭孤老拳,孤亦饱卿毒手",岂虚言哉。后辈业诗,即须有据,不可率尔道也。② 从上文可以看出,王安石"冷僻字"在诗歌中的应用均注意其来处,而并非凭空瞎造,此足以彰显诗人渊博的学识。

3. 押韵

王安石诗歌用韵,不落于流俗,喜欢押窄韵和险韵。但不是所有的宋代诗人都能恰到好处地使用"押窄韵和险韵"的,叶梦得《石林燕语》卷

---

① 王安石撰,李壁注:《王荆文公诗李壁注》卷十,上海古籍出版社1993年版。
② 于新、旧《唐书》本传,唐韦绚编:《刘宾客嘉话录》。

八云："太宗当天下无事，留意艺文，而琴棋亦皆造极品。时从臣应制赋诗，皆用险韵，往往不能成篇。"①无疑，险韵之使用非大才者而不能为之。《诗人玉屑》卷七引《缃素杂记》云："世俗相传，古诗不必拘于用韵。余谓不然，如杜少陵早发射洪县南途中作及字韵诗，皆用'缉'字一韵，未尝用外韵也。及观东坡与陈季常'汁'字韵，一篇诗而用六韵，殊与老杜异。其他侧韵诗多如此。以其名重当世，无敢訾议；至荆公，则无是弊矣。其得子固书因寄以及字韵诗，其一篇中押数韵，亦止用'缉'字一韵，他皆类此，正与老杜合。"② 此即为说明王安石善于使用"窄韵"，如诗《得子固书因寄》：

始吾居扬日，重问每见及。
云将自亲侧，万里同讲习。
子行何舒舒，石望已汲汲。
穷年梦东南，颜色不可挹。
仁贤岂欺我，正恐事维繁。
严亲抱忧衰，生理赖以给。
不然航江外，天寒北风急。
无乃山路恶，仆弱马行涩。
孤怀未肯开，岁物忽如蛰。
揭来高邮住，巷屋颇卑湿。
蓬蒿稍芟除，茅竹随补葺。
苟云御风气，尚恐忧雨汁。
故人莫在眼，屡独开巾笈。
忠信盖未见，吾敢诬兹邑。
出关谁与语，念子百忧集。
眺听聊自放，日暮城头立。
徐归坐当户，使者操书入。

---

① 叶梦得：《石林燕语》，侯忠义点校，中华书局1984年版，第117页。
② （宋）魏庆之：《诗人玉屑》，中华书局2007年版，第223页。

时开识子意，如渴得美湆。
骊驹日就道，玉手行可执。
旧学待镌磨，新文得删拾。
重登城头望，喜气满原隰。

有关王安石诗歌用韵，台湾学者陈铮在其博士论文《王安石诗研究》中是这样认为的："五古几乎一律是不换韵的，而七古则不换韵与换韵的比例大约是二比一，不换韵的七古稍多一些。可能是他在七古方面比较偏好作杜韩以后新兴而又仿古的体裁，是不大用对仗的一种。在一般的情形下，不论五古、七古都是隔句押韵，如果所采用的是宽韵，如支、先、阳、庚、尤、东、真、虞等，则较显凡庸；如果用窄韵，如微、文、删、青、蒸、覃、监，或是险韵，如江、佳、肴、咸，可以因难见巧，愈险愈奇，表现诗人通神的本领。"[1] 险韵是指诗歌语句中用艰僻字押韵，作为一个追求法度的诗人，王安石在这方面是很讲究的。从陈铮的详论中亦可见其一斑。

《沫若诗话》亦云："王荆公为诗，早年好用险韵，且多一韵到底，实在是有意矜奇斗险。"[2] 的确，从前人资料上看，王安石峭劲雄奇的诗风是通过故意押险韵予以炫耀的。如，苏轼曾写《雪后书北台壁二首》：

其一

黄昏犹作雨纤纤，夜静无风势转严。
但觉衾裯如泼水，不知庭院已堆盐。
五更晓色来书幌，半夜寒声落画檐。
试扫北台看马耳，未随埋没有双尖。

其二

城头初日始翻鸦，陌上晴泥已没车。
冻合玉楼寒起粟，光摇银海眼生花。

---

[1] 陈铮：《王安石诗研究》，博士论文，台北私立东吴大学，1992年，第122页。
[2] 吴奔星、徐放鸣选编：《沫若诗话》，四川人民出版社1984年版，第430页。

第五章　禅风流被与王安石诗风　251

　　遗蝗入地应千尺，宿麦连云有几家。
　　老病自嗟诗力退，空吟冰柱忆刘叉。

　　两首诗用的"尖""叉"二韵属险韵、窄韵，而诗人运用自如，韵与意会，语皆浑成，自然高妙，毫无牵强拼凑之迹。《瀛奎律髓》卷二十一评曰："才高气雄，下笔前无古人。""尖""叉"二韵韵险而语奇，常人很难和诗，可王安石和来却如行云流水。据《鸿庆居士文集》卷三十一载："（荆公）读《眉山集》雪诗，爱其善用韵，而公继和者六首。"① 如诗，《读眉山集次韵雪诗五首》：

一

　　若木昏昏未有鸦，冻雷深闭阿香车。
　　抟云忽散筵为屑，蘜水如分缀作花。
　　拥帘尚怜南北巷，持杯能喜两三家。
　　戏授弄掬输儿女，羔袖龙钟手独叉。

二

　　神女青腰宝髻鸦，独藏云气委飞车。
　　夜光往往多联璧，白小纷纷每散花。
　　珠网缅连拘翼座，瑶池淼漫阿环家。
　　银为宫阙寻常见，岂即诸天守夜叉。

三

　　惠施文字黑如鸦，於此机缄漫五车。
　　皭若易缁终不染，纷然能幻本无花。
　　观空白足宁知处，疑有青腰岂作家。
　　慧可忍寒真觉晚，为谁将手少林叉。

四

　　寄声三足阿环鸦，问讯青腰小驻车。

---

① 孙觌：《鸿庆居士文集》卷三十一，《押韵序》，丛书集成续编第102册，上海书店1994年版，第965页。

一一煦肌宁有种,纷纷迷眼为谁花。
争妍恐落江妃手,耐冷疑连月姊家。
长恨玉颜春不久,画图时展为君叉。

五

戏摇微缟女鬟鸦,试咀流酥已颊车。
历乱稍埋冰揉粟,消沉时点水圆花。
岂能舴艋真寻我,且与蜗牛独卧家。
欲挑青腰还不敢,直须诗胆付刘叉。

再如,《读眉山集爱其雪诗能用韵复次韵》:

靓妆严饰曜金鸦,比兴难工漫百车。
水种所传清有骨,天机能织皦非花。
婵娟一色明千里,绰约无心热万家。
长此赏怀甘独卧,袁安交戟岂须叉。

诗中可见,"使君新篇韵险绝,挥毫更想能一战,数窘乃见诗人才"。据罗德真先生统计:"王安石诗歌中江韵用6次,佳韵用4次,而肴、咸韵使用0次;微韵37次,文韵30次,删韵35次,青韵11次,蒸韵、覃韵8次,盐韵8次。"[1] 亦见其用韵的难度和功夫。陈铮对其晚年诗的用韵评价更是到位,他说:"王安石晚年诗笔老练,丝毫不受韵脚限制所窘,反而能在内容上极力地铺叙或议论,表现出波澜壮阔的雄伟俊健的风格,这在文学艺术上不能说不是一项突出的成就。其余像是《和王微之登高斋》二首及《和微之登高斋》一首灰佳通韵、《汝瘿和王仲仪》一首梗迥通韵、《秋热》一首佳灰通韵、《寄曾子固》一首泰队通韵、《和王乐道烘虱》一首哿个通韵,都是艰险见奇崛的例证。"[2] 纵论可以看出,王安石对险韵的钟情,其以"以押险韵和窄韵"为工的诗风,是对唐人韩愈和杜甫

---

[1] 罗德真:《王安石诗词用韵研究》,《南京师大学报》(社会科学版)1990年第3期。
[2] 陈铮:《王安石诗研究》,博士论文,台北私立东吴大学,1992年,第124页。

的继承和发展，大开宋诗多用险韵和窄韵的风气，更能进一步彰显其峭劲雄奇的诗风。

（二）壮丽超逸

王安石中期的诗歌风格，亦表现出壮丽超逸的一面，其壮丽是他心系家国天下的宽阔胸怀，超逸是对禅宗"返照"观念的感怀。诗人对社会、宇宙、人生的冷静谛视后，必然导致对"尘世"的超离。其诗里所幻化的，是心灵世界的真实显露。如诗：葛蕴作《巫山高》，爱其飘逸因亦作两篇（其二）：

巫山高，偃薄江水之滔滔。
水于天下实至险，山亦起伏为波涛。
其巅冥冥不可见，崖岸斗绝悲猿猱。
赤枫青栎生满谷，山鬼白日樵人遭。
窈窕阳台彼神女，朝朝暮暮能云雨。
以云为衣月为褚，乘光服暗无留阻。
昆仑曾城道可取，方丈蓬莱多伴侣。
块独守此嗟何求，况乃低回梦中语。

欧阳修曾这样形容自己的《庐山高》，叶梦得《石林诗话》引其子欧阳棐的话说："先公（欧阳修）平生未尝夸大所为文，一日被酒，语棐曰：'吾诗《庐山高》，今人莫能为，惟李太白能之。'"[①] 读王安石这首《巫山高》也有"唯李太白能之"的感觉。可见，该诗是宋人夸奢斗奇、逞才使气的典型作品。诗中赋予了丰富的想象，以语言奇诡，壮丽超逸的风格广为传颂。全诗前半写巫峡之高峻凶险，后半写神女的朝云暮雨、独处巫山。李壁注云："公此诗体制类欧公《庐山高》，皆一代杰作。"[②] 其"水于天下实至险，山亦起伏为波涛"既概括又形象地勾勒巫山巫峡的山形水势，气势雄伟，体现了诗人掀雷挟电的气魄与笔力。陈衍《宋诗精华录》

---

① 叶梦得：《石林诗话》卷中，见何文焕《历代诗话》，中华书书局1981年版，第424页。
② 王安石撰，李壁注：《王荆文公诗李壁注》卷九，上海古籍出版社1993年版。

称道:"三四两句,横绝一世,何减'嵌崎乎数州之间,灌注乎天下之半'邪!是能以文为诗者,晦于天地间,为物最巨,犹词费矣。"① 此章法遂令诗更为流走自然,造成奔泻宏阔之气势。其"其巅冥冥不可见,崖岸斗绝悲猿猱。赤枫青栎生满谷,山鬼白日樵人遭。"四句写山间景色高耸入云,目不可及,山高崖峭猿猱无法攀援而为之悲恸,是言山之险。最后全诗在一种哀怨凄切的情调中收笔,如一首激昂飞扬的狂想曲,在悠远飘逸的琴声中寂然而止,给读者留下了无限的遐思。再如《平山堂》:

城北横冈走翠虬,一堂高视两三州。
淮岑日对朱栏出,江岫云齐碧瓦浮。
墟落耕桑公恺悌,杯觞谈笑客风流。
不知岘首登临处,壮观当时有此不。

《避暑录话》卷一云:"欧阳文忠公在扬州,作平山堂,壮丽为淮南第一。上据蜀冈,下临江南数百里,真、润、金陵三州隐隐若可见。公每暑时,辄凌晨携客往游。遣人走邵伯取荷花千余朵,以盆分插百许,盆与客相间。遇酒行,即遣妓取一花传客,以次摘其叶,尽处则饮酒。往往侵夜,载月而归。"② 平山堂因其壮丽北宋文人官宦到此多有题咏,而王安石却与众不同,欧阳修欣赏此诗,曾赞不绝口。他在与刘敞信中曰:"得介甫新诗数十篇,皆奇绝,喜此道不寂寞。"③ 全诗在描写景致的同时更感慨"墟落耕桑公恺悌,杯觞谈笑客风流"的盛况,诗风壮丽超逸。诗中起句"城北横冈走翠虬,一堂高视两三州"单刀直入阐明平山堂的险要位置,表明其壮观不在"堂"而在依寺傍山。由此借用《滕王阁》中"画栋朝飞南浦云,朱帘暮卷西山雨"的句法,引出"淮岑日对朱栏出,江岫云齐碧瓦浮"的雄伟辉煌,营造出审美的意境,可谓想象丰富,纵横万里,恒贯

---

① 陈衍:《宋诗精华录》卷二,上海古籍出版社 2007 年版,第 43 页。
② (宋)叶梦得:《避暑录话》卷一,中华书局 1985 年版。
③ (宋)欧阳修、李逸安点校:《欧阳修全集》卷一百四十八,《与刘侍读原父》,中华书局 2001 年版,第 2418 页。

古今。转而投入佛禅怀抱,其"墟落耕桑公恺悌,杯觞谈笑客风流。不知岘首登临处"是对宇宙人生的感怀,青山常在,人生无常,使人悲伤,如百年后有知,魂魄犹应登此山也。全诗触景生情,感慨至深,实为诗人真情实感的自然流露。王安石中期诗歌的峭劲雄奇、壮丽超逸的诗风审美倾向,实际上与禅悦之风流被有着内在的联系。正由于他的诗风由外倾转向内敛,王安石中期的人生更多地遁入内心世界,禅家的"返照"工夫于此也起到了不可忽视的作用。

三　精研佛禅的晚期诗风

王安石晚年退隐钟山,参禅学佛、精研佛书、以寺为家、与僧为友,使他彻底地融入佛教。其晚年的 500 多首诗中,涉及佛理、言及禅趣的就有 100 多首。晚年的诗歌作品,更多地注重艺术的锤炼,胡仔《苕溪渔隐丛话》引黄庭坚语:"荆公暮年作小诗,雅丽精绝,脱去流俗,每讽味之,便觉沉鬯生牙颊间。"[①]叶梦得《石林诗话》卷上亦说:"王荆公晚年,诗律尤精严,造语用字,间不容发,然意与言会,言随意遣,浑然天成,殆不见有牵率排比处。"[②]这时期王安石的作品多为律诗和绝句,写得精深华妙,胜过前人。题材上主要以描写景物为主。其诗风趋于深婉精妙、空灵明净。

(一) 深婉精妙

深婉精妙是对诗歌风格的大致判断。《漫叟诗话》云:"荆公定林后诗,精神华妙"[③]。从前人对深婉和精妙的分析,笔者可以概括地说深婉精妙包括两方面的含义,一是"含蓄不迫";二是"精丽工巧"。而这两方面在王安石晚年的诗歌作品中的表现都比较突出。吴之振说:"安石遣情世外,其悲壮即寓闲淡之中。"[④]对此观点笔者不敢苟同。笔者认为王安石晚

[①] 胡仔:《苕溪渔隐丛话》前集卷三十五,吴文治主编:《宋诗话全编》肆,凤凰出版社(原江苏古籍出版社)1998 年版,第 3756 页。

[②] 叶梦得:《石林诗话》卷中,见何文焕《历代诗话》,中华书局 1981 年版,第 406 页。

[③] 胡仔:《苕溪渔隐丛话》前集卷三十三引《漫叟诗话》,吴文治主编:《宋诗话全编》肆,凤凰出版社(原江苏古籍出版社)1998 年版,第 3744 页。

[④] 清吴之振:《宋诗》《宋诗钞·临川集钞》,生活·读书·新知三联书店 1988 年版,第 105 页。

年深婉精妙诗风的形成，既有他学术修为的沉淀，亦有他晚年游走禅林对宇宙人生的深刻了悟。

1. 含蓄不迫

王安石晚年置身于怡然的山水之间，尽享佛禅之趣，其平静的内心，在与万物的交融中，含蓄委婉地传达着胸怀宇宙的情怀。如诗《北城》：

<blockquote>
青青千里乱春袍，宿雨催红出小桃。
回首北城无限思，日酣川净野云高。
</blockquote>

春晖盎然，大地青绿，这是任何一个诗人也不会放过的采风机会。这首诗就是诗人在北城游春时，对大好春光的即兴抒怀。起始句"青青千里乱春袍"，描绘了春光宏大的景象。其"青青千里"可见放眼皆春，"春袍"指游人。此句虽未言人，可景中亦有人，人中也有景。为原本简单的诗句涂加了视觉效果，昭示着春色的迷人。接下来的"宿雨催红出小桃"，在小雨、红、小桃三个意象间用一"催"字托出游人眼前的靓丽，可谓生机勃勃，美不胜收。转而，第三句"回首北城无限思"是诗人对大自然变幻的感慨。最后诗人笔锋一转又回到景物当中来，面对太阳、山川、野云分别加以修饰，真是"日酣川净野云高"。仅此一句，日上三竿，明净的平原，高天浮云，三者共同组成一幅旷远缥缈的图画，使诗人情思之绵远可见。从全诗看，诗人不直接表白自我心中的情思，而是选取大自然特定的物象，将心中难以表达的情怀蕴含其中，从而借写景以传达出对生命的热爱，诗意悠远而绵长。王安石晚年诗歌中所传达的自然意象，多是诗人情感的外化。置于其中，诗人能物我合一，其大多数诗歌都能表现禅意和禅趣，如，《随意》：

<blockquote>
随意柴荆手自开，沿冈度堑复登台。
小桥风露扁舟月，迷鸟羁雌竟往来。
</blockquote>

这首诗描写暮色十分，诗人随意地推开自家简陋的柴门，沿着山冈，

跨过沟渠再次登上高处的平台，举目远望。在朦胧的月光中，只能看见小桥、风露和水中的扁舟，还有归巢的宿鸟来来往往。诗中的山冈、沟渠、风露、扁舟、明月、迷鸟等意象，构成了夜幕降临前的美丽图画，除迷鸟外，一切都显得那样的宁静。在这种静谧的氛围里，诗人的孤寂之心隐约可见，亦显诗风含蓄不迫。佛禅认为越是平常普通的事情越容易被人们所忽视，以为这每日都能见到的事物是天生如此的，并无深意。可就在这些并无深意的常见事物中，却蕴含着世界最基本的真理和规则。所以，换一种眼光看待那些普通平常的事物，你就会有意想不到的收获和心得。从诗中"沿冈度堑复登台"这句我们可以看出，诗人不止一次来观看景物，而唯有这次随意的观望，使诗人有所收获，而这不仅仅是一个诗人灵感的幻化，也是一个禅心如水的禅者的又一次冲浪。此外，王安石晚年表现"含蓄不迫"诗风的作品还很多，苕溪渔隐曰："荆公小诗如'南浦随花去，回舟路已迷。暗香无觅处，日落画桥西'。'染云为柳叶，剪水作梨花。不是春风巧，何缘见岁华。''檐日阴阴转，床风细细吹。翛然残午梦，何许一黄鹂。''蒲叶清浅水，杏花和暖风。地偏缘底绿，人老为谁红。''爱此江边好，留连至日斜。眠分黄犊草，坐占白鸥沙。''日净山如染，风暄草欲薰。梅残数点雪，麦涨一川云。'观此数诗，真可使人一唱而三叹也。"[①]有关上述诗句，本文在上文其他章节均有论述，兹不赘述。

2. 精丽工巧

王安石晚年诗歌的精丽工巧，正是诗人长期艺术追求的自然结果。其在创作技巧上更为成熟，特别注重语言的提炼，构思巧妙，对仗精工，用字新奇。《石林诗话》云："荆公晚年，诗律尤精严，造语用字，间不容发，然意与言会，言随意遣，浑然天成，殆不见有牵率排比处。如'含风鸭绿鳞鳞起，弄日鹅黄袅袅垂'，读之初不觉有对偶，至'细数落花因坐久，缓寻芳草得归迟'，但见舒闲容与之态耳，而字字细考之，皆经隐括权衡者，其用意亦深刻矣。尝与叶致远诸人和头字韵诗，往返数四，其末篇云：'名誉子真居谷口，事功新息困壶头'，以谷口对壶头，其精切如此。"[②] 此可看出，

[①] 孙家富：《历代诗话词话选》，武汉大学出版社1984年版，第250页。
[②] 叶梦得：《石林诗话》卷中，何文焕：《历代诗话》（上），中华书局1981年版，第406页。

诗人用字新奇工巧，对仗精工非同了得。

(1) 用字新奇工巧

王安石特别重视诗歌艺术的锤炼，他曾在《灵谷诗序》中说："吾州之东南有灵谷者，江南之名山也。龙蛇之神、虎豹、翬翬翟之文章，梗楠、豫章、竹简之材，皆自山出。……为我读而序之。惟君之所得，盖有伏而不见者，岂特尽于此诗而已？虽然，观其镵刻万物，而接之以藻缋，非夫诗人之巧者，亦孰能至于此。"[①] 如诗："稚金敷新凉，老火烛残浊"(《病起》)。句中"稚金"从字面意思上看是说幼小是最金贵的，"老火"指费力难办。可在这里，"稚金"指初秋，"老火"指残夏。其"寒云静如痴，寒日惨如戚"(《同沈道源游八功德水》) 句中的"痴"和"戚"分别为新奇字，"痴"比喻云之静，"戚"形容日之惨淡。再看《雪干》诗："雪干云净见遥岑，南陌芳菲复可寻。换得千颦为一笑，春风吹柳万黄金。"诗中贵在一个"颦"字，其"换得千颦为一笑"中的"颦"可谓是该诗的诗眼，如无"千颦为一笑"又怎么能突出全诗的意境所在。王安石诗歌中"颦"的使用很是常见。

(2) 对仗精工

据《王荆公诗注补笺》统计，王安石古体诗439首，使用对仗的约89首。律诗595首，全部使用对仗，绝句596首，其中五绝75首，使用对仗的大约有40首，六绝3首，使用对仗的两首，七绝518首，使用对仗的97首。总体上，王安石诗歌有822首使用了对仗。在对仗中，诗人特别讲究精工，如诗："漫漫浸北斗，浩浩浮南极"(《垂虹亭》)，"逢逢戏场声，壤壤战时伍"(《和农具诗十五首·耘古》)。以上四句中"漫漫"对"浩浩"，"逢逢"对"壤壤"。此为叠字对，此种句式既有对称美又有音律美，描写上更加形象，亦显生动自然。曾季貍《艇斋诗话》载吕东莱抨击云："东莱不喜欢荆公诗，云：'汪信民尝言荆公诗失之软弱，每一诗中，必有依依袅袅等字。'予以东莱之言考之，荆公诗每篇必用连绵字，信民之言不缪。然其精切藻丽，亦不可掩也。"[②] 此"精切藻丽"语正是对王安石使

[①] 王安石撰，李之亮笺注：《王荆公文集笺注》，巴蜀书社2005年版，第1620页。
[②] 曾季貍：《艇斋诗话》，丁福保辑：《历代诗话续编》(上)，中华书局1983年版，第286页。

用叠字对贴切工巧的良好评价。王安石古体长诗 147 首中对仗的竟达 51 首,而大多都是工对,其峭劲的诗风中增添了古朴的味道。如诗:"柳蔫绵兮含姿,松偃蹇兮献秀"(《寄蔡氏女子二首》)。"白鹤声可怜,红鹤声可恶"(《白鹤吟示觉海元公》)等等。王安石律诗一律对仗,这不仅合乎律诗的写作要求,而且均能精工自然,如诗:"江水漾西风,江华脱晚红"(《江上》)。"一水护田将绿绕,两山排闼送青来"(《书湖阴先生壁》)。"岁晚苍官才自保,日高青女尚横陈"(《红梨》)等等。

王安石诗歌的对仗精工主要表现在,诗句构思精巧,刻画细致,修辞巧妙,意韵深远。《后山诗话》云:"诗欲其好,则不能好矣。王介甫以工,苏子瞻以新,黄鲁直以奇。"[①] 亦是对王安石诗歌精工的最好评价。但有人认为,王安石诗歌的精工前后诗风存在着很大的差异,笔者在此予以纠正。笔者认为,任何一个作家的创作都需要一个循序渐进的过程,这需要作者长久的知识和阅历沉淀,绝非凭空而来。纵观王安石诗歌作品,王安石诗歌的精丽工巧的诗风是其一贯诗风的延续和升华。

(二) 空灵明净

《随园诗话》中说:"凡诗之妙处,全在于空。"此"空"亦指诗境的空灵。王安石诗歌空灵明净的源泉在于他对宇宙人生的彻底体悟。而其中佛禅妙理是其最基本的理论因素。"空"是佛教的重要观念。按大乘佛教的般若学理解,"空"并不是一无所有,并非杳无一物。而是存在现象中的本质。因此,《金刚经》一再宣讲:"凡所有相,皆是虚妄"。六祖慧能亦进一步阐明"心量广大,犹如虚空","心"是禅门派生方法的主体,"静"是佛禅修习的根本要求。佛禅的"静"原本就是"定",要求学佛者"心如止水,不起妄念,于一切法不染不住"。苏轼最为精妙,他说:"欲令诗语妙,无厌空且静"(《送参寥师》),这是用佛禅的理论来说明诗人的审美心态。"空静"的审美创造心态,与佛禅的"禅定"在形式上是十分相似的。它带着禅学的本质,在禅学的刺激下得以快速发展。王安石晚年引禅入诗,以诗说禅,其空灵明净的诗风亦体现出诗歌意境空灵,闲

[①] 陈师道:《后山诗话》,胡仔《苕溪渔隐丛话》前集卷四十二,吴文治主编:《宋诗话全编》肆,凤凰出版社(原江苏古籍出版社)1998 年版,第 3808 页。

淡明净。

1. 意境空灵

王安石诗歌意境的空灵，是诗人灵魂的外化。是禅家怀抱对山川、大地、草木、鱼虫的着色。诗人能将自己的心灵融合于自然，在诗人的眼里，无时不在接纳着自然，感悟着自然的禅趣。于是碧水青山、绿叶红花、清风明月等景致，在他的笔下皆可生花。如诗《江上》：

江北秋阴一半开，晓云含雨却低徊。
青山缭绕疑无路，忽见千帆隐映来。

诗的头两句写天，后两句写地，可见诗人眼界开阔而幽深。起句即描写秋雨欲来，江北阴晴莫定的天气变化。接下来的"晓云含雨却低徊"不仅是天气变化，而且是诗人的心理情调的变化，在云低雨即的时刻，云下还有低首徘徊的诗人。后两句，诗人不甘屈从阴暗，放眼"青山缭绕"的阻断，仿佛前程一片渺茫。而就在低沉无奈的时刻，青山缭绕之中，忽然远远地看见"千帆"掩映，隐隐约约向自己驶来。使诗人的视野一下子就变得豁然开朗，思绪畅通。从全诗看，诗句轻盈灵动，诗风意境空灵旷远，传达出诗人悠然不破的心境。再如《山行》：

出写清浅景，归穿苍翠阴。
平头均楚制，长耳嗣吴吟。
暮岭已佳色，寒泉仍好音。
谁同此真意，倦鸟亦幽寻。

这首诗写诗人探静寻幽时的所悟和所感。起始两句"出写清浅景，归穿苍翠阴"便道明了山行的意图，意欲描写清澈不深的景色，归来时穿越了苍翠茂密的树林。诗中只简单的两句介绍，就把人们的思绪带入一个无有人烟的静寂悠远、澄空净虑的禅境中，营造了一种奇特的空间感。继而通过"平头均楚制，长耳嗣吴吟"介绍了自己出行的装扮和坐骑。其"平头"化于古乐府"平头奴子提筐箱"句。在此诗人暗喻自己是平民百姓。"楚制"指儒服,意谓汉人穿的传统服装。李白诗"平头奴子摇大羽,五月不热如清秋"(《梁园吟》)言皆楚制,主仆无辨。"长耳"指驴也,李壁注云:"平头即斥奴,长耳则驴也。"[①] "吴吟"指吴越之吟,这里指驴的鸣叫酷似吴越的歌声。从诗中看,诗人从出行一直到暮色降临,看到"暮岭已佳色,寒泉仍好音",夕阳照耀下的山岭色彩艳丽、美不胜收。感受到即使是远处的清澈叮咚的泉水,亦是最动听的音乐。在此诗人发表自我感叹"谁同此真意,倦鸟亦幽寻",然而这种超然的意境又有谁同我一样,能领会到其中的真意呢,只有倦飞的山鸟还在搜寻着这幽雅的趣味。诗人善于抓住生活中活生生的素材,其后四句是诗人禅悟与审美意趣的巧妙融合,构成了一种充满情韵的心理时空,使诗歌意象隐寓在禅理之中,诗风从而表现出意境的超然与空灵。此外,王安石意境空灵的诗风前文多有涉触,如《岁晚》《赠僧》《游钟山》等。

2. 闲淡明净

王安石的晚期诗作,特别是山水诗以清丽淡远取胜,亦表现出闲淡明净的诗风,无论是"远眺"还是"坐看",将一切自然景色尽收眼底,使读者能深深体会到秀丽淡雅,充满了"空""寂""闲""静"的禅趣。诗中所描写的景物如同绘画,注意静态的表现,其诗作往往展示给人们一幅清幽寂静的画面。如诗《沟港》:

沟港重重柳,山坡处处梅。
小舆穿麦过,狭径碍桑回。

这首诗前两句写景,后两句叙事。起始两句"沟港重重柳,山坡处处梅"像一幅美丽的画面,突然出现在人们的眼前,可以想象得到,沟港都在柳树的重重包围之中,而放眼远处的山坡,却处处都开满了鲜艳的梅花。此时的诗人在此既不言风,亦不说动,这里的景物在诗人的笔下是静

[①] 王安石撰,李壁注:《王荆文公诗李壁注》卷二十二,上海古籍出版社1993年版。

止的,是凝固的,仿佛是摄影师手中的镜头,瞬间将这种特写凝固在自我的意识当中。此望花随柳,更能呈现出一种静态的美。这种梅柳对言的创作方法,在唐人诗中很是多见,如李白诗:"碧草以满地,柳与梅争春"(《携妓登梁王栖霞山孟氏桃园中》)。其后两句"小舆穿麦过,狭径碍桑回"是说收获的季节,小车从麦地中穿过,由于道路很狭窄,妨碍了向家运送粮食。从全诗看,诗人放弃了时间艺术在创作过程中展示事物的优势,在同一时间中描写各种景物以构成自己所特有的图画。这种创作方法是需要同一时间的转换和景物的剪.辑来完成的,诗人能将时间过程蕴含在空间转换当中,使诗画浑然结合而不觉,实属难得。只有这样,才能使诗中画面清新自然,恬淡质朴,亦表现出闲淡明净的诗风。再如《杂咏》其五:

小雨萧萧润水亭,花风飑飑破浮萍。
看花听竹心无事,风竹声中作醉醒。

宗白华先生说:"禅是动中的极静,也是静中的极动,寂而常照,照而常寂,动静不一,直探生命本源。"[①]王安石对禅宗的动静关系领会极透,他能将内心的追求在动静交融中巧妙地展露出来,从而更加深一层感受的审美和愉悦,引起读者的共鸣和反思,更加自然地突现禅的境界。有关这方面的论述,在上文的"一鸟不鸣山更幽"中已经有所展现。但从《杂咏》其五这首诗来看,其"动与静"的禅味更加明显。诗中所展示的画面,是诗人洒脱自然的真实写照。依然是前两句写景,后两句抒怀。其首句"小雨萧萧润水亭,花风飑飑破浮萍",天空下着毛毛细雨,漫漫地浸透水中的亭子,风中的花瓣漂浮在水面上,景象无比凄凉。而眼前的这一切,并不是有人特意安排,而是大自然的一种普遍现象。接下来的"看花听竹心无事,风竹声中作醉醒"表现出诗人面对自然"动静"变化的感怀。在自然中不要分别计较,要用正直、平常、无相、无我的心情去看待

[①] 宗白华:《中国艺术意境之诞生》,《艺境》,安徽教育出版社2000年版,第9页。

和接受,因此才有"看花听竹心无事"。无论"风竹声"如何变幻,此时禅者的佛性,一如春天去了会再来,花儿谢了会再开,是不会改变的。诗中通篇未言一个佛字,却阐释了深奥的佛理。其画面清晰,感悟至深,亦显闲淡明净的诗风。此外,王安石表现闲淡明净的诗风的作品还有《春日》《江宁夹口三首》《北坡杏花》等。有关王安石诗风的论述,远不止以上诗歌作品,然而,透过以上诗歌作品,我们可以感受到王安石诗歌高超的艺术手段、丰富的禅宗思想内涵、深厚悠远的文化底蕴和独具魅力的生命意识。在其诗歌创作的人生践履中,他的诗境和禅境能自然融合,诗风依次表现为意气风发、蕴含忧郁;峭劲雄伟,光昌超逸;空灵明净、深婉精妙。

综上全文,王安石诗风与禅风流被,拥有着其内在和必然的联系。这与宋代特殊的政治和文化背景有着密切的关系。在帝王的支持下,在文人士大夫的簇拥下,禅宗得以迅速发展。其中文人归禅、僧人通儒、理禅融通为佛禅的自我完善创造了有利的社会条件,使之既看到了自身的不足,又从中找到了改造自己的方式和方法。在不断地适应中国传统文化的同时又自我流变。特别是文字禅的兴盛,对禅宗的发展具有划时代的意义,使佛禅摆脱了过去尴尬的局面,广泛地使用语言和文字,僧人并以诗正禅,文人以禅说诗。这种禅风流被的文化交融现象,不但影响着宋代诸多诗人,对王安石的诗风也产生了积极的影响。其早期的禅风浸染使其诗风"意气风发、蕴含忧郁";中期投入佛禅怀抱使其诗歌"峭劲雄伟,壮丽超逸";晚期融入佛禅使其诗风"深婉精妙、空灵明净"。

附录　佛禅与王安石诗歌一览表

版本比较说明：

（清）沈钦韩注《王荆公诗文沈氏注》，中华书局1958年版。表中简称"沈氏注"。

（宋）《临川先生文集》，中华书局1959年版。表中简称"临川文集"。

（宋）王安石撰，李壁注《王荆文公诗李壁注》，据朝鲜活字本影印，上海古籍出版社1993年版。表中简称"李壁注"。

佛禅与王安石诗歌一览表

诗歌题目	沈氏注	临川文集	李壁注
	卷/页	卷/页	卷/页
纯甫出释惠崇画要余作诗	1/3	1/82	1
赠约之	以下空白表示书未选	1/85	2
再次前韵寄杨德逢		1/86	2
与望之至八功德水		1/87	2
法云	2/8	1/87	2
弯碕	2/8	1/87	2
光宅寺		1/89	2
游土山示蔡天启秘校	2/9	2/91	3
再用前韵寄蔡天启	3/10	2/92	3
白鹤吟示觉海元公	3/11	2/94	3
示安大师		2/94	3
示宝觉	3/12	2/94	3
定林示道原		2/95	3

续表

诗歌题目	沈氏注	临川文集	李壁注
	卷/页	卷/页	卷/页
与僧道升二首		2/95	3
赠彭器资	3/12	2/96	3
赠李士云	3/13	2/96	3
题半山寺壁二首		3/97	4
定林寺			4
题定林壁			4
移桃花示俞秀老	4/13		4
对棋与道原至草堂寺		3/98	4
书八功德水庵		3/98	4
放鱼		3/98	4
即事二首		3/98	4
拟寒山拾得二十首	4/14	3/8	4
自喻		3/99	4
古意		3/102	4
吾心		3/103	4
独卧有怀		3/104	4
无动		3/104	4
梦		3/104	4
秋早		3/105	5
同沈道原游八功德水	5/14	3/105	5
望钟山		4/06	5
思北山			5
上南岗			5
和耿天骘同游定林			5
次韵舍弟江上			5
答俞秀老		4/07	5
清凉寺送王彦鲁	5/15	4/08	5
送惠思上人	5/16	4/09	5
奉使道中寄育王山常坦长老	7/21		7
休假大佛寺	8/21		8

266 佛家怀抱　俱味禅悦

续表

诗歌题目	沈氏注 卷/页	临川文集 卷/页	李壁注 卷/页
登景德塔	10/27	6/23	10
游章义寺		6/125	13
饭祈泽寺	13/29	7/137	13
答瑞新十远	13/29	9/152	13
追送朱氏女弟宿木瘤僧舍	18/38		18
题舒州山谷寺石牛洞泉穴	18/39		18
昆山慧聚寺次孟郊韵	19/40	12/180	19
僧德殊水帘		12/183	19
杭州修广师法喜堂	20/45	13/184	20
东皋		13/189	22
岁晚		14/193	22
半山春晚即事			22
欹眠			22
露坐			22
山行		14/194	22
题宝公塔院祠堂			22
定林	22/51		22
送邓监簿南归	22/52		22
秋夜二首		14/195	22
即事			22
昼寝		14/196	22
与道原过西庄遂游宝乘二首			22
自府中归寄西庵行详	22/52	24/197	22
赠殊圣院简道人		14/199	22
静照堂			22
重游草堂次韵三首		14/199	22
题齐安寺山亭		14/199	22
自白门归望定林有寄		14/199	22
宿定林示无外		14/199	22
宿北山示行详上人		14/199	22

续表

诗歌题目	沈氏注	临川文集	李壁注
	卷/页	卷/页	卷/页
独饭		14/199	22
示耿天骘	22/53	14/200	22
光宅寺	22/53	14/200	22
示无外		14/200	22
北山暮归示道人		14/200	22
怀古二首	23/54	14/200	22
与宝觉宿僧舍		14/201	23
华藏寺会故人	23/55	14/201	23
送契丹使还次韵答净因老		15/206	23
游栖霞庵约平甫至因寄	723/55	15/206	23
和栖霞寂照庵僧云渺		15/207	23
宜春苑		15/207	23
江亭晚眺		15/208	24
金山寺		15/208	24
舟夜即事		15/209	24
白云然师		15/210	24
自白土村入北寺二首		15/210	24
寄福公道人	24/56	15/211	24
身闲		15/211	24
和唐公舍人访净因		15/212	24
昆山慧聚寺次张祜韵	24/57	16/214	24
游杭州圣果寺	24/57	16/216	24
次韵致远木人洲二首		16/223	26
次韵张德甫奉议	26/65	17/226	26
（北山三咏）宝公塔	26/65	17/226	26
（北山三咏）觉海方丈	26/66	17/226	26
（北山三咏）道光泉		17/226	26
登宝公塔		17/227	27
重登宝公塔复用前韵二首		17/227	27
雨花台		17/227	27

续表

诗歌题目	沈氏注 卷/页	临川文集 卷/页	李壁注 卷/页
北窗		17/228	27
荣上人遽欲归以诗留之		17/228	27
全椒张公有诗在北山		17/229	27
西庵僧者墁之怅然有感		17/229	27
岭云	27/67	17/229	27
莫疑	27/67	17/230	27
示俞秀老		18/231	27
读眉山集次韵雪诗五首		18/231	27
八功德水		18/232	28
酬俞秀老		18/233	28
谒曾鲁公	28/70	18/235	28
答张奉议	29/75	18/239	29
次韵张子野竹林寺二首		19/243	29
次韵吴季野题岳上人澄心亭		19/244	30
和平甫招道光法师		19/245	30
次韵微之即席	30/77	19/246	30
示董伯懿		19/247	30
送僧无惑归鄱阳		21/257	32
送逊师归舒州		21/257	32
寄育王大觉禅师	32/79	21/257	32
寄无为军张居士		21/257	32
次韵酬宋中散二首		21/257	32
同陈伯通钱材翁游山二君有诗因次元韵		21/261	32
送道光法师住持灵岩	33/80	21/263	33
与舍弟华藏院此君亭咏竹	33/81	22/264	33
寄友人三首其一		22/266	33
酬净因长老楼上玩月见怀		22/267	34
欲往净因寄泾州韩持国		22/267	34
示德逢	33/83	22/269	35
法喜寺		23/274	35

续表

诗歌题目	沈氏注 卷/页	临川文集 卷/页	李壁注 卷/页
长干寺		23/275	35
落星寺在南康军江中	35/83	23/275	35
平甫与宝觉游金山思		23/277	35
大觉并见寄及相见得诗次韵二首		23/277	35
金陵怀古四首		23/277	35
送纯甫如江南		23/277	36
至开元僧舍上方次韵舍弟二月一日之作		23/277	36
赠老宁僧首		24/288	38
送张仲容赴杭州孙公辟		25/288	38
江上		25/289	38
太湖恬亭	38/93	25/291	38
染云		25/292	40
沟港		25/297	40
霹雳沟		25/297	40
午睡		25/297	40
题齐安壁		25/297	40
昭文斋	40/95	25/297	40
示道原		25/297	40
传神自赞		25/298	40
草堂一上人	40/95	25/298	40
南浦		25/298	40
题定林壁怀李叔时		25/300	40
和惠思波上鸥		25/300	40
杂咏四首	40/95	25/300	40
题八功德水		26/301	40
口占	40/96	26/302	40
净相寺		26/303	40
朱朝议移法云院兰	40/96	26/303	40
题舫子		26/303	40
惠崇画		26/303	41

续表

诗歌题目	沈氏注	临川文集	李壁注
	卷/页	卷/页	卷/页
蒲叶		26/303	41
芳草		26/304	41
与徐仲元自读书台上		26/304	41
定林		26/304	41
送吕望之		26/304	41
梅花	40/97	26/305	41
病起过宝觉		26/305	41
书定林院窗	40/97	26/305	41
题徐浩书法华经		26/305	41
春郊		27/308	41
东皋		27/309	41
一陂		27/309	41
图书		27/310	41
雪干		27/310	41
南浦		27/310	41
竹里		27/310	41
随意		27/310	41
春风		27/311	41
陂麦		27/311	41
木末	41/98	27/311	41
初夏即事		27/312	41
叶致远置洲田以诗言志次其韵四首	41/100	27/313	41
次昌叔韵		27/313	41
酬宋廷评请序经解		27/314	41
永庆院送道原还仪真作诗要之		27/314	41
长干释释普济坐化		27/314	41
送黄吉甫入京题清凉寺壁	42/100	28/316	42
与道原自何氏宅步至景德寺	42/100	28/316	42
过法云	42/100	28/316	42
光宅寺		28/316	42

附录　佛禅与王安石诗歌一览表　271

续表

诗歌题目	沈氏注 卷/页	临川文集 卷/页	李壁注 卷/页
题勇老退居院	42/100	28/316	42
与宝觉宿龙华院三绝	42/100	28/317	42
清凉白云庵		28/317	42
自定林过西庵		28/317	42
归庵		28/318	42
欲往北山以雨止		28/318	42
北山有怀		28/318	42
定林		28/319	42
北陂杏花		28/320	42
与天骘宿清凉广惠僧舍		28/320	42
北山		28/320	42
咏菊二首		28/321	42
北山道人栽松		28/321	42
江口二首	24/102	28/322	42
寄蔡天启		28/323	42
俞秀老忽然不见		28/323	42
与耿天骘会话		28/323	42
与道原过西庄遂游宝乘庚申正月游齐安		29/325	42
庚申正月游齐安有诗		29/325	43
壬戌正月再游		29/325	43
壬戌正月晦与仲元自淮上复至齐安	43/102	29/325	43
壬戌五月与和叔同游齐安	43/102		43
成字说后与曲江谭君丹阳蔡君同游齐安		29/325	43
元丰二年十月政公改路故作此诗		29/325	43
书定林院窗		29/325	43
悟真院		29/326	43
同熊伯通自定林过悟真二首		29/326	43
传神自赞	43/102	29/326	43
定林院昭文斋		29/326	43
钟山晚步		29/327	43

272　佛家怀抱　俱味禅悦

续表

诗歌题目	沈氏注	临川文集	李壁注
	卷/页	卷/页	卷/页
散策		29/327	43
书静照师塔		29/327	43
记梦		29/327	43
勘会贺兰溪主		29/327	43
书湖阴先生壁二首		29/327	43
题永庆壁有雱遗墨数行		29/328	43
戏示蒋颖叔	43/103	29/328	43
示俞秀老二首		29/328	43
示宝觉二首		29/329	43
示永庆院秀老		29/331	43
中书即事		29/331	43
万事		29/331	43
寄金陵传神者李士云		29/331	43
杨德逢送来米老作此诗		29/332	43
金陵即事三首		30/333	44
乌塘		30/333	44
柘冈		30/333	44
城北		30/333	44
金陵		30/333	44
午枕		30/334	44
州桥		30/334	44
壬子偶题		30/334	44
钟山即事		30/335	44
斜径		30/335	44
暮春		30/335	44
雨晴		30/335	44
祥云		30/336	44
池雁		30/337	44
六年		30/337	44
世故		30/337	44

续表

诗歌题目	沈氏注 卷/页	临川文集 卷/页	李壁注 卷/页
江上		30/338	44
与北山道人		30/339	44
若耶溪归兴		30/339	44
乌石		30/339	44
定林		30/340	44
定林所居		30/340	44
台城寺侧独行		30/340	44
游钟山		30/340	44
次吴氏女子韵二首	45/106	31/341	44
生日次韵南郭子二首		31/342	45
送丁廓秀才归汝阴二首		31/341	45
和惠思韵二首		31/343	45
怀钟山		31/343	45
寄题杭州明庆院修广师明碧轩		31/344	45
春日		31/345	45
书汜水关寺壁		31/346	45
和惠思岁二日二绝		31/347	45
和平父寄道光法师		31/347	45
北山		31/349	45
适意		31/349	45
怀旧		32/351	46
证圣寺杏接梅花未开		32/352	46
题景德寺试院壁		32/353	46
金陵报恩大师西堂方丈二首		32/354	46
题正觉院籞龙轩二首		32/354	46
山前		32/354	46
江雨		32/354	46
独卧二首		32/354	46
城东寺菊		33/359	47
发粟至石陂寺		33/360	47

续表

诗歌题目	沈氏注	临川文集	李壁注
	卷/页	卷/页	卷/页
金山三首		33/361	47
游钟山		33/361	47
龙泉寺石井二首	47/109	33/361	47
祁泽寺见许坚题诗		33/361	47
戏赠育王虚白长老		33/365	47
送僧惠思归钱塘		33/368	48
灵山	48/110	34/368	48
出定力院作	48/110	34/369	48
寄育王大觉禅师		34/369	48
送僧游天台		34/369	48
初晴		34/370	48
赠僧		34/370	48
和净因有作		34/371	48
古寺		34/371	48
天童山溪上		34/373	48
登飞来峰		34/373	48
寓言二首		34/374	48
读维摩经有感		34/375	48
赠安大师		34/375	48
送李生白华岩修道		34/375	48
寄道光大师		34/375	48
示报宁长老		34/375	48
驴二首		34/376	48
悼慧休		35/386	50
赠宝觉并序		36/388	50
金山寺		36/389	50
戏赠湛源		36/391	50
与北山道人		36/391	50
示道光及安大师		36/395	50

续表

诗歌题目	沈氏注 卷/页	临川文集 卷/页	李壁注 卷/页
灵山寺	21/49	空白处为《临川集》未收录	21
泝筏			22
径暖			22
次韵留题僧假山			25
寄国清处谦	37/90		37
垂虹亭			37
题正觉相上人箨龙轩	37/91		37
寄李道人			48
谢微之见过			48
寄北山详大师			48
渊师示寂			50

参考文献

一 王安石研究

（宋）王安石撰，沈卓然编：《王安石全集》，大东书局1936年版。

（宋）王安石撰，李壁注：《王荆文公诗李壁注》，影印朝鲜古活字本，上海古籍出版社1993年版。

（清）沈钦韩：《王荆公诗文沈氏注》，中华书局1959年版。

梁启超：《王安石传》，东方出版社2009年版。

李德身：《王安石诗文系年》，陕西人民教育出版社1987年版。

王晋光：《王安石诗探索》，马尼拉德扬公司1987年版。

陈铮：《王安石诗研究》，博士论文，东吴大学中国文学研究所，1991年。

王晋光：《王安石诗技巧论》，陕西人民出版社1992年版。

刘乃昌、高洪奎：《王安石诗文编选释》，山东教育出版社1992年版。

王晋光：《王安石论稿》，大安出版社1993年版。

方元珍：《王荆公散文研究》，文史哲出版社1993年版。

王明荪：《王安石》，东大图书股份有限公司1994年版。

刘正忠：《王荆公金陵诗研究》，硕士论文，高雄师范大学国文研究所，1995年。

李燕新：《王荆公诗探究》，文津出版社有限公司1997年版。

周锡馥：《王安石诗选》，远流出版事业股份有限公司1998年版。

李祥俊：《王安石学术思想研究》，北京师范大学出版社2000年版。

高克勤：《王安石与北宋文学研究》，复旦大学出版社2006年版。

李之鉴:《王安石哲学思想初论》,中国文联出版公司1999年版。

张宗祥:《王安石字说辑》,福建人民出版社2005年版。

李之亮:《王荆公诗注补笺》,巴蜀书社2002年版。

(清)蔡上翔:《王荆公谱考略》,中华书局1959年版。

方一笑:《北宋新学与文学》,上海古籍出版社2008年版。

徐文明:《王安石与禅宗》,河南人民出版社2001年版。

(宋)王安石:《临川先生文集》,中华书局1959年版。

王安石撰,李之亮笺注:《王荆公文集笺注》,巴蜀书社2005年版。

(宋)王安石撰,邱汉生辑校:《诗义钩沉》,中华书局1982年版。

(宋)王安石撰,魏晓虹解评:《王安石集》,上海古籍出版社1978年版。

(宋)王安石撰,秦克、巩军标点:《王安石全集》,上海古籍出版社1999年版。

张白山、高克勤撰:《王安石及其作品选》,上海古籍出版社1998年版。

刘乃昌、高洪奎:《王安石诗文系年选释》,山东教育出版社1992年版。

高克勤撰:《王安石诗文选评》,上海古籍出版社2002年版。

孙燕文主编:《王安石诗欣赏》,台南文国书局2004年版。

(宋)王安石撰,唐武标校:《王文公文集》,上海人民出版社1974年版。

龚延明:《王安石》,中华书局1986年版。

勤印:《王安石》,中州古籍出版社2004年版。

漆侠:《王安石变法》(增订本),河北人民出版社2001年版。

姜穆:《王安石大传》,长春出版社1997年版。

柯昌颐:《王安石评传》,商务印书馆1933年版。

张祥浩、魏福明专著:《王安石评传》,南京大学出版社2006年版。

熊公哲:《王安石政略》,商务印书馆1937年版。

吴小林:《王安石传》,广东高等教育出版社2001年版。

范文汲:《一代名臣王安石》,中国社会科学出版社2003年版。

汤江浩:《北宋临川王氏家族及文学考论——以王安石为中心》,人民文学出版社2005年版。

邓广铭:《北宋政治改革家王安石》,人民出版社1997年版。

二　古代文献

（梁）刘勰撰，周振甫注：《文心雕龙注释》，人民文学出版社2003年版。

陈伯海主编：《唐诗汇评》，浙江教育出版社1995年版。

（唐）欧阳询：《艺文类聚》，上海古籍出版社1965年版。

（后晋）刘昫：《旧唐书》，中华书局1975年版。

（南朝梁）沈约：《宋书》，中华书局1974年版。

（宋）欧阳修：《欧阳修全集》，中国书店1991年版。

（宋）苏轼：《苏东坡全集》，中国书店1991年版。

（宋）苏轼：《苏轼诗集》，中华书局1982年版。

（宋）苏轼：《苏轼文集》，中华书局1980年版。

（宋）程颢、程颐：《二程遗书》，上海古籍出版社1992年版。

（宋）李焘：《续资治通鉴长编》，中华书局1979年版。

（宋）曾巩撰，陈杏珍点校：《曾巩集》，中华书局1984年版。

（宋）李觏撰，王国轩点校：《李觏集》，中华书局1981年版。

（宋）黎靖德编：《朱子语类》，中华书局1994年版。

（宋）黄庭坚撰，李勇先点校：《黄庭坚全集》，四川大学出版社2001年版。

（宋）陈师道：《后山居士文集》，上海古籍出版社1984年版。

（宋）司马光：《司马温公文集》，商务印书馆1937年版。

（宋）周敦颐：《周敦颐集》，岳麓书社2002年版。

（宋）张载：《张载集》，中华书局1978年版。

（宋）阮阅：《诗话总龟》，人民文学出版社1987年版。

（宋）杨亿口述，黄鉴笔录，宋庠整理：《杨文公谈苑》，上海古籍出版社1993年版。

（宋）邵伯温：《邵氏闻见录》，中华书局1983年版。

（宋）司马光：《涑水纪闻》，中华书局1989年版。

（宋）蔡绦：《铁围山丛谈》，中华书局1983年版。

（宋）龚明之：《中吴纪闻》，中华书局1985年版。

（宋）沈括：《梦溪笔谈》，文物出版社1975年版。

（宋）叶梦得：《石林燕语》，中华书局1984年版。

（宋）叶梦得：《避暑录话》，中华书局1985年版。

（宋）杨时：《杨龟山集》，中华书局1985年版。

（宋）邵博：《邵氏闻见后录》，中华书局1983年版。

（宋）释惠洪：《冷斋夜话》，凤凰出版社2009年版。

（宋）胡仔：《苕溪渔隐丛话》，中华书局1985年版。

（宋）罗大经：《鹤林玉露》，中华书局1983年版。

（宋）曾慥：《高斋漫录》，中华书局1985年版。

（宋）刘克庄：《后村诗话》，中华书局1983年版。

（宋）叶梦得：《石林诗话》，中华书局1991年版。

（宋）陆游：《老学庵笔记》，中华书局1979年版。

（宋）朱弁：《曲洧旧闻》，中华书局2002年版。

（宋）朱翌：《猗觉寮杂记》，影印文渊阁四库全书，商务印书馆1986年版。

（宋）陈师道：《后山谈丛》，中华书局1985年版。

（宋）岳珂：《桯史》，影印文渊阁四库全书，商务印书馆1986年版。

（宋）洪迈：《容斋随笔》，中华书局2005年版。

（宋）魏庆之：《诗人玉屑》，上海古籍出版社1978年版。

（宋）陈善：《扪诗新话》，丛书集成初编本。

（宋）文莹：《湘山野录·续录·玉壶清话》，中华书局1956年版。

（宋）文莹：《玉壶野史》，文渊阁四库本。

（宋）魏泰：《东轩笔录》，中华书局1983年版。

（宋）胡宏：《五峰集》，台湾影印文渊阁四库全书，商务印书馆股份有限公司1986年版。

（宋）赵与时：《宾退录》，上海古籍出版社1983年版。

（宋）叶大庆：《考古质疑》，上海古籍出版社1985年版。

（宋）王直方：《王直方诗话》，《宋诗话辑佚》本，中华书局1980年版。

（宋）袁说友：《东塘集》，文渊阁四库全书本。

（宋）魏庆之：《诗人玉屑》，中华书局2007年版。

（宋）吴曾：《能改斋漫录》（上、下），上海古籍出版社1979年版。

（宋）陈师道：《后山诗话》，文渊阁四库全书本。

史浩：《鄮峰真隐漫录》，台湾商务印书馆影印文渊阁四库全书本 1963 年版。

（宋）王辟之撰，吕友仁点校：《渑水燕谈录》，中华书局 1981 年版。

（宋）邵雍：《击壤集》，文渊阁四库全书本。

（宋）程颐、程颢：《二程集·遗书》，中华书局 1981 年版。

（宋）叶适：《习学记言序目》，中华书局 1978 年版。

（宋）陈淳：《北溪字义》，四库全书本。

（宋）蔡天启：《蔡宽夫诗话》，郭绍虞：《宋诗话辑佚》，中华书局 1980 年版。

（宋）严羽撰，郭绍虞校注：《沧浪诗话校译》，人民文学出版社 2006 年版。

（宋）欧阳修撰，洪本健校笺：《欧阳修诗文集校笺》，上海古籍出版社 2009 年版。

（宋）欧阳修、宋祁：《新唐书》，中华书局 1975 年版。

（宋）薛居正：《旧五代史》，中华书局 1976 年版。

（宋）欧阳修：《新五代史》，中华书局 1974 年版。

（宋）王钦若：《册府元龟》，中华书局 1960 年版。

（宋）杨万里：《诚斋诗话》，丁福保辑：《历代诗话续编》，中华书局 1983 年版。

（元）脱脱等：《宋史》，中华书局 1977 年版。

（元）方回等：《瀛奎律髓汇评》，上海古籍出版社 1986 年版。

（金）元好问：《遗山先生文集》，民国涵芬楼影印四部丛刊年版。

（明）冯梦龙：《古今谭概》，中华书局 2007 年版。

（明）梁桥：《冰川诗式》，齐鲁书社 2009 年版。

（明）陆时雍：《诗镜总论》，丁福保辑：《历代诗话续编》，中华书局 1983 年版。

（明）谢榛：《四溟诗话》，人民文学出版社 1998 年版。

（明）胡应麟：《诗薮》，上海古籍出版社 1979 年版。

（明）徐师曾：《文体明辨序说》，人民文学出版社 1962 年版。

（清）颜元：《颜元集·朱子语类评》，中华书局 1987 年版。
（清）黄宗羲撰，全祖望补修：《宋元学案》，中华书局 1986 年版。
傅璇琮等主编：《全宋诗》，北京大学出版社 1998 年版。
（清）黄宗羲撰，撰全祖望补订：《增补宋元学案》，台湾中华书局 1970 年版。
（清）何文焕辑：《历代诗话》，中华书局 1981 年版。
（清）朱彝尊：《静志居诗话》，人民文学出版社 1998 年版。
（清）王士禛：《带经堂诗话》，人民文学出版社 1998 年版。
（清）袁枚：《随园诗话》，人民文学出版社 1998 年版。
（清）赵翼：《瓯北诗话》，人民文学出版社 1998 年版。
（清）叶燮：《原诗》，人民文学出版社 1998 年版。
（清）方东树：《昭昧詹言》，人民文学出版社 1961 年版。
（清）徐松：《宋会要辑稿》，中华书局 1957 年版。
（清）王夫之：《宋论》，中华书局 1964 年版。
（清）历鹗：《宋诗纪事（1—4）》，上海古籍出版社 2008 年版。
（清）纪昀总纂：《四库全书总目提要》，河北人民出版社 2000 年版。
（清）纪晓岚：《阅微草堂笔记》，延边人民出版社 2000 年版。
（清）吴之振：《宋诗》，《宋诗抄·临川集钞》，生活·读书·新知三联书店 1988 年版。
（宋）陈淳：《北溪字义》，影印文渊阁四库全书本。
（清）贺裳：《载酒园诗话》，郭绍虞编选，富寿荪校点：《清诗话续编》，上海古籍出版社 1983 年版。
吴文治主编：《宋诗话全编》，凤凰出版社（原江古籍出版社）1988 年版。
吴文治主编：《明诗话全编》，凤凰出版社（原江古籍出版社）1987 年版。
（清）王夫之等撰，（民国）丁福保编：《清诗话》，上海机构略 1978 年版。
（民国）丁福保编，郭绍虞编选，富寿荪校点：《清诗话续编》，上海古籍出版社 1983 年版。
孙望、常国武：《宋代文学史》，人民文学出版社 1996 年版。
孔凡礼：《宋诗纪事续补》，北京大学出版社 1987 年版。

王世厚、李凡：《全宋诗（全集）》，北京大学出版社 1998 年版。
李维：《中国诗史》，江苏文艺出版社 2008 年版。
邓乔彬：《宋代文学国际研讨会论文集》，暨南大学出版社 2009 年版。
程杰：《北宋诗文革新运动研究》，内蒙古教育出版社 2000 年版。
朱光潜：《诗论》，上海古籍出版社 2007 年版。
胡适：《胡适卷》，武汉大学出版社 2008 年版。
周裕锴：《宋代诗学通论》，上海古籍出版社 2007 年版。
陈衍选编，沙灵娜、陈振寰注译：《宋诗精华录全译》，贵州人民出版社 2009 年版。
方一笑：《北宋新学与文学》，上海古籍出版社 2008 年版。
张明华：《徽宗朝诗歌研究》，上海古籍出版社 2008 年版。
祝尚书：《宋代文学探讨集》，大象出版社 2007 年版。
许总：《唐宋诗体派别论》，江西人民出版社 2008 年版。
赵敏：《宋代晚唐体诗歌研究》，巴蜀书社 2008 年版。
马茂军：《北宋儒学与文学》，暨南大学出版社 1999 年版。
郭绍虞：《宋诗话考》，中华书局 1979 年版。
梁昆：《宋诗派别论》，商务印书馆 1938 年版。
张白山：《宋诗散论》，上海古籍出版社 1984 年版。
钱锺书：《宋诗选注》，人民文学出版社 1984 年版。
赵齐平：《宋诗臆说》，北京大学出版社 1993 年版。
赵仁珪：《宋诗纵横》，中华书局 1994 年版。
木斋：《苏东坡研究》，广西师范大学出版社 1998 年版。
王水照、朱刚：《苏轼诗词选评》，上海古籍出版社 2004 年版。
缪越：《诗词散论》，陕西师范大学出版社 2008 年版。
孙家富：《历代诗话词话选》，武汉大学出版社 1984 年版。
陈衍：《宋诗精华录》，上海古籍出版社 2007 年版。
康熙：《御纂朱子全书》，吉林出版集团有限公司 2010 年版。
翟蜕园、朱金城：《李白集校注》，上海古籍出版社排印本 1980 年版。
郭茂倩编：《乐府诗集》，上海古籍出版社排印本 1979 年版。

逯钦立辑：《梁诗》，《先秦汉魏晋南北朝诗》，中华书局1983年版。

张锡厚：《王梵志诗校辑》，中华书局1983年版。

（宋）蔡绦：《西清诗话》，文学古籍刊行社1956年版。

三　佛教经典与佛学研究

（梁）释慧皎撰，汤用彤校注：《高僧传》，中华书局1992年版。

（梁）释宝唱等撰集：《经律异相》，上海古籍出版社1995年版。

（梁）僧祐撰：《弘明集》，《大正藏》第五十二。

（后秦）鸠摩罗什译：《维摩诘所说经》，《大正藏》卷十四。

（后秦）鸠摩罗什译：《金刚般若波罗蜜经》，《大正藏》卷八。

（印度）龙树：《中论》（后秦）鸠摩罗什译，《大正藏》卷三十。

（唐）释道宣撰：《广弘明集》，《大正藏》第五十二。

（唐）实叉难陀译：《大方广佛华严经》，《大正藏》卷十。

（唐）玄奘译，韩廷杰校释：《成唯识论校释》，中华书局1998年版。

（唐）李通玄：《新华严经论》，《大正藏》卷三十六。

（唐）玄奘、辩机原著：《大唐西域记》，中华书局2000年版。

（唐）释慧能著，郭朋校释：《坛经校释》，中华书局1983年版。

（南唐）静筠：《祖堂集》，中华书局2007年版。

（宋）张商英：《护法论》，《大正藏》卷五十二。

（宋）道谦编：《大慧普觉禅师宗门武库》，《大正藏》卷四十七。

（宋）赞宁撰：《宋高僧传》，中华书局1987年版。

（宋）释普济：《五灯会元》，中华书局1984年版。

（宋）赜藏主编：《古尊宿语录》，中华书局1994年版。

（宋）蕴闻编：《大慧普觉禅师语录》，《大正藏》卷四十七。

（宋）志盘：《佛祖统纪》，《大正藏》卷四十九。

（宋）释克勤评唱：《碧岩录》卷首附，上海古籍出版社影印本，佛藏要籍选刊本第十一册。

（宋）释道原：《景德传灯录》，《大正藏》卷五十一。

（宋）释契嵩：《镡津文集》，《大正藏》卷十二。

（宋）释惠洪：《林间录》，崇文书局 2004 年版。

（宋）释晓莹：《罗湖野录》，崇文书局 2004 年版。

（宋）释惠洪：《禅林僧宝传》，江苏广陵古籍刻印社 1992 年版。

（宋）永明延寿：《宗镜录》，《大正藏》卷四十八。

（宋）惠洪：《石门文字禅卷三十》，四部丛刊本。

（元）念常：《佛祖历代通载》，《大正藏》卷四十九。

（明）居顶撰：《续传灯录》，《大正藏》卷五十一。

（明）觉岸：《释氏稽古录》，《大正藏》卷四十九。

（明）朱时恩撰：《居士分灯录》，净慧主编：《中国灯录全书》，中国藏学出版社 1993 年版。

（清）白光主峰、归仁融会等编：《归元真指》，《儒宗参究禅宗》，湖南佛教协会归元禅寺印行 1997 年版。

赖永海主编：《楞伽经》，中华书局 2010 年版。

赖永海主编：《维摩诘经》，中华书局 2010 年版。

赖永海主编：《坛经》，中华书局 2010 年版。

赖永海主编：《金刚经·心经》，中华书局 2010 年版。

赖永海主编：《无量寿经》，中华书局 2010 年版。

赖永海主编：《梵网经》，中华书局 2010 年版。

赖永海主编：《四十二章经》，中华书局 2010 年版。

赖永海主编：《圆觉经》，中华书局 2010 年版。

赖永海主编：《法华经》，中华书局 2010 年版。

赖永海主编：《楞严经》，中华书局 2010 年版。

赖永海主编：《金光明经》，中华书局 2010 年版。

《嘉兴藏印影本》，《中国佛教丛书禅宗编四》，江苏古籍出版社 1993 年版。

《中华大藏经》，中华书局 1984 年版。

《大正新修大藏经》，（日本东京）大正新修大藏经刊行会，昭和三十五年至三十七年。（1960—1962），共 85 册，主编高楠顺次郎，以下简称《大正藏》。

《卍新纂续藏经》，（日本）京都藏经书院刊行，本版系由日本，《续藏经》，日本校订，《大藏经》，中国撰述部，及若干新增补的典籍所成。经文有88册，加上总目录、索引、解题，计共90册。版面一页三栏，台湾有白马影印本流通。

杨曾文：《神会和尚禅话录》，文物出版社1973年版。

印顺：《中国禅宗史》，江西人民出版社1999年版。

杜继文、魏道儒：《中国禅宗通史》，江苏教育出版社2007年版。

麻天祥：《中国禅宗思想发展史》，武汉大学出版社2007年版。

麻天祥：《禅宗文化大学讲稿》，中国人民大学出版社2007年版。

吕澂：《印度佛学源流略讲》，上海人民出版社2005年版。

吕澂：《中国佛学源流略讲》，中华书局1979年版。

龚隽：《禅史钩沉》，生活·读书·新知三联书店2006年版。

任继愈：《任继愈禅学论集》，商务印书馆2005年版。

许苏民：《禅的十大人生境界》，湖北人民出版社2009年版。

陈阳解译：《禅宗的智慧》，大众文艺出版社2005年版。

高振农校释：《大乘起信论校释》，中华书局1992年版。

四 佛教文学与中国文化

徐光明：《出入自在：王安石与禅宗》，河南人民出版社2001年版。

王树海：《禅魄诗魂》，知识出版社1999年版。

姜剑云：《禅师百首》，中华书局2008年版。

孙昌武：《禅思与诗情（增订本）》，中华书局2006年版。

司南：《诗僧的天涯》，陕西师范大学出版社2004年版。

孙昌武：《佛教与中国文学》，上海人民出版社2007年版。

孙昌武：《唐代文学与佛教》，陕西人民出版社1985年版。

徐国荣：《玄学与诗学》，中国社会科学出版社2004年版。

谢思炜：《佛教与中国文学》，中国社会科学出版社1993年版。

张曼涛主编：《佛教与中国文学》，大乘文化出版社1979年版。

张中行：《佛教与中国文学》，安徽教育出版社1984年版。

张海沙：《曹溪禅学与诗学》，中国社会科学出版社2009年版。

胡遂：《佛教与晚唐诗》，东方出版社 2005 年版。
龚贤：《佛典与南朝文学》，江西人民出版社 2008 年版。
张培锋：《宋诗与禅》，中华书局 2009 年版。
张培锋：《宋代士大夫佛学与文学》，中教文化出版社 2007 年版。
林湘华：《禅宗与宋代诗学理论》，文津出版社 2002 年版。
陈允吉主编：《佛经文学研究论集》，复旦大学出版社 2004 年版。
陈允吉、胡中行主编：《佛经文学粹编》，上海古籍出版社 1999 年版。
陈允吉：《古典文学佛教溯缘十论》，复旦大学出版社 2002 年版。
吴言生：《禅宗与诗歌境界》，中华书局 2001 年版。
侯传文：《佛经的文学性解读》，中华书局 2004 年版。
普慧：《南朝佛教与文学》，中华书局 2002 年版。
朴永焕：《苏轼禅诗研究》，中国社会科学出版社 2000 年版。
蒋义斌：《宋儒与佛教》，台北东大出版社 1997 年版。
郭绍林：《唐代士大夫与文学》，台北文史哲出版公司 1993 年版。
萧丽华：《唐代诗歌与禅学》，台北东大图书公司 1987 年版。
曾锦坤：《儒佛异同与儒佛交涉》，台北谷风出版社 1990 年版。
张清泉：《北宋契嵩的儒释融会思想》，台北文津出版社 1998 年版。
周庆华：《佛教与文学谱系》，台北里仁书局 1999 年版。
中国古代文学研究会：《文学与佛学的关系》，台北里仁书局 2004 年版。
周裕锴：《文字禅与宋代诗学》，高等教育出版社 1998 年版。
周裕锴：《中国禅宗与诗歌》，上海人民出版社 1992 年版。
吴言生：《禅宗思想渊源》，中华书局 2007 年版。
陈继生：《禅宗公案》，天津古籍出版社 2008 年版。
胡晓明：《中国诗学之精神》，江西人民出版社 1982 年版。
孙昌武：《诗与禅》，东人图书公司 1983 年版。

五 论文

（一）佛禅论文

王永会：《中国佛教僧团发展及其管理研究》，博士论文，四川大学，

2001年。

陈自力：《释惠洪研究》，博士论文，四川大学，2003年。

王新水：《维摩诘经思想研究》，博士论文，复旦大学，2006年。

冯国栋：《景德传灯录研究》，博士论文，复旦大学，2004年。

黄俊铨：《禅宗典籍五灯会元研究》，博士论文，复旦大学，2007年。

胡遂：《佛教禅宗与唐代诗风之发展演变》，博士论文，河北大学，2005年。

严孟祥：《宋代临济禅思想的发展演变》，博士论文，河北大学，2005年。

刘漪：《华严宗圆融思想研究》，硕士论文，安徽大学，2007年。

陈丽婷：《王安石与〈维摩经〉、〈楞严经〉关系研究》，硕士论文，福建师范大学，2010年。

巩丽君：《宋代江西佛教与社会》，硕士论文，南昌大学，2008年。

张曼娜：《论朱熹的佛教观》，硕士论文，吉林大学，2007年。

（二）王安石诗歌研究论文

张文利：《理禅融会与宋诗研究》，博士论文，陕西师范大学，2003年。

刘金柱：《唐宋八大家与佛教》，博士论文，河北大学，2004年。

高慎涛：《北宋诗僧研究》，博士论文，陕西师范大学，2007年。

梁银林：《苏轼与佛学》，博士论文，四川大学，2005年。

洪雅文：《王安石禅诗初探》，博士论文，台湾华梵大学，2001年。

刘洋：《王安石的诗作与佛禅之关系研究》，博士论文，中国人民大学，2008年。

陈铮：《王安石诗研究》，博士论文，台北东吴大学，2004年。

童强：《王安石诗歌研究》，博士论文，南京大学，2002年。

张锡龙：《论荆公体》，博士论文，山东大学，2010年。

张煜：《王安石与佛教》，博士论文，复旦大学，2004年。

邱海燕：《王安石与佛教关系研究》，硕士论文，南昌大学，2007年。

林成伟：《王安石与禅》，硕士论文，暨南大学，2003年。

吕青云：《王安石咏物诗研究》，硕士论文，四川大学，2006年。

赵鲲：《论王安石绝句》，硕士论文，西北大学，2003年。

阮延俊：《苏轼诗与禅之研究》，华中师范大学，2008年。

张占军：《严羽诗歌研究》，陕西师范大学，2008年。

张新红：《王安石交游考辨》，郑州大学，2004年。

（三）期刊论文

乐文华、陈小琼、戴文君：《论宋神宗与王安石的关系》，《抚州师专学报》2001年第2期。

唐嗣德：《王安石与诗谜》，《南方学刊》1994年第3期。

朴永焕：《王安石禅诗研究》，《佛学研究》2002年第00期。

徐雪梅：《谈王安石晚年的诗风》，《广播电视大学学报》（哲学社会科学版）2000年第4期。

万伟成：《禅与诗：王安石晚年的生活寄托与创作思维》，《江西社会科学》1996年第3期。

刘成国：《王安石与曾巩交疏辨》，《抚州师专学报》1999年第4期。

冉启斌：《王安石咏史诗探微——从观念的冲突看变法的失败》，《四川大学学报》（哲学社会科学版）1999年第S1期。

高林清：《心灵深处的痛苦挣扎——王安石晚年绝句解读》，《阴山学刊》2004年第5期。

文师华：《从入世到退隐寓悲壮于闲淡——论王安石退隐前后的心境与诗境》，《南昌大学学报》（社会科学版）1995年第2期。

曹大民：《试论王安石的诗歌艺术》，《华东师范大学学报》（哲学社会科学版）1994年第2期。

吴汝煜：《关于王安石的游褒禅山记》，《四川师院学报》（社会科学版）1980年第3期。

刘文辉：《浅论王安石的诗歌审美心理及其嬗变》，《抚州师专学报》2001年第2期。

熊宪光：《王安石的文学观及其实践》，《西南师范大学学报》（人文社会科学版）1981年第1期。

张煜：《王安石与佛教》，《聊城大学学报》（社会科学版）2004年第1期。

赵建梅：《王安石晚期绝句的意象特色》，《辽宁大学学报》（哲学社会科学版）1996年第1期。

金凤玉：《浅析王安石禅诗中的色彩运用》，《西安文理学院学报》（社会科学版）2009 年第 3 期。

霍松林、张小丽：《论王安石的晚禅诗》，《兰州大学学报》2006 年第 6 期。

田玉芳：《浅论王安石晚年诗》，《社科纵横》2006 年第 4 期。

杨崇仁：《禅宗思维方式与王安石晚年的诗歌》，《思想战线》1988 年第 6 期。

王宏林：《沧浪诗话"王荆公体"考论》，《殷都学刊》2008 年第 4 期。

莫砺锋：《论王荆公体》，《南京大学学报》（哲学社会科学版）1994 年第 1 期。

周生杰：《远游虽好更悲伤——试论王安石的亲情诗》，《抚州师专学报》2003 年第 2 期。

刘成国：《"荆公体"别解》，《文学遗产》2006 年第 4 期。

杨海霞：《荆公体自妙暮益风流——从一首诗看王安石晚年创作风格》，《语文学刊》2005 年第 14 期。

李锐波：《试论王安石的咏物诗》，《文学教育》（上）2008 年第 6 期。

张锡龙：《论经学对王安石诗歌创作的影响》，《东岳论丛》2010 年第 3 期。

王树海、王艳玲：《"荆公体"诗歌的佛家怀抱》，《吉林大学社会科学学报》2008 年第 5 期。

赵鲲：《论王安石的绝句》，《西北师范大学学报》2003 年第 5 期。

庄国瑞：《王安石晚年禅诗中的超然之境》，《江南大学学报》（人文社会科学版）2009 年第 4 期。

周亮：《如何评价王安石后期诗歌创作》，《贵州师范大学学报》1989 年第 4 期。

崔晓晶：《论王安石晚七绝的对仗艺术》，《辽宁行政学院学报》2007 年第 2 期。

李春桃：《论王安石晚期思想与诗歌》，《绥化学院学报》2005 年第 1 期。

方建斌：《论王安石后期诗风转变的原因》，《殷都学刊》2001 年第 3 期。

刘宁：《论王安石绝句对中晚唐绝句的继承与变化》，《广西师范大学学报》（哲学社会科学版）2005 年第 2 期。

许怀林、吴小红：《荆公晚年耽于佛屠辨》，《江西师范大学学报》（哲学社会科学版）1995年第3期。

毛建军：《从"少学孔孟"到"晚师瞿聃"——评王安石晚年禅诗》，《陕西广播电视大学学报》（综合版）2003年第3期。

李唐：《论王安石的寓言诗》，《哈尔滨工业大学学报》（社会科学版）2006年第2期。

杨志玖：《王安石与孟子》，《社会科学战线》1979年第3期。

张福勋：《宋"以才学为诗"第一人》，《内蒙古民族大学学报》（社会科学版）2009年第4期。

赵晓兰：《宋诗一代面目的成就者——王安石》，《四川师范大学学报》（社会科学版）1995年第2期。

蔡晓莉：《论王安石咏史诗对李商隐的接受与新变》，《达县师范高等专科学校学报》（社会科学版）2006年第1期。

闫笑非：《试谈苏轼与王安石的关系》，《齐齐哈尔师范学院学报》1990年第6期。

刘洋、王文华：《王安石与高僧真净克文》，《北京化工大学学报》（社会科学版）2007年第4期。

马凤兰：《从现实功业人生到自我个体人生的转变》，《青海民族学院学报》（社会科学版）2002年第4期。

李香麟：《论叶梦得,石林诗话对王安石的评价》，《南昌工程学院学报》2009年第5期。

金凤玉：《浅析王安石禅诗中的色彩运用》，《西安文理学院学报》（社会科学版）2009年第3期。

涂木水：《略论王安石的诗》，《抚州师专学报》1986年第2期。

倪祥保：《略论王安石的佛诗》，《文学遗产》2000年第3期。

王耀辉：《论王安石诗文的审美意蕴》，《北方论丛》2006年第4期。

曾子鲁：《王安石诗论初探》，《中国韵文学刊》1995年第2期。

赵培远：《略论王安石山水作品》，《北京第二外国语大学学报》1998年第2期。

江琼、黄青：《论王安石晚诗风》，《科技信息》（学术研究）2006年第11期。
薛磊：《"半山体"及晚唐渊源》，《北京师范大学学报》1999年第5期。
沈松勤：《北宋党争与"荆公体"》，《文学遗产》1999年第4期。
任树民：《从宋人笔记看王安石人格》，《抚州师专学报》2001年第1期。
刘成国：《王安石的师承与后裔》，《河北学刊》2003年第1期。
陈磊：《王安石的禅诗与钟山诗》，《古典文学知识》1996年第3期。
熊宪光：《王安石的文学观及其实践》，《西南师院学报》1981年第1期。
李国涛：《王安石寄长女诸诗》，《阅读与欣赏》1995年第5期。
吴志达：《王安石诗初探》，《文史哲》1957年第12期。
周裕锴：《禅宗偈颂与宋翻案诗》，《四川大学学报》（哲学与社会科学版）1999年第2期。
梁银林：《苏轼诗与维摩经》，《文学遗产》2006年第1期。
甘正芳：《"禅是诗家切玉刀"——浅论李商隐诗歌的佛学禅意》，《江苏技术师范学院学报》2007年第3期。
王真真、步为莹：《论文字禅对黄庭坚诗歌的积极影响》，《安徽文学》（下半月）2007年第4期。
张树霞：《空灵诗境的艺术蕴味》，《北方论丛》2008年第2期。
刘伟：《苏轼佛禅诗的审美意蕴》，《青岛大学师范学院学报》2009年第4期。
李建春：《佛教现观论对诗歌意境理论的影响》，《济宁师范专科学校学报》2005年第4期。
张萍：《禅宗影响下的北宋文人心态探微》，《玉溪师专学报》1996年第1期。
曹军：《论苏轼诗歌的佛禅底蕴》，《宁波大学学报》（人文科学版）2003年第3期。
吴晟：《中国古代诗歌的禅宗智慧》，《文艺理论研究》2004年第4期。
成明明：《北宋诗僧惠洪研究》，《河北大学学报》（哲学社会科学版）2005年第1期。
张萍：《禅宗影响下的北宋文人心态探微》，《玉溪师专学报》1996年第1期。
龙延、魏少林：《山谷诗禅源抉微》，《唐山师范学院学报》2002年第6期。
疏志强：《禅宗"不立文字"臆说》，《楚雄师专学报》1999年第4期。

龙延:《黄庭坚诗禅源笺补》,《喀什师范学院学报》2001年第4期。

蒋述卓:《古代诗论中的以禅论诗》,《广西师范大学学报》(哲学社会科学版)1992年第1期。

高汝琴:《佛教、禅宗及山水诗》,《大众文艺》(理论)2009年第9期。

张永红:《儒、道、禅闲适思想探微》,《河北学刊》2009年第3期。

刘广锋:《禅宗顿悟的时空意识》,《河南教育学院学报》(哲学社会科学版)2009年第4期。

余虹:《禅诗的"归家"之思》,《社会科学研究》2009年第5期。

康锦屏、张盛如:《论禅宗之美与禅诗之美》,《北京教育学院学报》2009年第1期。

汀子:《禅宗与中国士大夫个体生命的觉醒》,《怀化学院学报》2006年第7期。

李小艳:《惠洪文字禅的特点》,《忻州师范学院学报》2004年第6期。

郭玉生:《"悟"与宋代诗学——禅宗与中国古代诗学之一》,《南都学坛》2003年第3期。

郭玉生:《论禅宗语言对宋诗语言艺术的影响——从英美新批评理论的角度考察》,《宁夏社会科学》2003年第1期。

邓程:《宋诗的特点新探》,《山西大学学报》(哲学社会科学版)2003年第2期。

殷晓燕:《论以禅喻诗与〈沧浪诗话〉》,《楚雄师范学院学报》2003年第6期。

熊江梅、张璞:《试论佛禅思想对宋代文化整合会通的影响》,《湖南行政学院学报》2004年第1期。

吕燕:《略论禅宗对文学创作的启示和影响》,《克山师专学报》2004年第3期。

龙志坚、舒解生:《论禅宗与唐诗之融通》,《南华大学学报》(社会科学版)2004年第3期。

《略说唐代的禅诗与诗僧》;佛教门户网(http://www.wuys.com/news/article_show.asp)。

孙昌武：《略论禅与诗》，《社会科学战线》1988年第4期。

邓国军：《以禅喻诗，莫此亲切——严羽"以禅喻诗"说论争的回顾与再探索》，《上海交通大学学报》（社会科学版）2002年第2期。

潘志和：《禅与诗》，《中央社会主义学院学报》1997年第5期。

孙世军、陈在东：《意境与中华民族思维方式论纲》，《西安联合大学学报》1999年第3期。

一凡：《曹溪南华寺建寺一千五百周年禅学研讨会》，《佛学研究》2002年6月。

李瑞华、水璐：《南宋理学家对王安石新学的批判》，《河北大学学报》（哲学社会科学版）2002年第1期。

张煜：《王安石楞严经解十卷辑佚》，《古典文献研究》2010年第00期。

余绍霞：《陶渊明"饮酒其五"的禅那意境》，《顺德职业技术学院学报》2007年第4期。

内山精也：《黄庭坚与王安石——黄庭坚心中的另一师承关系》，《第二届宋代文学国际研讨会论文集》，2002年8月1日。

洪修平：《论中国佛教思想的主要特点及人文精神》，《南京大学学报》（人文与社会科学版）2001年第6期。

徐景翀：《佛教红尘观评介》，《北京师范大学学报》1988年第4期。

吴丹：《慧远的"法身"思想及意义——以〈大乘大义章〉为中心期》，《法音》2009年第1期。

刘治立：《北石窟造像类型及佛教文化底蕴》，《陇东学院学报》（社会科学版）2005年第1期。

李杨、冯晓燕：《论禅宗思想对秦观的影响》，《青年文学家》2010年第12期。

［佛学研究网］《禅学三书·禅宗诗歌境界》（http：//www.wuys.com/cx-ss/sg_04.asp）。

刘松来：《诗风慕禅——江西宋代诗歌繁荣的禅学因缘》，《江西师范大学学报》2001年第2期。

［国学资讯网］《"道"与"心"——小论庄子与禅宗的共通之处》（上），（http：//news.guoxue.com/articleid=9898）。

《为了"源于生活",并"高于生活",禅宗大师们》(http://blog.china.alibaba.com/biog/ljpxyijo/article/b0 - i4226591.html)。

五龙居士:《诗歌构思浅谈》,湘滨文学网(http://www.4808.com/go.asp? id = 22646)。

徐应佩:《禅宗思维方式对古代文学鉴赏的作用与影响》,《南通师专学报》(社会科学版)1997年第4期。

周裕锴:《绕路说禅:从禅的诠释到诗的表达》,《文艺研究》2000年第3期。

《浅谈"偈颂"》(http://msn.hongxiu.com/a/a/02083/2082197.ahtml)。

朴永焕:《苏轼禅诗表现的艺术风格》,《佛学研究》1995年第00期。

胡遂:《佛教"苦谛"与杜荀鹤诗的身世之叹》,《湖南师范大学》(社会科学学报)2006年第4期。

严铭:《论宋代文人山水诗》,《成都教育学院学报》2006年第1期。

方立天:《心性论——禅宗的理论要旨》,《中国文化研究》1995年第4期。

江凉、黄青:《论王安石晚年诗风》,《科技信息》(学术研究)2006年第11期。

朱幼文:《王安石晚年诗学观评议》,《江西行政学院学报》2003年第1期。

屠青、毛建军:《试论王安石晚年禅诗的艺术成就》,《南都学坛》2002年第6期。

邵维加:《王安石诗禅意三昧论》,《抚州师专学报》2001年第2期。

傅义:《王安石开江西诗派的先声》,《江西社会科学》1987年第1期。

王群:《从"不平则鸣"到"穷而后工"——论王安石诗歌创作道路》,《抚州师专学报》2001年第2期。

后 记

  佛禅与诗歌是相互融通的。诗是理想的感悟,禅在妙理中顿悟,两者的契合合点是同在追求超越世俗烦恼的美妙境界。因此,这两种具有反理性特质的文化,在解决人类的精神问题等方面,有着更多的默契。佛禅借诗歌为载体,得以更广泛地传播;同时诗歌又深受佛学影响和启示,呈现出独特的风貌。在这一方面,王安石所取得的成绩可以说超越了唐人——用另一种方式超越了唐人,同时,他在佛禅与诗歌间的成功探索,为中国佛学与文学的结合做出了突出的贡献。

  王安石是宋代著名的政治家、改革家、思想家、教育家、文学家。历代对王安石的评价,由于所处的立场和观点不同而评价不同,誉毁与之。但仅就王安石的文学成就和佛学成就而言,世人还是交口称赞的。特别是佛学与诗歌互济互融关系上的成就,一直以来是无人可置喙贬损的,是备受后人推崇的。有关这方面,宋代诗话评价颇多。叶梦得《石林诗话》大半部分是对王安石诗歌的评价,蔡宽夫《蔡宽夫诗话》亦多推崇,释惠洪《冷斋诗话》更是仁者见仁,特别是严羽《沧浪诗话》称其诗歌为"王荆公体",以上足以窥其诗歌特色。自宋代李壁对其诗歌作注后,继有后人追随。刘辰翁、沈钦韩不乏见智之士。近代学者梁启超、钱锺书亦有贬褒。但就佛禅与王安石诗歌研究,近人可谓凤毛麟角。为此,本人受业师点拨,出于对王安石其人、其诗的喜爱,以王安石诗歌为主,以佛禅思想为辅,较系统地对佛禅与王安石诗歌进行了分析。本书的版行必将对"佛禅与王安石诗歌研究"起到抛砖引玉的作用。

  又是一个春天,和煦的春风掩饰不住我内心的激动,漫步哈尔滨传媒职业学院校园，身心备感清爽。远望天边那慢慢飘过来的云朵，仿佛又回到了那书香四溢的吉林大学。偶又想起刚刚完成博士论文时创作的那首诗："笔山墨海望文佳，引文佐证繁若麻。黑眸沉沉透今古，秋雨浓浓洗窗纱。一心意境灵出窍，三更灯火笔生花。秋屋夜凉眠不得，双目蒙眬送朝霞。邻舍已闻出行迹，野鸟放歌林莎莎。此即甫竣全文稿，日上三竿梦还家。"可谓是四年博士学习的缩影。

时光荏苒，岁月如梭，一晃博士毕业已经两年了，回想攻读博士的四年恍如昨日。那四年间我几乎忘记了掌门人的角色，还在掌管着一摊事业；仿佛又回到了20年前，每天游走于食堂、图书馆和寝室之间。那四年间，我几乎全部身心都投入到了古典文学的学习和研究当中。面对"佛禅与王安石诗歌研究"这样的课题，首先的感觉是涉及的范围广，研究的难点多。想要做好这个课题，必须通读佛教典籍和王安石的全部诗歌。就时间来说，四年是远远不够的。以自己有限的知识积累，想要在四年中完成这个课题的研究，恐怕会流于浅薄。然而本人遵从"想做事就一定要做好"的一贯信念，相信"勤能补拙"的古训，勇敢地走了过来，以至于取得可喜的研究成果。这篇论文承载了自己颇多的努力和艰辛，可以坦白地说，论文的写作过程也是自我知识升华的过程，自我意志磨炼的过程。

论文形成过程中，得到了诸多师友和亲人的关心和帮助。首先感谢的是恩师王树海先生。他不仅是我学术上的向导，而且是我人生的导师。他为人正直，学识广博，宽厚随和，其醍醐灌顶般的教诲，充实了我干渴的心田，一如春天般的温暖。论文选题之初，曾犹豫难决，呈蒙先生的悉心指导和热情的鼓励，消解了我畏难的情绪。论文形成过程中，多有困扰，是先生的精到点拨，使我始达创作之佳境。师恩似海，难以尽述，唯有铭刻在心，永不忘怀。

还要感谢沈文凡、王洪二位先生给我的教导和帮助，他们知识渊博，学问独到，其精彩的授课给我留下了深刻的印象，使我更多地了解古代文学的知识。还要感谢师兄董贵山，是他的鼎力举荐，使我在将近不惑之年，投师于王树海先生门下，已至获得了博士的尊荣。同学孙宏哲、刘春明、曲成艳、李明华四年中与我相互勉励，相互交流，在他们身上我看到了许多优秀的品质，学到了很多过去不懂的知识，将使我一生受益。

　　最后要感谢的是我的父母、家人，正是他们的默默支持，使我免于工作和生活的后顾之忧，潜心写作。妻子朱秀波慧心澄澈、贤惠明达，四年来，不唯负载照抚双亲、养育子女之重任，更代我履行了事业职业的全部职责，颠沛必于是，流离必于是。对于至亲高谊、师尊学长、同窗同人和一切友朋的期盼和关爱，我无以回报，只有在未来的人生旅途中加倍努力。